캣 바디, 캣 마인드

CAT BODY
CAT MIND

캣 바디, 캣 마인드
CAT BODY CAT MIND

펴낸날 초판 1쇄 2020년 3월 25일

지은이 마이클 W. 폭스
옮긴이 이다희
디자인 DesignZoo
펴낸이 캐서린 한
펴낸곳 한국NVC출판사

등록 2008년 4월 4일 제300-2012-216호
주소 (03702) 서울특별시 서대문구 연희로15길 78, 2층(연희동)
전화 02-3142-5586 **팩스** 02-325-5587
이메일 book@krnvc.org

ISBN 979-11-85121-29-1 03840

*값은 뒤표지에 있습니다.
*잘못 만든 책은 구입하신 서점에서 바꾸어 드립니다.

캣 바디, 캣 마인드

동물들의 공감 능력은 어떻게 인간의 영적 진화에 기여하는가

마이클 W. 폭스 지음 | 이다희 옮김

한국NVC출판사

디아나,
그리고 우리가 품에 안은 모두에게 바칩니다.

감사의 말

나의 삶을 풍요롭게 하고 많은 것을 가르쳐 준 여러 고양이와 개를 비롯한 동물들에게 감사의 말을 전하고 싶다. 특히 릴리 골든의 섬세하고 숙련된 편집에 감사한다. 내가 고양이를 비롯한 크고 작은 생명들과의 관계에 대해서 정보를 전달하고 더 많은 이해와 연민을 불러일으킬 수 있도록 도운 라이언스 프레스 출판사에도 고마움의 말을 전한다.

이 책에 대하여

이 책의 목적은 반려 고양이에 대한 이해, 그리고 고양이와 소통하는 방식에 대한 이해를 높이는 것이다. 이 책은 독자가 '고양이 말'에 좀 더 유창해지도록, 내 고양이가 무엇을 느끼고 의도하고 원하고 있는지 알 수 있도록 도와줄 것이다. 특히 고양이가 놀고 싶어 하거나, 뭔가가 불편해서 내 관심을 끌려 하거나, 혹시 어디 아픈 데가 있을 때 고양이와 한결 더 쉽게 소통할 수 있을 것이다.

동물과 인간의 유대는 이해와 소통의 향상으로 강화할 수 있을 뿐 아니라 더 나은 보살핌을 통해 다지고 확인할 수 있다. 이 책은 그에 꼭 필요한 도구를 제공한다. 즉, 반려동물의 건강과 행복을 보장하고 나와 동물 사이에 행복하고 건강한 유대가 지속될 수 있도록, 전체론적인 접근법과 예방 의학의 관점에서 반려동물 보살핌에 대해 이야기한다.

많은 사람들이 자기 고양이가 영험한 힘을 가지고 있고 사람의 마음을 읽을 수 있다고 생각한다. 내가 아플 때 반려동물이 치유를 도왔으며 심지어 무덤 저편에서 의사를 전달해 왔다고 주장하는 사람들도 있다. 이 모든 것은 순전한 허구일까? 그게 아니라면 다정하고 너그러운 고양이들이 우리에게 어떤 뚜렷한 현상의 집합을 드러내고 있다는 사실을 인정해야 할까? 이 상황을 있는 그대로 받아들임으로써 반려동물, 그리고 크고 작은 모든 존재들에 대한 우리의 이해를 의미 있게 수정해야 하는 것은 아닐까? 이 책은 이러한 질문들을 비롯해 그 밖의 여러 질문에 대한 대답을 찾는 데 도움이 될 것이다.

많은 사람들, 특히 어린이나 외롭고 나이 든 사람들은 반려동물들과 가장 깊고 의미심장한 관계를 맺는다. 수의사이자 동물 행동 치료사인 나의 조언을 필요로 하는 사람들을 수천 명 이상 상담하면서 나는 바로 이 사실을 절감했다. 동물의 복지를 위해 봉사했던 나의 경험에서 얻은 지식과 통찰, 앞으로의 고민 등을 이 책에 적어 둠으로써, 나는 이곳 미국을 비롯해 전 세계에 사는 고양이들의 건강과 안녕을 향상시키기 위한 몇몇 기본적인 조치들을 뒤늦게나마 제공하고자 한다. 알고 보면 고양이들은 전 세계 무수히 많은 사람들과 가족들에게 매우 중요한 식구로 자리 잡았다.

지난 과거, 우리의 조상이 자연과 야생에 좀 더 가깝게 살면서 동물을 길들이던 시절에는 동물이 인간에게 말을 한다는 사실이 의심의 여지 없이 받아들여졌다. 동물은 신성한 영역, 또는 형이상학의 영역과 내밀한 앎을 공유하고 소통한다고 여겨졌다. 우리가 열린 마음과 정신을 가지고 있는 한, 짐승은 우리를 보호하고 가르치고 치유했다.

오늘날 우리는 동물의 능력을 재발견하고 고대의 지혜를 되찾는 일에서 이른바 르네상스를(말 그대로 재탄생의 시기를) 맞이하면서 마음과 정신이 다시 열리고 있다. 이것은 식구로서, 놀이 친구로서, 그리고 마음의 벗으로서 우리와 삶을 공유하고 살찌워 주는 수많은 반려동물 덕분이다.

반려동물과 맺는 관계는 많은 사람들에게 자연적이고 비인공적인 대상과 맺는 유일한, 때로는 최후의 관계가 되기도 한다. 동물의 존재, 동물과의 교감을 통해 더 건강하고 안정적인 기분을 느끼는 사람들도 있다. 많은 사람들이 반려동물의 무조건적인 위로 덕분에 외로움, 소외, 우울, 좌절감으로부터 벗어날 수 있다. 또 어떤 사람들은 오로지 반려동물 덕택에 다른 생명과의 긴밀한 관계 속에 기적적이고 놀라운, 심지어 영적인 무언가가 자리하고 있다는 사실을 확인하곤 한다. 그리고 이런 깨우침은 어린 시절부터 기쁨과 깊은 만족감의 원천이 되곤 한다.

반려동물은 대를 이어 인류의 곁을 지켜 왔으므로 반려동물의 건강과 안녕은 그 시대의 감수성과 자비심을 반영한다. 우리와 반려동물 간의 이상적인 유대는 서로를 향상시켜 주는 유대이며, 상호 이해뿐 아니라 사랑과 존중에 바탕을 둔 유대이다. 우리가 어떻게 고양이의 마음을 파악할 수 있고 고양이가 어떻게 자기 욕구와 의도, 감정을 전달하는지에 대한 기초적인 이해가 있다면 우리는 고양이를 좀 더 배려할 수 있을 것이며, 인간과 고양이의 유대는 더 만족스럽고 의미 있을 것이다.

반려 고양이와 친밀한 유대가 있는 사람들을 길 잃은 감성주의자 혹은 육아 본능을 다른 곳으로 돌린 사람들로 치부하는 시선도 있다. 사랑하던 늙은 고양이를 잃고 애통해 하는 사람들은 의심에 찬 눈빛을 받는다. 동물에게 감정이나 자의식, 영혼이 없다고 굳게 믿는 사람들의 눈빛이다. 이런 회의주의자들은 반려동물이 인간의 감정에 기생한다고 생각하고 야생에 사는 사촌들에 비해 퇴보한, 열등한 존재라고 생각한다.

반려 고양이가 길들여지고 인간에게 의지하는 존재이므로 야생의 스라소니 같은 사촌들에 비해 열등하다고 보는 시각은 탄탄한 과학이 아닌 무지에서 비롯한 편견을 드러낸다. 사실 학술 연구 결과에 따르면 가축화한 동물의 두뇌는 야생에 사는 사촌의 두뇌보다 약간 작긴 하지만(이것은 크로마뇽인 조상의 두개골/두개 부피와 오늘날의 인간의 두뇌를 비교했을 때에도 마찬가지), 가축화한 동물의 생리와 심리는 더 긍정적인 방향으로 깊이 있는 변화를 거쳤다. 가축화한 동물은 야생의 조상들에 비해 두려움이 적고 인간을 더 잘 믿으며 더 민감하게 반응하고 적응력과 학습 능력이 뛰어나다. 그러나 그 과정에서 우리 인간에게 더 쉽게 영향을 받게 되었다.

그렇다고 해서 우리가 야생 동물과 긴밀한 정서적 유대를 맺을 수 없는 것은 아니다. 사육 환경에서 태어나 따뜻한 보살핌을 받은 경우 더욱 그렇다. 그러나 가축화 과정은 우리가 반려동물들의 깊은 마음속을 더 잘 들여다볼 수 있도록 해 주었다. 본능적인 두려움이 적어지고 신뢰심이 커진 고양이는 우리에게 영혼을 드러낼 수 있다. 우리는 종종 고양이로부터 통찰력, 논리력, 예지력, 공감력, 헌신, 정서적 지능 같은 더 고차원적인 능력, 즉 우리 인간들 중에서도 최고에 속하는 사람들만이 가지고 있다고 생각했던 특성과 재능을 발견하고 종종 놀라움과 기쁨을 감추지 못한다.

회의론자들은 이 모든 발견이 다만 인간의 상상력, 그리고 사랑과 이해를 받고 싶은 마음을 투영한 데 지나지 않는다고 주장해 왔다. 그리고 그렇게 함으로써 동물을 의인화하는 잘못, 즉 인간만이 가진 특징을 동물에게 부여하는 잘못을 범하고 있다고 말해 왔다.

이 책은 그러한 회의론을 타파하고자 한다. 회의론은 궁극적으로 종 차별로 이어지기 때문이다. 종 차별은 동물을 열등한 존재로 보는 관점이다. 이 책은 그에 반하는 증거를 잔뜩 제공한다. 인간 아닌 동물들의 우월한 능력에 대해 증언하고 있으며, 고양이들이 수많은 방식으로 우리와 삶을 공유하고 우리 삶을 풍요롭게 하고 있음을 긍정적으로 보여 준다. 또한 고양이가 자기를 인식하는 섬세한 동물이며 인간 대부분보다 더욱 현실을 즐기며 살아간다는 점을 짚고 넘어간다. 우리가 고양이와 마음 깊이 연결된다면 고양이는 사랑의 본질nature뿐 아니라 자연nature, 즉 모든 자연스럽고 자발적인 것들을 사랑하는 일에 관해 우리에게 아주 많은 것을 가르쳐 줄 수 있다.

동물 행동학 분야에서 선구적인 연구로 노벨상을 받은 나의 친구이자 스승인 고故 콘라트 로렌츠 교수는 전 세계 과학자들이 모인 어느 자리에서 이렇게 말했다.

"동물을 제대로 연구하고 이해하려면 먼저 사랑해야 합니다."

나는 콘라트 교수의 말이 절반만 옳다고 생각하고 그분도 내 생각에 동의할 것이다. 왜냐하면 다른 인간, 혹은 인간이 아닌 존재를 제대로 사랑하려면 먼저 어느 정도 그들을 이해해야 하며, 이해가 클수록 사랑이 깊기 때문이다. 그래서 이 책의 앞부분에서는 인간과 동물 간의 유대에 종종 결여되어 있는 요소, 즉 사랑보다는 동물의 행동과 소통 방식을 총체적으로 이해하는 방식에 대해 나 자신과 여러 사람들의 체험을 통해 이야기한다.

개와 고양이, 늑대, 여우, 코요테(이 녀석은 '애완동물'로 삼을 수 없다)까지 수많은 동물과 삶을 공유한 동물 행동학자이자 수의사로서 나는 과학 연구 환경, 혹은 동물 병원에서 동물이 자기 습성대로 자연스럽게 행동할 확률이 낮다고 분명히 말할 수 있다. 그 반면에, 동물이 사랑하는 사람과 머무는 익숙하고 안전한 환경은 그 동물의 본성, 마음, 능력에 대한 통찰과 이해의 보물창고다. 반려동물과 관련된 자문, 강연, 사람들과의 대화를 통해 나는 고양이를 비롯한 반려동물의 깊은 마음속에서 보물을 찾아 보관해 왔으며 이제 그 창고를 열어 모두와 나누고자 한다. 크고 작은 동료 생명체에 대한 이해, 존경, 고마움을 키우는 데 기여하고 인간과 동물 사이의 멋진 유대를 받아들이고 축하하는 일에 동참할 수 있게 되어 뿌듯하다.

이 책의 후반부에서는 반려동물의 마음과 행동, 건강과 복지에 관한 지식과 고민들을 좀 더 구체적으로 다룬다. 또한 그들과 더 건강한 관계를 맺고 그들을 더 잘 보살피는 데 도움이 될 전체론적 의학, 예방 의학, 영양, 백신 접종 원칙, 기초 훈련, 그리고 가장 흔한 몇 가지 행동 문제를 해결하는 법에 관한 정보를 제공한다.

CONTENTS

PART 01

반려동물이

내게

가르쳐 준 것들

PART
02

고양이 몸,
고양이 마음

PART
01

반려동물이 내게 가르쳐 준 것들

1.
나의 첫 고양이가 준
가르침

갓 자격을 따고 낯선 나라 작은 마을에 도착한 수의사가 외로움과 고립감을 느낀다면 어떤 동거인을 구하면 좋을까? 당시 나는 잭슨 기념 연구소의 연구실에서 하루 종일 개들과 함께 일을 했다. 악동 같은 비글, 혈기 왕성한 폭스테리어, 상냥하고 섬세한 셔틀랜드 쉽독, 움츠린 코커스패니얼, 그리고 무관심한 아프리카 바센지 등등. 그래서 개를 들일 생각은 없었다. 그게 아니더라도 개가 홀로 집에 있으면 외로울 것 같았고, 아마도 집을 엉망으로 만들어 버렸을 것이다.

당시에 내가 살던 곳은 집이라고 부르기에도 민망했다. 메인주 바하버 외곽에 있는 그 이층집은 숲으로 이어지는 도로 가에 곧 쓰러질 듯 서 있었다. 나는 그 집의 "가구가 완비된" 일 층에 살고 있었다. 오래된 모텔에서나 볼 법한 가구와 이차 세계 대전 이전에 만들어져 대물림된 듯한 물건이 최소한으로 갖추어져 있어서, 전반적으로는 구제품 가게에서 흔히 느낄 수 있는 느낌, 즉 기시감이 드는 시간 여행을 하는 느낌을 주었다.

바하버는 겨울만 되면 유령 마을이 되었다. 관광객들이 돌아와 마을이 활기를 되찾는 여름이 올 때까지 모든 음식점이 문을 닫았다. 황금과 루비의 빛깔로 반짝이는 단풍나무들, 청명한 하늘, 새로운 환경이 준 신선함은 겨울의 잿빛 추위가 나의 기분을 가라앉히면서 퇴색하기 시작했다. 마을 안에서 조금이나마 생기가 도는 곳이 있다면 마침 나의 집주인이기도 했던 부치 씨가 운영하는 부치스 바뿐이었다. 거품이 많이 나는 싱거운 맥주를 큰 잔으로 팔던 이곳에서 남자들은 내가 이해할 수도 없고 관심 있는 척할 수조차 없는 것들에 대해 이야기했다. 최근에 있었던 미식축구 경기라든가 바닷가재의 크기, 조개 양식장이 돌아가는 사정이나 부부의 안방 사정 같은 것들 말이다. 12월 중순이 되자 부치 씨는 벌이가 되지 않는다고 가게 문을 닫았다. 몇 안 되는 손님이 음주보다 수다에 열중했기 때문일 터이다.

술집도 식당도 문을 닫고 나니 신대륙에서 나의 삶은 더욱 고독해졌다. 졸업 후 1962년의 대부분을 영국 케임브리지에서 새로운 수의학 대학의 상주 외과의로 보낸 데 비하면 하늘과 땅 차이였다. 연구소에서 받을 수 있는 지적·사회적 자극을 제외하면 바하버의 겨울에는 젊은 영국 남자의 취향, 욕구, 열망에 맞는 어떤 종류의 친목 활동도 없었다. 영주권 증에 적힌 "외국인alien(이방인, 외계인이라는 의미도 있다—옮긴이) 거주자"라는 말은 얄궂게도 몹시 적절했다.

혼자 영화관에 가는 일은 혼자 술을 마시는 일만큼 우울하게 느껴졌지만, 술을 썩 좋아하지 않았으므로(부치스 바의 맥주도 예외가 아니었다) 어느 날 문득 겨울의 단조로움을 깨고 은막 세상 속의 따뜻한 환상의 나라로 도피해 보기로 했다.

　　동네 영화관에서는 킴 노박과 제임스 스튜어트가 나오는 <사랑의 비약Bell Book and Candle>이 상영 중이었다. 이 매력적인 영화는 개나 사람을 제외한 동무가 필요했던 나에게 희망과 영감을 주었다. 내가 환상을 품은 대상은 현실성이 조금도 없는 킴 노박이 아니라 영화에 나오는 샴고양이었다. 마법을 부리는 고양이 파이와켓과 똑같이 생긴 고양이를 살 수 있다면 나의 모든 문제들이 사라질 것이 분명했다.

　　내가 "애완동물 판매" 광고를 보기 위해 처음 산 지역 주간지가 즉각적인 단서를 제공했다. 그날 아침, 대설 주의보에도 불구하고 나는 집주인의 삼촌에게서 구입한 1956년형 포드 승용차를 타고 한 시간쯤 떨어진 작은 마을로 향했다. 샴고양이 새끼들을 팔고 있다는 오래된 케이프코드 양식의 집에 다다랐을 때 하늘은 불길하게 어두웠으며 싸늘한 바람이 거세게 불고 있었다. 비얼 부인은 어미 고양이와 새끼들의 건강과 혈통에 대한 나의 질문보다는 내 영국식 발음에 더 관심이 많았고, 지금은 사별하고 없는 영국 출신 남편에 대해 수다를 떨었다. 새끼 고양이와 어미는 확실히 샴고양이가 맞았다. 그러나 비얼 부인은 아빠 고양이의 정체에 대해서는 확실히 알아도 그 고양이가 지금 어디 있는지는 잘 알지 못했다. 어미 고양이는 나를 보고 갸르릉거렸고, 내가 새끼를 만지자 더 크게 갸르릉거렸다. 새끼를 사 가라고 권유하는 정도는 아닐지라도 어쨌든 허락한다는 의미 같았다.

　　나는 아빠 고양이를 만나 기질이 어떤지 보고 싶었다. 두려움이 많다거나 하는 좋지 않은 품성을 새끼들이 물려받을 수 있기 때문이었다. 비얼 부인은 집 안을 뒤지다가 나를 헛간으로 데리고 갔다.

"이리 와, 피터 킨."

비얼 부인이 몇 번을 불렀고, 나는 고상한 씰포인트(귀 끝과 주둥이, 발끝, 꼬리 끝 등이 짙은 갈색인—옮긴이) 샴고양이가 상냥한 새끼 고양이처럼 꼬리를 쳐들고 나에게 오리라고 상상했다. 그러나 내 귀에 들려온 소리는 재빨리 이런 환상을 깨뜨렸다. 깊고 낮은 데다 허공을 꿰뚫는 듯한 거친 울음이었다. 상냥한 인사를 건네는 "야옹!"이 아니라 자부심과 존재감을 드러내는 듯한 포효가 추운 헛간 안의 눅눅하고 사향내 나는 공기를 파고들었다. 고양이는 나의 머리 위로 마치 이집트의 고양이 신처럼 눈도 깜빡하지 않은 채 부동의 자세로 앉아 있었다. 마치 모든 존재의 진리, 그리고 궁극의 신비와 직접적인 교감을 하고 있는 듯한 이 고양이는 내가 자연 상태 밖에서 본 그 어떤 생물보다 환상적이었다.

"야생성이 꽤 강해요."

비얼 부인이 말했다.

"자기가 먹을 건 다 사냥해 와요. 토끼를 좋아하고 살아 있는 채로 집으로 가지고 올 때도 있어요. 저나 새끼 고양이더러 죽이라고 주는 거죠."

피터 킨은 나를 보고 울부짖었다. 그리고 빛이 어른거리는 푸른 눈을 꾹 감으며 나를 받아들였다. 어떤 두려움도, 수줍음, 부끄러움, 불신도 없었다. 오로지 존재감 그리고 자신감뿐이었다. 그러더니 자리에서 일어나 기지개를 켜고 나에게 몸을 기울이더니 코끝을 나의 코에 가져다 댔다. 천년의 역사가 있는 고양이끼리의 인사였다. 내가 녀석을 쓰다듬으려고 손을 올리자 녀석은 꼬리의 시작 부분에 있는 내 손을 가볍게, 그러나 단호하게 물었다. 새끼 고양이 취급하지 말라는 뜻이었다! 녀석은 물었던 손을 놓자마자 몸을 돌려 내 손에 머리와 뺨을 문질렀다. 이마와 입술, 턱에 있는 냄새 분비선으로 나를 축복해 준 것이다. 이 또한 고양이들만의 의식으로, 사회적 영역 안으로 받아들인다는 상징이다. 고양이들만이 가까운 동무들과 이런 식으로 영역을 표시하기 때문이다.

그 즉시 비얼 부인은 전형적이지만 수줍음이 많은 뉴잉글랜드 사람에서 활기차고 흥미로운 사람으로 변하는 것처럼 보였다. 피터 킨이 나를 즉각 받아들인 모습이 신기했나 보다. 나는 내가 부인의 남편을 떠오르게 했을 가능성을 제시했다.

그러나 비얼 부인은 단호히 주장했다. 내가 동물을 존중하고 이해한다는 사실을 피터 킨이 깨달은 것이라고 말했다. 게다가 비얼 부인은 바스의 한 부두에서 비서로 일하고 있을 때 소속된 배가 수리 중이던 한 외국인 선원으로부터 피터 킨을 받았는데, 그때 남편은 이미 세상을 떠나고 없었다고 했다.

비얼 부인은 고양이가 사람의 마음을 읽을 수 있으며 초능력이 있어서 상대가 동물을 좋아하는지 싫어하는지 두려워하는지 안다고 했다.

"진짜 고양이들은 온갖 믿기 힘든 능력을 갖고 있어요."

비얼 부인이 선언하듯 말했다.

"사람의 품성을 구별하는 능력은 가장 약소한 능력에 속한다고요."

나는 아빠 고양이의 인정에 뿌듯한 기분이 들었고 새끼를 한 마리 데려가야겠다고 생각했지만, 객관적인 과학자로서 비얼 부인의 주장을 받아들일 수 없었다. 비얼 부인은 나의 회의적인 태도를 보더니 내가 한 번도 고양이를 키워 본 적이 없다는 사실을 문득 눈치챘다. 피터 킨과 그토록 깊은 교감을 할 수 있었던 사람으로서, 혹시 키워 봤다면 내가 고양이의 믿기 힘든 능력에 대해 모를 리 없다고 비얼 부인은 말했다.

나는 속으로 터무니없다고 생각하면서 어서 집으로 돌아가자고 제안했다. 피터 킨과 가장 비슷한 새끼 고양이를 골라야 했다. 그러나 정말 터무니없는 말이었을까? 나는 분명 그 영리한 티베트 고양이 앞에서 놀랍고 형언할 수 없는 무언가를 느끼지 않았던가? 우리 코가 만나는 바로 그 순간, 관계의 찰나 속에서 우리는 나와 타자의 이중성을 초월했다. 녀석은 나에게 인사를 건네며 나를 맞이했고 우리를 하나로 만들기 위해 나에게 자신의 냄새를 묻혔다. 녀석은 신비롭기도 했지만 메인주에서 겨울 사냥을 할 수 있는 정신과 육체를 가진, 실질적 능력을 갖춘 고양이이기도 했다.

나는 한배에서 태어난 새끼들 곁에 쪼그리고 앉았다. 새끼들은 정해진 젖을 빨며 한 줄로 늘어서 있었고, 어미 고양이는 경계심 없는 눈을 빤히 뜨고 있다가 이내 눈을 감고 갸르릉거리기 시작했다. 나는 신중하게 새끼 고양이 네 마리를 관찰하면서 어느 녀석이 몸집이 크고 가장 힘차게 젖을 빠는지 보았다. 그리고 한 마리씩 집어 들어 어느 녀석이 가장 긴장하고 겁을 집어먹는지, 어느 녀석이 가장 느긋하고 반응이 빠른지 보았다. 어미젖을 가장 힘차게 빨고 있던 녀석을 들어 올리자 어미 고양이의 갸르릉 소리가 전에 없이 커지는 듯했다. 그 새끼 고양이는 가장 느긋하고 반응이 빠르기도 했다.

"이 녀석이에요."

내가 자신 있게 말했다. 비얼 부인은 나를 안심시키는 듯한 목소리로 내가 녀석에게 적합한 사람이라고 여겨지니 데려가도 좋다고 말했다. 비얼 부인이 녀석을 허락하지 않았다면 그날 나는 다른 어느 녀석도 데려가지 않앉을 것이다.

"20달러예요. 잘 키우세요."

비얼 부인이 말했다.

나는 새끼 고양이를 스웨터 안에 집어넣고 외투를 여민 채 자동차로 달려갔다. 그리고 한 손으로 심장이 쿵쿵 뛰는 작은 털북숭이를 받친 채 눈보라 속으로 차를 몰았다. 차에는 난방 기능이 없었다. 그러던 나는 갑자기 브레이크를 밟았다. 새끼 고양이의 성별을 확인하지 않았던 것이다. 나는 피터 킨과 똑같은 수컷이 갖고 싶었다. 나는 정말 바보였다. 수의사나 되어 가지고 최고의 새끼 고양이를 고르는 데 정신이 팔려 당연한 것을 확인할 생각도 못하다니!

고양이가 옷 속의 온기와 평화를 놓지 않으려고 작은 발톱으로 셔츠를 꼭 붙잡고 있었지만 나는 야옹대는 녀석을 스웨터 속에서 꺼냈다. 고양이가 내 얼굴에 대고 야옹 울자 차 안의 차가운 공기 속에 작은 김이 피어올랐다. 고양이의 눈은 마치 자동차의 옆 창문처럼 뿌옇게 김이 서려 있는 것처럼 보였는데 그때 기억이 났다. 편안한 상태에 있는 고양이는 만족감을 느끼거나 몸이 아플 때 각막 위로 눈 안쪽에 있는 막이 덮인다. 녀석은 아프지는 않은 상태였지만 차 안의 추위는 곧 녀석의 기분을 언짢게 했다. 눈이 즉시 맑아졌고 녀석은 야옹거리며 불만을 드러냈다. 그리고 내 팔 위를 지나 따뜻한 스웨터 속으로 들어가기 위해 발톱을 꺼낸 채 버둥댔다. 나는 녀석을 돌려 꼬리를 들었다. 그리고 관찰했다. 그리고 또 관찰했다. 성별을 알 수가 없었다. 수의대에서 5년 동안 헛짓을 했다 싶었다. 나중에 알았지만, 샴고양이는 암수 모두 엉덩이 쪽 색깔이 어두워서 구분이 어렵다. 그래서 나는 고양이를 뒤집어 배를 살짝 눌렀고 꼬리 쪽으로 작은 혹 두 개가 튀어나오는 것을 확인했다. 수고 양이였다. 이제 녀석의 이름은 이고르였다.

이고르를 다시 스웨터 안에 넣기 전에 나는 갈색의 무언가가 이고르의 엉덩이에서 나의 외투 쪽으로 튀어 오르는 것을 목격했다. 제발 벼룩만은 아니기를! 비얼 부인이 원망스러웠다! 스웨터 안에 새끼 고양이뿐 아니라 벼룩까지 들어가면 참을 수 없을 것 같아서 나는 고양이를 허벅지 사이에 끼고 운전을 계속했다. 폭설이 내리는 와중에 앞 유리 와이퍼는 삐걱거리며 휙휙 돌아가고 있었고, 잡음이 많은 라디오에서는 피터 폴 앤 메리Peter, Paul & Mary가 <퍼프, 더 매직 드래건Puff, the Magic Dragon>을 부르고 있는 통에 정신이 팔린 나는 이고르가 따뜻한 내 무릎 위를 떠나 자동차의 바닥을 탐험하기 시작했다는 사실을 깨닫지 못하고 있었다.

언제나 그렇듯 충동적이었던 나는 새로운 고양이를 들일 충분한 준비를 해 두지 않은 상태였다. 화장실도 모래도, 고양이 밥도 없었다. 또 뭐가 필요한지 고민하던 중에 커다란 트럭이 보였다. 트럭은 좁은 길의 한가운데를 차지한 채 나를 향해 돌진하고 있었다. 트럭에는 메인주 시골에 산재한 어느 공장식 육계 농가에서 나온 듯한 닭들이 바깥 날씨에 완전히 노출되어 반쯤 얼어붙은 상태로 나무 상자에 실려 있었다. 나는 순간 핸들을 꺾으며 참혹한 충돌 사고를 막기 위해 본능적으로 브레이크를 힘껏 밟았다. 만신창이가 된 닭들과 산산조각이 난 나무 상자들이 길 한복판에 쏟아진 광경이 머릿속에 그려졌다. 그러나 차는 속도가 거의 느려지지 않았고 부드럽게 미끄러지기 시작했다. 저 앞에 보이던 소나무들이 곧 빙빙 돌기 시작했다. 차는 닭 트럭을 피해 유유히 반원을 그리며 한쪽으로 빙글 돌았다. 아무 피해도 없었고 다만 나의 차가 반대 방향을 바라보게 되었을 뿐이다. 정신을 추스르고 멍청한 트럭 운전사를 욕하려는데 발밑에서 숨이 넘어가는 듯한 비명이 들려왔다. 가엾은 아기 이고르의 머리가 브레이크 페달 밑에 끼어 있었던 것이다. 그래서 내가 브레이크를 밟았을 때 무언가 느껴졌던 것이고 그래서 더 세게 누를 수 없었으며 차의 속도가 줄지 않았던 것이다. 이고르의 작은 목이 부러지지 않은 것은 기적이었다. 이고르가 나의 목숨을 구해 준 셈이었으니 그 또한 기적이었다. 만약 브레이크가 당황한 나의 과잉 행동에 제대로 반응했다면 나는 십중팔구 닭을 싣고 있던 그 트럭 밑으로 처박혔을 것이다.

삼십 년이 훨씬 지난 지금 그 일을 떠올리면 세상 일이 참 얄궂다는 생각이 든다. 나는 이 글을 쓰고 있는 지금에도 축산과 양계 업계를 더 인도적으로 혁신하는 데 앞장서 싸우고 있기 때문이다. 메인주에서는 과거처럼 많은 닭이 생산되고 있지는 않지만 옛날과 마찬가지로 열악하고 고통이 심한 환경 속에서 도살장으로 이송된다.

집으로 향한 남은 여정은 아주 천천히 이루어졌다. 눈보라 때문이 아니었다. 눈은 서서히 그치고 있었다. 온 신경이 내 피부에, 그리고 벼룩들이 내 옷 속에서 기어 다니고, 피를 빨고, 배설을 하고, 교미를 하는 상상에 쏠려 있었기 때문이다. 어디 다친 데 없이 멀쩡한 이고르를 다시 내 스웨터 속에 안전하게 넣어 둔 탓이었다. 나는 머릿속으로 벼룩의 한살이를 그려 보았다. 거대한 장비를 갖춘 수컷 벼룩이 피를 잔뜩 빨아먹은 암컷과 교미를 하는 장면, 암컷이 포만감을 느끼며 숙주의 목덜미에 편안히 머물러 있는 장면을 떠올렸다. 벼룩은 대개 목덜미에, 즉 벼룩을 터뜨려 버릴 수 있는 숙주의 앞니가 닿지 않는 곳에 주로 머문다. 암컷은 털에 알을 낳고 배설물도 남긴다. 배설물은 석탄 가루 같은 검은 점처럼 보이지만 빗으로 빗어 물에 젖은 흰 종이 위로 떨어트리면 적갈색으로 변하며 녹는다. 나는 바로 그 자리에서 차를 멈추고 엄지손톱으로 벼룩을 눌러 죽이고 싶었다. 까다로운 과정이며 눈을 가늘게 뜨고 해야 한다. 통통해진 벼룩은 눌러 죽이면 그 파편이 멀리까지 흩어지기 때문이다. 그러던 나는 알에서 꾸물거리는 유충이 기어 나오는 모습을 떠올렸다. 현미경으로 보아야 보이는 작은 구더기는 바닥 틈, 혹은 카펫의 털 사이에 살면서 더 작은 생물과 유기 물질을 먹는데, 물론 집 안에 쌓이는 인간과 동물의 무수하고 미세한 피부 조각들도 그에 속한다.

구더기는 시간이 지나면 너무 뚱뚱해져서 움직일 수조차 없게 된다. 그러면 바깥 피부가 딱딱한 보호막을 이루게 되는데 그 안에서 유충은, 아름다운 나비 같은 것이 아닌, 곡예에 능한 생존 전문가이자 기회주의자가 되어 공짜 밥을 먹고 공짜 사랑과 온기를 누리고 공짜 여행을 하며 평생을 살게 된다.

다행히 내 머릿속의 컴퓨터는 수의 대학에서 입력된 프로그램을 아직 대체로 기억하고 있는 듯했다. 내가 그 컴퓨터에서 벼룩에 관한 내용을 읽어 들이고 있던 찰나 생각이 멈추었다.(이것은 그 자체로 몹시 희귀한 일이었다.) 허벅지 안쪽으로 벼룩이 기어 다니는 느낌이 든 것이다! 그리고 벼룩이 무는 느낌이 들었다. 아니, 내 피부가 벼룩의 침에 반응해서 가려움을 느끼기 시작했다고 해야 할 터이다.

나는 집으로 향하는 길에 분별력을 발휘하여, 이미 사 두어야 했던 물건들을 사기 위해 식료품 가게에 들렀다. 고양이 밥, 고양이 모래, 고양이 화장실, 그리고 벼룩 퇴치 약을 사야 했다. 가게에 벼룩 퇴치 약이 있었고 개와 고양이에게 안전하다고 적혀 있었지만, 내용물을 확인하니 사실은 고양이에게 독성이 있는 물질이 들어 있었다. 고양이가 작을수록 더 유해할 수 있었다. 경련이나 마비, 뇌 손상이나 간 손상, 심지어 호흡 정지까지 일으킬 수 있었다.

30분 후, 이고르는 우리 집 거실에서 배를 보이고 누워 있었다. 나는 무릎과 손바닥을 이용해서 이고르를 붙잡고 엄지손톱으로 소탕 작전을 실행했다. 이고르의 가늘고 연한 털은 독서용 스탠드를 들이대자 거의 투명해져서 벼룩을 잡기는 쉬웠다. 벼룩은 명확하게 눈에 들어왔고 털 때문에 빠르게 도망가지도 못했다. 한 마리가 이고르의 몸 밖으로 탈주를 시도했지만 재빨리 돌아왔는데, 집 안이 워낙 추웠기 때문이다. 이고르는 잠시 저항을 하다가 스탠드 불빛의 온기에 잠이 들었다. 나는 금세 이고르의 몸에 있는 벼룩을 잡고 나에게로 관심을 돌려 입고 있던 모든 옷을 뒷문 밖으로 내놓았고 하루 동안 갖고 들어오지 않았다. 이 모든 것 중 어느 한 가지도 소홀히 할 수 없었다. 단 한 마리의 벼룩이라도 알을 배고 있다면 순식간에 집 안 전체가 벼룩으로 들끓게 만들 수 있으니 언제든 이고르와 나를 집밥으로 먹을 수 있을 터였다.

그해 겨울, 벼룩은 다시 보이지 않았다. 이고르는 집 안을 충분히 탐험하고 안정을 찾았다. 따뜻한 자리도 잘 찾아냈다. 난방기의 바람이 나오는 구멍, 책상용 스탠드 아래(켜져 있을 때), 햇볕의 움직임에 따라 온기가 고이는 여러 창가.

이고르에게 모래 화장실을 보여 주자마자 이고르는 킁킁거리며 냄새를 맡고 앞발로 신중하게 모래를 건드려 보더니 화장실 안으로 들어갔다. 뒷다리 밑에 있는 모래를 파고 작은 구멍을 만든 뒤 쪼그리고 앉은 이고르는 나를 향해 앉으며 눈을 감았다. 잠시 후 갑자기 두 눈을 뜨더니 몸을 돌려 방

1963년, 낮잠을 자고 있는 저자와 어린 이고르
사진: 마이클 폭스

금 내보낸 것을 조심스럽게 덮었다. 이고르는 발을 하나하나 재빨리 터는 시늉을 하고는 화장실에서 폴짝 뛰어나와 야옹거리며 내게 왔다. 인정 혹은 칭찬을 바라는 듯했다. 나는 두 가지 모두를 보여 주고 좋은 주인이 지켜야 할 덕목에 따라 화장실의 배설물을 검토했다. 방광염의 증상인 혈변을 보이기에 이고르는 아직 어렸다. 그러나 회충이나 촌충 같은 기생충은 있을 수 있는 나이였다.

대변 속에서 회충은 끝이 뾰족한 실, 혹은 얇은 스파게티가 말려 있는 모양으로 보일 수 있다. 촌충의 마디마디는 마치 기어 다니는 쌀알처럼 보인다. 낡은 숟가락으로 모래를 퍼내는 내 눈에 바로 그런 무심한 움직임이 보였다. 이고르는 촌충에 감염되어 있었고 나는 어떤 촌충인지 짐작할 수 있었다. 감염된 벼룩이 옮기는 촌충이었다. 이고르는 너무 어렸기 때문에 아빠 고양이 피터 킨이 가족을 위해 사냥해 온 들쥐나 토끼의 조직에 있는 낭포 또는 성장한 알을 먹고 감염이 된 것은 아니었다. 쌀알 같은 이런 움직이는 악성 편절segment은 알로 가득해서 시간이 지나면 말라 터진다. 그런 뒤 현미경으로만 볼 수 있는 기타 작은 먹이와 함께 벼룩의 구더기에 의해 섭취된다. 그 후 다 큰 벼룩의 몸 안에 휴면 상태의 낭포로 있다. 성장이 멈춘 낭포는 고양이의 위산이나 소화 효소에 의해 활성화된다. 다시 말해 고양이가 감염된 '매개체' 벼룩을 잡아먹음으로 해서 고양이의 몸 안에 들어온다. 그런 뒤 두절scolex이라는 것이 서서히 안팎이 뒤집히면서 고리와 빨판이 달린 머리로 내장의 안쪽 벽을 파고 들어간다. 이 안정적인 고정 부위로부터 수많은 편절이 연결되어 자라난다. 내장에 박힌 두절 여남은 개에서 나온 끈 모양의 편절들은 자라나며 서로 얽힌다. 마치 고착 생활을 하는 일부 해초처럼 촌충의 끝에 있는 일부 편절은 원숙한 상태가 되면 떨어져 나와 대변을 통해 몸 밖으로 배출된다. 그리고 새로운 편절이 그 자리를 대신함으로써 재생 주기가 계속 반복된다. 그리고 각 편절의 표면은 내장 속 소화가 덜 된 영양소를 빨아들인다.

　　나는 식물과 크게 다를 바 없는 그 머릿속에 어떤 의식이 자리하고 있을지 궁금했다. 의식은 아주 혹은 거의 필요 없을 터였다. 벼룩과 고양이 사이의 확실한 관계가 촌충의 영생을 보장해 주고 있기 때문이다. 그러나 촌충과 벼룩, 고양이 간의 그 긴밀한 상호 관계가 애초에 어떻게 진화할 수 있었는지 여전히 궁금했다. 그런 놀라운 공생 관계는 아마도 고양이가 고양이로 진화하는 데 걸린 시간보다 오랜 시간에 걸쳐 형성되었을 터였다. 아닐 수도 있다. 촌충과 벼룩의 생장 주기는 고양이보다 짧다. 수많은 세대의 수많은 자손들이 있기 때문에 폭넓은 유전자 풀의 무작위성 안에서 다양한 변이, 적응을 위한 유전 변화가 나타나 최악의 조건에서도 생존과 존속이 보장될 수 있다. 내 기억에 따르면 제초제에 대한 저항성도 빠르게 생겨난다. 나는 별명이 "두 절" 교수님이었던 기생충학 교수의 강의를 떠올렸다. 내가 언제 한번 무례하게 방해했던 강의였다. 평소에 여담을 잘 하지 않던 교수님은 어느 날 토끼의 벼룩에 대해 교과서에 나오지 않는 내용을 설명했다. 토끼의 벼룩은 암컷 토끼가 새끼를 낳고 젖을 먹일 준비가 되었음을 알리는 호르몬이 분비될 때에만 '애정 행각'을 벌인다. 이런 식으로 벼룩은 다음 세대 벼룩을 위한 충분한 숙주를 확보하고 알뜰하게 진화된 피임 방식을 유지한다.

　　벼룩을 통해 숙주에서 숙주로 옮겨 가는 기타 질병에는 흑사병 즉 페스트와, 티푸스가 있다. 이런 어두운 생각, 그리고 몇 미터는 족히 됐을 이고르의 촌충은 다음 날 내가 연구소에서 가져온 적절한 약물 덕분에 곧 박멸할 수 있었다. 개들도 동일한 종류의 촌충에 감염될 수 있기 때문에 상비해 두고 있었다.

　　그러나 이고르의 대단한 먹성과 불룩 튀어나온 배는 한 주가 지나도 줄어들지 않았으므로 나는 다시 화장실을 청소하며 녀석의 대소변을 조사하는 의식을 반복했다. 이고르의 털은 듬성듬성했고 윤기가 없었으며 첫아이를 가지면 다들 그렇듯 나는 걱정이 지나친 아빠였다. 그러나 나의 불안감은 어느 날 아침 마침내 보상을 받았다. 이고르의 대변 속에 촌충의 편절이 아닌, 곱게 말린 채 반짝이는 회충 한 무리가 보였던 것이다. 어린 시절 변기에서 꿈틀거리는 기생충을 발견하고 느꼈던 공포가 생생하게 떠올랐다. 의사는 "요충"이라고 진단했고 쓰디쓴 콰시아 액(열대 지방의 나무에서 나온 액체)을 다량 처방했다. 어린 내 마음 속에 그 일은 충격으로 남았다. 내 몸 안에 외계 생물이 살다니! 취학 전 아이들에게 그런 기생충은 흔했지만 그럼에도 기생충 감염은 낯부끄러운 일이었다. 엄마는 더욱 그렇게 느꼈다. 아마도 이 충격적인 경험이 나로 하여금 기생충학에 그토록 병적인 집착을 보이게 만들었는지 모른다. 나는 수의 대학에 다닐 당시 기생충학 성적이 아주 좋았고, "두절" 교수님이 그토록 따분하기 그지없는 사람이 아니었다면 분명 기생충 전문가가 되었을 것이다.

　　아무튼 이고르에게는 회충이 있었고, 나는 새끼 고양이나 강아지가 회충을 가지고 태어날 수 있을 뿐 아니라 오염된 흙에 있는 성숙한 알을 통해 감염될 수 있다는 사실을 떠올렸다.

　　아이들 또한 이런 알에 감염되어 가볍게 열이 날 수 있다. 장에서 알을 깨고 나온 유충은 스스로 움직일 수 있어서 몸의 다른 곳으로 이동하는데, 결국 눈으로 가서 시각 장애를 유발할 수도 있다. 아마도 숙주를 잘못 고른 탓일 것이다. 새끼 강아지와 고양이의 몸 안에서 유충은 폐로 이동해서 기침을 통해 나온 다음 다시 삼켜진다. 그리고 장내에서 성장하고 먹이 활동을 하며 번식한다. 회충이 너무 많아지면 장에 구멍을 뚫을 수도 있는데 그렇게 되면 새끼 고양이는 고통스러운 죽음을 맞는다. 유충은 태반을 뚫고 들어가 자궁 내에서 자라고 있는 새끼들을 감염시킬 수도 있다. 이고르도 그런 처지에 놓였던 것이다. 그날 밤 이고르에게 약을 먹이자 이고르는 엄청난 숫자의 회충을 배출했다. 그 작은 몸이 터지거나 무너지지 않고 그런 심각한 감염을 그토록 오래 견디어 왔다는 사실이 믿기지 않았다.

몇 시간 만에 이고르는 좀 더 발랄하고 민첩해졌다. 한 주가 흐르자 이고르의 식욕이 줄었고 털에 윤기가 흘렀으며 튀어나온 배는 쏙 들어가고 없었다.

　　그런 뒤 일반적인 고양이 바이러스 질환(고양이 독감, 고양이 범백혈구 감소증)을 예방하는 백신을 놓아 주었다. 그러고 난 뒤에야 나는 샴고양이의 등에 주사를 놓으면 안 된다는 사실을 알았다. 주사를 놓은 자리의 털이 진한 갈색으로 변하기 때문이다.

　　털색이 짙은 배 쪽이나 넓적다리 쪽에 접종을 해야 했다. 결국 이고르는 평생 나의 무능을 상징하는 짙은 반점을 안고 살아가야 했다. 그 자그마한 오점을 알아보는 사람이 거의 없다는 사실은 중요하지 않았다. 내 눈에는 늘 또렷이 보였기 때문이다.

　　새끼 때 밝은 크림색이었던 이고르의 털은 어른이 되면서 점점 어두워졌다. 짙은 색은 꼬리와 두 귀, 네 발에서 시작해 점점 퍼져 나갔다. 이것은 온도에 민감한 유전자에 의한 현상으로, 생애 초기에는 체온이 낮은 말단 부위에 멜라닌 색소가 몰린다. 이후 색소는 점점 퍼져 나가서 온몸이 짙은 색이 될 수도 있고 중간에 멈추어 보기 좋은 씰포인트로 남을 수도 있다.

　　이고르가 태어난 지 12주가 되었을 때 나는 가슴 아픈 결정을 해야 했다. 중성화 수술을 하기로 한 것이다. 수술을 하지 않으면 바깥을 배회하고 싶어 하거나 영역 표시로 소변을 온 집 안에 뿌릴 터였다. 이고르는 커서 근사한 고양이가 될 게 분명했지만, 나는 샴고양이를 교배할 생각이 없었으므로 수술은 빠를수록 좋다고 생각했다. 성 경험이 없으면 박탈감도 들지 않으리라는 생각이었다. 나는 체념, 확신, 죄책감이 뒤섞인 감정을 안고 햇빛과 교회 종

소리가 거실을 채우던 어느 일요일 아침 빠르게 수술을 감행했다. 십 대 초반의 기억이 떠올랐다. 영국에 살 때 나는 매주 일요일 오전 동네 수의사였던 하우 선생님, 혹은 선생님의 동료를 따라 외딴 농장으로 왕진을 가곤 했다. 이고르는 큰 탈 없이 회복했고 다음 날 밤이 되자 전과 다름없이 발랄하고 열광적으로 놀았다.

　　프로이트 학파의 정신 분석학자라면 고양이 화장실에 집착하는 나를 보고 프로이트 이론의 타당성을 확인했겠지만, 수의사로서 나는 훈련받은 대로 극히 기본적인 생의 실제에 집중하지 않을 수 없었다. 질병 혹은 고통을 표현할 능력이 제한된 동물을 다룰 때에는 더욱 그래야 했다.

　　이고르가 매일 밤 설사를 하기 시작하자 나는 몇 주 동안 무척 심난했다. 톡소플라스마증(톡소포자충증)의 가능성을 두고 염려하기도 했다. 톡소플라스마증은 내장에 감염되는 병으로, 임신한 여성에게 전염되면 자라나는 태아에게 선천성 장애가 생길 수 있다. 일반적인 감염 경로는 오염된 고기의 섭취이다. 이고르의 대변 샘플이 모두 음성으로 나오자 나는 심리적인 요인을 의심했다.

　　날마다 저녁 식사를 한 후 이고르는 '저녁 우다다'를 했다. 나중에 알았지만 이것은 수많은 고양이들이 보이는 특징이다. 아마 이고르의 먼 조상들이 했던 야간 사냥 활동에서 유전된 특성일 것이다. 이고르는 집 안을 '우다다' 질주하기도 하고 벽을 딛고 뛰어 오르기도 했다. 얼룩이나 그림자 위로 몸을 던지기도 하고 몸을 숨겼다가 보이지 않는 눈앞의 물체를 덮치곤 했다. 벽에 달린 거울은 이고르를 더욱 흥분시켰다. 등을 잔뜩 구부린 채 거울을 향해 서서히 접근해서는 자신의 모습이 거울에 비치는 즉시 온몸의 털을 세운 다음 마치 겁에 질린 듯 멀리 도망을 쳤다. 그러고는 몇 분 뒤 똑같은 놀이를 반복했다.

급성 소화 불량을 일으킬 정도로 이고르를 흥분시켰던 이고르의 행동은 동물이 놀이를 할 때 상상력을 이용할 뿐 아니라 매우 창의적이라는 사실을 명확히 보여 주었다. 설사 문제는 야간 우다다가 끝난 뒤에 밥을 주자 간단하게 해결되었다. 나는 또한 이고르의 놀이에 동참하기로 했다. 네 발로 기어 다니는가 하면 소파의 한 귀퉁이 뒤에서 고개를 숨겼다 꺼냈다 하면서 "까꿍!" 하듯 까딱거렸다. 처음에는 이고르도 주춤하는 듯했다. 꼬리를 뒤집어진 U 자처럼 해서는 침실로 조르르 뛰어 들어갔다. 내가 뒤따라 방으로 들어서자마자 이고르가 내 등 위로 뛰어올라 앞발로 머리를 휘갈기더니 어느새 내려가 꼬리를 잔뜩 부풀린 채 거실을 휘젓고 다녔다. 내가 방문 뒤에 숨어서 기다리자 이고르는 소파 뒤에 숨어 기다렸다. 긴 대치 끝에 이고르가 모습을 드러냈다. 핼러윈 고양이처럼 게걸음을 하면서 나에게 다가오는 이고르는 거울에 비친 자신의 모습에 다가갈 때처럼 사나워 보였다. 난 당황하고 말았다. 이고르는 완전히 야생 고양이가 된 것 같았다. 내가 이고르를 안심시키며 차분한 목소리로 말을 건네자 이고르는 곧장 작은 새끼 고양이로 돌아왔다. 내목소리를 듣자 하이드가 지킬 박사로 바뀐 것이다. 곧이어 나는 "하악!" 소리를 내며 두 팔을 무섭게 치켜들고 이고르에게 다가갔다. 이고르는 내가 한 발자국 거리에 다다를 때까지 꼼짝하지 않고 자리를 지키다가 갑자기 내 품으로 뛰어들어 그르렁거리며 내 손을 입에 넣고 가볍게 오물거렸다. 나는 이고르의 뱃가죽과 털을 잡았고 이고르는 발톱으로 내 팔에 매달린 채 마치 상상 속의 먹잇감을 해체하듯 뒷다리로 연신 발길질을 했다. 그러나 이고르는 자신의 송곳니와 발톱을 완벽하게 통제하고 있었고 우리가 씨름을 하는 동안 내게 어떤 상처도 남기지 않았다.

　　그날부터 매일 밤 우리는 숨바꼭질을 했다. 서로를 몰래 지켜보다가 마침내 사냥하듯 덮치는 놀이였고 사냥이 끝난 뒤에는 물론 저녁 식사를 했다. 저녁마다 치러지는 이 의식은 우리 집에 저녁 식사를 하러 온 손님들을 항상 당황스럽게 만들었다. 손님들은 대체로 나의 특이한 성격을 안쓰러워했다. 고양이와 살기 위해서는 때때로 고양이가 되어야 한다는 사실을 깨닫는 사람은 거의 없는 듯했다.

　　함께하는 놀이는 깊고 애정 어린 유대와 상호 의존 관계를 만들었다. 이고르는 나의 생활 습관에 완벽하게 적응했고, 봄이 되자 나는 기상 알람 시계가 필요하지 않았다. 이고르의 차가운 코가 내 코를 건드리는 즉시 잠에서 깨면 거의 정확히 여덟 시였다. 이고르는 내 차의 엔진 소리도 익혔다. 내가 차를 몰고 돌아오면 거실 창가로 가서 지켜보다가 곧이어 현관으로 와서 들어오는 나를 맞이했다. 내가 이고르보다 책과 서류에 더 많은 관심을 주면 내 무릎으로 올라오거나 내 작업물 위에 앉아 불만을 표시했다. 나는 버리는 메모지를 공처럼 구겨 바닥에 떨구기도 했는데 이고르가 구겨진 종이를 내 발치로 가져다주면서 나를 훈련시킨 결과였다. 내가 일을 하는 동안 이고르는 인내심을 가지고 이 놀이를 되풀이했다. 내가 놀이에 참여하지 않으면 이고르는 망설임 없이 나의 무릎 위로 올라와 나의 집필 혹은 독서를 방해했다.

　　내가 이고르를 안고 얼굴을 비벼 대면 이고르는 내 입에 앞발을 넣었고 나는 무는 시늉을 했다. 이것은 이고르가 가장 좋아하는 놀이 가운데 하나였다. 그러면 이고르도 내 코를 물고 놓지 않았고, 내가 앞발을 좀 더 세게 물면 이고르도 내 코를 좀 더 세게 물었다. 이것은 이고르가 자신의 신뢰와 감수성, 그리고 훌륭한 유머 감각을 나에게 가르쳐 주기 위해 허락한 매우 친밀한 시간이었다.

눈이 녹자마자 나는 이고르를 데리고 집 뒤편 숲에서 긴 산책을 하곤 했다. 이고르는 이런 산책을 굉장히 좋아했고 "산책 가자"가 무슨 뜻인지 금세 이해했다. 내가 말을 하자마자 문 앞에 서서 나가자고 야옹거렸기 때문이다. 나는 절대로 이고르가 혼자서 자유롭게 돌아다니도록 내버려 두지는 않았다. 차에 치일 수도 있고 덫에 걸릴 수도 있었으며 개, 너구리, 혹은 거대한 메인 쿤 고양이, 심지어 스라소니와 싸우다 다칠 수도 있었다. 게다가 나는 집고양이가 야생 동물을 사냥하고 죽이는 게 옳지 못하다고 생각했다.

이고르는 마치 개처럼 나를 뒤따르거나 앞장서 탐험하다가 나를 기다렸다. 숨어서 기다리다가 내 다리를 공격하기도 하고 한동안 내 어깨에 얹힌 채 다니기도 했다. 그러다가 나와 대화를 하기 시작했다. 내가 "날씨 정말 좋지" 혹은 "소나무 냄새 좀 맡아 봐"라고 말하면 이고르가 낮지만 똑똑한 소리로 내 귀에 대고 여러 차례 야옹거렸다. 말이 많은 샴고양이를 귀찮게 여기는 사람들도 많지만 샴고양이가 대화를 하고 싶어 할 뿐이라는 사실은 명백하다. 뭐라고 하는지보다 어떻게 말하는지가 이런 고양이들에게 중요한 것으로 보인다. 우리는 함께 긴 드라이브를 즐기기도 했다. 이고르는 내 어깨 위, 혹은 뒤쪽 차창 앞에 앉아 대부분의 여정을 재잘거리며 갔다.

그해 봄 심한 독감에 걸려 몸져누운 나는 고양이들이 왜 그르렁거리는지 그 이유를 좀 더 이해하게 되었다. 나는 당시 이고르도 감염이 될까 두려웠다. 일부 독감과 유사한 바이러스는 고양이와 사람 모두에게 전염될 수

1. 나의 첫 고양이가 준 가르침

있고 영국에서 수의사 생활을 할 때 아픈 고양이를 치료하러 왕진을 가면 주인 또한 비슷한 증상을 보이는 경우가 흔했기 때문이다. 그러나 이고르는 전염되지 않았고 나를 매우 세심하게 돌봐 주었다. 내가 아프다는 사실을 아는 것 같았으며 거의 하루 종일 내 곁에 누워 시간을 보냈다. 가끔은 자리에서 일어나 낮은 "야옹" 소리와 함께 내 코를 건드리거나 내 턱에 머리를 문지르면서 따가운 혓바닥으로 나를 몇 차례 핥아 주었다. 그런 다음 깊은 울림이 있는 소리로 그르렁거리곤 했는데, 그럴 때면 나는 진동 기능이 있는 침대에 누워 있는 기분이었다. 음파는 내 몸을 가득 채웠고 내 몸은 곧바로 편안해졌다. 누군가가 소리로 나를 쓰다듬거나 주무르는 느낌이었다. 서로 건드리거나 서로의 털을 골라 주지 않아도 친밀한 접촉을 유지하는 방법이 바로 고양이들의 그르렁거리는 소리라는 사실을 나는 깨달았다. 심지어 계속되는 이고르의 세심한 핥기와 그르렁거림이 사랑으로 치유하는 고양이들만의 방법이 아닐까 생각해 보게 되었다. 아픈 고양이는 마치 깊은 최면 상태에 빠진 듯 밥을 먹지 않고 휴식을 취하는데, 그럴 때 함께 사는 고양이들이 아픈 고양이에게 하는 행동은 이고르가 나에게 했던 행동과 똑같다.

이후 나는 관련 연구를 했고, 동물에게 말을 하거나 쓰다듬으면 동물의 심장 박동 수가 대폭 내려간다는 사실을 발견했다. 이런 급격한 생리적 변화는 긍정적인 치유 효과가 있다. 따뜻한 사랑과 관심은 병을 낳게 할 수 있는 것이다. 이것은 손으로 어루만지는 행위의 기적적인 효과 중 하나이며, 고양이의 그르렁거림과 핥기 역시 이런 치유의 접촉에 속하는 셈이다.

오늘날 전체론적 의학은 접촉뿐 아니라 특정 소리와 색깔에도 치유 효과가 있다는 사실을 발견해 가고 있다. 다시 말해 미세한 에너지가 정신과 육체를 고치고 조화롭게 만들 수 있다는 것이다.

열병을 앓고 있던 나는 이고르가 티베트 승려라고 상상했다. 이고르가 그르렁거리는 소리는 실제로 만트라(일종의 주문. 진언眞言이라는 의미의 산스크리트어─옮긴이)를 외거나 배음 창법으로 노래를 하는 티베트 승려들을 떠올리게 했다. 승려들은 성대를 울려 고양이가 그르렁거리는 소리와 비슷한 울림을 낸다. 고양이는 그르렁거리면서 어떤 변이된, 혹은 초월적 의식 상태를 유도하거나 표현하고 있을 수도 있다. 고양이들이 만트라를 외는 방식일 수 있는 것이다. 아무튼 내가 병들어 있는 동안 이고르가 무조건적인 애정을 쏟으며 나를 보살핀다고 생각하니 기분이 좋았다.

그 무렵 나는 고양이들의 폭넓은 발성 범위에 대해서 더 잘 알게 되었다. 이고르는 침대로 뛰어 올라오기 전에 짧게 지저귀듯 야옹거리며 올라온다는 것을 알렸다. 그리고 침실 창밖에 새가 앉으면 이고르도 마치 새들처럼 짹짹거리며 수다를 떨었다. 고양이가 새들을 덮치기 위해 새들의 지저귐을 흉내 내어 가까이 가는 것인지 그것은 아직 나도 알 수 없다. 나는 독감을 앓는 동안 이고르가 짖을 수 있다는 사실도 발견했다. 친구가 병문안을 와서 문을 두드리면 이고르는 짧고 세찬 콧소리를 내며 나를 조심시켰다.

이고르처럼 공감 능력이 뛰어나고 놀이를 좋아하는 동물과 이처럼 친밀하게 지내면서 쌓은 여러 가지 경험은 나에게 큰 깨달음을 주었다. 개의 행동과 뇌 발달에 관한 나의 연구에 밝은 빛을 비추기도 했다. 나는 살아 있는 생명을 정말 제대로 연구하려면 과학적 객관성만으로는 부족하며 연구 동물의 본성과 본질적 가치에 대한 존경과 사랑이 더해져야 한다는 것을 깨달았다. 내가 이고르를 동물로서, 지적 능력이 있고 민감한 존재로서 점점 더 알아 갈수록 내 자신의 연구에 신경이 쓰였고, 나의 연구 동료들이 실험동물을 마치 감정이 없는 기계, 탐구를 위한 단순 '도구'처럼 대하는 태도가 염려되기 시작했다. 나는 나와 이고르 사이의 친밀한 관계가 부자연스럽고 특수한 상황이며 고양이를 변화시켰다는 관점을 받아들일 수 없었다. 오히려 나는 이고르가, 우리 사이에 확립된 친밀한 유대를 통해 나를 변화시킨 것 같았다. 우리가 동물의 신뢰와 애정을 얻었을 때 동물은 본성을 보여 주며, 이고르도 그래서 나에게 제 본성을 어느 정도 보여 준 것이다.

　　　나는 불필요한 고통을 유발하는 일부 실험 절차들을 점점 더 불편하게 여기게 되었다. 게다가 내가 다른 실험실에서 목격한 것들, 즉 작은 우리에 갇힌 채 몇 년을 사는 실험동물들의 사회적·정서적 결핍 상태 등에 심각한 양심의 가책을 느끼게 되었다. 다행히도 우리 연구실에는 고양이는 없었고 개들은 커다란 우리와 야외 운동장이 있는 훌륭한 환경에서 살고 있었다. 나는 또한 이고르 덕분에 나 자신의 가치관에 의심을 품기 시작했으며 오래지 않아 결론에 이르게 되었다. 단지 과학적 호기심을 만족시키기 위해, 혹은 지식을 위한 지식을 얻으려고 동물에게 신체적 혹은 정신적 고통이나 결핍을 안기는 일은 어떤 경우에도 윤리적으로 허용할 수 없다는 결론이었다. 동물 실험을 합리화하는 온갖 논리에 대해서는 물론 잘 알고 있었다. 지식에 문화적 가치가 있다는 주장, 새로운 소비품 개발을 위한 동물 실험은 소비자를 보호한다는 주장, 동물에 대한 연구를 통해서만 과학적이고 의학적인 돌파구를 찾을 수 있고 인도주의자들이 동물 실험에 법적 규제를 가한다면 과학적 '자유'가 제한되어 그것이 불가능하다는 주장 등. 나 자신 역시 오도 가도 못 하는 상황이었다. 나의 학업적 성취가 동물 착취에 달려 있었기 때문이다.(나는 런던 대학의 수료생 신분으로 의학 박사 학위를 따려던 중이었다.) 그럼에도 이고르 덕분에 당시 나는 수의학, 그리고 인간 의학 발전이라는 목표에 필수적인 핵심 지식을 확보하기 위한 여러 대안을 발굴함으로써 동물들에게 고통을 가하는 일을 피하겠노라고 결심했다.

　　　몇 해가 지나고 고양이, 개, 늑대를 비롯한 여러 동물들과 더 많은 경험을 쌓은 나는 이런 개인적인 도덕 신념을 좀 더 다듬은 결과 과학의 이름 아래 내가 자발적으로 내 자신에게 행할 수 없는 일이라면 동물에게도 절대로 행하지 않겠다고 결심하게 되었다. 설령 그렇게 해서 얻은 지식이 세상의 아픔을 덜고 고통을 예방하는 데 도움이 된다는 설득력 있는 증거가 있다고 해도 내 결심은 변함없었다. 지나치게 이상주의적이고 이타주의적인 태도라고 여겨질 수도 있지만, 생각해 보면 대부분의 인간의 질병과 고통은 인간이 초래한 것이다. 삶의 방식, 가치관, 식습관 및 기타 소비 습관을 적절히 변화시키면, 그리고 우리의 기술 수준과 업계를 변화시키면(그로부터 엄청난 생태적 혼란, 오염, 질병이 초래되므로) 우리는 생물 의학 연구에 동물을 사용하지 않아도 된다.

　　　메인주의 늦봄이 빠르게 여름으로 넘어가고 마을은 겨울잠에서 깨어났다. 식당과 술집, 관광객을 대상으로 하는 상점들이 밀려들 관광객에 대비해 창고를 채우고 하나둘 문을 열었다. 은둔하던 나에게도 여름이 찾아왔고 이고르와 나는 삶을 만끽했다. 여러 새로운 친구도 사귀었으며 이고르가 특히 호의를 보였던 한 여성은 훗날 나의 아내가 되었다. 그러나 결혼식 바로 전날 밤, 집에 온 손님이 실수로 부엌문을 열어 두었고 문밖으로 나간 이고르는 차에 치여 즉사했다. 기이하게도 그곳은 이고르가 몇 달 전 집을 몰래 빠져나가 차에 치였던 바로 그 자리였다. 첫 사고가 있은 뒤 나의 약혼자 보니 모릴과 내가 반혼수 상태였던 이고르를 밤낮으로 일주일도 넘게 간호했고 이고르는 회복한 터였다.

그러나 이고르를 죽게 만든 두 번째 사고가 있은 뒤 우리는 메인주 숲속에 이고르를 묻었고 마치 내 삶의 중요한 부분이 막을 내린 것 같았다. 이고르는 나의 가장 친한 친구이자 스승이었고, 나는 이고르와 이고르와 동종의 모든 생물에게 감사를 표할 방식을 언젠가 찾아내고야 말겠다고 결심했다.

2.
동물이 애도하고
슬픔을 표현하는 방법

스코틀랜드 에든버러에는 작은 케언테리어 바비를 추모하기 위한 아름다운 동상이 있다. 바비를 알았던 애정 어린 시민들이 세운 동상이다. 바비를 알았던 모든 사람이 바비에게 경의를 표한 까닭은 이렇다. 사랑하는 주인이 1853년 세상을 떠나 그레이프라이어스 커크야드의 작은 공동묘지에 묻혔을 때 바비는 1872년 노령으로 숨질 때까지 주인의 무덤을 지키며 밤마다 외로운 참배를 계속했다. 기념 동상에 붙은 동판에 따르면 바비의 충성스러운 참배는 약 19년 동안 이어졌다고 한다.(공동묘지에 있는 기념 묘비에 따르면 바비는 1872년 1월 14일 16세로 죽음을 맞았다. 그러나 이 정도의 오차를 이론적으로 따져 봐야 소용없다. 켈트력曆에서 비롯한 문제일지도 모르는 일이다!)

　　나는 일본 도쿄의 한 지하철역 밖에서도 개의 참배를 기념하는 조각상을 본 적이 있다. 그 개는 직장에서 돌아오는 주인을 매일 저녁 역 앞에서 기다린 사연으로 잘 알려졌다. 주인이 죽고 난 뒤에도 몇 년 동안 사랑하는 반려인과 함께 집으로 돌아가기 위해 그를 기다리며 끈기 있는 참배를 계속했다.

지구 반대편에 있는 사람들이 각각 개를 기념하기 위한 기념물을 세웠다는 사실은 인간의 특성에 대해, 바람직한 특성에 대해 말해 준다. 바로 인간이 문화와 시대를 막론하고 동물이 구현하는 선의를 알아본다는 점이다. 선의라 함은 주로 충성심, 헌신, 무조건적인 사랑, 자기희생과 같은 인간의 미덕이다. 우리 인간은 이런 미덕이 성인군자의 영역에 속한다고 생각하는데 현대 사회에서 너무도 희귀하기 때문이다. 그러나 아주 희귀하지만은 않을 수도 있다. 동물들의 도움을 받아 좀 더 완전한 인간이 되려는 마음이 있다면, 우리의 지배 아래 있는(성경 말씀을 빌리자면 주의 왕국에 있는) 동물의 행복이 자비롭고 인도적인 인류로 나아가는 우리의 진화와 발전을 반영하게 할 수 있다면 우리도 선의를 구현할 수 있다. 오스트레일리아의 원주민들의 말을 빌리자면 "딩고(개)는 우리를 인간답게 한다".

인류학자들은 덴마크에서 키프로스에 이르는 구석기 무덤 현장들에서 동물 곁에 몸을 웅크리고 있는 인간의 유해를 발견했다. 동물은 인간이 사랑하던 개 혹은 고양이가 틀림없어 보였다. 인류의 역사가 글로 기록되기 훨씬 전부터 반려동물은 우리 인간에게 중요했으며 타고난 영혼과 정신, 존재감, 예지력 덕분에 존경받았음이 분명하다.

아래에 이어질 여러 편지와 개인적인 사연들은 내가 수년에 걸쳐 받은 것으로서, 다는 아니지만 얼마나 많은 반려동물이 함께 살던 인간, 혹은 동물 친구의 죽음에 반응하는지 구체적이고 생생하게, 그리고 감동적으로 보여 주고 있다. 여기 소개하는 증언에는 어떤 질척질척하고 감상적인 소회도 없으며, 사람들이 동물을 의인화하여 자신의 슬픔을 투영하고 있다는 근거도 없다. 과학자나 세속적인 유물론자는 이런 이야기들을 주관적이고 증명할 수 없는 일화로 치부하여 내칠 수도 있고 합리적 객관주의의 불꽃 속으로 던질 수도 있다. 그러나 동물들은 행동을 통해 우리와 공유하는 아주 오래되고 진실한 마음의 언어로 직접 저들의 이야기를 들려주고 있다. 본성에 충실한 동물들은 거짓말을 할 수 없다.

동물에게 정서적 깊이나 지능이 있다는 사실에 대해 불편함을 느꼈던 사람이라면 이 작고 푸른 행성에서 인간만이 영혼과 감수성, 지능을 가진 유일한 생물체가 아니라는 사실을 목도하고 받아들이는 쪽으로 마음이 움직일 터이다. 슬픔에 빠진 채 사랑하는 이가 돌아오길 바라는 동물들의 모습은 사랑이라는 본성이 동물과 인간에게 선천적으로, 그리고 공통적으로 주어졌다는 사실을 깨닫게 해 준다. 우리는 이로써 동물을 더 잘 이해하고 동물에 대해 더 큰 존경심을 품게 된다. 동물 또한 우리와 아주 동일하지는 않더라도 비슷한 방식으로 상실을 경험하고 기쁨과 동료애를 느낀다는 것을 뜻하기 때문이다. 정말이지 겉모습은 다가 아닐 수 있다.

사랑하는 대상의 죽음은 그 대상이 사람이든 동물이든 대개 날카로운 슬픔으로 먼저 표현되는데 동물은 주로 고통을 받고 있음이 명확한 울음소리를 내게 된다. 처음에는 아무 반응을 보이지 않는 동물도 있지만 나중에 이곳저곳을 뒤지기 시작한다거나 경계심, 걱정이 늘고 수심에 잠길 수 있다. 사랑하는 이가 돌아오기를 바라는 듯 문 앞이나 창가에 앉아 기다리는 행동이 그 보기다.

매사추세츠주의 스프링필드에 사는 낸시 팰존카디널 씨는 이렇게 적고 있다.

　　"우리 고양이 스페클스는 열 살 먹은 우리 집 테리어 위스키가 죽었을 때 여섯 살이었습니다. 둘은 아주 가깝고 친했어요. 우리 예쁜 위스키가 죽자 스페클스는 몇 주 동안 하루같이 집 안을 뒤졌어요. 이 방 저 방을 다니며 온갖 구석을 살펴보는 내내 구슬픈 울음을 울었습니다. 저와 남편은 거실에 있던 안락의자를 치우기로 작정했습니다. 위스키가 죽기 몇 달 전 그 의자에 곧잘 누워 있었고, 저희는 위스키의 냄새 때문에 고양이가 괴로워하며 위스키를 찾는다고 생각했어요. 의자가 없어지자 스페클스는 집 전체를 뒤지는 행동은 그만두었지만 매일 늦은 오후가 되면 현관문 앞으로 갔고 1미터가 안 되는 반경 안에서 계속해서 서성거리거나 늘어져 있었어요. 그리고 밤 열 시가 될 때까지 계속해서 울었습니다! 넉 달 동안 스페클스는 오빠가 아주아주 긴 산책에서 돌아와 계단을 올라오기만을 기다렸어요. 그러던 어느 날 갑자기 자기만의 의식을 그만두었어요. 그리고 8년을 더 살았습니다. 랜디라는 시추가 새로 가족이 되었을 때 스페클스는 녀석을 받아들이는 듯 보였지만 한순간도 위스키처럼 진심으로 사랑하지는 않았습니다."

　　워싱턴 D.C.의 커스틴 L. 웨스폴은 이렇게 썼다.

　　"저는 블루 포인트 샴 형제였던 스파르타와 트로이를 함께 사 왔습니다. 새끼 때부터 트로이는 간 질환이 있어서 몇 년을 투병하다가 먼저 죽었습니다. 트로이가 죽자 스파르타는 지하실로 가서 속을 짜내는 듯한 비명을 지르곤 했어요. 하루에도 몇 번씩 한 달 내내 그렇게 울었고 저는 가슴이 찢어질 것 같았습니다. 그런 울음소리는 생전 들어 본 적이 없었으니까요. 저는 스파르타가 형제의 죽음을 슬퍼하고 있다는 사실을 빠르게 깨달았습니다. 저는

　　| PART 01 반려동물이 내게 가르쳐 준 것들

애완동물도 슬퍼할 줄 안다는 사실을 늘 믿고 있었지만 그때 제 눈으로 똑똑히 보게 된 것입니다."

메릴랜드주 할리우드에 사는 디케이는 저먼 셰퍼드 두 마리, 프린세스와 셉을 기르고 있었다.

"프린세스는 셉보다 한 살이 많았고 먼저 세상을 떠났습니다. 셉은 큰 충격을 받았어요. 낮에는 어두운 차고로 가서 상상하기도 힘든 애달픈 신음 소리를 냈어요. 우리는 즉시 다른 암컷 개를 들였지만 도움이 되지 않았어요. 셉이 슬픔을 극복하는 데는 몇 달이 걸렸습니다."

친구가 언제 세상을 떠날지 미리 감지하고 특별히 주의를 기울이는 동물도 있는 듯하다. 죽음을 앞둔 오빌을 위로해 주었던 키세스의 이야기는 이렇다.

"오빌은 나이가 꽤 많은 래브라도레트리버였고 날마다 쇠약해지고 있었습니다. 오빌이 죽기 불과 몇 주 전에 한 살 반 먹은 초콜릿색 래브라도레트리버 키세스를 입양했어요. 하지만 오빌이 워낙 나이가 많아서 두 녀석은 서로를 잘 알지 못했어요. 키세스한테는 부드러운 거위 인형이 있었는데 키세스는 항상 그걸 물고 다녔어요. 밤에도 그 인형을 베고 잤습니다. 인형에서 편안함과 안정감을 느끼는 게 분명했습니다.

어느 날 밤 키세스가 아끼는 거위 인형을 가져다가 오빌의 머리맡에 놔 주었어요. 오빌의 마지막 사흘 간 키세스는 틈틈이 다가와서 거위 인형 냄새를 맡고 오빌에게 내밀었지만 새 친구에게서 인형을 가져가려는 행동은 전혀 하지 않았어요. 오빌이 마지막으로 잠들었을 때 거위 인형은 오빌의 머리맡에 있었어요. 키세스는 오빌이 땅에 묻힌 뒤에야 거위 인형을 되찾아 갔

2. 동물이 애도하고 슬픔을 표현하는 방법

뿌뿌(오른쪽)는 함께 살던 친구(왼쪽)의 때 이른 죽음에 너무 슬펐던 나머지 제 꼬리를 물어 끊어 냈다.

사진: 사브리나 캠벨

습니다."

때로는 슬픔이 너무 지독해서 완전히 혼란에 빠지거나 심지어 무분별하게 행동하기도 한다. 버지니아주 알렉산드리아에 사는 사브리나 캠벨의 고양이 뿌뿌는 함께 살던 나이 많은 고양이가 죽자 꼬리를 입으로 물어 끊었다.

버지니아주 맥린에 사는 진 W. 버델의 고양이는 진의 남편이 갑작스럽게 죽은 직후 진에게 공격적으로 변해 "수도 없이 습격하고 종종 입으로 물어 상처를 입혔"다.

"남편이 죽은 뒤로 집에 손님이 올 때마다 고양이가 흥분을 해서 돌아다니고 남자 손님들에게 기어오르며 주의를 끌곤 합니다. 저에 대한 녀석의 태도는 천천히 용인에서 인정으로 그리고 마침내 애정으로 변하고 있어요. 오늘도 녀석은 평소처럼 옷장 속에 앉아 남편의 옷들을 올려다보고 있었어요. 어떤 원시적인 방식으로 녀석은 남편을 기억하고, 기다리고, 희망을 놓지 않는 것 같습니다."

첨언하자면 이 행동은 그다지 원시적이지 않다. 그리고 어쨌거나 남편의 옷가지는 없애는 게 좋을 터이다.

여우, 코요테, 늑대 등 야생 갯과 동물의 행동을 연구하던 시절이 떠오른다. 어느 날 아침 나는 작고 아름다운 키트 여우 한 마리가 우리 속에 죽어 있는 것을 발견했다. 녀석의 짝은 숨을 거둔 암컷 여우의 사체 곁에 먹을 것과 다양한 장난감을 가져다 놓았고 내가 우리로 들어가자 나를 위협했다. 죽은 여우를 보호하려는 게 분명했다.

나는 그 일을 겪은 뒤 사냥을 하고 덫을 놓는 사람, 그리고 야생 동물을 죽이는 다른 모든 사람들이 살아남은 동물에게 가져오는 고통에 대해 고민해 보게 되었다. 얼마나 많은 동물이 짝, 어미, 우두머리, 혹은 사랑하는 새끼의 죽음을 슬퍼하겠는가?

동아프리카의 야생 동식물 보호 관리 정책의 일환으로 코끼리 무리의 일부 구성원들이 사살되었을 때 남은 코끼리들이 몹시 슬퍼했다고 야생 동물 관리인들은 되풀이해서 증언한다. 개체 수 조절을 위한 도태 절차에 따른 사살이었다.(코끼리는, 우리처럼, 그리고 일부 개들처럼 참을 수 없는 정서적 고통과 괴로움에 맞닥뜨리면 실제로 울음을 운다.) 요즘 야생 동물 관리인들은 살아남아 슬퍼하는 개체가 없도록 무리 전체를 도태시킨다. 대안은 무리 전체를, 즉

2. 동물이 애도하고 슬픔을 표현하는 방법

엄마, 딸, 아빠, 아들, 할머니, 할아버지, 삼촌, 이모, 고모, 사촌 등 혈연으로 이루어진 친밀한 집단을 개체 수가 급감한 다른 지역으로 이주시키는 것이다. 상아 밀렵 피해뿐 아니라, 개체 수 조절도 여러 야생 동물 보호구역 관리자들에게 골칫거리이다.

목격된 바에 따르면 코끼리들은 다치거나 죽어 가는 무리 구성원을 보호하고, 죽은 구성원을 흙과 나뭇가지로 덮어 주기도 하며, 점점 줄어들고 있는 영역 안에서 죽은 구성원의 뼈를 발견하면 조심스럽게 건드려 본다.

어떤 동물은 사랑하는 이의 죽음에 따른 슬픔이 너무 격렬해서 말 그대로 가슴이 아파 죽기도 한다. 미네소타주의 무어헤드에 사는 D. R. 씨 부부는 말 두 마리를 키우고 있었다. 이름은 피트와 플로리였는데 밭을 가는 말이었다.

"나이가 많이 들어서 '은퇴한' 말들이었어요. 하루는 남편이 일을 하고 있는데 플로리가 헛간 옆에서 휘청이는가 싶더니 쓰러져 죽었어요. 피트는 플로리에게 걸어가더니 한동안 멈추어 있다가 초원을 한 바퀴 돌았어요. 그리고 플로리가 있는 곳으로 돌아가서 다시 가만히 멈추었다가 플로리의 몸에 앞발을 걸쳤어요. 그러고는 그 곁에 쓰러져 숨을 거두었어요. 저는 그걸 보고 동물이 실제로 얼마나 민감한 존재들인지, 그리고 어떻게 그 나름의 방식으로 슬픔을 느끼는지 깨달았습니다. 이 편지를 쓰면서도 눈에 눈물이 고이네요."

텍사스주 알링턴의 준 베이커 역시 아버지의 개와 관련해서 비슷한 사건을 목격했다.

"식구들이 돌아가면서 병원에서 아버지를 간병하고 있었어요. 우리가 집으로 돌아갈 때마다 우리 아버지가 키우는 갈색 잡종견이 우릴 보고

PART 01 반려동물이 내게 가르쳐 준 것들

꼼꼼하게 냄새를 맡았어요. 우리가 아버지 곁에 있다가 온 걸 아는 듯했어요. 우리가 다 함께 장례식을 치르고 돌아왔을 때에도 이 작은 녀석은 우리에게 와서 한 명씩 냄새를 맡았어요. 그러다가 마침내 밖으로 내보내 달라고 칭얼댔어요. 밖으로 내보낸 개가 다시 들어오지 않자 누군가가 녀석을 찾으러 갔는데 개는 바깥의 한 덤불 아래 죽어 있더랍니다. 다친 곳도 없었고 우리가 알기로는 아주 건강한 녀석이었어요. 너무 이상해서 수의사에게 물어봤더니 가끔 주인이 죽으면 애완동물이 슬픔으로 인한 뇌출혈을 겪을 수 있다고 하더군요."

그 개는 아마도 미주 신경성 실신vagal syncope으로 죽었을 것이다. 미주 신경은 자율(무의식) 신경계의 일부로서 심장 박동을 늦추거나 심지어 멈추게 할 수도 있다. 사람이 충격을 받고 실신을 하는 것도 이것이 원인이다. 심박수가 느려지거나 순간적으로 멈추고 혈압이 곤두박질치면 의식을 잃게 된다.(뇌출혈과 정반대의 현상이다.) 아버지의 작은 갈색 잡종견은 심정지로, 그야말로 가슴이 아파서 죽은 것이다.

플로리다주 마이애미에 사는 도라시아 럽스키의 편지는 아버지가 입원했을 때 몇 주 동안 우울해했던 콜리에 관한 내용을 담고 있다.

"처음에는 어디가 아픈 것 같다고 생각했는데 수의사에게 데려가도 어디가 문제인지 알 수가 없었습니다. 물론 아버지가 돌아가시기 전날 밤 우리 콜리도 죽었어요. 그제야 우리는 녀석이 아버지 때문에 슬퍼하고 있었다는 사실을 깨달았습니다."

다른 종의 동물도 사랑하는 이의 죽음에서 고통을 느끼며 뚜렷한 우울 증상을 보인다. 버지니아주 버지니아 비치에 사는 도리스 애든브룩 씨의 수컷 카나리아는 애든브룩 씨의 남편이 세상을 떠난 뒤 더는 울지 않았다. 부인은 새가 18개월 동안 울지 않았다며 이렇게 말했다.

"남자가 집 안으로 들어오거나 햇볕이 좋은 날 테라스에 내놓으면 잠시 삐악거릴 뿐이에요. 카나리아 노래가 담긴 녹음도 틀어 놓고 말도 걸어 보지만 이제 노래하지 않아요. 너무 안타깝습니다."

뉴욕주 애디론댁에 살고 있는 내 친구이자 심리학자 이매뉴얼 번스타인 박사는 금붕어 거트루드에 관한 이야기를 들려주었다. 거트루드는 앵무새 피에르가 매일 찾아와 어항을 쪼는 데 익숙해져 있었다고 한다. 그러면 거트루드는 꼬리지느러미를 흔들고 피에르가 어항 반대편으로 움직이면 거트루드도 움직였다. 피에르가 죽었을 때 거트루드는 뚜렷하게 슬퍼했다. 어항 밖에서 움직임이 보이면 그쪽으로 등을 돌리는 행동을 몇 주 동안 지속했다. 그렇게 한참이 지난 뒤에야 다른 사람들에게 반응했다고 한다.

고인, 혹은 동물 친구의 죽은 모습을 보여 주는 일에 관하여

몇 년 전 나는 개 세 마리를 산책시키고 있는 이웃을 만났다. 울고 있었다. 넷째가 집에서 숨을 거둔 직후였다. 이웃은 나이 든 반려견의 죽음도 슬프지만 나머지 개들이 어떻게 받아들일지 걱정스럽다고 했다. 녀석들은 2층 방에 죽어 있는 넷째를 아직 보지 못한 터였다. 나는 마당에 사는 개들을 집으로 들여 죽은 친구를 보여 주라고 조언했다. 개들도 마음을 정리할 필요가 있기 때문이다. 사체를 보지 못한다면 나이 든 친구가 어디로 갔는지 궁금해하면서 집으로 돌아오기를 간절히 바랄 수도 있다. 며칠 후 다시 만난 이웃은 이렇게 말했다.

"꼭 관을 열어 놓고 장례식을 치르는 것 같은 분위기였어요. 사람들이 고인의 모습을 마지막으로 보러 오는 그런 장례식 말이에요. 개들에게 방으로 들어오라고 신호했더니 제가 담요 위에 눕혀 놓은 죽은 친구 앞으로 개들이 천천히 걸어왔어요. 그러고는 온몸의 냄새를 맡고는 천천히 그리고 얌전히 걸어 나갔어요. 덕분에 친구에게 무슨 일이 생겼는지 안 것 같았고 너무 그리워하지 않을 수 있었던 것 같아요."

뉴저지주 테너플라이의 노마 넬슨은 편지에 이렇게 썼다.

"제가 키우던 고양이 한 마리가 죽은 뒤 저는 녀석을 땅에 묻기 위한 상자에 넣어 놓고 다른 고양이가 볼 수 있게 했습니다. 녀석은 상자 옆에 20분 정도 있다가 천천히 자리를 떴고 그 뒤로 괜찮았어요. 사람들과 마찬가지로 동물들도 '관' 속에 있는 친구들을 보고 슬퍼할 시간을 주어야 합니다."

미시간주 블룸필드힐스의 재니스 스톤먼이 키우던 비숑프리제는 친구였던 토끼가 죽은 뒤 밥도 먹지 않고 토끼를 찾아 온 집 안을 뒤졌다. 땅이 얼어 무덤을 팔 수 없었으므로 토끼는 차고에 보관되어 있었다. 재니스의 친구는 개한테 죽은 토끼를 보여 주면 덜 괴로워하지 않겠냐고 넌지시 말했다.

"그래서 개를 데리고 차고로 가서 토끼를 보여 주었습니다. 녀석은 꼬리를 포함해서 온몸을 한 치도 움직이지 않았어요. 아무 소리도 내지 않았어요. 슬픈 얼굴로 저를 한번 돌아보더니 곧장 토끼에게 온 신경을 집중했어요. 10분쯤 지나자 집 안으로 들어왔습니다. 그 후 며칠에 걸쳐 빈 토끼장을 들여다보았다가 그제야 토끼가 죽었다는 사실이 기억났다는 듯 자리를 뜨는 행동을 습관적으로 반복했어요. 이제는 더 이상 토끼를 찾지 않고 밥도 다시 먹고 있습니다."

플로리다주 푼타고르다의 진 스타일스는 불치병으로 집에서 숨을 거두는 쪽을 택한 남편에 관한 감동적인 사연을 보내왔다.

"우리 미니어처 푸들 밋치는 지금은 죽고 없지만 우리 부부를 많이 사랑했고 특히 남편과 아주 가까웠습니다. 남편의 마지막이 다가올 무렵, 저는 점심시간이 되면 서둘러 집으로 가서 남편에게 필요한 게 없는지 확인했는데, 그럴 때마다 밋치는 작고 멋진 간호사처럼 남편의 의자 곁을 지키고 앉아 있었어요. 매일 저녁 퇴근했을 때도 마찬가지였어요. 밋치는 항상 남편을 가까이 지켜볼 수 있는 위치에 앉아 있었습니다.

남편은 여전히 의사소통이 가능할 당시 저한테 말하기를, 자신이 떠난 뒤 밋치가 슬퍼 죽는 걸 원치 않는다고 했습니다. 그래서 그때가 오면 사망 신고를 하기 전에 먼저 밋치를 남편의 곁에 데려다 놓고 상황을 파악하게 해 주기로 약속했습니다. 남편은 아주 현명한 사람이었지만 저는 그게 어떻게 도움이 될지 이해할 수 없었습니다. 결국 그날이 오고, 남편이 더 이상 숨을 쉬고 있지 않음을 확인한 뒤 저는 사람을 부르기 전에 먼저 밋치를 남편의 곁에 올려다 놓았습니다. 밋치는 몇 분 동안 남편을 바라보며 앉아 있다가 천천히 내려왔고 남편의 침대 곁 바닥에 누웠습니다.

밋치는 언제나 우리 부부가 퇴근해서 집에 올 때를 알고 있었습니다. 집 앞이 내다보이는 창가 소파 뒤에 앉아 남편이 차를 세우기를 기다렸지요. 저는 밋치가 여전히 남편을 기다릴까 봐 걱정했지만 놀랍게도 완전히 이해하는 듯했습니다. 다시는 그 자리에 앉아 남편을 기다리지 않았거든요. 물론 저의 퇴근을 기다리는 일은 매일 계속되었습니다.

이제 밋치가 남편과 함께 있고 제가 오길 기다리고 있다는 느낌을 지울 수가 없어요.

정말 멋진 재회가 될 거예요!"

미네소타주 미네아폴리스의 진 밀노어도 비슷한 사연을 보냈다. 암에 걸린 남편이 집에서 죽음을 맞이하고 있을 때 부부가 키우던 개 히니는 남편이 죽기 몇 시간 전부터 남편의 침대에 올라가겠다고 고집을 피웠다.

"히니가 남편의 어깨 옆에 몸을 바싹 붙이고 남편의 목과 움푹 들어간 볼을 핥았어요. 그리고 남편의 옆구리에 달라붙어 자리를 잡았습니다. 예전에는 그런 적이 없었어요. 남편이 하늘나라로 갈 때까지 히니는 그 자리에서 꼼짝을 하지 않았습니다. 남편이 숨을 거두자 히니는 자리에서 일어나 남편의 발치로 옮겨 가 누워 있었어요. 개와 우리 인간 사이에는 정서적, 혹은 영적인 연결 고리가 있습니다. 저는 그 신성한 경험을 목격한 것만으로도 영광스럽습니다."

황소 바나비의 이야기는 2004년 세계 뉴스를 장식했다. 독일 마을 뢰덴탈에 살고 있는 이 황소는 어떻게 알았는지 몰라도 들판을 떠나 몇 킬로미터 떨어진 공동묘지를 찾아갔다. 농장주인 알프레트 그륀마이어가 그곳에 묻힌 직후였다.

개성이 강한 그 농장주는 가축을 애완동물처럼 돌보았다고 한다. 동물들은 집에도 자유롭게 드나들었다. 황소는 공동묘지로 가기 위해 울타리를 뛰어넘어야 했고 사람들은 공동묘지에서 황소를 끌어내기 위해 애를 썼지만 황소는 거기 이틀 동안 머물렀다.

미시간주 링컨파크의 캐럴 A. 로스는 돌아가신 아버지를 묻은 뒤 아버지의 개 러스티를 데리고 공동묘지에 갔다.

"그랬더니 녀석은 꼭 토끼처럼 아버지가 묻혀 계신 곳으로 곧장 뛰어갔어요. 놀라운 일일까요, 아니면 단순히 개의 감각 능력 덕분일까요?"

동물이 죽음을 어느 정도 이해하고 있다는 점에는 의심의 여지가 없다. 동물이든 사람이든 사랑하는 이가 숨을 거둔 뒤 동물로 하여금 그 모습을 보게 하는 것은 나의 개인적인 경험으로 볼 때 매우 중요하다고 장담한다. 그러나 땅에 묻히는 모습은 보지 않는 게 좋다. 나는 키우던 개 탠자에게 안내견 퀸시를 땅에 묻는 모습을 보여 주는 실수를 했다. 우리 부부는 매형 데이비드의 안내견이었던 퀸시가 너무 늙어 매형을 도울 수 없게 되자 퀸시를 집으로 들여 1년을 돌보았다. 당시 강아지였던 탠자는 인내심 많고 너그러운 놀이 상대였던 퀸시를 우러러보았다. 그러나 내가 퀸시를 땅에 묻는 것을 보자 비명을 지르며 황급히 땅을 파고 퀸시를 꺼내려고 했다. 나는 물론 나 자신의 둔감함을 깨닫고 무척 당혹스러웠다. 마음의 정리를 하게 해 주고 싶다는 생각이 과했던 것 같다. 탠자는 내가 퀸시를 안락사 시킨 후(탠자와 다른 개들에게 이 과정을 보여 주지는 않았다) 죽은 퀸시의 옆에서 반 시간을 누워 있었다. 가여운 퀸시를 땅에 묻기 전에 탠자를 그저 다른 장소에 데려다 놓았다면 좋았을 것이다.

동물은 사랑하는 이의 죽음을 슬퍼하는 데에 그치지 않는다. 사랑하는 이의 죽음을 정확히 감지하기도 한다. 히니도 그랬고 뉴욕주 스케넥터디의 고양이 부 역시 그랬다. 재클린 로젠바움의 남편이 폐암으로 죽어 갈 때였다.

"남편이 세상을 떠나기 며칠 전 고양이 부(여덟 살 먹은 스코티시폴드)가 남편의 침대 머리맡에 있는 협탁에 앉아 있다가 제가 생전 처음 들어 본 몹시 끔찍한 울음을 울었어요.(마치 극심한 고통을 겪는 듯한 소리였습니다.) 당시 남편의 여러 장기가 작동을 멈추는 단계였고 고양이가 그걸 감지한 게 분명해요. (부는 남편이 죽은 뒤 계속 우울해하고 있어요.) 최근에 부의 (그리고 저의) 슬픔을 달래려고 새끼 고양이를 들였어요. 부는 새끼 고양이와 가끔 놀아 주고 있어요. 곧 나아지길 바라는 중입니다."

부의 예지력, 즉 다가올 죽음을 예견하는 능력은 다음 장에서 다루게 될 동물들의 깊은 마음 속 능력과 연결된다. 임종을 지켜보지 않고도 사랑하는 이의 죽음을 감지할 수 있는 능력이 그것이다. 그렇다면 이는 동물에게 신비한 초능력이 있다는 뜻일까? 다음 장을 읽고 스스로 판단하시기 바란다.

2. 동물이 애도하고 슬픔을 표현하는 방법

3.
'초자연적' 동물들의
신비한 감각 능력

과학이 밝혀내는 동물계의 신비를 알게 될수록, 그리고 동물이 행동을 통해 우리에게 드러내는 신비를 알게 될수록 우리는 겉으로 드러난 생명 안에 깃들인 지혜와 정교함에 경외감을 품게 된다. 동물들이 드러내는 일부 능력은 여전히 과학자들을 어리둥절하게 만들고 우리를 설명할 수 없는 것의 영역, 심지어 심령의 영역으로 빠뜨린다. 초자연적 길 찾기psychic trailing가 그 보기다.

이것은 귀소homing 본능과는 구별되는 능력이다. 귀소 능력은 겉으로만 보면 매우 비슷한 현상으로 꽤 오랜 세월 동안 '초자연적'이라고 여겨졌다. 귀소 능력은 의도적으로 방사했거나(연락용 혹은 경주용 비둘기처럼) 길을 잃었을 때(가족과 여행길에 올랐다가 차에서 몰래 빠져나간 개나 고양이처럼) 집으로 돌아갈 수 있는 능력을 말한다. 과학자들은 다양한 동물들이 해와 달, 별, 그리고 지구의 자기장을 시계, 혹은 나침반처럼 이용할 수 있다는 사실을 밝힘으로써 귀소 현상의 수수께끼를 풀었다.

고양이와 그 밖의 동물들은 전자기장, 그리고 지자기장에 민감하고 몸속에 나침반과 시계를 가지고 있어서 자신의 위치와 태양의 위치의 상관관계에 따라 시간을 느낄 수 있다.

새와 고양이, 인간, 그리고 기타 동물들의 전두엽에는 철을 함유한 소금층이 있어서 자기 나침반 같은 역할을 하며 타고난 방향 감각을 갖게 해 준다. 이 감각은 건축물 혹은 기술에 의해 방해받을 수 있다. 예컨대 전기장과 금속 구조물에 둘러싸여 긴 시간 동안 실내에서 살고 일하는 경우, 혹은 남북 방향이 아닌 동서 방향으로 잠을 자는 경우에 그럴 수 있다. 동물들은 또한 몸속에 생물학적 주기를 알려 주는 시계를 가지고 있는데, 태양의 위치를 이용해서 이 시계를 정교하게 맞출 수 있다. 이 몸속 시계가 나침반 감각과 함께 작동하여 동물로 하여금 시공간 내 자신의 위치를 자각하게 해 준다는 것이 내 생각이다.

이 시공간 정보를 서로 전달하는 동물도 있다. 예를 들자면 꿀벌은 복잡한 춤을 통해 동료 일벌에게 특정 식량원이 어느 방향으로 얼마나 멀리 떨어져 있는지 알려 준다. 학자들은 먼저 벌들이 태양의 위치를 알고 있다는 사실을 밝혀냈고 이후 중력에 민감하다는 사실도 발견했다. 벌들도 새나 사람처럼 신경계 내에 철이 축적되어 있다.

믿기 힘든 여정

고양이들은 인간과 여행을 떠났다가 길을 잃은 뒤 긴 거리를 이동해 집을 찾아오는 데 특히 능숙하다. 더 흔한 사례는 새로 이사 간 집이 마음에 들지 않아서 옛 집으로 길을 떠나는 것이다. 개에 비해서는 고양이가 그럴 때가 더 많다. 개는 인간 가족 무리에 애착을 가지는 데 만족하지만, 고양이들은 익숙한 환경과 영역에 특히 애착을 형성하기 때문이다.

　　　내가 아는 가장 긴 여정은 1985년 6월에 있었다고 보고된 사례이다. 검은 털에 흰 얼룩이 진 특이한 색깔 때문에 머디워터(진흙탕) 화이트라는 이름을 갖게 된 고양이는 약 한 살 때 주인의 양아들이 몰고 있던 승합차가 오하이오주 데이튼 근처를 지날 무렵 차에서 뛰어내렸다. 정확히 3년이 지났을 때 몰골이 누추한 어느 고양이가 펜실베이니아주 도핀에 살고 있는 바버라 폴의 현관문 앞에 나타났다. 고양이는 마치 그 집의 주인이라도 되는 듯 철퍼덕 몸을 뉘었지만 주인은 길고양이라고 생각하고 목욕을 시켰다. 바버라의 수의사는 고양이가 그 집에 살았을 때 그 고양이를 본 기억이 있었고 고양이가 머디라고 확신했다. 어떻게 왔는지 몰라도 700킬로미터가 넘는 거리를 이동해서 집으로 돌아온 것이다.

　　　재스민은 500킬로미터를 넘게 이동해 오하이오주 애슐랜드의 옛 집으로 되돌아갔다. 1998년 6월의 한 신문 기사에 따르면 재스민은 켄터키주 루이빌의 새 집에서 나와 다리를 넘어 오하이오강을 건너기까지 했다. 재스민이 사라진 지 한 달 이상이 지났을 때 주인 부부 러스와 데비 브라운은 아버지의 날을 맞아 친척들과 만남을 가진 뒤 오하이오주에서 집으로 돌아가고 있었다. 길이 정체된 상태였고 부부는 애슐랜드의 옛 집에서 약 1분 떨어진 58번 도로를 따라 이동하고 있었다. 그때 반대 방향으로 천천히 걷고 있는 고양이 한 마리가 보였다. 러스가 트럭에서 내려 재스민의 이름을 외쳤다.

"그랬더니 재스민이 바로 달려왔어요. 잔디에 누워 뒹굴며 아주 행복해했어요."

데비 브라운의 말이다.

미시간주 해리슨에 사는 조앤 코르테스는 어린 시절 겪은 일에 대해 적었다. 조앤이 디트로이트에 살고 있을 당시 옆집 사람들이 270킬로미터 정도 떨어진 새 집으로 이사를 갔는데, 3개월쯤 지났을 무렵 조앤의 엄마는 옆집 마당에 거기 살던 고양이 스모키가 와 있는 것을 보았다. 두 사람은 스모키를 집으로 데려왔다.

"바싹 말라 있었고 털은 떡이 져 있었어요. 발에는 피가 묻어 있었고요."

모녀는 옛 이웃에게 전화를 했고, 이웃은 새 집으로 이사 간 지 며칠 안 돼 집을 나간 스모키를 데리러 그 즉시 차를 몰고 왔다.

장거리 여정을 시도한 또 한 마리 고양이는 1996년 9월 어느 신문에 실렸다. 카밀라는 가족과 포르투갈 북부로 캠핑 여행을 떠났다가 길을 잃었다. 그러나 몇 주 뒤 200킬로미터를 이동해 집으로 돌아왔다.

버지니아주 스미스필드의 수지 게이는 열아홉 살 먹은 미드나잇과 살고 있다. 수지는 1989년 독일에 살 당시 새 집으로 이사를 했는데 그때 미드나잇은 믿기 힘든 여행을 했다. 새 집에 갇혀 산 지 3주가 지난 뒤였지만 미드나잇은 결국 집을 나갔고 25킬로미터를 이동했는데 어떻게 했는지 몰라도 위험한 고속도로를 건너고 폭이 넓은 강물도 건너 거의 두 달 후 옛 집에 다다랐다. 토끼 사냥에 능했던 미드나잇의 몸 상태는 멀쩡했다.

텍사스주 그랜버리에 사는 파키타 롤리는 스페인에서 성장기를 보

믿기 힘든 탈출을 시도해 독일 언론에 실린 미드나잇이 집에서 쉬고 있다.
사진: 수지 게이

낼 때 페리코라는 아기 고양이를 키웠다. 아버지가 손님에게 그 고양이를 팔았을 때 파키타는 충격에 빠졌다. 그러나 두 달 후 페리코는 40킬로미터를 이동해 집으로 돌아왔다. 그러자 파키타의 아버지는 놀랍고 부끄러웠던 나머지 파키타가 페리코를 키울 수 있게 해 주었다.

　　귀소 능력을 보여 준 고양이들에 관한 사연은 여기서 끝나지 않는다. 미시간주에 사는 열여섯 살 미튼스는 이틀 동안 5킬로미터를 이동해서 새 집에서 옛 집으로 갔다. 같은 주에 사는 열두 살 라일리는 괴사가 시작된 다리 때문에 안락사가 이루어질 동물 병원으로 향하고 있었지만 차에서 탈출하여 24킬로미터 떨어진 집으로 돌아갔다. 라일리의 살고자 하는 의지에 놀란 주인은 라일리를 중환자실에 맡겼고 라일리는 7년을 더 살았다. 누구보다 끈질

겼던 고양이는 V. C.(진공청소기^{vacuum cleaner}의 약자로, 밥을 빨아들이는 습관 때문에 얻은 이름이다)로, 3킬로미터 떨어진 새 집에서 옛 동네로 열여덟 번을 이동했다. 녀석은 결국 바이러스성 고양이 백혈병으로 죽었는데, 아마도 옛 동네로 돌아가는 길에 감염된 다른 고양이로부터 병을 얻었을 것이다.

이런 엄청난 능력의 고양이들에 뒤질세라 아홉 살 먹은 달마시안 마운틴프리티페이스는 캘리포니아주 그래스밸리에서 지역 뉴스감이 되었다. 주인이 쇼핑을 하러 가는 도중에 트럭에서 뛰어내린 것이다. 당황한 주인 데이브 알마씨는 집에 들어가지 않고 나흘 동안 녀석을 찾아 헤맸다. 40일 뒤 데이브가 롤린스 레이크 근처에 있는 이동식 주택에서 식물에 물을 주고 있는데 개가 나타나서 주인을 깜짝 놀라게 했다. 집으로 돌아오기 위해 거친 사막 지대를 약 24킬로미터 달린 녀석은 기뻐하는 모습이었지만 바싹 마르고 몹시 지쳐 있었다.

과학은 아직 초자연적 길 찾기의 수수께끼를 풀지는 못했다. 이 능력은 주인을 찾아 한 번도 가 보지 않은 장소로, 때로는 수백 킬로미터를 이동하는 놀라운 능력이다. 이 현상은 특히 미국에 많은 기록이 남아 있고, 세계적인 초심리학자인 듀크 대학교의 고^故 J. B. 라인 교수가 이 주제로 객관적 연구를 진행한 바 있다.

심리학자인 내 친구는 어린 시절 뉴욕시 반대편으로 이사를 가는 이웃이 저먼 셰퍼드를 선물해서 받은 적이 있었다. 이웃이 이사를 간 뒤 개는 집을 나갔고 며칠 뒤 이웃의 새 집이 있는 동네에서 발견되었다. 녀석이 한 번도 가 보지 않은 동네였다.

영국의 한 경매에서 팔린 암소에 관한 기록도 남아 있다. 이 암소의 송아지는 어미와는 다른 농장으로 팔려 갔다. 암소는 새로운 농장에서 탈출해서 다음 날 아침 한참 떨어진 장소에서 발견되었다. 그곳은 송아지가 팔려 간 농장이었고 어미 소가 한 번도 가 보지 않은 장소였다.

공감적 영향권

나는 이런 현상을 논리적으로 설명할 수 있다. 형이상학적이거나 신비주의적인 설명은 아니지만 여러 영적 가르침에 뚜렷하게 드러나 있는 해석이다. 간단하게 말해 우리는 감각과 정서의 영역을 통해 해와 달, 지구, 별, 그리고 서로와 정신적으로 육체적으로 연결되어 있다는 것이다. 주인이나 가족과의 정서적 연결은 시공 연속체에 점을 형성하고 동물은 이 점을 이용해 제 위치에서 방향을 재설정한 뒤 가족을 찾는다. 동물이 먼저 주인이나 가족의 정서장emotional field에 자신을 정렬시킨 뒤 몸속 해시계와 지자기 나침반을 마치 방향성이 있는 촉각 더듬이처럼 사용한다고 나는 가정한다. 내가 공감적 영향권empathosphere이라고 부르는 이 장場은 시공 연속체를 통일장unified field으로 만든다.

알베르트 아인슈타인은 통일장의 존재에 관한 이론을 제시했지만 수학적으로 표현하는 데 실패했다. 존재와 정서라는 주관적인 요소가 과연 객관적인 수학 용어로 표현될 수 있을지 의심스럽다. 그러나 모든 것이 서로 연결되어 있고 서로 의지하는 이 통일장의 존재는 생태학과 양자 역학이라는 현대 과학이 입증하고 있다.

동물들은 통일장이 실재한다는 사실을 다른 방식으로 입증했다. 여러 신문과 잡지에 동시 게재되고 있는 내 칼럼의 독자들은 애완동물이 친구 동물 혹은 인간 식구의 죽음에 '초자연적'으로 반응한 사례들에 대해 수많은 편지를 보내 주었다. 전형적인 사례는 이런 것이다. 한 나이 든 샴고양이는 오전 열 시경 갑자기 시끄럽게 울기 시작했다. 무척 괴로운 게 분명해 보였다. 한 시간쯤 후 동물 병원에서 고양이 주인에게 전화가 왔다. 그날 아침 동물 병원에 입원했던 주인의 사랑하는 저먼 셰퍼드가 열 시경 수술대 위에서 죽었다는 소식이었다. 개가 죽은 시간과 거의 같은 시간에 고양이가 괴로운 울음을 운 사건이 일반적으로 "초자연적"이라고 일컬어지는 현상의 일종이다.

반려인이나 가까운 친구가 죽은 시각에 갑자기 흥분, 괴로움, 혹은 두려움에 휩싸인 개나 고양이에 관한 여러 이야기들을 나는 그 밖에도 많이 접했다.

또한 배우자가 집에 올 때가 되면 고양이나 개가 흥분을 한다는 사연도 많이 받아 보았다. 발걸음 소리나 자동차 엔진의 특징적인 소음, 정해진 도착 시간과 같은 특정한 신호가 없었는데도 동물은 반응했다. 그들은 반려인이 여전히 멀리 떨어져 있는데도, 혹은 일터를 막 나오는 시점에도 반려인을 "느끼는" 듯했다.

예컨대 한 수의사의 개는 수의사가 매일 저녁 병원 문을 닫고 집으로 출발하는 시점을 감지했다. 집은 걸어서 15분 거리에 있었다. 수의사의 아내는 남편이 언제 올지 정확히 알 수 없었지만 개는 언제나 주인의 귀가를 예상하고 꼬리를 흔들며 문 앞으로 갔다. 수의사의 아내가 이상하게 여기고 시각을 기록하고 보니 수의사가 집에 도착하기 15분 전 병원 문을 닫는 시각과 정확히 일치했다.

시공간을 넘어 '느끼는' 능력

나는 이 "초자연적" 인지 능력을 어느 정도 설명할 수 있다. 그 바탕에는 이런 생각이 있다. 동물이 서로 그리고 반려인과 정서적으로 연결되어 있을 때 시공간을 넘어 '느낄' 수 있고 때로는 서로의 활동과 정서적 상태를 감지할 수 있다는 것이다.

동물계는 이 공감적 영향권empathosphere, 즉 '느끼는 세계' 속에서 서로 연결되어 있지만 인간은 대체로 분리되어 있다. 실로 어떤 사람들은 이 영역에서 지나치게 소외된 나머지 동물에게 감정이 있다는 사실까지 의심한다.

이른바 초자연적 길 찾기가 가능한 개와 고양이의 경우 내가 이제부터 논할 공감적 영향권 이론으로 설명이 가능하다고 나는 생각한다.

서구 산업화 사회에 살고 있는 사람들은 이런 초감각적 능력, 우리의 샤먼 조상들이 이해하고 이용했던 동물들의 능력을 낯설게 여기며 그로부터 동떨어져 있다. 고양이와 개의 놀라운 후각, 우월한 청각, 시각, 그리고 지자기를(혹은 지구 운동을) 느끼는 감각이 그런 능력에 해당한다.

우리의 감각은 퇴화하고 폐쇄되기 시작했다. 식민지 시대 이전의 오스트레일리아 원주민들 가운데 계급과 명예가 높았던 이들은 이런 힘을 이용해 치유를 하고 화합을 이끌었다. 그 목적은 건강, 즉 개인의 건강과 환경의 건강이었다. 둘은 뗄 수 없는 관계라고 여겼기 때문이다.

오늘날 우리가 원시인이라고 부르는 이들은 '초자연적' 혹은 초감각적 능력을 가지고 있다. 그들은 존재의 통일장에 자신을 맞출 수 있으며 이 상태를 꿈의 시간dream time이라고 부른다. 그래서 산 너머에 있는 특정 동물의 존재를 느낀다거나 특정한 방향에서 다가오고 있는, 걸어서 이틀 거리에 있는 일가붙이를 느끼기도 한다.

동물의 고차원적 능력을 보고 우리는 우리가 물리적으로 정서적으로 인식하는 현실의 본질에 대해 의문을 제기해야 한다. 그뿐 아니라 동물이 얼마나 민감하고 인지력이 뛰어난지 깨닫고 우리가 하는 여러 행위들의 윤리성을 의심해야 한다. 예컨대 털과 고기를 얻기 위해 동물들을 죽이는 행위, 공장식 농장과 동물원 감옥 안에서 동물을 기르는 행위, 질병의 치료법을(그것도 대부분 우리가 초래한 질병의 치료법을) 찾기 위해 실험실의 작은 우리에 동물을 가두는 행위 등.

초자연적 길 찾기 현상이 보여 주는 것처럼 만약 동물들이 우리와 어떤 공감적 공명 관계 속에서 정서적으로 연결되어 있다면 그토록 많은 동물을 착취하고 괴롭히고, 자연을 무차별적으로 파괴하고, 환경을 유독하게 하고 또 오염시키는 행위를 집단 허용하는 우리의 정신 상태가 어떻게 동물계 전체에 영향을 끼치는지 고려해야 한다. 통일된 양자장 안에서는 모든 것이 연결되어 있으므로 인간의 필요라는 착각 아래 동물에게 가하는 행위가 우리에게 미칠 수 있는 부정적인 영향, 즉 의학적·심리적·영적 피해 역시 고려해 보아야 할 것이다.

동물에 대해 긍정적이고 애정 어린 태도를 유지하는 데에서 오는 의학적, 그리고 심리적 이로움은 이미 입증되었다. 동물은 우리의 치유를 돕는다. 동물을 쓰다듬으면 혈압이 내려가고 심근 경색 발생률이 낮아진다. 단지 시골에 머물며 자연과 다시 연결되는 것만으로 얻을 수 있는 의학적, 심리적, 영적 이익도 요즘 더욱 폭넓은 인정을 받고 있다.

우리가 자연과 동물계에서, 심지어 서로에게서 멀어질수록 우리는 여러 능력을 잃고 그와 연관된 민감성도 잃어버린다. 우리의 생존은 새롭고 기적적인 의학적 발견이나 기술적 해법보다는 그러한 능력들을 새로이 일깨우는 데 달려 있을지 모른다. 우리는 모든 생명을 존중하도록 손짓하는 훨씬 더 큰 기적의 일부이다. 알베르트 슈바이처는 바로 이것을 치유를 위한 궁극적인 깨달음이자 사회와 몸, 마음의 모든 질병에 대한 궁극적인 해법이라고 여겼다. 성경의 욥기는 이렇게 충고한다.

"동물들에게 귀를 기울여라…… 그들이 너희를 가르칠 터이니."

좋은 출발점은 자연과 동물계에 대한 오늘날의 대학살에 감정 이입을 하고 가축이든, 야생 동물이든, 사육 상태의 동물이든, 자유로운 동물이든, 모든 동물이 동등하고 공정한 대우를 받을 수 있도록 동물의 권리를 지지 옹호하는 일일 터이다. 동물의 존재는, 즉 동물의 행동, 그리고 인간과 동물 간의 생물학적·영적 혈연을 긍정하는 동물의 '초자연적' 능력은 한층 계몽된 인류의 가장 시급한 윤리적 의무가 동물의 권리 옹호이어야 한다고 말하고 있다.

4.
심장 한가운데로:
공감적 영향권

나는 과학 박사 학위가 있고 영국 런던 대학 의학 대학에서 박사 학위를, 런던 왕립 수의 대학에서 수의학 학위를 받은 과학자이다. 그런데도 무게를 재고 측정하고 객관화하고 수치화할 수 없는 것들에 대해 열린 마음을 유지해 올 수 있었다. 객관화할 수 없는 요소란 느낌, 믿음, 직관, 그리고 삶과 의식 세계의 내적 신비 등이다. 영적·형이상학적 영역에 있는 문제를 다룰 때에는 학자다운 접근법이 필요한데, 이것은 과학적 혹은 종교적 편견이 없는 공정하고 치우침 없는 접근법을 뜻한다. 동물의 예지력과 원거리 감지력, 흔히 초자연적 소통 능력 혹은 천리안이라고 여겨지는 것들을 평가할 때에는 열린 마음을 가져야 한다. 사실을 사실대로 받아들이고 그로부터 자신만의 결론을 도출한 다음, 그것을 바탕으로 다양하게 과학적 혹은 철학적 이론 및 가설, 종교적 원칙과 교리를 세우거나 해체하고 우리 자신의 개인적 믿음을 시험해 볼 수 있다.

나의 책 『무한한 원』[1]에서 나는 내 자신이 관찰한 결과와 다른 사람들로부터 들은 여러 일화를 바탕으로 생명이 있는 모든 존재가 태어날 때부터 공감으로 서로 연결되어 있을 가능성을 처음 제기했다. 이 연결은 정서 인식, 즉 인간이든 인간이 아니든 동물이든 식물이든 살아 있는 다른 존재에 대해 우리가 가지는 감정에 대한 인식을 통해서 이루어진다. 이 연결된 인식 상태, 공감을 통해 다른 지적 존재들과 조화로운 공명을 이루는 존재 방식이 이른바 공감적 영향권을 형성한다. 종이 다른 여러 동물들이 우리를 향해 보여 주는 감수성이 이런 나의 가설을 뒷받침하고 있다. 동물들은 두려움을 가진 사람이나 피해를 입힐 것 같은 사람은 피한다. 그러나 동물을 향해서 깊은 평정심을 발산하는 사람의 경우 공격하거나 피하지 않고 다가간다.

다시 말해 우리의 정서적 상태, 그리고 우리가 어떻게 동물을 그리고 서로를 생각하고 아끼고 대우하는지가 이 공감적 영향권에서 전달이 되고 그것이 우리 자신의 정신적·영적 안녕, 그리고 타인의 안녕에 미치는 영향은 지대하다. 그 결과는 행복이나 불안일 수도 있고 상호 화합과 안녕, 또는 갈등, 스트레스, 괴로움일 수도 있다.

고양이들은 오래전부터 공감적·초자연적 능력을 가지고 있다고 여겨졌다. 그러나 고양이의 일부 능력은, 예를 들자면 귀소 능력이나 지진 해일에 먼저 반응하는 능력 등은 부분적으로 신체 감각이나 생리적 반응 내지는 습성에 의한 반응으로 설명할 수 있다. 그러나 아래에 소개할 개와 고양이의 여러 가지 반응은 어떤 즉각적인 신체 감각과도 관련이 없다. 그리고 현재

---

[1]   Michael W. Fox, *The Boundless Circle* (Wheaton, Ill.: Quest Books, 1996).

의 제한된 과학 지식으로는 동물이 어떤 사건에 대해 그 사건과 동시에 그러나 완전히 다른 장소에서 보여 주는 반응을 어떤 생리적 작용으로도 설명할 수 없다.

예컨대 플로리다주 할리우드의 에드나 L. 소스텐슨이 아버지의 고양이에 관해 적어 보낸 편지를 보자. 에드나는 고양이를 데리고 호스피스 병동에 있는 아버지를 방문해도 된다는 허락을 받았다.

"우리가 아버지를 방문한 마지막 밤 저는 얼마 남지 않았다는 걸 느꼈어요. 그날 밤 고양이랑 집에 왔는데 고양이가 큰 소리로 울부짖으며 집 안을 뛰어다니기 시작했어요. 왜 그러는지 도대체 알 수가 없었죠. 몇 분 후에 병원에서 전화가 와서 아버지가 방금 돌아가셨다고 했어요. 고양이는 알았던 거예요. 고양이는 그 뒤로 아버지의 죽음을 오랫동안 슬퍼했어요."

미네소타주의 앤젤라는 편지에 요양원에서 삶의 마지막을 보내고 있던 남편에 대해 썼다. 앤젤라는 매일 남편을 방문했다고 한다.

"어느 날 밤 자정 무렵이었습니다. 열여덟 살 먹은 우리 고양이가 내 침대에 앉아 있다가 이상한 소리를 냈어요. 저는 그 소리에 잠이 깨어 일어나 앉았습니다. 몇 초 후에 전화가 울려서 받았더니 요양원으로 오라고 했습니다. 고양이는 주님이 남편을 데려간 순간을 알았던 겁니다."

뉴욕주 멜렌빌의 캐시 렉터는 이렇게 썼다.

"시할아버지가 집 없는 골든레트리버를 데려와 페니라고 이름 지으셨어요. 할아버지와 개는 여러 해 동안 뗄 수 없는 사이였는데 어느 날 할아버지가 입원을 하셨어요. 그러던 어느 날 페니가 울부짖고 또 울부짖었어요. 그러자 시할머니께서는 할아버지께서 돌아가셨다는 걸 알았죠. 몇 분 뒤에 병원에서 전화가 왔습니다."

노스캐롤라이나주의 윈스턴세일럼에 사는 스테파니 N. 앱던의 할머니는 여러 동물을 돌봐 주곤 했다.

"할머니는 동생이 키우던 개 딕시도 돌봐 주셨어요. 엄마가 동생에게 전화를 해서 할머니가 돌아가셨다고 말하자 동생은 딕시가 이미 알려 주었다고 대답했어요. 딕시가 침실로 들어와서 마치 슬퍼하듯이 신음 소리를 냈다는 거예요. 그렇게 낑낑댄 건 처음이었다고 합니다. 저는 이것이 선생님의 공감적 영향권 이론에 꼭 들어맞는 한 가지 사례라고 생각합니다."

뉴욕주 스케넥터디에 사는 캐런 벨론칙 역시 비슷한 이야기를 들려준다. 캐런은 삼촌이 입원해 있는 동안 삼촌의 복서 개 챔프를 돌보고 있었다.

"어느 날 저녁 곤히 자고 있던 챔프가 갑자기 일어나더니 짖으며 온 집 안을 누비고 다녔어요. 잠시 후 삼촌이 돌아가셨다는 전화를 받았어요. 삼촌이 돌아가신 시각을 알고 나서 보니 챔프가 뛰어다니던 바로 그 시각이었어요. 저는 챔프가 다 알고 있었다고 진심으로 믿어요."

텍사스주 조슈아에 사는 들라인 E. 에딘스는 네브래스카주에 살았을 당시 있었던 일을 회상했다. 집에서 키우던 개가 있었는데 개를 데리고 매년 여름 캔자스주에 사는 할아버지 댁에 가서 몇 주간 머물렀다고 한다.

"하루는 할아버지가 몹시 편찮으시다는 소식을 들은 엄마가 할아버지를 간호하러 캔자스로 갔습니다. 그러던 어느 날 개가 아주 이상하게 행동하기 시작했어요. 울고 낑낑대며 마치 친한 친구가 사라진 듯 행동했지요. 누군가 말했어요. 혹시 할아버지가 돌아가신 걸까? 몇 시간 뒤에 엄마가 전화를 해서 할아버지가 돌아가셨다고 했어요. 우리는 몇 시에 돌아가셨냐고 물었죠. 개가 울면서 낑낑대던 바로 그 시각이었어요.”

　　　베이는 미네소타주 세인트폴에 사는 신디 웰든의 삼촌이 입양한 잡종견으로, 그가 서인도제도의 안티과에서 미국 평화 봉사단의 일원으로 활동할 때 만난 개였다. 베이의 식구들 중에는 신디의 할아버지도 있었다. 101세였던 할아버지는 심장 수술을 받기 위해 삼촌과 볼티모어로 날아갔고 베이는 숙모와 집에 머물렀다.

　　　“베이는 낮에는 할아버지의 의자 곁을, 밤에는 할아버지의 침대 곁을 지키고 떠나지 않았어요. 밥도 안 먹었어요. 숙모가 베이를 안고 밖으로 나가서 배변을 시켜야 했죠. 그렇게 닷새가 흘렀어요. 숙모는 베이가 죽을까 봐 걱정했어요. 할아버지는 수술 직후 새벽 한 시쯤 돌아가셨습니다. 그날 아침 베이는 더는 침대 곁을 지키지 않았어요. 밥을 먹었고 스스로 밖으로 나갔어요. 할아버지가 세상을 떠났다는 사실을 알고 있는 것 같았어요. 그 이후로 베이는 전과 다름없이 살고 있답니다.”

　　　동물의 예지력에 관한 사연에 좋은 결말이 있을 때도 있다. 검은 잡종견 버블스는 주인 조지가 2차 세계 대전 당시 해외로 파병되자 몇 달을 슬퍼했다. 플로리다주 데이비에 사는 조지의 조카 캔디 킬리온은 편지에 이렇게 썼다.

　　　“할머니가 전방에서 온 편지를 집으로 가지고 오면 버블스는 엄청나게 흥분했어요. 편지에서 삼촌의 냄새를 맡은 거죠. 그런데 가장 신기했던 일은 이것이었습니다. 전쟁이 끝나 갈 무렵 어느 아침, 할머니는 버블스가 집 앞이 내다보이는 창문 앞에서 울며 낑낑대며 왔다 갔다 하는 소리를 들었어요. 창밖에는 버블스를 흥분시킬 어떤 것도 없었지요. 그런 상태가 삼십 분쯤 계속되었을 때 골목 어귀에 시내버스가 멈추었어요. 버스가 눈에 들어오자 버블스는 완전히 미쳐 버린 듯 짖으면서 창을 긁었어요. 개를 혼내 주러 창가로 가던 할머니는 기절할 뻔했어요. 군복을 입은 조지 삼촌이 더플백을 메고 길을 걸어오는 중이었어요. 아무도 삼촌이 온다는 사실을 모르고 있었어요. 개만 알았죠."

반려동물이 인간의 슬픈 행동을 읽어 낸 사례도 있다. 플로리다주 팔메토베이에 사는 다이앤 페인의 사연이다. 수의사였던 다이앤의 남편은 우울증을 앓고 있었고 생의 마지막 나날에는 특히 우울해했다.

"죽기 몇 주 전에 남편은 레이시(부부가 키우던 래브라도레트리버)가 좀 이상하다고 했어요. 전처럼 자기한테 오지 않는다고요. 레이시는 평소처럼 문 앞에 앉아 남편을 맞이했지만 남편이 들어오고 나면 부엌 식탁 밑으로 몸을 숨겼어요. 남편은 불행히도 스스로 목숨을 끊었어요. 저는 혹시 레이시가 남편의 생각을 '알고' 있지는 않았을까 늘 궁금했어요. 남편이 죽기 두 주 전부터 레이시가 남편과 거리를 두기 시작한 이유를 달리 설명하기는 힘듭니다."

다이앤은 매일 저녁 레이시와 치르던 의식이 있었다. 남편이 차고로 들어오는 소리가 들리면 "아빠 왔다"고 말을 했고, 레이시는 거실 창문 앞으로 뛰어가 창밖을 내다보며 짖었다. 그런 다음 입에 "선물"을 물고 문 앞으로 가서 아빠가 들어오길 기다렸다는 것이다. 남편이 숨을 거둔 지 얼마 되지 않아 다이앤은 레이시의 반응을 시험하기 위해 "아빠 왔다"고 말을 했다. 레이시는 귀를 축 늘어뜨렸고 창가로 가지 않았으며 슬픈 표정을 한 채 다른 곳으로 가서 몸을 눕혔다. 동물이 고통 받는 반려인을 향해 보이는 염려는 동물의 공감 능력이 얼마나 깊은지 드러낸다.

미시간주 리보니아의 매리 F. 윌슨은 주인이 죽거나 다쳤을 때 이를 감지하는 동물들에 대해 이렇게 썼다.

"저는 호스피스 간호사로 환자의 식구들로부터 이런 사례를 많이 전해 듣습니다. 너무 많이 들어서 신기하지조차 않습니다. 종종 식구들로부터 사랑받던 반려동물이 갑자기 환자 곁에 꼭 붙어 있다는 말을 듣습니다. 겉으로 보기에는 환자의 상태에 어떤 변화도 없는데 말이지요. 그렇지만 곧 환자의 상태는 악화되고 며칠 안에 사망하곤 합니다. 또, 환자가 죽고 나면 동물은 환자가 지냈던 방에 한동안 들어가지 않는다고 합니다. 동물이 '자기 사람'의 신체적 변화에 훨씬 더 민감하고 동물도 슬퍼한다는 사실을 이런 사례들이 보여 준다고 생각합니다."

스코티시테리어 맥은 미시간주 노르웨이의 퇴역 군인 병원에서 래리 언더힐과 일하는 치료견이었다. 어느 토요일, 병실을 순회하던 맥은 그가 가장 좋아하는 한 환자가 있는 2인실 앞에 도착했지만 환자의 침상은 비어 있었다. 그래도 래리는 2인실에 있는 다른 환자를 보기 위해 맥을 데리고 병실로 들어가기로 했다.

"방으로 들어가려는데 맥이 움직이지 않았습니다. 마치 시키면 벽돌을 원치 않는 장소로 옮기는 느낌이었어요. 아무리 어르고 간식을 줘도 절대로 움직이지 않았어요."

잠시 후 간호사가 와서 환자가 전날 사망했다고 말했다.

"등줄기가 오싹했어요. 맥이 거기 있던 무언가를 보거나 느꼈다는 걸 깨달았습니다. 친구의 영혼이 사라졌다는 사실을 느낀 건지 전 잘 모르겠어요. 하지만 절대 잊을 수 없는 경험이었어요. 불행하게도 6개월 후 맥에게 암이 있다는 사실을 발견했고 안락사 시켜야 했어요. 병원에 있던 맥의 친구들은 소식을 듣고 다들 슬퍼했습니다.”

록샌 맥키넌은 어머니에 대한 흥미로운 편지를 보내왔다. 암에 걸린 어머니가 집에서 편안히 끝을 맞았을 때 어머니의 개가 보인 반응에 관한 내용이었다.

“엄마가 돌아가신 날, 엄마가 키우던 미니어처슈나우저 새라는 집 저편에 있는 거실에서 신문을 읽고 있던 남편의 무릎 위에 누워 있었어요. 저는 건넌방에서 엄마가 마지막 숨을 내쉬는 모습을 지켜보고 있었고요. 새라가 갑자기 남편의 무릎에서 뛰어 내려와서 건넌방으로 들어오더니 침대 위 엄마 곁으로 올라왔어요. 그리고 막 숨을 거둔 엄마를 쳐다보았다가 다시 천장을 올려다보았어요. 마치 몸을 떠나는 영혼을 보거나 느낄 수 있다는 듯 말이에요. 그러더니 새라는 엄마 침대에서 내려와서 다시 거실에 있는 남편 곁으로 뛰어갔어요. 그런 건 정말 처음 봤어요. 엄마가 숨을 거두는 순간 새라가 정말 느닷없이 나타났어요.”

동물의 경계심과 공감 능력은 시공간을 훌쩍 넘을 수도 있다. 텍사스주 허스트에 사는 로이스 R. 스미스의 놀라운 이야기는 이러하다. 남편과 크루즈 여행을 떠난 로이스는 어느 날 새벽 다섯 시, 키우는 개 레이다가 문을 긁는 소리를 듣고 잠에서 깼다.(레이다는 새 집으로 이사를 가려던 전 주인에 의해 안락사를 당할 위기에 처했지만 로이스의 딸이 구조한 뒤 소중하게 키우고 있었다. 간호사인 로이스의 딸이 일을 하는 동안에는 로이스와 남편이 매일 레이다를 돌보았다.)

“레이다와 함께 있으면 레이다가 곧잘 ‘아빠’의 상태를 확인하라고 제 주의를 끄는데 그럴 때와 별 다름이 없었어요. 처음에 레이다가 문을 긁는 소리를 들었을 때 레이다가 너무 보고 싶어서 환청이 들리는 건가 싶었어요. 잠에서 완전히 깨고 보니 남편이 좀 이상해 보였어요. 혈당을 쟀더니 27이었죠. 50 이하로 내려가면 치명적이거나 당뇨병성 혼수가 올 수 있다고 해요. 저는 그 즉시 남편에게 포도당을 줘서 혈당을 올릴 수 있었죠. 평소의 기상 시간을 생각하면 등골이 오싹해요. 텍사스주 허스트에 있던 레이다의 생각이 지중해 한가운데에 있는 크루즈선에 타고 있는 우리에게 다다랐다고 생각하면 정말 믿기 어려워요."

레이다(정말 적절한 이름이랄 수밖에!)와 지금까지 말한 사연들 속 놀라운 동물들은 동물이 실로 여러 초월적인 감각을 가지고 있다는 사실을 확인시켜 준다. 예지력, 깊은 공감 능력, 그뿐 아니라 원격으로 감지하고 게다가 의사 전달까지 할 수 있는 능력이 그에 포함된다. 이를 바탕으로 다음 장에서는 죽은 동물들이 '외계에서' 혹은 내세에서 의사를 전달해 오거나 직접 나타나는 심오한 영역에 대해 탐구한다. 사랑받던 동물들은 더는 이승에서 반려인과 생을 함께할 수 없게 된 상황에도 여전히 함께 있고 어쩐지 그럴 능력이 있는 것으로 보인다. 앞으로 제시될 증거들은 심오한 철학적, 종교적, 형이상학적, 그리고 그 밖의 난해한 질문을 야기할 것이며 독자들 가운데 일부는 이것이 생에 대한 신념, 개인적인 신념에 부합한다고 여길 것이다. 일부에게는 마음이 불편해지는 경험일 수도 있지만 무엇보다 삶이 변화하는 경험이기를 바란다. 이 시대 주류 문화의 지배적 세계관이 동물을 어떻게 바라보고 대우하고 있는지 재평가하는 계기가 되기 바란다.

5.
죽은 동물과의 소통: 그 증거들

필멸의 운명을 의식하고 있는 인간은 사후의 삶에 대한 다양한 신념 체계를 구체화해 왔다. 이 믿음은 세계 어디에서든 문화의 일부이며 인류의 가장 오래된 역사 속에도 명백히 드러나 있다. 그러나 죽음 뒤에 삶이 있다는 믿음, 다시 태어난다는 믿음, 혹은 어떤 천국이 있다는 믿음은 죄다 헛된 소리일까?

죽음에 대한 두려움을 덮기 위한 인간 정신의 단순한 거짓말에 지나지 않을까? 생이 한 번뿐이라면 생에 과연 무슨 의미가 있느냐는 의심을 덮기 위해서일까? 만약 이 생이 끝난 뒤 전혀, 아무것도 없다면 선하게 살 필요도 없지 않을까? 이른바 '이성'이라는 것을 통해 사후의 삶이 거짓말이라고 결론짓는 사람들은 내 눈에는 허무주의 혹은 무의미함을 포용하기 위해 비이성적으로 애쓰는 것으로 보인다.

나는 현생의 의미가 선대의 영적 과거와 미래와 연결되어 있다고 믿는다. 무덤과 무덤이, 자궁과 자궁이, 세계와 세계가, 우주와 우주가 연결되어 있다. 오스트레일리아 원주민은 시공간을 통한 이러한 영적 연결을 우리의 노래줄song line이라고 부른다. 기독교 신비주의자들은 생에서 생으로 움직이는 영혼의 윤회를 순례자 영혼의 여정이라고 말하고 이런 관점은 힌두교 신자, 불교 신자를 비롯한 많은 사람이 공유하고 있다. 영혼이나 영령이 생에서 생으로 여행을 하고 있다는 환생이라는 개념은 초기 로마 교회에 의해 잘못된 생각, 이단적 믿음에 준하는 믿음으로 규정되어 그런 믿음을 가지면 파문될 수 있었다.(대부분의 역사 신학 전문가들은 그 이유가 정치적이었다고 생각한다.)

　　서양 문명에서 16, 17세기 무렵 이른바 이성의 시대Age of Reason가 도래한 뒤 이전 시기의 영적 세계에 대한 믿음 체계는 한결 더 침식되었다. 동물은 우리보다 열등하고 이성과 윤리 의식이 없으므로 동물이 아닌 인간만이 불멸의 영혼을 가지고 있음이 선언되었다. 동물에 대한 이런 쇼비니즘적 시각은 오늘날에도 여러 사람들 사이에 멀쩡히 살아 있다. 이익을 위해 동물을 착취하는 사람들, 신 혹은 어머니 자연의 창조물에 대한 인간의 지배와 우위라는 현상을 유지하고자 하는 사람들이 그에 속한다.

　　죽은 동물이 의사를 전달할 수 있고 심지어 물리적으로 현현顯現할 수 있다고(신지론자들은 이를 에텔체 또는 아스트랄체라고 부른다) 일단 가정해 보자. 그래서 여전히 이 세계에 살며 그들의 죽음을 끔찍하게 슬퍼하는 반려인 앞에 나타난다고 해 보자. 이런 소통과 현현이 검증될 수 있다면? 그렇다면 허무주의자, 이성적 유물론자, 그리고 인간만이 불멸의 영혼을 가지고 있으므로 특별하다고 생각하는 사람들의 세상이 뒤집히지 않을까? 그 충격은

5. 죽은 동물과의 소통: 그 증거들

외계에서 지적 생명체가 우리를 방문하는 일에 견줄 만큼 심각할 터이다.

죽은 뒤에도 동물의 영혼이 남아 있다는 사실에 대해 내가 수집한 증거로 말할 것 같으면 다음의 편지들이 반박할 수 없는 근거를 제공하고 있다. 가장 흔하게는, 사랑하는 반려인과의 익숙한 접촉의 형태로 나타나는 부분적인 현현과 소통이 있다. 여러 사람들이 개별적으로 동일한 경험을 했다는 점에서 이런 식의 사후 소통이 실제로 벌어졌음을 확인할 수 있다. 둘째로, 한 명 이상의 개인이 사랑했던 동물의 모습을, 부분적으로든 온전하게든, 동시에 함께 혹은 같은 곳에서 서로 다른 때에 본 사례들은 사후 소통이 가능하다는 사실을, 그러므로 현 차원에서의 물리적 죽음 뒤에 동물의 영혼이 존재한다는 사실을 추가로 확증하고 있다.

죽은 반려동물이 '방문'한 다음 사례들을 평가할 때 얼마나 인색하게 하든, 얼마나 철저한 회의주의, 과학적 객관성, 공정한 판단력을 적용하든 간에 각 사례는 그 자체로 자명하다. 그러한 방문/소통이 정신적 창작이나 투영, 즉 연관성 조건 형성associative conditioning의 결과라는 증거도 없다. 다시 말해, 동물을 잃은 슬픔을 이겨 내기 위해 단지 환각을 경험하고 있다거나 사랑하는 동물이 사후 세계에서 돌아왔다고 착각하고 있는 것이 아니다. 죽은 동물의 현현이 위로가 되고 사후 생에 대한 믿음을 긍정하는 것은 분명하지만, 나에게 편지를 쓴 사람들이 스스로를 위로하기 위해 죽은 반려동물을 '불러냈다'는 근거는 찾을 수 없었다. 동물들은 오히려 갑자기 예상치 못한 순간에 나타났으므로 정신의 착란, 상상력의 산물일 가능성은 배제할 수 있다.(그러나 이것은 죽은 사람이나 동물을 기도, 명상, 의식, 그리고 꿈의 상태를 통해 필요에 의해 '불러내는 것'이 불가능하다는 뜻은 아니다.)

많은 사람들은 천국과 지옥이 있으며 나쁜 사람들은 지옥으로 가는 한편 천사들과 우리가 사랑한 동물들은(이들을 천사와 같은 존재로 생각하는 사람들도 있다) 천국에 산다고 믿는다. 그러나 나는 밀턴의 글에 동의한다.

"마음은 그 자체로 하나의 세계로서 스스로 지옥을 천국으로 만들 수도, 천국을 지옥으로 만들 수도 있다."

나는 천국과 지옥 개념이 순전히 인간이 만들어 낸 것이라고 생각한다.

동물에 대한 사랑은 우리에게 창조주의 무한한 사랑을 드러낸다. 자연nature에 대한 우리의 사랑이 사랑의 본질nature을 드러내는 이치와 마찬가지이다. 13세기 독일 신학자 마이스터 에크하르트는 이렇게 썼다.

"만물에서 신을 보라, 신은 만물에 계시다. 모든 창조물이 신으로 충만하고 신에 관한 책이다. 모든 창조물이 신의 말씀이다."

아시시의 성 프란치스코는 신이 동물과 자연을 통해 우리에게 나타나신다고 했다. 그래서 가톨릭교회는 최근 그를 생태학의 수호성인으로 명명했지만 이미 오래전부터 동물들의 수호성인으로 더 잘 알려져 있다. 성 프란치스코의 가르침은 에크하르트에게 뚜렷한 영향을 미쳤다. 모든 창조물이 신의 말씀이라면 신은 창조물을 통해 우리에게 말씀을 하고 계신 것이며 아시시의 새들에게 창조주와 모든 창조물을 찬양하는 설교를 했던 성 프란치스코는 기도와 명상, 환희를 통해 바로 그것을 경험했다.

이를 깨달으면 동물들이 우리의 물리적 세계를 떠나 빛으로 들어간 뒤 우리와 소통할 수 있다고 해도 놀랍지 않을 것이다. 그리고 동물들은 정말 그렇게 한다.

동물을 잃은 사람들의 경험

코네티컷주 셸턴의 앨리노어 러브그로브는 나에게 보낸 편지에 남편과 함께 겪은 일에 대해 썼다.

"남편은 로즈매리라는 회색 고양이를 키웠어요. 17년 동안 키웠고 아주 많이 사랑했습니다. 로즈매리가 죽었을 때 남편은 몹시 가슴 아파했어요. 우리 부부는 둘 다 조각가이고 남편은 로즈매리가 작업대에 누워 매일 햇볕을 쪼이던 작업실에서 많은 시간을 보냈어요. 로즈매리가 죽은 지 한 주 뒤 남편이 저를 작업실로 불렀어요. 그리고 향수를 바꿨냐고 물었죠. 제가 작업실 문간에 서자 아주 향기로운 냄새가 났어요. 제가 '이게 대체 무슨 향기야?'라고 물었고 남편은 모르겠다고 대답했습니다. 향기는 순식간에 사라졌어요. 2월이었고 창문은 다 닫혀 있었어요. 우리는 둘 다 어리둥절했지만 설명할 방법이 없었어요. 그날 밤 우리가 거실에서 TV를 보고 있는데 남편이 '엘리, 저것 좀 봐!'라고 외쳤습니다. 방은 향기로 가득 찼고 남편의 소중한 로즈매리가 꼬리를 치켜들고 방을 나가고 있었어요! 아주 기분이 좋을 때 하는 행동이었지요. 갑자기 로즈매리는 사라졌고 사랑스러운 향기도 사라졌어요. 우리 둘 다 살아 움직이는 로즈매리를 본 것입니다. 남편은 눈물을 글썽였어요. 이 일은 우리에게 큰 위로가 되었습니다."

두 사람이 죽은 반려동물의 현현을 동시에 같은 장소에서 목격했다는 사실은 이 경험이 단지 남편의 상상력의 투영이 아니라는 것을 뒷받침한다. 두 사람은 또한 로즈매리의 영혼의 향기로운 오라^{aura}, 혹은 본질적 정수를 느꼈고 로즈매리의 물리적 현현을 보았다. 이것은 두 사람의 슬픔을 달래고 자신이 새로운 세계에서 활기차게 잘 지내고 있음을 확인시켜 주기 위한, 로즈매리의 사랑과 의지가 담긴 마지막 행동이었을 것이다.

또 다른 완전 현현의 사례는 노스캐롤라이나주 헨더슨빌의 매리언 V. 루소가 전해 왔다. 이번에는 개의 사례이다.

"우리 저먼 셰퍼드 노엘이 죽은 지 열흘째였습니다. 해 질 녘이었고 남편과 데크에 앉아 있는데 검은 얼룩이 있는 커다란 갈색 개가 우리 앞을 뛰어서 지나갔습니다. 우리는 헉 소리를 내며 서로에게 '봤어?'라고 물었습니다. 노엘이었어요. 우리는 한동안 말을 이을 수 없었습니다. 저는 노엘이 마지막 인사를 하기 위해 돌아온 것이라고 했습니다. 남편은 우리가 둘 다 목격한 사실을 인정하고 싶어 하지 않았지만 우리 노엘이 분명했습니다."

매리언의 둘째도 죽은 뒤 모습을 나타냈다. 구조된 유기견이었으며 셰퍼드 혈통이 섞여 있던 녀석이었다.

"크리시가 죽은 뒤에 저는 크리시의 모습을 보았고, 몇 달 동안 집 안에서 크리시의 발소리를 들었어요. 지금도 들려요. 특히 부엌에 있을 때면. 크리시는 먹는 걸 좋아했는데 남편은 야식을 먹을 때마다 크리시의 발소리를 들어요. 의자 곁을 내려다보며 말하죠, '크리시, 너 거기 있는 거 다 알아.'"

어떤 사진작가들은 유령이라고 생각하는 모습을 필름에 담았다고 주장하기도 하지만 가짜이거나 빛이 들어간 결과, 혹은 잘못된 현상 과정의 결과일 수 있다. 그러나 전역한 미국 공군 장교이자 경험 많은 사진작가인 노스캐롤라이나주 컨스빌의 로버트 J. 영이 내게 보내 준 사진은 진정한 현현의 사례를 포착했을 가능성이 크다. 그는 필름 전문가들에게 이 사진의 검토를 맡기기도 했다. 5월 초 어느 오후, 로버트는 태양을 등지고 키우던 개 샤이엔의 사진 두 장을 찍었다. 미놀타의 일안 반사식 카메라와 코닥 800 필름을 사용했다. 첫 번째 사진에서 샤이앤은 콜로라도 푸른 가문비나무 아래 누워 있었다. 그 전해 11월 세상을 떠난 개 레이디를 추모하며 심은 나무였다. 두 번째 사진에는 나무 앞 샤이앤의 머리 위로 밝고 투명한 구름이 공중에 떠 있는 모습이 포착됐다.

로버트는 나에게 보낸 편지에 이렇게 썼다.

"하느님께서 창조하신 생명을 데려가시면서 그 개를 사랑했던 남아 있는 이들에게 개가 하느님의 보살핌 아래 안전하게 잘 있다고 알려 주지 않으실 리 없어요. 개는 떠났지만 여전히 사랑하는 사람들을 내려다보고 있다고 알려 주신 거예요. 저는 하느님께서 사랑하는 레이디를 우리에게 보내 그걸 깨닫게 해 주셨다고 믿습니다."

로드아일랜드주 웨스털리에 사는 주디스 A. 셀린스는 종종 세상을 떠난 검은 고양이 위스커스를 본다.

"그런데 저만 본 게 아닙니다. 제 딸도 그렇고 다른 사람들도 위스커스를 보고 언제 또 검은 고양이를 데려왔냐고 묻습니다. 그런데 저는 검은 고양이를 데려온 적이 없어요. 녀석은 제 침실로 들어가거나 식당을 가로지르는 모습을 보여 주었습니다."

코네티컷주 브리지포트의 캐시 앤드로닉은 흥미로운 사연을 보내 주었다.

"우리 집은 13년 동안 반려 고양이 러스티를 키웠는데, 녀석은 까탈스러워서 쉽게 마음을 주기 힘들었어요. 하지만 러스티는 좋아하는 사람에게는 듬뿍 정을 주었습니다. 길고 편안한 삶을 산 러스티를 안락사 시킨 지가 10

년도 더 지났습니다. 생전에 러스티가 잘하던 행동 중에 하나가 아침 일찍 제 침대로 뛰어 올라와서 제 코에 자기 코를 가져다 대는 것이었어요. 제가 일어났다는 확신이 든 후에야 내려갔지요. 지난 가을 어느 날 밤, 저는 고양이 정도의 크기와 무게의 형체가 침대 위로 올라오는 느낌에 잠에서 깼어요. 눈을 떴더니 고양이의 얼굴과 두 귀가 똑똑히 보였어요. 분명히 동물이 있는 느낌이었어요. 형체가 뚜렷해서 제 알람 시계의 숫자가 일부 가려서 보이지 않을 정도였죠. 잠시 후 제가 눈을 깜빡했더니 사라지고 없었어요. 저는 종종 러스티 생각을 하면서 좋은 기억을 떠올리기는 해도 러스티가 떠나서 슬픈 감정은 이제 사라졌어요. 그렇지만 러스티는 3년 전쯤 돌아가신 엄마의 특별한 친구이기도 했죠. 저는 이렇게 생각하고 싶습니다. 러스티가 다시금 엄마와 서로 친구 하며 잘 지내고 있다는 사실을 알려 주려고 저를 찾아왔다고요."

미시간주 플린트의 도나 발라드는 그리스 여행을 떠나면서 건강이 나빠지고 있던 메인 쿤 고양이 보를 남편에게 맡겼다.

"귀국하기 며칠 전 목요일 새벽 세 시, 저는 침대에 누워 책을 읽고 있었어요. 그때 방 한구석 천장에 무언가 움직이는 게 보였어요. 올려다보았더니 거기 보가 있었어요. 보는 제 책을 향해 내려오다가 사라졌어요. 다시 잠들지 않았기 때문에 꿈이 아니었던 건 확실해요. 귀국하던 날 남편이 절 데리러 공항으로 나왔어요. 제가 물었지요. '보를 안락사 시켜야 했지?' 그랬더니 남편이 묻더군요. '어떻게 알았어?' 제가 '목요일이었어?'라고 물었더니 남편이 대답했습니다. '그래, 목요일이었어.'"

코네티컷주 밀포드의 셰릴 모건은 독실한 가톨릭 신자이며 사랑하는 개 세 마리를 모두 다른 시기에 각각 안락사를 시켰다. 노화에 따라 치

죽기 전 보의 모습. 보의 영혼은 죽던 날 지구 반대편으로 가서 사랑하는 반려인을 만났다.
사진: 도나 발라드

료가 어려운 건강 문제가 생겼기 때문이었다. 보더 콜리를 안락사 시킨 뒤에는 다음과 같은 일이 있었다.

"자전거를 타고 있었는데 옆에서 녀석의 영혼이 저와 함께 뛰고 있는 것이 보였습니다. 아주 행복해 보였고 다시 강아지 때로 돌아간 모습이었습니다. 저는 그제야 녀석을 놓아줄 수 있었습니다."

그다음 사랑하는 비글을 안락사 시킨 뒤 셰릴은 비글과 보더 콜리가 자전거 옆에서 뛰어노는 모습을 보았다. 그리고 나이 든 셋째 코커스패니얼을 떠나보낸 뒤에는 세 마리 모두가 자전거를 타는 자신 곁에서 행복하게 뛰어노는 모습을 보았다.

캘리포니아주 애너하임의 아니타 페리가 키우던 개 바니는 죽은 지 한 달 뒤 아니타를 주기적으로 '방문'했다. 세상을 떠나기 전 바니는 외출하고 싶을 때마다 침대에 코를 가져다 박고는 했는데, 바니가 죽은 뒤에도 아니타는 침대가 흔들리는 느낌에 잠에서 깼다. 캘리포니아에 살고 있었으므로 아니타는 그것이 지진일 수 있겠다고 처음에는 생각했다. 그러나 밤마다 침대가 흔들리는 일이 몇 달간 지속됐다.

"어느 날 밤, 잠에서 깨어 몸을 뒤척이는데 거울이 붙은 옷장 문에 바니의 모습이 보였습니다. 옷장 앞 바닥을 잘 살펴보았지만 바니는 거기 없었어요. 거울 속에만 있었어요."

얼마 후 아니타는 바니를 봐주었던 수의사에게 이런 경우를 들어본 적이 있냐고 물었다.

"선생님이 웃으면서 대답하기를, 키우던 개 찰리가 십 년 전에 죽었지만 선생님 부부는 매일 밤 찰리가 침대에서 뛰어내리는 것을 느낀다고 했어요."

아니타는 세상을 떠난 동물들의 '방문'에 관한 비슷한 사연들을 수집했고 이렇게 말했다.

"그런 일을 경험한 주인들은 덕분에 삶이 더 좋게 바뀌었다고 했어요."

아니타는 그런 사례들이 기록으로 남는다면 반려동물을 잃고 슬퍼하는 사람들을 위로하는 데 큰 도움이 될 것이라고 했다. 덧붙이자면, 그런 기록은 사랑하는 사람 혹은 동물의 죽음을 앞두고 있는 사람들, 혹은 자신의 죽음을 앞두고 있는 사람들에게 큰 도움이 될 것이다. 나는 이런 사연들을 임종을 앞둔 연로하신 장인어른께 들려 드렸다. 재치 있는 분이셨던 장인어른은

5. 죽은 동물과의 소통: 그 증거들

장갑차 지휘관으로서 2차 세계 대전에 참전하여 적잖은 고통과 죽음을 목격한 분답게 현자 같은 말씀을 하셨다.

"동물은 사람이 생각하는 것보다 훨씬 더 많이 알고 있지."

매사추세츠주 홀리오크의 앨리스 크루즈는 푸들과 페키니즈의 피가 섞인 오스틴을 열 살 때 안락사 시켰다. 오스틴은 떠난 지 한 달쯤 뒤에 앨리스를 찾아왔다.

"무언가 침대 위로 뛰어 올라오는 느낌에 잠에서 살짝 깼어요. 익숙한 걸음걸이가 느껴졌지만 오스틴일 수 없다고 생각했어요. 그럼에도 손을 내밀었고 녀석이 몸을 벌벌 떠는 게 느껴졌어요. 건강하던 시절 오스틴이 흥분할 때 하던 버릇이에요. 오스틴이 제 볼에 뽀뽀를 하는 것도 느껴졌어요. 저는 오스틴의 등을 쓰다듬었어요. 꼬리를 만져 봐야 했어요. 오스틴의 꼬리는 독특하게 말려 있었거든요. 제 손이 꼬리에 닿는 순간 오스틴은 사라졌어요. 볼을 만져 봤더니 축축했어요. 다음 날 아침 남편에게 제가 꾼 '꿈'에 대해 말해 주었더니 남편이 말했습니다. '어제 방 안에서 오스틴 발소리가 들렸는데 난 그럴 리 없다고 생각했지.' 저는 오스틴이 저한테 돌아왔던 것이라고 믿습니다. 좋은 곳에서 잘 지내고 있다고 말해 주려고요."

때로는 동물이 부분적으로만 모습을 드러내기도 한다. 미주리주 세인트루이스에 사는 매리언 웨스트와 살다가 세상을 떠난 길고양이 화이티가 그런 경우였다. 침대에서 책을 읽고 있던 어느 날 밤이었다.

"고양이가 침대 위로 올라와 다리를 주무르는 느낌이 들었어요. 저는 시선을 주지 않은 채 손을 뻗어 고양이를 쓰다듬으려고 했는데 침대 위에는 고양이가 없었어요. 길고양이였던 화이티는 제 다리 주변에 몸을 웅크리고 잠드는 걸 좋아했고, 잠을 자려고 자리를 잡기 전에 마치 의식을 치르듯 제 다리를 주물렀거든요. 그 이후에도 화이티는 저를 여러 번 찾아왔습니다. 시야 한 구석에 하얀 물체가 보이기도 했어요. 제가 키우는 다른 고양이들도 가끔 이상한 행동을 합니다. 화이티가 인사를 하러 오기 때문이라고 저는 마음 깊이 믿고 있습니다. 덧붙이자면, 이런 식의 방문은 두려움보다는 큰 위로를 줍니다."

죽은 반려동물이 불완전하게 모습을 나타내는 것을 경험한 사람들의 경우 숨 쉬는 소리, 물을 마시거나 밥을 먹는 소리, 바닥에 발을 디디는 소리를 들었다고 하고 있으며 가까이 있는 느낌, 즉 침대 위에 가까이 누워 있거나 침대 위로 뛰어 올라오는 느낌이 들었다고 말한다. 꿈에 나타나기도 하는데 너무 생생한 나머지 꿈을 꾼 사람은 꿈이 아니었다고 생각하기도 한다.

꿈인지 생시였는지는 모르지만 해군 병사 애런 마튼은 침상에서 잠을 자고 있다가 문을 긁는 소리에 잠에서 깼다. 텍사스주 갤브스턴에 사는 애런의 어머니 루이즈 마튼은 이렇게 적었다.

"문을 여니까 애런이 키우던 개 럭키가 있었대요. 럭키는 애런의 침상에 뛰어들었고 애런은 꿈이라고 생각하고 다시 잠들었어요. 다음 날 아침 럭키는 사라지고 없었어요. 하지만 담요 위에 럭키의 하얀 털이 묻어 있었답니다."

휴가를 나온 애런은 사랑하는 개가 죽었다는 것을 알았다. 죽은 시기는 개가 군함으로 찾아왔던 시기와 일치했다.

반려동물을 떠나보낸 사람의 애착과 슬픔이 반려동물을 붙잡는다고 생각하는 사람도 있다. 그래서 그들은 반려동물을 '놓아주어야' 한다고 생각한다.

5. 죽은 동물과의 소통: 그 증거들

코네티컷주의 이스턴에 사는 리사 비아쟈렐리는 나이 든 고양이 보보가 죽고 난 뒤 몹시 힘든 시간을 보내고 있었다. 보보는 종종 리사의 발치에 있는 것처럼 느껴졌으며 리사를 위로하기 위해 남아 있는 듯했다. 그래서 리사는 보보에게 이렇게 말했다.

"'네가 여기 나랑 함께 있는 거 알아. 넌 늘 나랑 같이 있고 싶어 했지. 하지만 네가 더 좋은 곳으로 갈 기회가 있다면, 성 프란치스코가 계신 곳이 있다면 가야 해.(저는 보보의 건강을 위해 성 프란치스코께 기도를 드리곤 했습니다.) 난 괜찮아. 가도 돼.' 저는 그 즉시 보보가 떠나는 느낌이 들었고 그 이후로 한 번도 보보가 발치에 있다는 느낌을 받은 적이 없습니다. 저는 보보가 더 좋은 곳에 있다는 사실을 알고 언젠가 아름다웠던 제 샴고양이를 다시 볼 수 있다는 걸 압니다."

앨리스 위어는 코네티컷주 셸턴에 있는 자택에서 창가에 놓인 안락의자에 앉아 나이 든 고양이 첼샌의 죽음을 슬퍼하고 있었다. 첼샌은 퇴창 앞에 놓인 제 침대에서 안락의자의 왼쪽 팔걸이를 밟고 내려와 바닥으로 내려가곤 했다.

"제가 첼샌을 생각하며 울고 있는데 팔걸이를 밟고 내려가는 첼샌의 털이 제 왼쪽 뺨을 스치는 느낌이 들었어요. 죽기 전에 잘 간호해 주어서 감사하다고, 이제 잘 지내고 있다고 이야기해 주러 온 느낌이었습니다."

뉴욕주 스타이브샌트의 매리앤 갤런트도 비슷한 경험을 했다. 매리앤이 기르던 미니푸들 페페는 열한 살이 되면서 시력을 잃기 시작했다. 6년 후 숨을 거둘 때까지 페페는 매리앤을 따라 집 안을 돌아다니는 버릇이 있었다. 매리앤의 오른쪽 다리에 딱 붙어 차가운 코로 반복해서 매리앤의 오른쪽 종아리를 건드리곤 했다. 매리앤과 남편은 몇 날 며칠에 걸쳐 슬퍼했다.

"어느 일요일 아침이었는데, 저는 잠에서 깬 뒤 아무 생각 없이 부엌으로 가는 어두운 복도를 걸어 내려갔어요. 갑자기 종아리에 차갑고 축축한 코가 느껴졌어요. 기쁜 마음에 심장이 빠르게 뛰었고, 아래를 내려다보았지만 제 기대와 달리 페페는 거기 없었습니다."

죽은 지 얼마 되지 않은 동물 친구가 영적으로 모습을 드러냈을 때 남겨진 동물이 그에 반응한 사례들도 있다. 텍사스주 휴스턴에 사는 앤 시맨튼의 어린 고양이가 바로 그런 경험을 했다. 앤은 나이 든 고양이 스펜서를 안락사 시킨 날 밤 잠자리에 들었다. 나이 든 고양이는 언제나 앤과 함께 침대에서 잠을 잤다. 잠자리에 든 앤은 나이 든 고양이가 평소처럼 자기 자리에 있는 느낌이 들었다. 돌돌 말린 이불이 "마치 녀석이 숨을 쉬고 그르렁거리는 듯 아래위로 움직이고 떨리는 것" 같았다. 앤은 어린 고양이가 이불 아래 있을 수 있다는 생각에 확인했지만 녀석은 소파 위에 잠들어 있었다. 침대로 돌아간 앤은 이불 위에 손을 놓았다.

"이불은 움직이면서 그르렁거리고 있었어요. 제 손과 이불은 온통 찌릿찌릿했고요. 그러다 갑자기 옆방에서 비명 소리가 들렸어요. 나이 든 고양이가 떠난 뒤로 침실에 들어오지 않았던 어린 고양이가 울부짖으며 침실로 들어오더니 침대 위로 뛰어 올라와 그 찌릿찌릿하고 그르렁거리던 이불을 덮쳤어요. 그리고 열렬히 주물렀고 '말을' 걸었어요. 둘이 항상 하던 대로 새처럼 '지저귀는' 소리로 말이에요."

죽은 반려 고양이가 앤을 찾아온 것은 그때 한 번뿐이었다. 다음 날 앤이 이 경험을 수의사에게 말하자 수의사는 고백했다. 자신도 키우던 개

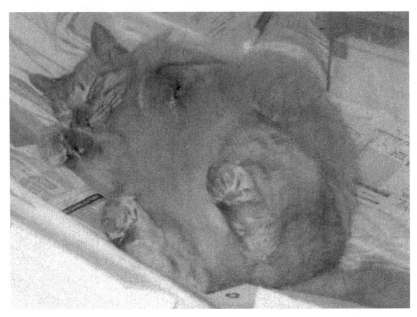

오동통한 스펜서의 생전 모습. 죽은 뒤 스펜서는 주인, 그리고 남겨진 고양이 앞에 모습을 드러 냈다.

사진: 앤 시맨튼

두 마리가 각각 죽은 뒤 녀석들의 모습을 본 적이 있는데 한 번도 다른 사람에게 그 사실을 털어놓은 적이 없다고 했다.

　　뉴욕주 올버니에 사는 캐린 D. 웰시가 학생이었을 때 부모님은 기말고사가 끝날 때까지 고양이 삭스가 죽었다는 소식을 숨겼다. 부모님에게 소식을 들은 날 밤 캐린은 꿈을 꾸었다.

　　"삭스가 저한테 왔어요. 저를 쳐다보았고, 저는 삭스가 제가 원했던 마지막 만남을 위해 돌아왔다는 걸 깨달았어요. 꿈은 너무나도 생생했고 메시지도 분명했어요. 그 일이 있고 나서 삶과 죽음, 사후 생에 대한 저의 생각이 완전히 달라졌어요."

❀　❀　❀

많은 사람들이 이러한 경험에 대해 이야기하기를 꺼린다. 회의주의자들의 조롱, 합리주의자와 유물론자들의 편견이 두렵고, 육체에서 분리된 영혼을 믿지 않는, 동물이 마음을 가진 생명임을 믿지 않는 평범한 사람들이 두렵기 때문이다. 자기 자신의 영적, 형이상학적 경험을 의심하는 사람들도 있다. 슬픔, 죄의식, 분노, 외로움 등 사랑하는 반려동물의 죽음과 추모와 관련된 다양한 감정을 완화하기 위한 상상력의 산물로 치부해 버린다.

　　그러나 이런 동물들이 제공할 수 있는 깊은 심적 연결을 우리가 부정하는 한, 우리는 인간과 반려동물이 나누는 헌신적인 관계에서 드러나는 보편적 사랑, 그리고 그것이 가진 어마어마하고 긍정적이며 인생을 바꾸는 힘을 경험할 기회를 스스로 박탈한다. 동물은 단지 우리의 소유물에 지나지 않는 것이 아니다. 동물의 영혼은 생명 보편의 일부이며 생에서 생으로 이동하는 영혼이라는 거대한 신비의 일부이다.

　　누군가는 쉽게 무시해 버릴지 몰라도 동물들이 매번, 매 생애 거듭해서 우리에게 가르쳐 주듯 열린 마음과 정신을 가지면 일상생활 속에서도 기적이 벌어지고 성스러운 모든 것과의 친밀감이 허락된다. 많은 사람들이 사후에 반려동물이 보내오는 메시지에 깊은 감동과 위로를 받았으며 필멸의 삶에 대해 우리가 아직 모르는 것이 많다는 깨달음을 얻고 인생이 바뀌었다고 말한다. 동물은 인간이 생각하는 것보다 훨씬 더 많이 알고 있다는 나의 장인 어른 짐 크랜츠의 말에 우리 모두 동의해야 한다.

6.
더 깊이 파헤치기:
우리를 비추는 고양이라는 거울

첫인상

동물은 종종 너무나 신통하게, 마치 우리의 마음을 읽은 듯 우리의 행동에 반응한다. 그러나 대개 우리의 무의식적인 인식과 반응에서 오는 신호를 눈치챈데 지나지 않는다. 그래서 동물은, 정도의 차이는 있지만, 우리 자신의 잠재의식을 들여다보는 거울이 된다. 이처럼 우리를 거울처럼 비추기 때문에 동물은 함께 사는 인간의 성격, 심지어 신체적 특징까지 똑같이 닮게 된다. 우리가 슬프거나 우울하거나 불안하거나 정서적으로 혼란스러울 때, 혹은 편안하고 행복하고 명랑할 때 반려동물도 그러하다. 동물은 우리의 기분이 어떤지, 심지어 왜 그런지 알고 그에 반응하는 공감 능력이 있다. 그뿐 아니라 우리가 그들과 공유하는 정서적, 물리적 환경의 포로이기도 하다. 동물에게 무관심한 사람들은 동물도 자신에게 무관심하다고 생각한다. 그와 마찬가지로 폭력적인 사람들은 동물의 공포심, 때로는 분노와 폭력성을 돌려받기도 한다. 따라서 우리가 동물들에게 어떤 영향을 미치는지 잘 알게 되면 인간이든 아니든 타자他者가 우리를 어떻게 바라보는지, 그리고 우리의 의도와 행위가 타자에 의해 어떻게 해석되는지를 더 잘 이해하는 데 큰 도움이 된다.

나의 경험에 비추어 보면 우리가 아주 어린 시절 동물을 보고 받았던 첫인상, 첫 반응과 느낌이 성인이 되어서 동물을 이해하고 동물과 소통할 수 있는 능력을 결정한다. 실증 과학이 이 방면으로 아무리 발달했다 하더라도 우리의 느낌과 태도, 즉 뿌리 깊은 믿음과 두려움, 그리움 등이 궁극적으로 우리가 서로 이해하고 소통하는 방식, 나아가 동물과 자연을 이해하는 방식을 결정한다.

나는 아주 어렸던 시절 여러 동물을 보고 고양이들과 시간을 보내면서 놀라움과 기쁨, 신기함을 느꼈다. 동물들은 타자, 아주 완전한 타자였다. 그들의 다양한 '타자성'은 나로 하여금 세상이 인간만을 위한 곳이 아니라 다양한 여러 생명체를 위한 곳임을 깨닫게 해 주었다. 다양하게 진화한 존재 방식과 의식 세계를 통해 그들은 목적의식과 의지, 의도를 드러냈다. 동네 고양이들은 나의 첫 스승이었고, 인간을 제외하면 나의 가장 친한 친구들이었다. 많은 고양이가 나에게 존중의 본질nature에 대해 가르쳐 주었고 그들의 본성nature을 존중하도록 가르쳤다. 어떤 고양이는 내가 쓰다듬어 주면 좋아했지만 어떤 고양이는 내가 적당한 거리를 지켜 주기를 원했다. 나는 "하악!" 소리와 앞발질을 통해, 그리고 종종 발톱에 할퀴여 상처를 얻으며 그걸 배웠다.

어린 시절 나는 모든 고양이가 잠재적 친구임을 깨달았다. 고양이는 대체로 친절했으며 언제나 흥미진진했고 말은 하지 않았지만 어쩐지 쉽게 이해할 수 있는 중요한 상대였다. 고양이들은 고양이로 사는 방식에 대해서, 무엇이 좋고 무엇이 싫은지에 대해 내게 가르쳐 주었다. 그리고 다양한 감정, 욕구, 의도, 기대를 표현하는 방법에 대해서도 가르쳐 주었다. 성인의 경우, 고양이로부터 가르침과 치유를 받으려면 여러 가지를 포기해야 한다. 그러나 겁이 없는 아이들은 그러기가 훨씬 쉽다. 성인이 터득한 인간 중심의 교리를 배우기 전이기 때문이다. 그 반면에 성인은 고양이를 포함해서 인간이 아닌 모든 동물을 열등하고 비이성적이고 심지어 비윤리적이며 감정과 영혼이 없는 존재로 여기고 대우하는 등 착각에 빠져 산다.

마크 베코프 교수는 다른 학자들로 하여금 동물의 감정에 대한 각자의 연구를 이 교리에 견주어 검토해 보도록 권유했다. 베코프 교수가 수집한 증거가 담긴 책 『돌고래의 미소: 동물의 감정에 대한 놀라운 기록들』[1]은 인간이 아닌 동물이 우리와 동등할 뿐 아니라 감정과 감수성의 영역에서 종종 우리보다 우월하다고 가정한다. 베코프 교수의 연구 결과는 설득력이 매우 뛰어나다.

작가 아이작 바셰비스 싱어는 이렇게 적었다. "다른 생명체를 향한 행동에 관한 한 모든 인간이 나치와 다름없었다. …… 다른 종을 마음대로 다룰 수 있다고 생각하는 오만함은 가장 극단적인 인종 차별적 이론, 힘이 곧 정

---

[1]   Marc Bekoff, *The Smile of a Dolphin: Remarkable Accounts of Animal Emotions* (New York: Discovery Books, 2000). 베코프 교수의 다음 최신작도 참조하면 좋다. *The Emotional Lives of Animals* (Novato, Calif.: New World Library, 2007), 그리고 Jonathan Balcome, *Pleasurable Kingdom: Animals and the Nature of Feeling Good* (New York: Macmillan, 2006).

의라는 원칙을 나타내고 있다."

우리가 고양이에게 바라는 행동은 종종 동물 행동에 대한 이해 부족에서 비롯한 것이고 동물을 의인화하는 비교 방식, 가치관, 견해 들로 인해 편향되어 있다. 손님이 왔을 때 "하악!" 소리를 내거나 침대 밑에 숨는 고양이도 있긴 하지만, 동물의 행동은 영감과 가르침을 주기도 하고 때로는 몹시 큰 재미를 주기도 한다. 그러나 이것은 동물이 자유롭게 자신의 모습을 드러낼 수 있을 때, 그리고 이상적으로는 인간들뿐 아니라 동종의 적어도 다른 한 개체와 함께 살고 있을 때 가능하다. 동종의 다른 개체와 살면 오직 인간과 함께 건강하지 못할 수 있는 사회생활을(심지어 인간에게도 해로운 생활을) 할 때에 비해 동물의 삶의 방식이 크게 왜곡되지는 않는다.

또 다른 노벨상 수상자이자 동물 행동학의 아버지 니코 틴버겐 교수는 이렇게 말했다.

"두 마리 동물이 함께 있다면 그것이 곧 실험이다."

그러나 나의 가장 훌륭한 스승은 고양이를 비롯한 여러 동물이었다. 내가 처음 동물 행동을 공부하기 시작했을 때 나는 초보자다운 실수를 했다. 무관심한 방관자이기보다 열렬한 관찰자였던 것이다. 나의 행동은 몇몇 고양이를 불편하게 만들었다. 관찰한다는 것은 쳐다본다는 것인데, 이를 매우 위협적으로 느끼는 고양이도 있기 때문이다.

내가 1970년대에 세인트루이스의 워싱턴 대학에서 동물 행동학을 가르쳤을 때 나는 개론 수업을 하면서 분명하게 말했다. 동물의 행동을 통해 우리는 동물의 마음, 의식을 들여다볼 수 있다. 동물의 행동은 동물의 동기, 욕구, 의도, 기대, 그리고 특히 동물의 기분과 감정 상태를 표현하기 때문이다.

사회적인 맥락 안에서 동물의 행동을 관찰하면 동물의 사회적 관계, 그리고 소통 방식(혹은 언어)을 더 잘 이해할 수 있다. 그리고 동물이 서로를 이해하고 있으며 이미 뛰어난 행동학자임을 깨닫게 된다! 또한 다양한 환경적 맥락에서 보면 동물의 행동은 적응을 위해 진화된 여러 작용, 양식, 전략을 드러낸다. 그중 의사 전달 신호와 같은 것들은 선천적이며 본능적이다. 의식적으로 이용하거나 변조할 수 있는 것이 아니다.(누군가를 봤을 때 의식하지 않고 저절로 미소가 지어지는 경우와 비슷하다.) 그러나 이것은 동물이 의식이 없는, 본능에만 의존하는 자동인형이라는 말이 아니다. 나는 동물의 행동에 대한 그러한 인색한 '과학적' 해석이 기계가 아닌 것을 기계로 여기는 행위mechanomorphization라고 생각한다.

동물을 기계로 여기는 생각

고양이를 비롯한 동물들이 의식과 감정이 없는 기계라는 생각은 여러 세기 동안 존재해 왔다. 이런 인색한 생각은 과학과 인식의 이른바 객관성에서 기인하며 불행히도 동물을 감정이 없는 과학적 연구의 대상으로 대우해 온 데에서 나온다. 이런 생각은 17세기 프랑스 철학자 르네 데카르트의 기계적이고 이원론적인 철학에 바탕을 두고 있다.[2] 지대한 영향력을 행사했던 '계몽주의'

---

[2] 데카르트와 동물에 대한 오늘날의 태도가 형성된 배경에 대해 더 알고 싶다면 Keith Thomas, *Man and the Natural World: A History of the Modern Sensibility*(New York: Pantheon, 1983) 참조.

시대 사상가 데카르트는 과학과 의학 발전의 이름 아래 살이 잘리고 해부당하는 개들의 비명 소리가 단지 시계 장치 같은 내부 장치가 망가지는 소리일 뿐이라고 말했다.

데카르트는 오직 인간만이 합리적 영혼을 가지고 있다고 믿었다.

"나는 사유한다, 고로 존재한다."

그는 초기 그리스 스토아학파 철학자들의 관점(성 토마스 아퀴나스가 기독교에 전파했던 관점), 즉 동물은 언어를 갖고 있지 않기 때문에 합리적이지 못하다는 생각을 받아들였다. 동물은 비합리적이므로 양심이 없고 따라서 윤리적 판단을 할 수 없기 때문에 특정한 권리 혹은 이익을 갖거나 주장할 수 없다는 생각이었다. 데카르트 철학에 따르면 비합리적인 짐승으로서 동물은 자기의식도 가질 수 없다. 따라서 몸에 부상을 입었을 때 동물은 마치 시계처럼 고장이 날 수 있으나 어떤 고통도 의식하지 못한다. 이성도 언어도 없기 때문에 두려움, 쾌락, 불안, 애정과 같은 진정한 감정도 느끼지 못한다. 그러한 감정은 오직 인간에게 국한되어 있다. 그런 인간적 감정을 동물도 가지고 있다는 생각은 의인화anthropomorphization의 오류로서 데카르트 철학에서 터부시되었다. 즉, 우리와 다른 동물을 우리와 비슷하다고 보는 오류였다. 그 반면에 동물이 목마름, 배고픔, 고통과 같은 감각을 경험하고 그와 관련된 조건 신호(휘파람 소리 혹은 명령)를 들었을 때 보이는 반응은 순전히 본능적인 것으로, 따라서 무의식적인 것으로 여겨졌다.

동물과 이야기를 하거나 여느 사람들과 다른 방식으로 동물을 다룰 줄 아는 "마녀의 능력"을 가진 사람들은 화형이나 교수형을 당하거나 익사, 추방을 당하기도 했다. 그런 사람들은 주로 홀로 은둔하는 사람들이었고,

6. 더 깊이 파헤치기: 우리를 비추는 고양이라는 거울

무지하고 미신적인 이웃들과 어울리느니 고양이, 그리고 다른 동물들과 삶을 함께하는 쪽을 택했다. 그리고 그 결과 이단자, 이교도, 악마 숭배자, 혹은 정령 숭배나 범신론을 퍼뜨리는 야만인 취급을 받았다. 고양이는 특히 악마와 연관지어졌다. 검은 개나 다른 검은 동물, 혹은 얼룩이 특이한 동물도 마찬가지였다. 야생 상태에서 구조된 동물이거나, 상처를 입었다가 치유된 동물, "마녀"의 손에 의해 길든 "심부름꾼" 등은 귀신에 씌었거나 사탄의 통제 아래 있다고 여겨졌다.

사람들이 고양이나 다른 동물과의 교류를 즐기고 한 마리 혹은 그 이상의 동물을 삶에 들이는 것은 아마도 동물이 우리가 갇힌 물질주의, 소비지상주의의 영혼 없고 무정한 세상에 대한 해독제처럼 작용하기 때문일 것이다. 피상성과 친밀감의 부재가 만연한 세상이기 때문일 것이다. 대부분의 인간관계에서 인간 영혼은 친밀감을 필요로 하기 때문일 것이다.

심리 치료사이자 한때 수도사이기도 했던 토마스 무어는 저서 『원原자아Original Self』에서 이렇게 결론짓는다.

"정치인들과 정상성의 정치는 물질주의와 피상성에 열광하는 영혼 없는 사회를 키우는 데 기여한다. 정신병적 사회가 정상적으로 느껴진다면 그곳은 좋은 곳이 아니다. …… 영혼 없는 사회이므로 이 사회에 한 발은 담그고 한 발은 빼고 있어야 한다."

열정이나 의미가 없는 삶은 삶이 아니다. 영혼이 없는 사회는 동물에게 영혼이 없다고 가정하고 그렇게 대우한다. 무어는 이렇게 충고한다.

"사회에 반하는 일을 하라. 제정신을 지킬 수 있다. 정상은 아니지만 제정신일 수 있다. 모든 것을 속에 쌓아 둘 수는 없다. 그러다가는 미쳐 버린다."

　　나는 내가 키운 동물들 덕분에, 그리고 수의사이자 동물 권리 지지자로서 나의 일 덕분에 미치지 않을 수 있었다고 생각한다. 이런 생각을 하는 사람이 나만은 아닐 터이다. 나의 동물들은 내가 실제와 동떨어지지 않게 해준다. 동물은 영혼 없는 사회를 중화하는 해독제로, 진정성과 공감 능력을 가지고 있다. 고양이나 말, 기타 반려동물의 필요성을 이해하는 사람들, 야생 동물 구조 및 재활 시설에서 일하는 사람들도 다 같은 생각일 것이다.

동물에 대한 애정

동물을 연구하면서 나는 동물이 아니라 오히려 일부 인간이 얼마나 불합리하고 비이성적이고 의식이 없으며 끔찍하리만치 비정한지 알게 되었다. 인간이 동물을 다루는 방식은 인간의 태도, 믿음, 가치관을 드러낸다. 물질주의적, 기계론적 태도, 공정하고 '객관성' 있는 과학적 태도, 통제하는, 지배하는, 두려워하는, 무관심한 태도, 그리고 물론 보살피고 사랑하는 태도.

　　나는 노벨상 수상자이자 동물 행동학의 아버지 가운데 한 분인 콘라트 로렌츠 교수가 전 세계에서 모인 학자들 앞에서 강연하는 모습을 본 적이 있다. 로렌츠 교수는 이렇게 말했다.

　　"동물을 제대로 연구하고 이해하려면 먼저 사랑해야 합니다."

　　그 학회에 있던 여러 데카르트주의 학자들은 로렌츠 교수에게 동의하지 않았다. 내 근처에 앉아 있던 몇몇은 로렌츠 교수가 "물렁해졌다"고 했고 그의 주장이 학자답지 못하다고 했다. 주관적이고 감정적인, 그러므로 비과학적인 주장이라고 했다.

로렌츠 교수는 인간들의 일상적 관계에서 그리고 연구실과 현장에서 인간이 동물과 맺는 관계에서 어떤 인간적 감정이 부족하다고 여기고 있었고 바로 그것을 옹호하고 있었다. 동물 행동학으로 동물을 이해하는 영역에서 이룬 과학적 성취가, 그리고 동물에 대한 사회의 인정과 염려가 현대의 데카르트주의자, 기계론적 환원주의자, 그리고 '객관적' 행동 심리학자들에 의해 약화되는 현상을 로렌츠 교수는 우려하고 있었다. 교수는 나에게 "자네 생각도 물론 나와 같겠지"라고 말했고 그것은 사실이었다.

또한 교수는 단순한 감상적 사랑을 요구하고 있었던 것이 아니다. 온갖 투영이 이루어지고 조건이 따라붙는 감상적이고 집착적인 '사랑'은 동물 행동과 의식에 대한 깊은 이해를 얻기 위한 바탕으로 적절하지 않다. 로렌츠 교수가 말한 사랑은 더 깊고 공감적인 연결감으로서 우리의 조상이 동물과 '말'을 할 수 있었고 동물과 '하나 될' 수 있었던 우리 자신의 원시적 과거에 뿌리를 두고 있다. 동물과의 이런 관계가 우리 현대인의 감수성에 다소 영적이고 신비주의적인 것으로 느껴질 수 있지만, 그리고 현대 데카르트주의자들과 기계론자들은 물론 그것을 터부시하겠지만, 숙달된 사냥꾼, 그리고 훗날의 유목민이나 농부에게는 무척 실용적이었을 생존 전략이었다.

로렌츠 교수가 지지 옹호하는 사랑은 공감 능력과 보살핌을 필요로 하는데, 이 두 가지는 동물의 감정과 의도를 더 깊이 이해하는 데 필수적이며 동물과의 관계에서 결정적인 역할을 한다. 그뿐 아니라 인간관계에서도, 특히 아이들과의 관계에서도 마찬가지다. 이러한 사랑은 인간과 동물이 서로를 향상시키는 관계를 맺을 수 있도록 한다. 그러나 동물이 이성과 지성, 감정이 없는 '말 못 하는 짐승'이라고 믿는 한 그러한 관계는 있을 수 없다. 특정한 행동을 하는 동물이 비슷한 상황에 있는 인간과 같은 감정 상태를 가지고 있으리라고 가정하는 것, 즉 의인화를 아주 금기시하는 경우에도 그런 관계는 불가능하다.

인간은 동물에게 어떻게 영향을 미치는가

고양이를 비롯한 동물들이 내게 가르쳐 준 사실은 어떤 동물에 대한 인간의 인식, 즉 우호적이라거나 위험하다거나, 심지어 사람을 조종한다거나 신뢰할 수 없다거나 하는 인식이 인간에 대한 그 동물의 반응에 영향을 미친다는 사실이다. 그뿐 아니라 인간의 인식은 태도와 믿음에 영향을 받으며 인간은 이 인식을 바탕으로 대체로 동물의 행동을 어떻게 해석할지 결정한다. 모든 동물이 위험하지 않고 우호적이라고 생각하거나, 아니면 유해하거나 겁을 먹었거나 공격적이라고 생각하면서 그에 반응한다면 지나치게 순진한 것이다. 그것은 동물을 단순히 소유의 대상인 열등한 존재, 즉 감정이 없는 자동인형이나 상품에 지나지 않는다고 생각하고 반응하는 것과 마찬가지로 어리석은 짓이다. 서로를 향상시키는 인간-동물 관계는 그런 마음가짐에서 나올 수 없다. 야생 동물을 단지 우승컵이나 유해 동물로 여기거나 가축을 야생에 사는 조상의 퇴화한 형태로 여기는 마음가짐도 마찬가지이다.

로렌츠 교수가 말하는 사랑을 바탕으로 서로를 향상시키는 인간-

동물 관계는 현명한 이기주의enlightened self-interest에서 나온다. 젖소 농장 혹은 돼지 농장을 갖고 있는 사람이든 집에서 고양이 등의 반려동물을 키우는 사람이든 마찬가지이다. 알고 나면 사랑하게 된다는 옛말이 있다. 그러나 무지가 있는 곳에는 편견과 두려움이 있다. 몇몇 연구에 따르면 농장에 사는 가축은 돌보는 사람과 사이가 좋을 때 더 건강하고 생산성이 높다. 암퇘지는 더 많은 새끼를 낳고 암탉은 더 많은 달걀을, 암소는 더 많은 우유를 생산한다. 갓 태어난 동물을, 혹은 임신한 어미를 조심스럽게 반복해서 만져 주면 스트레스에 대한 저항성이 향상되고 성장한 뒤 다양한 질병을 이겨 낼 수 있다.

나를 놀라게 하고 또 슬프게 하는 것은 여러 학자들의 의심 많은 태도이다. 학자들은 고양이를 비롯한 동물들의 놀이 행동을, 기계론적 경향을 반영하는 순전히 도구적인 관점에서 해석한다. 예컨대 강아지나 아기 고양이는 놀이를 통해 싸우거나 사냥할 능력을 키움으로써 우위를 점하는 법을 배우고 있다고 주장한다. 이러한 연구 경향, 혹은 패러다임 안에서는 동물의 놀이가 즐거움을 위해 이루어진다고 생각해 볼 가능성이 설 자리를 잃는다. 물론 사회적 놀이에는 여러 다른 이로운 효과가 따른다. 운동 효과도 있지만 애정 어린 관계를 만들고 유지하는 효과, 사회적 서열을 강화하는 효과도 있다. 또한 창조적 요소도 있다. 동물들은 새로운 놀이를 만들어 내기도 하고(때로는 움직이지 않는 물체를 장난감으로 사용하기도 하면서) 다양한 행동과 연속 행동의 빈도와 지속 시간에 알아서 변화를 주기도 한다. 역할을 바꾸기도 한다. 서열이 높은 개나 고양이가 서열이 낮은 상대로 하여금 '죽이는' 시늉을 하거나 몸에 올라타게 허용하는 식이다.

거울이 되어 주는 고양이

사람들이 함께 사는 동물들과 닮아 있다는 것은, 특히 성정과 행실 면에서 놀라운 신체적, 정신적 유사성을 보인다는 것은 우연이 아닐 수 있다. 내가 공감적 공명sympathetic resonance이라고 이름 붙인 과정이 이런 현상을 설명할 수 있을 터이다. 이는 결코 순전한 우연이라고 말할 수 없다.

고양이는 우리의 비인간적 행위의 대상인 만큼 우리의 인간성을 비추는 거울이다. 길들여진 반려동물로서 고양이의 행복은 우리 자신의 행복을 반영한다. 이것은 우리의 경제적 행복보다는 인간 및 동물 식구와 공동체를 돌볼 우리의 정신적 여유에 의해 결정된다. 고양이의 행복이 한 사회가 얼마나 문명화했는지를 명확히 보여 주고 있는 것이다. 윌리엄 블레이크의 시는 이렇게 말하고 있다.

"주인집 대문 앞 굶주린 개는 국가의 몰락을 예견한다."

자기 인식

고든 갤럽과 같은 일부 심리학자들은 자기 인식이 인간과 유인원들에게서만 확인된다고 주장한다. 갤럽 교수는 한 심리학 저널에 연구 결과를 발표하면서 동물에게 자기 인식이 있는지 객관적으로 측정할 수 있는 열쇠를 가지고 있다고 주장했다. 교수는 다양한 영장류 동물을 거울에 익숙해지게 하는 방법으로 이 어처구니없는 주장에 이르렀다. 동물의 이마에 표시를 했을 때 유인원의 경우 거울에 비친 자기 모습에서 그 표시를 발견한 뒤 거울을 이용해 표시를 지우려고 했다. 그러나 실험에 참여한 원숭이들은 어떤 반응도 보이지 않았다. 그래서 갤럽 교수는 이 단순한 실험 결과를 바탕으로 원숭이에게는 자기 인식이 없고 우리의 가장 가까운 친척인 유인원에게만 자기 인식이 나타난다고 제안한 것이다.

이 연구 결과는 환원주의적이고 인간 중심적인 사고, 그리고 과장된 단일 행동 반응을 토대로 하고 있다. 거울을 보고 표시를 지우는 행동 반응을 자기 인식의 유일한 지표로 삼은 것이다. 같은 맥락에서 중요한 자기 인식의 지표로 여겨질 수 있는 것은 바로 행동 반응의 부재이다. 예컨대 고양이들은 거울에 비친 자신의 모습을 보고 처음에는 마치 다른 고양이인 양 반응하지만 그 뒤로는 대체로 무시한다. 그러나 거울을 다른 방식으로 사용한다. 거울을 들여다보면서 자기 뒤에서 무슨 일이 벌어지는지 지켜보고 반응하는 식이다.

일부 고양이와 아시아코끼리는 거울을 이용해 이마에 묻은 얼룩을 닦아 낼 수 있지만 개들의 경우 시각적인 것에 신경을 덜 쓰거나, 단순히 외모에 연연하지 않는 것일 수 있다. 갤럽 교수와 그 밖의 학자들의 인간 중심적 사고는 문제적이다. 비슷한 상황에 놓인 인간의 생각과 행동을 잣대로 삼아 다른 동물의 행동, 사회성, 학습 능력을 해석하고 있기 때문이다. 갤럽 교수가 보여 준 것과 같은 유사 과학적 행동 평가는 평등주의적 윤리관을 혐오하는 급진적인 합리주의자, 쇼비니스트, 우월주의자들의 종 차별적이고 인종 차별적인 태도를 강화할 뿐이다. 평등주의란 지성이 없는 존재라고 할지라도 모든 존재의 권리와 이익을 동등하고 공정하게 고려해야 한다는 윤리관이다.

동물들의 이타적 행위

이타적 행위는 인간에게 국한된 미덕이 아니다. 개와 고양이가 가족 혹은 낯선 사람을 불에서, 물에서 구한 이야기, 위험한 사람이나 동물로부터 구한 이야기 등 대단히 영웅적인 행위를 보여 준 사례는 많다. 이타적 행위를 하면서 동물들은 놀라운 임기응변과 통찰력을 보여 준다.

이타적 행동과 공감 능력으로 고양이들은 서로를 돌보고 그로써 공동체 혹은 사회 집단의 공익에 기여한다. 어미 고양이가 새끼들의 털을 정리해 줄 때, 배변 활동을 자극하기 위해 핥아 줄 때, 그리고 좀 더 크면 어미 뒤

고양이는 우리를 편안하게 해 주고 인간의 영혼에 말로 다할 수 없는 이로움을 가져다준다.
사진: 아야 기노시타

를 따라오도록, 너무 거칠게 놀지 않도록 인내심을 가지고 가르칠 때 고양이의 이타심은 특히 뚜렷이 드러난다. 어떤 어미 고양이는 다른 어미보다 인내심이 더 많거나 더 너그러운데, 이것은 인간 엄마의 경우에도 마찬가지다. 고양이가 이타적인 행위와 용기를 보여 준 사례는 많다. 특히 집에 불이 났을 때가족을 깨우기도 하고 새끼 고양이를 구조하다 스스로 화상을 입기도 한다. 본능이라고 불러도 좋지만 맹목적인 본능은 아니다. 이타적 본성은 타고날수 있지만 공감 능력과 마찬가지로 인간에게 국한된 미덕은 아니다. 동물의이타적 행위를 목격하면 겸손한 마음이 들고 동물과 인간의 생물학적 그리고영적 연결 관계를 긍정하게 된다.

공감 능력에 대해 덧붙이는 말

동물이 공감하지 못하고 남의 감정 상태를 이해할 수 없고 남의 괴로움을 안타까워하지 않는다면 동물계에서는 이타적 행위의 근거를 볼 수 없을 것이다. 그러나 실제로는 근거가 있다. 동물 행동학자들은 우리가 다양한 동물 종에서 관찰할 수 있는 이타주의의 밑바탕에 있는 행동들을 식별할 때 보살핌care-giving, epimeletic 행동, 그리고 보살핌을 요청하는care-soliciting, et-epimeletic 행동이라는 용어를 쓴다.

쥐에게 배탈이 난 것 같은 아픔을 주는 약한 유해 자극을 주고 다른 쥐들의 반응을 살펴본 연구에서 맥길 대학교 연구자 제프리 모길과 그가이끄는 통증 유전자 실험실 연구 팀은 다음과 같은 결론을 내렸다. 쥐에게 선천적인 형태의 공감 능력이 있다는 것이다. 연구 팀은 이를 행동 전파[behavioral contagion]라고 칭했다. 쥐들은 낯선 쥐보다는 함께 우리를 쓰는 동료가 괴로움을 호소할 때 더 많은 공감 능력을 보였다.[3]

회의주의자들은 계속해서 동물의 공감 능력을 의인화의 결과로 보고 과학적 증거가 없다고 무시한다. 이와 관련된 일부 전문가들의 발언은 나를 불편하게 만든다. 예컨대 수의사 존 S. 파커는 이렇게 주장했다.

"애완동물은 주인의 괴로움 혹은 불편함에 반응하지만 이것을 공감이라는 정서의 경험과 혼동해서는 안 된다."[4]

동물에게 "인간의 입장에서 생각할 수 있는 인지 능력이 없다"는 주장은 별개로 하더라도, 파커는 공감을 과정이나 정서 상태가 아닌 실제 감정이라고 잘못 생각하고 있다. 공감은 감정이 아니다. 같은 저널[5]에 실린 동물 윤리 철학자 버나드 E. 롤린 박사의 답변, 즉 "고등 영장류나 코끼리와 같은 일부 동물의 경우 공감 능력이 있다는 매우 설득력 있는 근거가 존재한다"는 의견이 그에 대해 물음을 제기한다. 반려동물이 공감적 행동을 보여 준 셀 수 없이 많은 사례들은 일종의 경고성 붉은 깃발이지 관심을 돌리기 위해 사람이 만들어 낸 장치가 아니다. 동물은 인간이 원하거나 받아들이는 수준 이상으로 더 폭넓게 인식하고 있다는 사실을 우리 모두에게 일깨워 주고 있는 것이다. 인간이 왜 이 사실을 받아들이려고 하지 않는지 그 이유는 인간이 가장 잘

---

[3]   *Science* magazine (June 30, 2006): 1860-1861.

[4]   Letter in the *Journal of the American Veterinary Medical Association* (June 1, 2006): 1677-1678.

[5]   Ibid. 1678.

알고 있다.

공감 능력이 뛰어난 반려동물에 대해 여러 사람이 내게 보내온 사연들을 이제 소개하고자 한다.

캘리포니아주 프레즈노에 사는 에스더 스키는 이렇게 적었다.

"암 센터에서 치료를 받고 집으로 돌아왔을 때 저는 아주 힘이 없고 아픈 상태였어요. 제가 키우던 에어데일테리어 두 마리는 마치 북엔드 두 개처럼 침대에 누운 제 양쪽에 자리를 잡곤 했어요. 그리고 몇 시간 동안 움직이지 않고 누워 있었습니다. 가장 아픈 부위에 번갈아 가며 머리를 살포시 내려놓을 때를 빼고는요."

두 해 전, 에스더가 키우던 개 로비는 "갑자기 자고 있는 남편 곁으로 뛰어올라 딱 붙어서 떨어지지 않았"다.

"평소에는 제 쪽에 놓인 방석 위에서 주로 잤기 때문에 이런 일은 처음이었죠. 로비는 한 시간 동안 몸을 떨다가 혼자 아래층으로 내려갔어요. 밤에 침실에서 나가는 것도 평소에는 하지 않는 행동이었어요. 몇 분 뒤 남편에게 심각한 심장 마비가 왔어요. 저는 로비가 어떤 끔찍한 일이 벌어질 것을 알았다고 생각해요."

반려인의 가장 아픈 부위에 머리를 기댄 에어데일테리어처럼 미시간주 로미오에 사는 M. S. D.의 샴고양이 역시 주인을 고통스럽게 하고 잠을 방해하던 심계 항진 증상을 알아챘다.

"클로이가 침대 위로 오더니 몸을 딱 붙이고 앞발을 심장이 있는 제 왼쪽 가슴에 올려놓았습니다. 그랬더니 금세 두근거림이 잦아들고 멈추었습니다. 밤새 푹 잘 수 있었어요."

버지니아주 체사피크에 사는 에이미 E. 스나이더는 식도암을 이겨 내는 동안 메인 쿤 고양이 봉커스의 위로를 받았다. 봉커스는 에이미 곁에서 잠을 자면서 위로를 해 주고 끊임없이 신경을 썼다. 집에서 160킬로미터 이상 떨어진 곳에서 방사선 치료를 받아야 했던 에이미는 주말에만 집에 올 수 있었다. 그러던 어느 주말 봉커스가 부쩍 힘이 없고 늙어 보였다. 에이미는 봉커스를 데리고 동물 병원에 갔고 안락사를 시켜야 했다. 수술할 수 없는 암이 생겼기 때문이었다.

"기도가 완전히 막혀 있다시피 했어요. …… 기이할 정도로 저와 비슷한 병이었기 때문에 저는 우리 고양이가 그야말로 제 병을 가지고 가려고 했다고 믿어요. 녀석이 아니었다면 이겨 내지 못했을 거예요."

이 사연은 나의 공감적 공명 이론을 뒷받침한다. 공감 능력이 뛰어난 동물의 경우 사랑하는 이를 괴롭히는 질병과 동일하거나 비슷한 질병을 얻을 수 있다. 그 결과가 의도적이든 우연적이든 중요한 것은 공감 능력이 인간과 동물 모두에게 위험할 수도 있다는 사실이다.

미주리주 오시올라에 사는 퍼트리셔 앤더슨은 병원에서 퇴원한 뒤 가정 간호사들의 보살핌을 받았다. 간호사들은 퍼트리셔가 수호천사 고양이라고 부르는 두 고양이들의 행동에 감동을 받았다.

"제가 키우는 회색 줄무늬 고양이 두 마리가 제 양쪽에 누워 간호사들이 처치를 하는 동안에도 비키지 않았어요. 통증이 있을 때나 기분이 우울할 때 손을 조금만 뻗으면 따뜻하고 사랑스러운 존재들이 느껴졌죠. 둘은 제가 혼자 있지 않도록 번갈아 내려가 밥을 먹고 화장실에 갔어요. 그러던 어느 날 두 마리 모두 내려가 평소처럼 뛰어놀았어요. 제가 나아 가고 있다는 사실을 저보다 먼저 알았던 거예요."

우울증을 비롯한 다양한 정서적, 신체적 어려움을 겪는 반려인을 도운 고양이와 개에 관한 편지는 이 밖에도 많다. 특히 배우자 혹은 가까운 친지가 죽었을 때에 도움이 된 사례가 많다. 뉴욕주 클리프턴파크에 사는 캐리 왓슨은 이렇게 적었다.

"두 반려견이 없었다면 아내가 죽은 뒤에 훨씬 더 힘들었을 거예요. 배우자가 죽고 뒤이어 세상을 떠나는 사람이 왜 그렇게 많은지 알 것 같아요. 계속 살아가려면 사랑이 필요해요."

버지니아주 코트랜드의 바버라 K. 조이너의 편지에도 같은 생각이 나타난다. 약혼자의 때 이른 죽음을 겪은 바버라는 입양한 고양이들 덕분에 "인정받는 기분, 필요한 사람이 되는 기분, 사랑받는 기분"을 느낄 수 있었다.

"어둡고 슬픈 내 삶에 기쁨과 행복을 가져다줍니다."

하나밖에 없는 자녀가 스스로 목숨을 끊은 뒤 괴로웠던 사우스다코타주 수폴스의 퍼트리셔 마우누는 비숑프리제 젬 덕분에 침대에서 나오고 싶다는 생각이 들었고 몇 번이나 살아야겠다는 의지를 갖게 되었다.

반려동물이 인간 보호자를 도와 어려운 시기를 극복하고 끊임없는 애정과 기쁨을 준 수많은 개인적인 사연들을 보면 뉴올리언스와 주변 지역을 강타했던 허리케인 카트리나의 수많은 피해자들이 왜 결코 반려동물을 두고 떠나려고 하지 않았는지 이해할 수 있다. 반려동물은 가족의 빠질 수 없는 일원이고 수없이 많은 사람들의 정서적 삶의 일부이다. 반려동물과 사는 삶이 주는 선물, 그리고 동물의 깊은 공감 능력을 경험해 보지 않은 사람들은 삶을 풍부하게 하고 크든 작든 모든 생명체에 대해 감사하는 마음을 일깨울 황금 같은 기회를 놓친 것이다.

　　다음 장에서는 동물이 어떻게 우리의 정신적·도덕적 성장에서 중대한 역할을 하는지, 그리고 어떻게 우리의 정서적 행복에 다방면으로 기여하는지 살펴볼 것이다.

7.
동물과 우리의
정신적 성장

나는 40년 이상 수의사로 살았고, 동물 권리와 환경을 지키려는 사람으로서 동물 보호 분야에서 30년 넘게 일해 왔다. 나의 일은 언제나 동물의 건강과 행복을 향상시키는 것이었다. 나는 동물에 대한 인간의 태도에 대해 많이 배웠고, 인간들 사이에 어떤 일관성 있는 감수성이 없다는 사실은 나를 불편하게 한다. 인간과 동물 모두를 위해, 모든 나라와 모든 문화에 필요한 가장 중요하면서도 어려운 형태의 치유는 둘 사이의 유대를 회복하는 일이다.

건강한 유대는 서로를 향상시키는 유대이고, 거기에는 두 가지 필수 요소가 요구된다. 첫째, 생태학과 동물 행동학 관련 지식이 늘어나야 한다. 즉, 동물의 환경적 요구, 행동, 소통 방식, 감정에 대한 객관적인 이해가 있어야 한다. 둘째, 지성과 감정이 있는 존재인 동물에 대한 주관적 이해가 더 잘 되어야 한다. 이것은 동물과의 공감적 연결을 필요로 한다. 공감 능력은 상대편의 기분을 공유하거나 경험할 수 있는 능력이다.

공감 능력은 우리를 타인과 연결하는 감정의 다리이다. 동물에 대한 과학적 지식은 유대를 형성하지 않는다. 공감 능력이 유대를 형성한다. 과학 지식은 동물의 요구를 더 잘 이해할 수 있게 도우며 동물의 행동, 의도, 감정 상태를 더 명확하게 해석할 수 있게 해 준다. 그러나 동물을 측은하게 여기도록 도와주지는 않는다. 동물에 대한 감정은 마음에서 온다. 우리 존재의 핵심인 마음은 우리의 지성이 우리 자신과 지각 세계의 본질에 관해 담고 있는 모든 사실 정보보다 더 오래되었고 더 지혜롭다.

자비, 그리고 윤리의 기원

파스칼이 말하기를 "이성이 모르는 것을 마음은 안다"고 했다. 지혜가 오직 지성에서만 나오는 것이 아니라 우리의 감정에서도 나온다는 말이다. 타인에 대한 우리의 감정에서 우리의 도덕적 감수성과 윤리가 나온다.

윤리와 도덕률은 우리로 하여금 타인을 측은하게 여기도록 만들 수 없다. 그 마음은 타인에 대한 염려, 즉 신경을 쓰는 데에서 나온다. 대척점에는 남에게 신경을 쓰지 않는 태도, 자기 자신에 몰두한 나머지 타인에 대해 무지한 태도가 있다. 그러므로 이기심은 무지의 뿌리이고 공감을 불가능하게 만든다.

심리학자 R. D. 랭은 우리가 동물을 해할 때 인류가 타락하고 인간 존재의 본질이 타락한다고 말한다.

한 여자가 깔때기를 통해 거위의 목으로 음식물을 쑤셔 넣는다. 이것은 동물 학대에 대한 서술인가? 여자는 학대를 하려는 어떤 동기도 의도도 없다고 말한다. 우리가 이 광경을 '객관적'으로 서술한다면 우리는 이 상황에서 '객관적으로', 아니 더 제대로 말하자면 존재론적으로 존재하는 어떤 것을 배제할 뿐이다. 모든 서술은 인간의 본질, 동물의 본질, 그리고 그 둘의 관계의 본질에 대한 존재론적 가정을 전제로 한다. 만약 동물을 가공된 식품으로, 일종의 생화학적 화합물로 비하한다면, 그래서 살과 내장이 단지 입안에서 어떤 질감으로 느껴지고(부드럽거나 무르거나 질기거나), 어떤 맛, 혹은 냄새로 느껴진다고 말한다면, 그러한 용어로 동물을 **긍정적으로** 서술함은 존재 자체를 비하함으로써 자신을 비하하는 일이다. **긍정적인** 서술은 '중립적'이거나 '객관적'이지 않다. 파테의 원재료로서의 거위에 대한 서술을 유효한 존재론으로 뒷받침하고자 한다면 부정적인 서술이 될 수밖에 없다. 다시 말해서 그 서술은 이 행위가 무엇의 야만화이며 비하이며 모독인지 비추게 된다. 즉, 인간 존재와 동물의 본성의 야만화이자 비하이며 모독임을 드러내게 된다.[1]

시인 개리 스나이더는 이렇게 썼다.

"모든 생명은 각성이라는 신극神劇 속의 동등한 배우이다. 저절로 자비심에 대한 깨달음에 이른 이는 그 즉시 생태 윤리의 길, 개화의 길로 들어선다."[2]

---

[1] R. D. Laing, *The Politics of Experience and the Birds of Paradise* (New York: Penguin Books, 1967).

[2] Gary Snyder, *A Place in Space: Ethics, Aesthetics and Watersheds* (Washington, D. C.: Counterpoint, 1995).

그러나 타인에 대한 염려를 일깨우고 자비로운 행위를 유지하는 데 필요한 열정을 점화하는 것은 무엇인가? 깨달음은 자아의 보편성, 그리고 모든 살아 있는 존재가 해를 입고 고통 받을 수 있다는 사실의 갑작스러운 인식에서 올지도 모른다. 다른 존재들의 두려움과 희망, 고통과 쾌락은 우리 자아의 일부를 반영한다. 공감을 통해 우리는 타자가 느끼는 것을 경험한다.

여러 신문에 동시 게재되고 있는 나의 칼럼 <동물 의사*Animal Doctor*>의 한 독자는 부엌에 놓은 용수철 쥐덫을 이용해 쥐를 잡은 뒤 이런 편지를 보냈다.

"서둘러 집 밖으로 나가 바닥에 패대기를 치려는데 문득 쥐의 얼굴이 보였습니다. 쥐의 눈에 어린 고통과 공포가 정말 또렷하게 보였습니다."

생물학자이자 저명한 작가였던 고做 로렌 아이즐리는 이렇게 썼다.

"우리는 인간이 아닌 다른 생명체의 눈에서 우리를 볼 때까지 우리를 발견할 수 없다."[3]

우리가 서로, 그리고 다른 동물과 공감한다면 우리는 더 높은 수준의 존재적 공명에 이를 수 있으며 우리의 영혼은 더욱 정제되고 명확해진다. 다른 존재가 우리 자신의 정신적 성장과 자아실현에 소중한 존재임을 깨닫는다. 동물을 **가족**으로 여기는 마음은 우리 자신의 공동체 정신을 확장한다. 동물을 **타자**로 여기는 마음은 인간의 진화와 적응 과정을 더 깊이 이해하는 데 도움이 된다. 반려동물은 우리의 삶을 풍요롭게 하고 동물의 치유력은 우리의 몸과 마음을 이롭게 한다는 사실이 밝혀졌다. 토템이나 우상으로 나타나는

---

[3]   Loren C. Eiseley, *All the Strange Hours* (New York: Charles Scribner's Sons, 1975).

동물은 신이 세상을 창조했음을 드러내는 상징으로서 수천 년간 인류를 위해 봉사했다. 동물의 신비주의적, 은유적, 신화적 이미지들은 우리의 상상력, 창의력, 종교적 감수성을 일깨워 주었다. 동물은 우리를 우리 밖에 있는 존재와 의식 영역으로 데려다줄 수 있다. 그 여정에서 돌아온 우리는 선대의 샤먼, 예언자, 치유자처럼 공감적 영향권으로 들어갈 수 있다. 우리의 동지이자 심부름꾼, 가족이자 스승이고 치유자이기도 한 동물과의 교감을 통해 전보다 많은 깨우침과 영감을 얻게 되는 것이다.

객체이자 대상으로서 동물은 우리의 여러 필요와 욕구를 채워 주고 그들의 곤경은 인간 본성의 어두운 면을 반영한다. 우리가 동물을 격하할 때 우리 자신의 인간성을 끌어내린다는 사실을 동물은 가르쳐 준다.

이성을 통해 우리는 객관적 앎을 얻는다. 공감을 통해 우리는 주관적 앎을 얻는다. 이 두 가지 앎의 방식이 합쳐지면 지혜가 된다. 우리가 동물 행동을 이해하고 동물과 공감하면, 자비심이 이성과 행동의 윤리적 나침반으로 작용하도록 허락하면 동물들은 우리의 지혜가 성장하게 돕는다. 그리고 우리가 호모사피엔스, 즉 지혜로운 인간이라는 이름에 걸맞은 더욱 인간적인 종으로 진화하도록 돕는다.

나는 아직 '미완성'인 우리 인간이 두루 공감하는 존재, 즉 모든 생명을 측은하게 여길 줄 아는 존재로 진화하는 문턱에 있다고 본다. 인간이 우월하고 지배적이라는 인간 중심적인 세계관을 버릴 수만 있다면 그 문턱을 넘을 수 있을 것이다. 겸양은 공감 능력과 기능이 탄생하기 위한 전제 조건이다. 오만과 두려움을 자비와 사랑으로 대체해야 한다. 자비심은 이성의 힘이 따라야 할 윤리적 나침반으로서, 그것이 없으면 인간 지성은 최적의 상태에서 기능할 수 없으며 이로움보다 더 많은 해로움을 야기할 것이다.

다른 동물 앞에서 우리는 존재의 일체성을 경험할 수 있고 살아 있음과 지각 있음, 취약성과 필멸성을 경험할 수 있다. 그러나 동일한 눈빛 혹은 숨결에서 우리는 시공간의 차원이 아닌 의식의 차원에서 아주 먼 거리에 있는, 나와 다른 종의 심오한 타자성을 경험할 수 있다. 동물이 우리의 눈을 들여다볼 때 일순간의 인지가 이루어진다. 긍정의 순간이라고 할 수도 있을 것이다. 그런 뒤 그 눈빛은 우리를 지나쳐 우리 너머로 가는 듯하다. 이 순간 동물의 마음은 이해할 수 없는 심오한 타자성을 띠며 지각 있는 우주가 펼치고 또 감싸 안은 더 심오한 수수께끼의 일부가 된다. 교감하는 동안 일순간 드러났던 것은 다음 순간 다시 가려진다. 인도의 고전 브리하드아란야카 우파니샤드는 그것을 이렇게 표현했다.

"불멸은 실재에 의해 가려져 있다. 생명의 기운은 불멸의 기운이다. 이름과 형태는 실재하고 생명의 기운은 그것들에 의해 가려져 있다."

따라서 동물의 존재라는 실재 속에서 우리가 동물과 교감할 때 영원한 생의 기운은 베일을 벗는다. 일체성과 타자성, 단일성과 다양성, 이중성과 비이중성의 역설을 초월한다. 우리가 동물의 존재에 열려 있고 우리의 깨인 의식이 동물의 의식과 공명할 때 동물은 인간의 정신에 그처럼 마법적이고 전환적인 힘을 행사한다. 나와 다른 생명의 공감적 공명의 찰나가 얼마나 짧고 그 기억이 얼마나 영원하든, 우리는 베일을 벗은 것이 실로 독수리, 고래, 혹은 늑대라는 이름을 단 원형적 형태로 체화된 불멸의 생의 기운이었음을 깨닫는다.

일부 영적 스승, 신비주의자, 시인들은 우리가 특수에서 보편을 볼 때, 그리고 보편에서 특수를 볼 때 천국에, 혹은 깨우침의 상태인 삼매三昧 혹은 니르바나에 들어설 수 있다고 조언한다. 이것이 지각 세계의 고통과 시련에서 해방된 행복한 상태라고 믿거나 주장하는 사람이 있다면, 그 해방이 보편적 해방이 아닌 특수한 개인적 자아의 해방이라면, 틀린 말이다. 개인적 깨우침에 다다르면 그다음은 무엇이란 말인가? 지각이 있는 다른 존재들과의 공감적 연결이 끊어지고 무한한 자비심의 고리에서 벗어나 존재의 통일장과 분리된다면 영원한 깨우침은 불가능하다.

자아의 보편성에 대해 깨달은 사람은 어떻게 주변의 생명에 최소한의 피해를 주면서 자신의 생을 유지할 수 있을지 묻는다. 내가 어떻게 해야 내가 살고 있는 세상 속의 고통을 예방하고 완화할 수 있는가? 개인적 해방과 잔인한 인간의 착취로부터의 동물 해방은 둘 다 모든 생명을 무한히 공감적으로 포용하는 극한의 자비심에서 나오는 영적 운동의 목적이다.

우리에게 동물이 가지는 궁극적 값어치와 의미는, 야생에서 수중 그리고 육지 생태의 건강과 기능 보전에 기여한다는 점 외에도 인류의 진화, 우리의 정신적 성장을 돕는다는 데 있다. 우리가 동물과 공감하면 우리는 더 인간적이 되고 깨어 있게 된다. 그 과정에서 동물은 우리의 정신을 한결 고귀하게 해 줄 것이며 동물에 대한 우리의 존경과 헌신은 세대에 걸쳐, 시대에 걸쳐 지속될 것이다.

동물 불감증: 인지적 정서적 발달 장애

동물에 대한 민감성이 떨어지는 장애로서 동물 불감증은 지구에 대한 불감증과 무관심이라는 더욱 큰 문제의 일부이다.

　　나와 다른 생명체와 공감할 수 있는 능력의 결여에서 오는 윤리적 무분별은 존중과 이해의 결여와 연관되어 있다. 그래서 우리가 특히 농업 생산에서, 그리고 간접적으로는 우리의 식습관, 소비 습관, 생활 방식에서 동물과 지구를 해롭게 하면 우리 자신을 해롭게 하는 것과 마찬가지이다.

　　우리는 동물의 자연적 서식처를 파괴함으로써 동물에게 해를 입힌다. 또한 우리 인간의 다양한 질병을 고칠 수 있는 새롭고 수익성이 좋은 방법을 찾기 위해 동물에게 고통을 준다. 질병의 실질적 예방은 이 병적인 시대의 규범과 동떨어진 별개의 통화 체계에 바탕을 둔 별개의 영역에 속한다. 천연자원과 생태계의 무차별적인 착취와 파괴, 동물의 대대적이고 상업적인 착취라는 통화 체계는 지속 가능하지 않으므로 계속될 수 없다. 가장 심각한 병은 공장식 축산 농장의 확산이다. 이 집약적인 감금 시설들은 동물에게 엄청난 스트레스를 주고 질병을 촉진하며 환경적으로 유해할 뿐 아니라 소비자들을 위험에 처하게 한다.

　　정육업, 낙농업, 양계 업계에서 이러한 동물 수용소가 줄어들기 위해서는 인간 그리고 반려동물이 소비할 수 있는 인도적이고 생태적으로 지속 가능한 유기농 동물 상품에 대한 소비자 수요가 증가해야 한다.

　　그래서 나는 작가 리처드 루브가 『숲에 남은 마지막 아이: 우리 아이들을 자연 결핍 증후군에서 구해 내는 법』[4]이라는 책을 펴냈을 때 힘이 났

---

[4]　Richard Louv, *Last Child in the Woods: Saving Our Children from Nature-Deficit Disorder* (Chapel Hill, N. C.: Algonquin Books, 2006). 한국어판 제목은 『자연에서 멀어진 아이들』(즐거운상상, 2017)이다.

아이는 어른의 아버지이다. 한 소년이 새끼 고양이들과 교감을 즐기고 있다. 성인이 되어서는 구조된 고양이와 교감하고 있다.

사진: 마이클 폭스

다. 이 책은 한쪽에 자연이, 한쪽에 동물이 있는 동전의 양면을 보여 준다. 어떻게 되든 두 가지 모두 우리 손안에 있다. 루브는 현대의 모든 소비 산업 사회에서 아이들이 자연계와 의미 있는 접촉이나 자연계에 대한 이해가 없이 자라나고 교육받고 있다고 주장한다. 그리고 이것은 아이들에게도, 그리고 지구의 미래에도 나쁘다고 말한다. 이 주장은 전 세계의 교육자와 부모들의 주의를 끌었다. 이 중요한 책이 출판되기 이미 오래전 침팬지 생물학자로 유명한 내 친구 제인 구달은 이 문제를 깨닫고 여러 나라의 학교들에서 '뿌리와 새싹 Roots and Shoots' 프로그램을 꾸렸다. 자연과 생태, 그리고 야생 동식물의 본질적 가치에 대해 아이들에게 가르치는 프로그램이다.

자비와 존중의 통화 체계 안에서는 우리가 다른 인간이나 인간 외존재, 지구와 자연과 거래하고 관계를 맺을 때 이 모든 것이 황금률의 틀 안에서 이루어진다. 세계 모든 종교에서 받아들이고 있는 이 황금률은 바로 내가 대우를 받고 싶은 방식대로 남을 대우하라는 것이다. 그리고 이 황금률 안에서 황금은 가치가 없다. 이 통화 체계에는 오래전부터 내려오는 화폐들이 있다. 이타주의, 즉 현명한 이기심이라는 지혜, 산스크리트어로 어떤 방식으로도 피해를 입히지 않는다는 의미의 **아힘사**ahimsa, 그리고 뿌린 대로 거둠을 이해하고 선견지명을 발휘한다는 의미의 **카르마**karma. 우리의 모든 선택과 행위에는 결과가 따른다.

지속 가능한 환율은 상호 도움을 토대로 정해진다. 이는 러시아 왕자 표트르 크로포트킨(1900년경 활동) 역시 강조한다. 그가 상상한 이상적인 인간 공동체는 상호 의존적이고 민주적으로 통합된 개인이 서로를 향상시키고 공생하는 소규모 및 대규모 공동체로 이루어져 작용하는 하나의 생태계였다. 그는 고향 땅의 광활한 초원 지대에서 공진화한 야생 동식물군을 연구하다가 이런 공동체 개념을 만들어 냈다.

자연 결핍 증후군은 궁극적으로 살아 있는 지구를 죽은 자원으로 여기고 다루는 행위로 이어진다. 동물 불감증이 동물을 감정이 없는 단순한 물체로 여기는 행동으로 이어지는 것과 마찬가지다. 어린 시절에(대개 18개월에서 36개월 사이의 매우 중요한 민감화/둔감화 발달 단계에) 무감각하고 무관심하고 잔인한 방식으로 동물과 접촉하고 동물을 경험한다면 타인과의 공감 능력, 남의 기분을 인지하고 예상하고 경험하고 공유할 능력, 자신의 기분을 표현하고 깊이 성찰할 능력이 제대로 발달하지 못해서 극심한 제약이 따를 수 있다. 성인의 현실 부정 혹은 윤리적 무분별은 유아기 조건 형성과 둔감화에 뿌리내리고 있다.

인도를 비롯하여 내가 아내 디아나 크랜츠와 함께 일했던 여러 국가들에서 우리는 고통 받는 동물과 오염된 냇물을 그저 못 본 척하는 사람들을 보았다. 그들 역시 살아남기 위해 몸부림치고 있었기 때문이다. 속수무책인 사람들은 체념한 운명론자가 된다. 혹은 변화를 일으키기에 너무 게으르거나 바쁘거나 무감각하거나 무지하다. 때로는 고통 받는 동물을 돕기 위한 개입, 혹은 가죽 공장이나 도살장으로 인한 수질 오염을 막기 위한 개입이 살인 협박이나 폭력으로 이어지기도 한다.

남의 고통을 보고 어떤 방식으로도 돕지 못하면 학습된 무기력으로 이어진다. 남의 고통을 보고 개의치 않는다면 **냉담한 방관자**의 단계에 이른 것으로, 공감 능력의 완전한 결여에 한 걸음 더 다가간 것이다. 다음 단계는 남의 시련을 보고 이를 관찰하는 데에서 대리 만족을 느끼는 단계이다. 이런 행

PART 01 반려동물이 내게 가르쳐 준 것들

위는 고의적인 괴롭힘과 계산된 학대에서 멀리 떨어지지 않은 단계로서 홀로 혹은 여러 다른 이들과 함께 저지르게 되는데, 거기에는 오락, 정치, 스포츠, 유사 종교 혹은 광신적 교단의 의식이라는 이름이 붙기도 하고 또 누군가는 그것에 실험적 생체 해부라는 미명을 붙이기도 한다.

인간의 필요와 욕구가 만족된다면 동물이 고통 받고 죽고 자연환경이 없어진다고 한들 뭐 어떤가? 많은 사람은 실로 아무 신경도 쓰지 않는다. 그런 가치관과 행위가 자연을 아끼고 신경 쓰는 사람들, 동물을 해하고 죽이고 자연환경을 파괴하는 일이 도덕적이지 못하다고 생각하는 사람들에게 피해를 주어도 신경 쓰지 않는다. 자비와 아힘사의 윤리는 우리가 기초적 필요를 만족시키기 위한 가장 덜 유해한 방법을 찾아야 한다고 말한다. 그리고 이로움보다 해로움을 더 야기하는 필요, 욕구, 열망을 포기해야 한다고 말한다. 그러한 포기가 인류와 우리의 정신 건강을 살릴 유일한 희망이라고 여기는 사람도 있다. 다른 사람들이 단순히 살아가기를 바란다면 나부터 단순하게 살아야 한다.

동물이 받는 고통에 신경 써야 하는 것은 그것이 양심의 문제이기 때문이다. 고의적 동물 학대와 동물이 받는 고통에 대한 허용과 무관심은 비양심적이다. 이것은 **반동물적 인격 장애를 지닌 사람**^{zoopath}의 심리 상태이다. 이 상태는 반사회적 인격 장애를 가진 소시오패스^{sociopath}의 행동, 그리고 인지적, 정서적 장애에 비할 수 있으며 아무런 양심의 가책도 없이 자연환경을 파괴하는 **반생태적 인격 장애를 지닌 사람**^{ecopath}에도 견줄 수 있다. 공감 능력의 결여, 남을 생각하는 마음의 결여가 있다면 염려도 양심도 있을 수 없다.

동물의 고통에 둔감해지고 동물을 단순한 물건, 지각이 없는 물체로 대우하는 행위는 동료 인간을 물체로 취급하는 행위와 일맥상통한다. 이런 인간성 상실이 악마화와 짝을 이루면 대량 학살, 그리고 더 흔하게는 종의 말살로 이어질 수 있다. 종의 말살이란 특정 동물 종을 위협으로 인식하고 그 종과 종의 군집을 전멸시키는 행위를 말한다. 다른 동물에 대한 우리의 태도, 우리가 보이는 윤리적 관심, 도덕적 배려의 정도는 좋든 싫든 우리의 서로에 대한 배려를 반영한다. 우리가 하나가 되어 현실의 비극에 마음과 정신을 열 때, 우리가 우리 주변에서 일어나는 모든 일들을 보고 느끼고 남의 고통에 충분히 공감할 때 시대는 더 나은 방향으로 변화하기 시작할 것이다.

해독제에는 여러 가지가 있다. 리처드 루브의 책에 나오는 해독제에 반려동물 및 그 밖의 동물과의 의미 있는 접촉을 더하면 좋을 터이다. 부모의 지도와 인도적인 가르침 아래 존중심, 자기 절제, 온화함, 끈기 있는 관찰력, 이해심을 길러야 한다.

아이의 경이로이 여길 줄 아는 마음을 짓밟거나 시들게 내버려 두지 않는다면 이 마음은 성인이 되어 성스러움을 알아보는 마음, 즉 모든 생명의 신성함에 경의를 표하는 윤리적 감수성으로 피어난다.

아이의 호기심은 자연 과학과 도구적 앎으로 이어진다. 경이로이 여길 줄 아는 마음에 호기심이 더해지면 상상력과 창의력으로 이어진다. 한편 성스러움을 알아보는 마음은 윤리적이고 공정한 사회의 기반이며, 다른 인간 혹은 동물과 서로 공감하고 보살피는 풍요로운 관계의 기반이다. 공감 능력을 토대로 하며 생명 공동체의 모든 일원을, 인간이든 아니든, 식물이든 동물이든, 공정하고 동등하게 대우하는 이런 생명 윤리적 태도[5]와 도덕적 감수성은 유년기 초기에 본보기를 통해 그 잠재력을 제대로 키우고 강화해야만 실현될 수 있는 이상적 감수성이다.

　　　우리의 신체적 건강과 마찬가지로 우리의 정신적 건강과 지구의 건강은 서로 깊이 연결되어 있다. 그래서 우리의 몸과 마음, 영혼이 건강하고 건전하려면 동물과 지구와 우리 사이의 유대가 유년기 초기에 제대로 정립되어야 자연 결핍 증후군이나 동물 불감증의 유해한 결과를 막을 수 있다. 그렇게 되면 우리 인간의 집단적 나태, 즉 인간 인구 증가, 과소비, 오염, 지구 온난화, 가축과 야생 동물의 곤경과 같은 치명적인 문제의 해결에 착수하기 위해 어떤 건설적인 행동이든 해야 하는데도 그러지 못하는 인간의 태도는 과거의 일이 될 것이다. 우리 행성에 대한 심폐 소생술CPR(보호Conservation, 보전Preservation, 복원Restoration)을 시행하고 모든 동물에 대한 인도적인 대우를 증진하기 위한 지역적, 국제적 조치들은 현실이 될 것이다. 종국에는 그것이 우리의 최상의 이익을 위한 행동임이 밝혀질 터이기 때문이다.

　　　동물과 지구에 피해를 주면 우리가 피해를 입는다. 그리고 다음 세대는 우리의 행위行爲와 무위無爲의 후과를 치러야 할 것이다. 아메리카 원주민인 이로쿼이족 연합이 조언했듯, 생명 공동체의 이로움을 위해서 "우리는 일곱 세대 전을, 그리고 일곱 세대 후를 생각해야 한다". 이것은 생명 윤리적 관점에서 후과에 대해 고려해야 함을 뜻하며, 실천적인 면에서 선대의 실수를

---

[5]　Michael W. Fox, *Bringing Life to Ethics: Global Bioethics for a Humane Society* (Albany, N. Y.: State University of New York Press, 2001) 참조.

통해 배우지 못하는 사람은 그 실수를 반복할 수밖에 없음을 뜻한다.

동물과 자비의 정치

모든 존재와 조화롭게 살기 위한 지혜를 터득하는 것은 생명 윤리에 대한 인간의 책임이다. 다른 동물은 이 지혜를 대체로 본능적으로 지니고 있다. 이것은 남에게 그리고 그럼으로써 나에게 어떤 피해도 입히지 않는다는 것을 의미한다. 자아는 자신을 위해 구하는 것이 아닌 **베푸는** 사랑을 통해 완전히 실현되기 때문이다. 부처가 가르쳤듯이 진정하고 유일한 종교는 모든 창조물에 대한 **마이트리**maitri, 즉 자비이다. 부처는 또한 고통의 끝이 고통 안에 있다고 가르쳤다. 공감을 통해 타자의 고통을 껴안을 때 교감은 인간과 다른 모든 존재의 곤경에 대한 공동의 반응이 되고, 그 결과 모든 타자가 도움을 받는다는 것이다. 한 사람의 고통은 모두의 고통이기 때문이다.

　　자비를 실천한 뒤 비로소 깨달음을 얻었던 한 스님에 관한 훌륭한 일화가 있다. 게쉬 켈상 갸초는 저서 『보편적 자비: 사랑과 자비를 통해 삶을 바꾸는 법』에 이렇게 썼다.

　　서기 5세기 인도에 살았던 불교의 대승 아상가는 미륵보살의 영상을 보기 위해 외떨어진 산속 동굴에서 명상을 했다. 12년 뒤에도 영상을 보지 못한 아상가는 낙담한 채 칩거를 마감했다. 산으로 내려오는 길에 아상가는 길 한가운데 누워 있는 늙은 개와 마주쳤다. 개의 몸에 난 상처에는 구더기가 가득했고 개는 곧 죽을 것처럼 보였다. 이 광경은 아상가의 마음속에 윤회에 갇힌 모든 생명에 대한 걷잡을 수 없는 자비심을 불러일으켰다. 아상가가 죽어 가는 개의 몸에 붙은 구더기를 공들여 떼어 내고 있을 때 개가 갑자기 미륵보살로 변했다. 미륵보살은 아상가가 침거를 시작한 순간부터 그와 함께 있었지만 아상가의 마음속에 있는 불순함이 그를 가렸다고 설명했다. 그러나 아상가의 놀라운 자비가 미륵보살을 가리고 있던 업장業障(악한 업이 쌓여 생긴 장애—옮긴이)을 마침내 정화했던 것이다.[6]

'영적'이라고 칭해지는 것은 자비로운 행위, 애정 어린 관계, 이해로 옮겨질 수 있어야 한다. 그러지 못하면 영적인 것이 아니다. 영성의 본질은 고인이 된 아메리카 원주민 수족의 주술사 검은 사슴이 조언했듯 "성스러운 방식으로" 윤리적 삶을 사는 것이기 때문이다. 알베르트 슈바이처가 생에 대한 존경이라고 불렀던 가치 체계가 바로 우리가 따라야 할 핵심적인 지시인 것이다. 다른 동물과의 관계에서 우리는 그들 존재의 근본적인 자격을 존중할 의무가 있다. 그들만의 방식으로 존재할 자유가 그런 자격에 속한다. 새가 새장에 갇히지 않고 날아다닐 자유, 고래와 돌고래가 수족관이 아닌 바다를 헤엄칠 자유, 공장식 축사에 갇힌 돼지와 소가 들판을 달릴 자유, 개들이 목줄이 필요 없는 공원에서 함께 뛰어놀 자유. 우리가 통제하고 돌보는 모든 생명은 인간이 그들을 대우하는 방식에서 비롯하는 적지 않은 고통과 두려움에서 자유로울 권

---

6 Geshe Kelsang Gyatso, *Universal Compassion: Transforming Your Life Through Love and Compassion* (Glen Spey, N. Y.) 참조.

리가 있다. 일부 윤리 철학자들은 이런 자격을 동물 권리라고 부른다.

다음은 나의 웹 사이트(www.doctormwfox.org)의 독자가 보내온 질문이다.

> **질문** 제 친구가 개한테는 영혼이 없다고 말합니다. 그럼에도 인도적으로 대우해야 한다고 해요. 그러지 않으면 인간성이 없어 보인다고요. 하느님이 우리에게 마음대로 할 수 있는 지배권을 주셨지만 너그럽게 사용해야 한다고요. 선생님 생각은 어떠십니까?
>
> **답** 너그럽게 사용한다는 생각은 자칫 위험한 곳으로 빠질 수 있습니다. 저는 지배권을 애정 어린 친절이라고 해석합니다. 하느님이 우리를 애정 어린 친절로 지배하시듯 말입니다. 우리가 하느님의 형상을 따라 빚어졌다면 우리는 개와 다른 모든 생명을 하느님께서 우리를 다루시듯 다루어야 합니다.

적지 않은 논란을 일으켰던 고故 요한 바오로 2세 교황은 인간과 마찬가지로 모든 생명에 "동일한 창조의 숨결"이 불어넣어져 있다고 말했다. 동일한 창조의 숨결의 일부로서 우리는 동물에게 동등하고 공정한 배려를 보여야 한다. 나의 최근작 『윤리에 생명 불어넣기*Bringing Life to Ethics*』에서 나는 생명 윤리의 이런 대원칙을 **평등주의**equalitarianism라고 칭한다.

나는 동물이 영혼을 가지고 있다고 생각하지 않는다. 인간이나 식물과 마찬가지로 동물은 그 **자체로** 살아 있는 영혼이다. 내가 **생령적 사실주의** biospiritual realism라고 부르는 나의 형이상학적 체계에 따르면 영혼은 몸 안에 있지 않다. 영혼 안에 몸이 있다. 이러한 원시적이고 성스러운 이중성을 통해 영혼은 다양한 형태로 태어나 삶을 경험한다. 많은 사람이 이러한 일체적 영성, 개별자의 거룩함, 모든 존재의 상호 의존성을 받아들이고 있지만 그러지 않는 사람도 많다. 어떤 사람은 인간의 유전자를 돼지에 넣는 일에 도덕적 혐오감을 느끼고 장기 기증용 돼지의 복제, 멸종 위기 종의 복제, 애완동물과 자녀의 복제에 전념하게 될 생명 공학 업계에 대한 구상 역시 혐오한다. 그러나 그렇게 느끼지 않는 사람도 많다. 나는 그러한 무감각하고 깨이지 않은 사람들이 충분히 자비로운 인간이 아니라고 생각한다. 그런 사람들은 찰스 다윈이 『인간의 유래The Descent of Man』라는 그의 책 제목에서 암시하고 있는 것, 즉 인간의 타락descent에 기여하고 있다고 나는 생각한다.

다시 말해 인류는 윤리적으로 퇴보했고 도덕적으로 문제가 있으며 공감 능력의 장애가 있는 종으로서 어머니 지구를 감염시켜 말려 죽이는 기생충과 다름없다. 동물 행동학의 아버지 가운데 한 사람이며 모든 동물이 인간만큼 성스러운 존재임을 믿었던 자칭 범신론자 고故 콘라트 로렌츠 교수는 이렇게 썼다.

"나는 인간에게서 지울 수 없는, 비길 데 없는 하느님의 모습이 보이지 않는다. 오히려 동물과 진정한 인간의 중간에 있는, 오래도록 찾아 왔던 연결 고리가 바로 우리라고 생각한다!"

찰스 패터슨은 획기적인 저서 『영원의 트레블링카: 인간의 동물에 대한 대우와 홀로코스트』에서 이렇게 적고 있다.

"최상위 종이라는 지배적 위치로 상승하는 동안 인간은 줄곧 동물을 희생시킨 방식을 본보기이자 토대로 삼아 서로를 희생시켰다. 인간의 역사를 연구하면 그 양상이 보인다. 인간은 먼저 동물을 착취하고 학살한다. 이어서 다른 인간을 동물처럼 취급하고 그들에게 같은 행위를 한다."[7]

미국 컬럼비아강 유역 원주민 활동가 테드 스트롱은 이런 감정에 동의한다.

"이 나라가[미국이] 인종, 종교, 혈통에 상관없이 모든 시민을 동등하게 대우하는 시대가 오려면 아직 갈 길이 멀다. 그리고 훨씬 더 오랜 시간이 지나야 인간이 이 땅에 발을 딛기 아주 오래전부터 이 땅에 살았던 다른 생명체들을 동등하게 대우하는 시늉이라도 할 것이다."

다윈의 적자생존 이론의 곡해는 그의 연구 결과를 힘이 곧 정의라는 비뚤어진 도덕성과 연결시킨다. 이런 식의 곡해는 자연법칙의 대원칙, 즉 상호 협력이라는 원칙에 위배된다. 타자에 대한 신이 내린, 사회적 정치적 종교적으로 허용된 지배권이라는 개념은 없어져야 한다. 찰스 다윈의 적자생존이라는 용어는 환경 적합성과 적응성과 관련이 있는 것이지 권력이나 경쟁과는 상관이 없다. 다윈은 종간의 협력이 얼마나 중요한지 인식하고 있었다. 적자생존은 권력자의 생존, 타자에 대한 지배와는 아주 다른 것이다. 그러나 다윈의 자연 도태와 적자생존을 통한 진화 이론은 계급 의식이 철저했던 영국 사회에 전파되었다. 영국 사회는 자연에 대한 산업주의의 지배, 타 문화와 국가를 노예와 식민지로 삼은 제국주의를 용인한 사회였다. 다윈의 이론은 맥락에 상관없이 왜곡되어 적자생존의 사고방식(다시 말해 우월적 사고)에 과학

---

[7]   Charles Patterson, *The Eternal Treblinka: Our Treatment of the Animals and the Holocaust* (New York: Lantern Books, 2002).

적 근거를 제공했다. 이 사고방식은 경쟁적 개인주의를 인가했고 아이들은 유치원에 들어가는 순간부터 그렇게 생각하도록 부추김을 받았다. 그리고 인간이 인간 아닌 존재나 자연보다 우월하다는 종교적(유대교와 기독교) 믿음(즉 신이 인간을 위해 자연을 만들었다는 믿음)과 결합함으로써 지구에서 우리를 가장 적응성이 낮은 종으로 만들었다. 우리가 다른 존재들에게, 지구에, 그리고 궁극적으로 우리 자신에게 해를 입히게 만들었기 때문이다.

　　　삶에 사랑을 가져다주지 못하는 영성은 마치 삶에 윤리를 가져다주지 못하는 철학과 같다. 자연에서 영성을 보지 못하는 종교, 사회·정치와 무관한 영성과 같다. 우리가 삶에 가지고 들어와야 하는 윤리, 즉 평등주의 그리고 모든 생명에 대한 경외심은 지적 이성의 열매로서 감정을 통해, 특히 공감적이고 직관적인 연민, 정의에 대한 열정, 권력power에 대한 사랑이 아닌 사랑의 힘power을 통해 무르익는다. 만약 다른 생명체들과 자연에 대한 우리의 사랑에 어떤 사회적, 정치적 의미도 없다면 그것은 진정한 사랑이 아닌 이기적인 집착이다.(거기에는 정서적, 미적, 금전적 목적 등 다양한 이유가 있을 것이다.) 왜 그런지 부연하려면 너무 교조적이고 긴 설교가 될 것이다. 개 혹은 고양이와 살고 있는 사람이라면 왜 모든 개와 고양이의 복지를 염려하지 않는가? 왜 평판이 좋은 동물 보호 기관이나 지역 동물 보호소를 적어도 한 군데 후원하지 않는가? 고기를 먹는 사람이라면 공장식 축산 농가에서 키우는 동물이 대체로 인간의 소비를 위해 키워진다는 사실, 그리고 고기를 주로 먹는 식생활이 야생 동식물의 서식처와 종 다양성에 영향을 끼친다는 사실을 우려해야 하지 않을까? 그리고 그 우려를 어떤 식으로든 행동으로 옮겨야 하지 않을까? 지배적인 종으로서 생각하지 않고 공감하지 않는다면 병에 걸려도 당연하다.

이른바 문명의 온갖 질병에 공격을 당할 만하고 자신의 행위와 무위의 후과를 치를 만하며 다수의 이익을 위해 빠르게 멸종할 만하다.

특수 속의 보편을 사랑하고 보편 속의 특수를 사랑한다는 것은 특수의 존재의 자유를, 보편의 생성의 자유를 받아들이고 보살피며 지킨다는 것을 뜻한다. 우리가 모든 동물 가족을(혹은 생물학적 조상을) 보호할 때 우리 자신의 혈육을 보호할 때와 동일한 열정, 의무감으로 한다면 인간은 인도적이고 윤리적인 동물이 될 수 있다. 혹자는 이를 자기실현이라고 부르고 다른 이들은 인간의 진화라고 부른다.

다시 말해 그러한 사랑은 살아 있는 모든 존재의 자유를 존중하고 보호하고 보살피므로 동물과 인간의 권리와 해방으로 이어진다. 또한 창조와 보편적 생성의 성스러움과 무결성을 확보하고자 한다. 이것이 바로 심층 생태학, 어스 퍼스트Earth First! 운동, 동물 권리 운동, 전체론적 의료 등에 담긴 정신이다. 한편 이들이 경제와 국가 안보에 위협이 되는 반체제적, 테러리즘 단체라고 생각하는 사람들도 있다!

꿀벌과 꽃, 초원, 사슴, 늑대, 숲이 공진화를 거치며 맺은 원초적, 공감적 관계에 대한 이해는 더 큰 전체, 즉 생명 공동체를 유지하기 위해 한 생명이 다른 생명에게 베푸는 창조적 차원의 사랑에 대한 더 깊은 감사와 존중으로 이어질 수 있다.

자립적이고 자기 긍정적인 이런 상호 협력적 생태와 정신 속 우리의 자리는 어디일까? 우리는 휘발유를 펑펑 쓰는 좀 더 빠르고 큰 차량 등 언론이 부추기는 온갖 채울 수 없는 욕망으로 환경을 황폐하게 하고 있으며 셀수 없이 많은 동식물 종을 멸종으로 내몰고 있을 뿐 아니라 우리의 욕심과 무지와 욕망 때문에 다른 많은 존재들을 착취하고 있다.

심층 생태학, 어스 퍼스트! 운동, 인권 및 동물 권리 운동에 담긴 윤리적, 경제적, 환경적, 정신적, 정치적, 형이상학적 고민이 바로 그 사실로부터 나온다. 이런 운동에 반대하는 사람들은 현 상태를 유지함으로써 자신의 기득권을 지키고자 운동가들의 신뢰를 떨어뜨리려고 애쓴다. 운동가들의 고민이 반진보적, 반인류적이라고 주장하는 것이다. 그러나 지구와 생명을 중심에 놓는 사랑과 존중의 마음이 제공하는 윤리적 토대는 깨끗한 환경과 공중 보건, 환경 보전 농업과 유기농, 인간을 지구 공동체의 위 혹은 외부가 아닌 내부에 두는 지속 가능한 경제를 뒷받침한다. 이러한 영성은 인간을 스스로 조직하는 지적이고 변화의 힘을 가진 창조적 배열의 일부로 본다. 혹자는 이 배열을 신이라고 부르기도, 자연 혹은 거룩한 창조물이라고 부르기도 한다. 아메리카 원주민 수족의 주술사 검은 사슴이 "살아 움직이는 세상의 거룩한 힘"이라고 부른 것에 복종하여 조화롭게 살 때 모든 일이 잘 풀릴 것이다. 그러므로 조화의 길은 곧 애정 어린 친절과 사심 없는 봉사의 길이다.

8.
동물을 측은히 여기는 마음으로
유대를 회복하는 법

수많은 사람들이 고양이와 정을 나누며 즐거워하는 것은 고양이가 애정, 장난기, 염려, 관심, 반가움, 고마움이 담긴 만족감을 표현함으로써 우리에게 엄청난 기쁨을 주기 때문이다. 이러한 정서 행동은 우리의 착각이 아니다. 그 행동을 보고 우리 안에 우러나는 감정만큼이나 실재적이다. 다양한 감정을 표현할때 인간과 고양이, 개를 비롯한 지적 존재들의 주관적인 상태, 즉 기분은 틀림없이 비슷할 것이다. 비슷한 기분은 비슷한 정서 반응을 유발하기 때문이다.

우리를 다른 동물과 구분하는 도드라진 차이점은 우리의 지성이 아니라 우리의 의구심이다. 우리는 동물에게 지성이 있고 우리와 유사한 감정이 있다는 사실을 받아들이지 못한다. 병리적 원인이 있다거나 가축화를 통해 무의식적인 본능이 사라진 결과라고 생각함으로써 그 유사성을 깎아내려서는 안 된다. 다 자란 고양이가 '주인'을 단지 양육자·보호자로 본다거나, 개는 다른 개와 지내는 것을 좋아하지만 무리의 우두머리를 대체하는 '주인'에게 애착이 형성되어 있다는 등의 시각은 지나치게 편협하다.

고양이와 개, 그리고 그 밖의 야생 및 가축화한 동물들의 정신세계에 대한 우리의 이해가 깊어질수록 인간과 동물 간의 유대에 대한 우리의 이해도 넓어져야 하며 다양한 문화권 내에서 나타나는 동물에 대한 태도의 이해, 그리고 역사 심리학적 설명도 이루어져야 한다. 그러지 않으면 우리의 지식은 불완전할 것이며 우리는 이기적인 실용주의의 지평을 넘어서는 것들에 대해서는 좀처럼 이해하지 못할 것이다. 정신 생물학의 '객관적'인 언어는 큰 도움이 되지 못한다. 기계론적 용어로 우리의 지평을 제한하기 때문이다. 최근에 널리 알려진 사실은 동물의 행동 양식이 종종 매우 폭넓은 주관적인 상태를 전달하고 있다는 점이다. (이런 상태는 우리의 감정 이입을 통해, 그리고 우리의 감정을 자극하는 동물들의 구원 요청, 표정, 자세를 통해 우리에게 전달된다.) 가령, 분리 불안, 좌절, 슬픔, 공포, 그리고 안도감, 장난기 어린 기분 좋음, 만족감, 염려뿐 아니라 심지어 연민과 자비, 이타심도 전달된다. 그러나 과학주의의 의미론자들은 이런 주관적 상태에 대한 객관적인 유의어가 없다. 따라서 그러한 상태를 언급하는 것을 비과학적이라 여긴다. 그러나 우리는 동물을 인간에 빗대는 말을 쓰는 것 말고는 다른 방법이 없다. 대안으로 동물을 기계에 빗대는 말들, 즉 접근approach, 회피avoidance, 포만satiation, 완성consummation 등이 있지만 지나치게 단순화되어 적절하지 못하며 감정이나 동기를 암시하지 못한다.

나는 몇 년 전 인도의 카슈미르 지역 한 마을에서 매우 인간적인 감정들을 느끼고 또 목격했다. 한 수컷 들개가 짝의 얼굴에 있는 염증을 핥으며 그 곁을 날아다니는 파리를 쫓고 있었다. 둘 다 바짝 마른 상태였는데 내가 먹을 것을 던져 주자 늙은 암컷에게 먼저 먹게 했다. 이런 공감과 이타 행동은 인간뿐 아니라 여러 동물 종에서 흔하게 나타난다. 동물 행동학 분야에서 많은 기록과 근거를 보유하고 있는, 단지 어린 새끼만이 아닌 다른 개체에 대한 이런 의도적 보살핌 행동은 동물이 가진 매우 발달한 공감 능력을 입증한다. 이러한 능력이, 비록 미숙하지만, 나무를 비롯한 식물, 곤충, 기타 무척추동물과 원형질로 이루어진 생명체에게도 있다고 주장하는 연구자들도 있다. 어떻든 우리가 다른 동물에게, 그리고 우주 자체에 지각이 있다는 중대한 사실을 인정하게 되면 동물을 대하는 우리의 태도가 급변하게 되며 이른바 **범공감적 교감**panempathic communion으로 향하게 된다.

그러나 우리가 자연 상태에 사는 동물과 가까이 살지 못하고 오로지 가축화하거나 우리에 갇힌, 변형된 상태에 있는 동물만을 보게 되면 우리는 동물의 방식, 동물의 정신세계에서 소외되어 그것들을 낯설게 느낄 수 있다. 그래서 동물에게 감정이, 인지 능력이, 심지어 지각 능력과 지성이 있음을 부정하고, 부정하는 과정에서 동물을 감정이 없는 기계에 빗대어 생각하고 대우하는 것이다. 또는 동물을 인간에 빗대어 생각하고 감상주의와 대상화의 뿌연 안경을 통해서 봄으로써 동물을 있는 그대로 보지 못한다.

동물을 나와 같은 지적 존재로 처음 제대로 인식하는 순간 인도적인 태도를 보이게 된다. 고통과 쾌락을 느낄 수 있는 능력을 포함하는 지각 능력이 나와 동물을 연결하고 있음을 깨닫기 때문이다. 이것은 어떤 망상 환자의 의인화적 투영이 아니라 합리적인 인간 경험과 민감성이라는 실제이며 우리가 가진 원시적 통찰력feral vision의 결과이다.

나는 오스트레일리아 정부에 고용된 들개 딩고 구제업자의 태도가 어떻게 바뀌었는지 그 전말을 읽은 적이 있다. 하루는 이 남자가 샘물 곁 덤

불에 숨어 있었다. 발자국으로 미루어 딩고들이 해 질 녘 물을 마시러 오는 곳이었다. 남자는 들개가 나타나기만 하면 총을 쏠 준비가 되어 있었다. 곧 한 쌍이 나타났다. 남자는 한 마리를 죽였다. 움직임이 좀 더 느린 녀석이었고 짝꿍에게 이끌려 물을 마시러 온 것 같았다. 이 정부 구제업자는 자신이 쏜 들개가 눈이 먼 개였다는 사실을 깨닫고 충격을 받았다. 개는 눈이 먼 지 오래된 상태였지만 건강 상태가 훌륭했기 때문이다. 짝의 공감 능력과 염려가 없었다면 이 늙고 눈 먼 개는 이미 오래전에 죽었을 터였다. 야생의 들개들이 서로를 얼마나 잘 보살피고 있는지 깨달은 남자는 그날 이후로 한 마리의 딩고도 죽이지 않았다.

　　야생 동물이 인간의 도움을 구하는 사례도 있다. 한 스라소니는 은신처에서 기어 나와 크로스컨트리 스키를 타러 나온 낯선 사람의 스키 위에 몸을 눕혔다. 그리고 그 사람이 외투로 스라소니를 감싸고 동물 병원으로 데리고 가서 염증을 일으키고 있는 호저의 가시를 뺄 때까지 가만히 있었다. 고아가 된 스라소니를 구조하고 치료한 뒤 방생했더니 야생에서 낳은 새끼들을 데리고 돌아와 구조자에게 보여 준 이야기는 또 어떠한가?

　　동물 병원에서 치료를 받은 적이 있는 동물이 부상을 당한 떠돌이 동물을 병원으로 데리고 간 경우도 있다. 이를 비롯해서 눈이 휘둥그레지는 여러 일화들은 지각 능력뿐 아니라 어느 정도의 지성과 지혜도 나타낸다. 그리고 우리로 하여금 모든 지적 세계와 새로운 자비의 서약을 맺게끔 한다. 우리가 자비의 서약을 맺고 공감 능력과 원시적 통찰력을 회복함으로써 우리와 다른 생명체 사이의 거리를 좁히지 않는다면 우리는 진정으로 인도적인 사회에 영영 다다를 수 없다. 우리를 인간답게 만들 수 있는 인간의 잠재력도 온전히 발휘할 수 없다. 인도주의는 인간, 식물, 동물을 비롯한 모든 살아 있는 존재, 그리고 그들의 환경과 공동체를 자비와 경건한 존경심으로 대우하는 태도이다. 단지 동물 복지나 보호를 위한 구호가 아니라 진정으로 문명화한 사회를 나타내는 깨어 있는 존재 방식이다.

나눔의 치유

동물이 인간에게 제공하는 여러 이로움은 동물 매개 집단 치료가 이루어지는 주류 치료 산업 분야에서 인정을 받고 있다. 신체장애가 있는 사람들이 동물과 함께 사는 요양원이 한 사례이다. 히포테라피, 즉 승마 치료의 이로움도 널리 알려지고 있다. 청소년은 야생 동식물을 지켜보는 것만으로, 요양원의 노인들은 잘 관리된 열대어 수조를 즐기는 것만으로도 여러 치료 효과를 얻을 수 있다.

　　나는 이러한 새로운 영역을 동물치료zootherapy라고 부른다. 그리고 이 영역을 보완하는 인간동물치료anthrozootherapy 영역에서 인간은 동물에게 여러 이로움을 제공한다.(그리고 그 과정에서 이로움을 얻는다.) 가령, 지역 동물 보호소에서 산책 봉사 혹은 고양이 털 빗어 주기 봉사를 하거나 야생 동물 재활 및 보호 센터 또는 동물원에서 갓 태어난 야생 동물 사육을 도와주는 일이 여기 속한다. 여러 선량한 사람들은 반려동물을 데리고 요양원이나 어린이 병원, 교도소 등을 방문한다.(어떤 교도소에는 이미 수감자들과 살며 보살핌을 받는 동물들도 있다.)

　　반려동물을 데리고, 또는 보호소에서 얌전하고 상냥하고 건강한

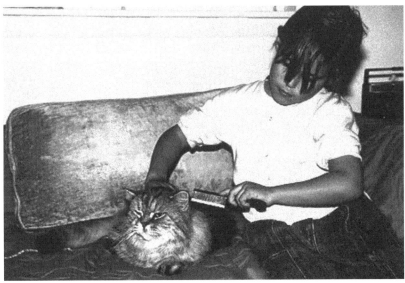

학교에서 고양이를 키우면 인도주의 교육이 쉬워지고 고양이의 털을 빗어 주는 행위는 유년기 아이들에게 자비와 남을 보살피는 마음을 알려 준다.

사진: 폭스파일

동물을 데리고 가까운 초등학교에 가서 무엇이 동물을 즐겁게 만드는지, 동물은 어떻게 보살피고 존중하고 이해하는지 설명하는 것도 치료의 일부이다.

이처럼 아이들에게 자비와 인도주의적 가치를 가르치면 인간과 동물 간의 유대가 훨씬 더 어린 나이에 형성될 기회가 있다. 이 시기는 우리 인류의 정서적 윤리적 발달에 결정적인 시기라고 나는 생각한다. 유대가 형성되지 않거나 잘못 형성되면 성인이 되어 공감 능력과 정서적 민감성이 제한되며, 그 결과 감성 지능과 윤리적 감수성도 떨어지게 된다.

《피플People》에 "슈퍼펫![1]"이라는 제목으로 다양한 반려동물의 감성 지능을 기록하고 칭송하는 기사가 실린 바 있다. 누런 래브라도레트리버 자이언은 강물에 던져진 막대기를 물어 오는 놀이를 하다가 처음 보는 소년을 구조했다. 여덟 살 먹은 라이언 램보가 콜로라도주 로어링포크강의 빠른 물살에 떠내려오고 있었던 것이다. 자이언은 소년이 목줄을 붙잡게 해 주었고 죽기 살기로 붙잡고 버티는 소년을 매단 채 강변까지 헤엄쳐 왔다.

70킬로그램 무게의 포트벨리 돼지 데이지의 사연도 실렸다. 라스베이거스에 살고 있는 데이지는 어느 날 인간 식구의 목숨을 구했다. 이웃이 풀어놓은 개가 일곱 살 먹은 조던 존스를 공격하려는 찰나 데이지가 이를 막은 것이다. 데이지는 심각한 부상을 입었지만 결국 완전히 회복했다.

심한 장애가 있는 오하이오주 콜럼버스의 개리 로샤이젠은 오렌지색 줄무늬 고양이 토미에게 스피커폰의 단축 다이얼을 누르는 방법을 가르치려고 했다. 응급할 때 구조대를 부를 수 있도록 하기 위해서였다. 그러다 토미

---

[1] "Superpets!", *People* magazine (September, 2006): 168~176.

가 불필요한 전화를 할까 봐 곧 가르치기를 그만두었다. 그러던 어느 날 개리는 바닥에 쓰러졌고 도움이 필요했지만 전화기까지 갈 수가 없었다. 그러나 구급대원들은 개리의 집에서 걸려 온 전화를 받고 빠른 시간 내에 도착했다. 집 안에는 토미밖에 없었다. 토미가 구급대를 부른 것이 틀림없었다.

일리노이주에 사는 머피 씨 가족은 벼룩시장에서 슈퍼 토끼 로빈을 샀다. 열흘 뒤 이 작은 토끼는 우리에서 야단법석을 친 끝에 에드 머피를 깨웠고, 에드가 다시 잠자리로 돌아간 뒤에도 계속해서 시끄럽게 굴었다. 그 순간 에드는 임신한 아내 다아시가 임신 당뇨병으로 호흡이 불안정하다는 사실을 깨달았고 바로 구급대를 불렀다. 다아시는 로빈이 이상한 낌새를 포착하지 못했다면 자신도 아이도 살아 있지 않을 것이라고 장담했다.

미주리주 브렌트우드의 스티브 워너는 골든레트리버 리글리에게 몹시 고마운 마음을 품고 있다. 리글리가 언젠가부터 스티브의 오른쪽 귀에 코를 대고 쿵쿵대기 시작했던 것이다. 개에게 인간의 암을 감지할 수 있는 능력이 있다는 TV 보도가 떠오른 스티브는 건강 검진을 받아 보기로 결심했다. MRI 결과 내이 근처에 탁구공만 한 종양이 발견됐고 수술로 절제했다. 다행히 양성이었지만 리글리 덕분에 조기에 발견하지 못했다면 심각한 문제를 야기했을 터였다.

현대 의학의 아버지 가운데 한 사람인 히포크라테스는 이렇게 조언했다. "의사는 먼저 제 몸부터 돌보아야 한다." 인간과 인간 외 동물 간의 유대에서도 이런 지혜가 유효하다. 인간이 치유되고 더 온전하고 행복하다고 느끼면 그 과정에서 동물도 애정을 주고받는 삶을 즐기고 기분이 좋아진다. 행복과 복지는 몸과 정신의 건강에 달려 있고 인간과 반려동물, 혹은 치료 동물이 서로를 향상시키는 공생 관계에서는 두 지적 존재 간의 기분 좋은 교류가 가져오는 일종의 상호 치유가 일어날 수 있다.

치유되는 동물, 동물 치유

나는 약 40년 전 수의학도였을 당시 다양한 농장과 동물원에서 일하는 동안 크고 작은 야생 동물과 가축화한 동물들을 보면서 빠르게 깨달았다. 동물의 건강 문제, 복지 문제는 그 원인이 다음과 같았다.

1. 처우 방식
2. 원하는 특성을 위해 선택적으로 교배한 결과 발생한 유전적 이상
3. 길러진 방식
4. 초기 발달 시기를 함께 보낸 동물이나 인간 보호자와의 관계, 그리고 환경
5. 먹이의 종류와 질
6. 기초적인 신체적·정신적 필요를 만족시키기 위해 주어진 생활 환경

내가 깨달은 사실은 동물의 치유와 행복을 위해서는 인간과 동물 간의 유대를 치유해야 한다는 점이다. 이 유대는 긴급히 손을 보아야 하는 상태이다. 동물의 질병과 고통은 대체로 인간이 동물을 어떻게 바라보고 대우하는지에 달려 있기 때문이다. 또한 인간이 다른 생명체들과 올바르고 윤리적이고 평등한 관계를 맺고 있지 않다면(다시 말해 제정신으로 살고 있지 않다면) 같은 인간

과의 관계도, 그리고 환경과의 관계도 아마 마찬가지일 것이라는 생각이 문득 들었다. 따라서 인간의 질병과 고통의 대부분을 예방하는 방법은 동물의 질병과 고통을 예방하는 방법과 다르지 않다. 다시 말해 비결은 관계와 배려, 자비와 공감, 이해와 관심 어린 보살핌에 있다.

생물 의학 연구에서 동물을 이용할 때 지켜야 할 윤리

이 깨달음은 내가 여러 대학 실험실의 동물 연구 시설을 찾을 때마다 매번 뼈에 사무쳤다. 실험실의 작은 우리 속에는 고양이와 개, 붉은털원숭이 등이 갇혀 있었다. 내게 충격을 준 것은 나무에 살며 무리와 깊이 교류하는 영장류들이 몇 년 동안 홀로 가로 3미터 세로 4미터의 금속 철창에 갇혀 있다는 사실, 한때 어느 가족의 반려동물이었던 고양이와 개가 혼란스럽고 부족하고 괴로운 것이 명백한 모습으로 곤궁한 환경에서 살고 있다는 사실이었다.

이처럼 몹시 불충분한 환경에 사는 실험동물은 병들어 있고 스트레스를 받으며 이상 행동을 보이는 동물이기 때문에 과학 연구 대상으로 적합하지 않다. 나는 이 주제에 관해 연구한 뒤 부적합한 실험동물을 이용한 연구 결과는 의학적으로 타당성이 적다는 결론을 보고했다. 비슷하게 참기 힘든 조건 아래 갇힌 동물에 국한해서 적용할 수 있는 결과일 뿐이었다.

수의사로서, 그리고 생물 의학 연구자로서 나는 실험동물의 관리와 이용 실태가 윤리적으로 그리고 과학적으로 옹호 불가능하다고 느꼈지만, 미국 내 생물 의학 연구 업계 전반은 나의 연구 결과를 부정했고 모든 생체 해

윌리엄 호가스의 18세기 판화의 일부에
동물 학대 장면이 기록되어 있다.

부를 계속해서 무조건으로 지지했다.

　　생물 의학 연구 업계가 가진 정치적, 경제적, 공적 권력은 무시무시
해서 진실을 바꾸고 역사를 수정할 수 있다. 업계가 전화 몇 통과 위협적인 서
신을 통해 이 권력을 과시한 것은 브리태니커 백과사전 1991년도 개정판에 내
가 집필한 내용이 실렸을 때였다. '개' 항목에 들어간 잔인한 동물 실험과 동
물 권리에 관한 언급을 모두 삭제하는 쪽으로 글을 변경하라고 출판사에 압
력을 넣은 것이다. 자세한 내용은 아래에 자세히 풀어 두었다.(나는 이 개정판의
'고양이' 항목 역시 집필했는데 그것은 문제가 되지 않았다. 고양이를 대상으로, 특히
뇌 연구와 척추 부상 연구 분야에서 이루어지는 끔찍한 일부 실험들에 대해서 애초에

어떠한 언급도 허용되지 않았기 때문이다.)

백과사전적 지식이냐 편리한 지식이냐?

어린 시절 동물들은 나의 스승이었으므로 성인이 된 이후 동물이 어떻게 살며 왜 그렇게 사는지 남들에게 가르치는 일을 하게 된 것은 결코 우연이 아니다. 정규 교육 덕분에 나는 동물의 행동을 설명할 때 적절한 과학 용어를 쓸수 있게 되었으며 동물들이 준 가르침 덕에 동물의 행동을 이해하고, 새로운 이론을 전개하고, 정립된 시각이나 기존 학계의 시각에 대해 문제 제기를 할수 있게 되었다. 내가 동물 행동 전문가로서 국제적 인정을 받게 된 것도 동물들이 준 선물이며, 그 결과 여러 기회가 주어졌다. 명성 높은 브리태니커 백과사전에 들어갈 글을 집필할 수 있게 된 것도 그런 기회 가운데 하나였다.

　　이 백과사전의 1991년도 개정판에 실리게 될 고양이와 개 항목의 최신 내용을 쓰는 일은 나의 행동한 죄와 행동하지 않은 죄 전부를 속죄할 황금 같은 기회였다.

　　나는 나의 가장 좋은 친구이자 스승인 개에게 빚을 지고 있다는 생각 때문에 생물 의학 연구에 사용되는 개들에 대해 다음과 같이 정확한 사실만을 담은 내용을 포함시키기로 했다.

　　개들은, 특히 특수 목적을 위해 교배된 비글의 경우 흔히 생물 의학 연구에 쓰인다. 종종 많은 고통을 수반하는 이런 쓰임은 그 과학적 타당성과 인간 건강 문제와의 의학적 관련성 측면에서 의심을 받고 있다. 예컨대, 비글을 비롯한 동물들은 여러 날에 걸쳐 담배 연기를 마시도록 강요받거나 표백제나 배수구 세척액과 같은 가정용 화학 약물을 실험하는 데 사용되었다. 그뿐 아니라 개들은 다양한 군사 무기와 방사선의 효과를 실험하는 데에도 사용되었다.

백과사전의 새로운 개정판이 출판된 뒤 편집 사무국으로 수백 통의 편지가 쇄도했다. 개개인의 학자들이 쓴 편지도 있었고 그들이 속한 이름 높은 협회에서 온 편지도 있었다. 미국 약학 실험 치료학 협회, 신경 과학 협회, 미국 생리학 협회, 생물학자 연합 등이었다. 또한 푸팅 피플 퍼스트Putting People First, 동물 실험에 찬성하는 불치병 환자들의 모임The Incurably Ill for Animal Research 등 동물 실험과 착취를 지지하는 단체들에 속한 일반인들도 편지를 보냈다.

생물 의학 학자들은 나의 주장이 편파적이고 불공정하다고 지적했다. 개를 이용한 실험이 당뇨로 고통 받는 사람들을 도와준 사례나, 관상 동맥 우회술, 혹은 새로운 고관절이나 신장을 필요로 하는 사람들에게 도움이 된 사례를 강조하지 않았다는 것이다. 나는 해당 항목이 생물 의학 연구에서 개를 사용하는 데에서 오는 장점과 아무 상관이 없다고 대답했다.

그리고 "불쾌한" 주장을 다음과 같이 바꿀 수는 있다고 제안했다.

개들은, 특히 특수 목적을 위해 교배된 비글의 경우 흔히 생물 의학 연구에 쓰인다. 종종 많은 고통을 수반하는 이런 쓰임은 어느 정도의 과학적 그리고 의학적 통찰을 제공하기는 했지만 그 윤리적 근거는 의심을 받고 있으며, 과학적 타당성과 인간 건강 문제와의 의학적 관련성 측면에서도 의문이 제기되고 있다. 예컨대, 개를 비롯한 동물들은 여러 날에 걸쳐 담배 연기를 마시도록 강요받거나 표백제나 배수구 세척액과 같은 가정용 화학 약물을 실험하는 데 사용되었다. 그뿐 아니라 다양한 군사 무기와 방사선의 효과를 실험하는 데에도 사용되었다.

그러나 백과사전의 편집 담당자는 조금도 양보하지 않았다. 그리고 다음 개정판에는 아래와 같이 실릴 것이라고 고집했다.

개들은, 특히 특수 목적을 위해 교배된 비글의 경우 생물 의학 연구에 사용되기도 하는데 이런 관습은 늦어도 17세기에 시작되었다.

나는 19세기 전에는 마취제가 존재하지 않았다는 사실을 덧붙이지 않는 한 이 내용을 결코 받아들일 수 없다고 말했다. 그 사실이 없다면 개가 17세기부터 생물 의학 연구에 사용되었다는 단순한 사실을 덧붙임으로써 개들이(그리고 셀 수 없이 많은 다른 동물들이) 2백 년 동안 마취 없이 생체 해부를 당했으며 그런 행위가 오늘날에는 불법이라는 사실이 무시된다. 또 이러한 내용은 역사적 선례가 있으므로 어느 정도의 윤리적 허용이 가능하다는 뜻을 암시하고 있다. 3백 년 동안 개를 실험에 사용했다는 사실은 동물 실험의 지속과 동물의 지속되는 고통을 정당화하거나 의심조차 않을 근거로 사용될 수 없다.

내가 학계를 불쾌하게 만들었다는 사실은 명백했다. 그러나 그런 권위 있는 백과사전을 집필할 수 있는 전문가 자격을 내가 갖추게 된 것은 다름 아닌 과학자로서의 경력, 그리고 내가 고양이와 개에 대해서 쓴 수많은 전

8. 동물을 측은히 여기는 마음으로 유대를 회복하는 법

문적, 그리고 대중적 저술 덕분이었다. 아이러니하게도 내가 집필한 항목에 대한 검열은 전국의 신문과 라디오 방송을 통해 널리 알려졌고 내 입장을 지지하는 수백 통의 편지 역시 쏟아져 들어오기 시작했다. 배우 킴 베이싱어는 이런 편지를 보냈다.

> 폭스 박사님께,
>
> 저는 동물과 관련하여 진실을 밝히는 데 헌신적인 활동을 하고 계신 선생님께 감사의 인사를 드리고자 이 편지를 씁니다. 박사님께서 브리태니커 백과사전에 집필하신 내용이 불러일으킨 화제에 관한 기사를 1992년 1월 23일 자 로스앤젤레스 타임스에서 읽었습니다. 박사님은 이미 알고 계시겠지만 사람들은 진실을 두려워합니다. 그 사람들이 동물 실험에 대한 거짓말을 통해 돈을 버는 사람들이라면 더더욱 그렇습니다. 스스로 말을 할수 없는 이들을 위해 목소리를 내려는 여러분의 시도에 제가 얼마나 큰 고마움을 느끼고 있는지 박사님과 로스앤젤레스 타임스, 그리고 브리태니커 백과사전에 꼭 전하고 싶었습니다.
>
> 킴 베이싱어 드림

이 논란은 어떻게 사실과 진실이 분리되게 되었는지 보여 준다. 동일한 여러 가지 사실에서 나온 하나의 결정적인 진실, 즉 개들이 생물 의학 발전의 미명 아래 고통 받아 왔으며 오늘날 동물 실험의 과학적 타당성과 의학적 관련성에 대한 의문이 제기되고 있다는 진실은 일부 사람들이 믿고 있는 진실에 위배된다. 그들이 믿는 진실은 동물의 착취와 고통이 과학 지식과 의학 발전의 이름 아래 정당화된다는 진실이다. 생물 의학 연구 지지자들에게 동물이 고통 받고 있다는 증거는 사실이라기보다 의학 발전이라는 거창한 목적에 다다르기 위한 피할 수 없는 수단일 뿐이다.

　　브리태니커 백과사전의 1993년도 개정판에서 나의 주장이 생략되는 것에 반대해서 편지를 보낸 여러 사람들과 달리, 나는 실은 개를 비롯한 동물들을 생물 의학 연구에 사용하는 데 찬성한다. 그러나 조건이 있다. 이미 병들었거나 다친 동물만을 이용해 그 동물과 그 동물 종을 위한 연구를 한다는 조건이다. 우리 인간은 그 과정에서 도움을 받을 수도 있다. 오로지 과학 지식을 얻기 위해, 혹은 다른 동물에게 상응하는 이익이 가지 않는데도 순전히 인간 의학 발전을 위해 의도적으로 동물에게 피해를 입히는 일은 비윤리적이라고 생각한다. 악한 수단을 통해 선량한 목적을 이룰 수는 없다.

　　동물을 대상으로 하는 생물 의학 연구의 문제점은, 우리가 동식물계와 맺은 다른 모든 관계에서와 마찬가지로, 무한한 자비의 윤리가 설 곳을 잃었다는 데 있다. 그 자리는 기술 진보, 인간 우월주의 등 인간 중심적 가치, 그리고 인간의 무한한 욕구가 내리는 지시가 차지했다.

　　만약 이것이 사실이 아니라면 생물 의학 연구 종사자들은 백과사전에 들어간 나의 "불공정한" 주장에 그토록 격렬하게 반응하지 않았을 터이다.

　　개들을 위해서 벼룩을 죽이거나 인간을 위해 모기를(말라리아 기생충에 감염된 모기를) 죽이는 일도 모든 생명에 대한 자비와 존경심의 윤리에 어긋나지만 동물을 알코올이나 코카인에 중독 시킨다든가 인간 우울증의 양상을 연구하기 위해 결박 상태의 개에게 날마다 피할 수 없는 전기 충격을 가한다든가 하는 일과는 비교할 수 없이 큰 차이가 있다. 그러나 실험실 고양이에게 피임약 혹은 새로운 광견병 백신을 시험하는 일도(그리고 그 고양이를 죽이고 또 해부하는 일도), 불구가 된 개들을 위해 새로운 고관절을 고안하는 일도 모두 생물 의학 연구에서 동물을 '사용하는' 윤리적인 방법에 속한다고 주장할 수 있다. 그런 연구에서 나올 가능성이 있는 새로운 지식으로부터 다른 동물과 사람이 도움을 받을 가능성이 있기 때문이다.

과학자건 아니건 많은 사람들은 동물이 아닌 인간에게만 영혼과 정신, 감정이 있다고 믿는다. 나의 젊은 시절 스승이었던 콘라트 로렌츠는 통일된 감수성이 없을 때 나타날 수 있는 태도에 대해 다음과 같이 요약해서 말한다.

> 타인이 나와 비슷하며 비슷한 감정을 느낀다는 사실은 수학적 공리가 명백하다고 할 때와 같은 의미에서 명백하다. 우리는 그것을 믿지 않을 수 없다. 내가 알기로 이런 사실에 처음으로 주목한 칼 뷜러는 이것을 "너의 명백성you-evidence"이라고 불렀다.
> 다른 인간 안에 영혼이 존재한다고(즉 주관적인 경험을 할 능력이 있다고) 말할 때와 마찬가지로 동물의 영혼에 대해서도 동일한 공리적 확실성을 가지고 말할 수 있다. 만약 개나 원숭이와 같은 고등 포유류에 대해 잘 알고 있는 사람이 동물의 경험이 인간과 비슷하다는 사실을 의심한다면 그 사람은 정신적으로 비정상이며 정신 병원에 가야 한다. "너의 명백성"을 받아들일 줄 모르는 사람은 공공의 적으로 여겨져야 마땅하기 때문이다.[2]

---

[2]   "Tiere und Gefuhlmenschen," *Der Spiegel* 47(1980).

농업 관련 산업에서 동물의 처우

나는 농업 관련 산업 종사자들의 거짓말과 부정, 조롱, 집단 반발도 경험해 보았다. 이들은 힘 있는 소수의 경제적 이익을 위해 산업화한 가축업, 이른바 공장식 축산업이라는 현 상태가 유지되기를 바라는 사람들이다. 공장식 축산업으로 우리가 치러야 하는 여러 보이지 않는 대가는 대중이나 주주들에게 공개되지 않는다. 여기에는 가축의 질병과 고통, 생태 파괴, 표토와 화석 연료 등 재생 불가능한 천연자원의 소실, 가족 경영 농장의 쇠락, 시골 마을과 한때 지속 가능했던 농업 방식의 사회경제적 몰락 등이 포함된다. 또한 동물 기반 농업이 식생활 및 식품 안전과 관련된 소비자 건강에 미치는 영향도 부정된다.

나는 여러 공장식 농장과 가축 사육장을 방문해 어떻게 가축과 가금류가 인간의 이익과 소비를 위해 길러지는지 기록했다. 미국을 비롯한 여러 국가에서 좀 더 자연적인, 혹은 생태적인 대안 농업 체계를 본 나로서는 고기(혹은 모피)를 얻기 위한 동물 공장이 정상이라고 생각하지 않고 '최첨단'의 진보를 의미한다고 여기지 않는다. 동물 공장은 동물에게는 질병을 일으키는 환경이며, 인간과 동물의 유대에 심각한 결함이 있음을 나타내는 증상이다. 동물을 단지 생산 설비로 대우하고 동물의 기본 권리와 행동적 필요를 무시하는 가축과 가금류 생산 체계를 만들고 허용하는 행위는 인간 의식 속의 비정상적 변이, 공감 능력이 결여된 태도 내지 정신 상태를 뚜렷하게 드러내고 있다. 윤리적으로 눈이 먼 상태라고도 할 수 있다. 내가 원시적 통찰력feral vision이라고 부르는 것이 흔적도 남아 있지 않은 상태이기 때문이다. 원시적 통찰력이란 사물을 있는 그대로 보는 능력, 즉 어떤 이기심도 없는 순수하고 맑은 지각 능

8. 동물을 측은히 여기는 마음으로 유대를 회복하는 법

력으로서 모든 생명체의 내적 가치, 그리고 모든 생명체와 우리 사이의 관계의 내적 가치에 대한 이해를 낳는다.

의식의 변이로 인해 우리는 제정신이 아닐 뿐 아니라 동물과 자연과 올바른 관계를 맺고 있지도 않지만, 그렇다고 해서 우리가 우리의 마음과 행동을 바꿀 수 없는 것은 아니다. 우리는 원시적 통찰력을 회복해서 동물, 자연과 좀 더 평등한 관계를 정립할 수 있다. 지배와 착취가 아닌 자비와 공생, 봉사를 토대로 하는 관계를 말하는 것이다. 그렇게 한다면 지구적이고 인도적이며 지속 가능한 사회의 구축이 가능할지도 모른다. 그러려면 먼저 인간의 족쇄로부터 동물을 해방시키는 일이 우리 자신의 생존과 행복과 연결된 정신적, 윤리적 책무임을 깨달아야 한다.

인간과 동물의 유대는 역사의 새벽녘에 모습을 드러낸 인간의 최초의 조상과 함께 아주 오래전에 시작되었다.

캘빈 슈와베 교수가 획기적인 저서 『소 떼의 사제와 의학의 진보』에서 말했듯이 최초의 수의사들은 사제이자 사람을 치유하는 이들이었다.[3] 수의사가 근대의 샤먼이자 인간과 동물계 사이의 전달자 역할을 했던 고귀한 전통을 가장 잘 이어 가려면, 인간과 동물 간의 유대를 재검토하고 생명 윤리의 기초 원칙인 아힘사, 즉 동물을 해하거나 다치게 하지 않는다는 원칙이 위반되었을 때 언제든 어디서든 바로잡으려고 애써야 한다.

동물들은 지난 수천 년간 우리에게 수없이 많은 방식으로 봉사해

---

[3]　Calvin Schwabe, *Cattle Priests and Progress in Medicine* (Minneapolis, Minn.: University of Minnesota Press, 1978).

왔고 우리는 동물에게 엄청난 감사의 빚을 지고 있다. 우리는 좀 더 자비롭고 평등하고 서로에게 유익한 공생 관계를 통해 감사의 마음을 표현해야 한다. 오늘날 동물과의 유대는 봉사와 교감이 아닌 주로 지배와 착취의 관계이기 때문이다.

과학은 인간과 동물 간의 유대가 끈끈할 때 인간에게 여러 가지로 이롭다는 사실을 재발견하고 있다. 그런데 나는 이 유대를 인간과 인간 외 동물 간의 유대라고 부르는 쪽을 선호한다. 인간 역시 동물이기 때문이다. 여러 연구를 통해 밝혀진 대로 인간이 온갖 정서적 어려움과 신체적, 정신적 장애를 극복하는 데 동물이 도움이 될 수 있듯이 우리 또한 동물을 도울 수 있다. 멸종 위기 동물을 구하고 서식지를 복구하거나 보호하고, 그리고 수의학이라는 학문이자 기술을 통해 동물의 고통을 줄일 수 있다.

인간적인 행위에는 보상이 따른다

여러 연구 결과 밝혀진 사실에 따르면 다른 동물과 애정 어린 사회적 유대를 형성했을 때 실험실 동물은 질병에 대한 저항력이 커지고, 가축은 생산성이 높아지며, 개를 비롯한 여러 동물들은 훈련 가능성이 향상된다.

사육자가 가축에 대해 부정적인 태도를 가진 경우, 그리고 그 사육자의 관리를 받는 가축이 사람을 두려워할 경우 그 동물은 만성적인 스트레스를 경험한다는 사실 역시 오늘날 과학적으로 입증되었다. 스트레스로 인해 암퇘지가 생산하는 새끼의 숫자가 줄고 암탉이 낳는 알의 숫자가 줄며 젖소가 생산하는 우유의 양도 감소한다. 영계, 새끼 돼지, 송아지 등의 육질과 성장 속도 역시 부정적인 영향을 받을 수 있다. 그 반면에 농부나 농장 노동자, 목장주, 카우보이들이 상냥하게 이해심을 가지고 동물을 다루면, 그래서 공포심에서 오는 반응이나 만성 스트레스 상태를 일으키지 않으면, 그리고 무엇보다 관리인과 동물 간에 끈끈한 사회적 유대가 있으면 동물은 더 건강하며 더 생산적이고 더 많은 수익을 낸다. 간단히 말해 인간적인 행위에는 보상이 따른다.

그러나 이런 자명한 사실도 노동력과 비용이 대폭 절감되는 대규모의 집약적 축산 농장 앞에서는 무시된다. 한 사람에게 수백 마리, 심지어 수천 마리의 가축의 관리를 맡겨 인건비를 절감하는 이런 "효율적인 방식"은 수십 년에 걸쳐 비판의 대상이 되어 왔다. 가축에게 개별적 관심을 주어야 하며 그러지 못하면 적어도 매일 규칙적으로 살펴야 한다고 믿는 사람들의 비판이었다. 커다란 공장식 농장이라도 동물에 대해 긍정적인 태도를 가진 좋은 관리인이 있다면 무관심하거나 동물이 두려워하는 관리인에 비해 더 좋은 결과를 낼 것이라는 주장도 있을 수 있다. 그러나 크고 집약적인 생산 체계는 가축 관리인의 행동과 태도에 부정적인 영향을 준다는 사실이 밝혀져 있다. 특히, 더 공격적인 행동을 하게 만든다고 한다. 이것은 동물의 복지와 생산성에 해로운 영향을 끼친다.

동물의 텔로스telos(최종 목적 혹은 생태적 존재 이유)를 자신의 이익을 위한 방향으로 인도적으로 유도하는 것과 텔로스와 에토스ethos(선천적 본성)를 둘 다 무시하고 조종하는 것에는 차이가 있다. 오로지 인간의 이익만을 위한 공장식 농업, 유전자 조작 등이 후자에 속한다. 선량한 농부나 목축업자들은 식물과 동물의 에토스나 에코스ᵉᶜᵒˢ, 즉 생태계ecosystem를 해하지 않고도 텔로스로부터 최상의 이익을 얻는 법을 알고 있었다. 그들은 창조적 협력자, 혹은 공생자였다. 상냥한 사용과 이기적 착취의 이런 구별은 지속 가능한 삶과 지속 불가능한 삶의 차이를 나타낸다. 동물을 비롯한 생명체를 그 자체가 목적인 존재로서 다루고, 그들의 에토스와 생태계 속의 역할을 존중하는 태도는 오로지 인간의 목적을 이루기 위한 수단으로 동물을 사용하는 태도와 다르며, 이 차이는 생명 윤리의 주요 쟁점 중 하나이다.

후자의 실용주의적 태도와 관계는 경제와 환경, 사회, 그리고 정신에 궁극적으로 해로운 결과를 가져올 수 있다. 대중의 흥미를 위해 야생 동물을 가두어 놓는 행위, 유전적 결함이 있는 '분재' 동물을 선택 교배하는 행위, 그리고 다양한 상업적 목적을 위한 동물의 유전자 조작 등도 인간과 동물 간의 유대가 얼마나 일방적이 되었는지 보여 준다.

요약하자면, 자연스럽게 사는 것은 자연 농법이나 유기농처럼 그 자체에 고결함이 있다. 아이러니하게도 산업화 규모의 가축화라는 멍에 아래 동물을 '변성'시키는 과정에서 우리는 우리 자신 역시 변성시키고 '문명'의 필수품, 진보로 가장한 결과들로 고통 받는다. 그러나 생명에 대한 이런 실용주의적 태도는 문명적이지도 않고 진보적이지도 않다. 종국에는 인간 생명의 값어치를 감소시키며 모든 생명을 그 유용성으로만 따지도록 만들기 때문이다. 이것이 기술 관료제적 제국주의, 그리고 유물론적 결정론의 허무주의적 텔로스이다.

다른 생명체와 자연에 대한 인간의 병적인 태도에서 오는 악영향으로 세계가 고통 받지 않으려면 인간과 인간 외 동물 간의 유대를 전면적으로 검토하고 손보아야 하며, 나는 이것이 수의사와 인도주의자들의 주된 임무

8. 동물을 측은히 여기는 마음으로 유대를 회복하는 법

라고 믿는다.

자연의 생태 다양성과 자원을 파괴하는 사회는 물질적으로 파산할 것이다. 그와 마찬가지로 동물의 내적 가치, 에토스, 그리고 텔로스, 즉 생태 공동체 내의 목적에 대한 공통의 관심이 없다면 우리는 정신적으로 파산할 것이다. 생존하고 번영하고 진화하고자 한다면, 우리 모두는 인간 공동체만이 아니라 이 지구 공동체를 위해 봉사해야 할 것이다.

고양이와 인간의 관계

다른 동물과 마찬가지로 고양이는 그다지 이성적이지 못한 우리 인간에게 좋기도 하고 나쁘기도 한 다양한 감정을 불러일으킨다. 나는 신문 칼럼 <동물의사>를 통해 수의학 관련 상담을 해 주고 있는데 이를 통해 남편과 관계에서 점점 불만이 커져 가고 있던 한 여성의 사연에 대해 알게 되었다. 여성은 남편이 접근해 올 때마다 자신과 남편 사이에 고양이를 놓고 고양이를 쓰다듬으며 고양이에 대한 이야기를 꺼냈다고 한다. 남편은 아내가 고양이를 이용해서 자신을 피한다는 사실이 너무 분하고 짜증스러워서 내게 절박한 편지를 썼다. 고양이가 얄미워서 죽이고 싶다는 내용이었다. 남자는 편지에 아내의 행동을 묘사했지만, 그 행동이 고양이를 편애해서 나온 행동이 아님은 눈치채지 못한 게 분명했다. 아내는 단지 남편의 접근을 피하기 위해 고양이를 수단으로 사용하고 있었다. 나는 두 사람 모두에게 부부 상담을 권했다.

가장 엉뚱한 편지는 온 동네 고양이가 자신을 상대로 음모를 꾸미고 있음을 확신하고 괴로워하는 한 여인이 보낸 여섯 장이나 되는 편지였다.

"제가 지나갈 때마다 고양이들은 항상 저를 봅니다. 이웃집 계단 앞을 지나가면 두세 마리가 함께 앉아 있다가 항상 저를 뚫어져라 봅니다. 녀석들이 날 싫어하고 음모를 꾸미고 있다는 걸 알 수 있어요. 그런데 왜 하필 저한테 그러는 걸까요? 저는 고양이들을 사랑하고, 살면서 한 번도 고양이를 해한 적이 없어요."

여인의 편지는 구구절절 자신의 망상을 자세하게 설명하며 끝도 없이 이어졌다. 여인은 자신을 해하려는 고양이들의 음모에 대해서 생각할 때마다 고양이와 마주친다는 사실이 자신의 망상을 정당화한다고 믿고 있었다.

1981년 국제 캣 쇼에서 기자 회견을 하기 위해 암스테르담으로 가던 길에 나는 비행기에서 고양이를 좋아하지 않는 한 미국 여성을 만났다. 그 여성은 고양이를 싫어하는 것은 아니며 대개의 동물을 좋아한다고 말했다. 고양이가 건드려도 괜찮다고 했다. 그런데 고양이가 그르렁거리는 소리는 참을 수 없었다. 내가 왜냐고 묻자 거슬린다고 했다.

"누군가 내 속을 주무르는 것 같고 내가 침범당하는 느낌 같지 않나요?"

내가 꼬치꼬치 물었다. 그랬더니 여자가 외치듯 말했다.

"맞아요! 그렇게 말씀하시니까 흥미롭네요."

나는 그 여성이 진정한 친밀감을 두려워하는 사람이라고 의심했고, 긴 비행 동안 계속된 대화는 의심을 확신으로 바꾸었다. 여성은 어린 시절 학대를 받은 적이 있었고 세 번째 결혼 생활도 순탄하지 않은 상황이었다.

동물 보호 관련 일을 하면서 나는 아이들에 의한 동물 학대 사건을 볼 때마다 경악하지 않을 수 없다. 새끼 고양이를 벽에 던지는 아이, 고양이의 목이나 꼬리에 양철통을 매다는 아이, 고양이의 꼬리를 휘발유에 담근 뒤 불을 붙이는 아이. 이러한 병적인 공감 능력 결여는 종종 무해한 동물로 방향이 전환된 공격성과 결합되어 나타나며, 심각한 정서적 질병의 신호이다. 여러 연구에 따르면 성인 소시오패스는 과거에 동물 학대를 한 경험이 있으며, 거의 모두가 성장기에 부모로부터 학대를 받은 피해자이다.

교도소에서 근무하는 한 정신과 의사가 최근 나에게 들려준 이야기에 따르면 앨라배마주의 한 교도소에서 비극적인 불균형 상태의 한 남자가 종신형을 살고 있었다. 남자는 몸을 씻기를 거부했으므로 더러울 뿐 아니라 우울한 상태였으며 남의 손이 닿으면 살인적으로 변했다. 그래서 교도소에서는 이틀에 한 번 남자에게 물을 뿌려 몸을 씻겼다. 동물 매개 치료에 대해 잘 알고 있던 정신과 의사는 수감자에게 작은 새끼 고양이를 돌보는 일을 맡겼다. 처음에 남자는 새끼 고양이를 무시하려고 했다. 그러나 고양이는 빠르게 남자의 마음을 샀고 남자로 하여금 삶에 마음을 열도록 했다. 바로 다음 날부터 남자는 자기 몸을 씻기 시작했고 고양이를 돌보았다. 그리고 얼마 지나지 않아 우울증에서 벗어나 간수들과 교류하기 시작했다. 살인적이던 분노도 천천히 사그라졌다.

정신 이상을 극복할 수 있게 생명선이 되어 준 고양이 치료사는 또 있다. 앞서 언급한 의사에 따르면 14년 동안 누구와도 말을 하지 않았고 인간과의 모든 접촉을 피했던 한 조현병 환자는 의사로부터 어린 고양이를 받은 뒤 며칠 지나지 않아 보호사, 동료 환자들과 이야기를 나누기 시작했다.

정신 건강 전문의, 사회학자, 수의사 등은 인간과 동물 간의 유대의 이러한 여러 이로움을 더 깊이 살펴보고 있다. 내가 어린 시절부터 동물로부터 배웠던 것들을 사회가 드디어 받아들이는 모습을 보면 내가 옳았다는 생각에 후련한 마음이 든다. 그것은 바로 동물이 우리를 치유할 수 있으며 우리의 가장 좋은 친구이자 스승이 될 수 있다는 사실이다.

나는 어느 날 한 할머니와 고양이를 소개한 신문 기사를 보고 흐느끼다시피 했다. 할머니는 살던 집에서 퇴거를 당해 요양원에 가야 하는 상황이었지만 고양이와 떨어지고 싶지 않았다. 할머니는 고양이가 "지난 12년 동안 나와 살을 맞댄 유일한 생명"이라고 말했다. 할머니가 고양이와 분리될 경우 얼마 가지 않아 숨을 거두거나 우울증이 와서 삶에 모든 흥미를 잃을 것 같았다. 나는 그동안 난치병 환자들과 중증 장애가 있는 환자를 위한 요양원과 병원을 설득하려고 애써 왔다. 병동에 동물을 들이면 모든 환자들의 삶에 먼지와 질병이 아닌 빛이 들어올 것이며, 사람과 반려동물이 떨어지지 않게 모든 노력을 해야 한다는 것이 내 생각이다.

두와미시족 시애틀 족장이 프랭클린 피어스 대통령에게 보낸 편지가 떠오른다. 그 편지에는 다음과 같은 지혜로운 말이 담겨 있었다.

> 짐승이 없다면 인간은 무엇이 될까요? 모든 짐승이 사라진다면 인간은 영혼의 극심한 외로움으로 죽게 될 것입니다. 짐승이 당하는 일들은 그것이 무엇이든 곧 인간이 당하게 됩니다. 모든 일들은 연결되어 있습니다.

우리 아이들은 고양이 릴리를 잃고 몹시 힘들어했다. 나이가 아주 많았던 릴리는 어느 날 문득 사라져 버렸다. 다섯 살이었던 카밀라는 릴리가 다시 돌아오리라고 열렬히 희망했고 그 희망을 여러 달 놓지 않았다. 릴리의 죽은 모습을 보았다면 훨씬 더 수월했을 것이다. 그렇다면 고양이가 돌아올 수 있다는 희망으로 상실감을 달래지 않아도 되었을 터이다. 릴리의 사체를 보았다면 그런 희망적이고 마법적인 생각은 사라졌을 것이다. 나는 부모들이 아이들로부터 죽은 반려동물의 모습을 숨김으로써 그러한 상실감으로부터 아이들을 보호하지 않았으면 좋겠다. 그리고 아이가 상실감과 이별을 극복하도록 돕는답시고 아이에게 고양이일 뿐이라고, 곧 새로운 새끼 고양이를 대신 데려올 거라고 말하는 것은 권장할 수 없다. 이런 말은 아이로 하여금 부모를 미워하고 새로운 반려동물을 거부하게 만들 수 있다. 애정 많은 부모들은 아이의 아픔이 사라지기를 바라는 마음에서 오히려 아이에게 해를 입힐 수 있다. 아이의 깊은 상실감을 그저 존중해 주고 상냥한 이해의 말로 다독이며 아이가 슬퍼할 수 있도록 내버려 두면 된다.

내 아들 마이크 주니어는 내가 어렸을 때와 마찬가지로 속마음을 쉽게 드러내지 않았다. 아들은 고통스러운 상실감을 막기 위해 지성을 동원했다. 릴리를 몹시 사랑했지만 릴리가 죽었고 다시 돌아올 수 없다는 사실을 알고도 애써 눈물을 참았다. 릴리가 사라진 지 한참이 지났을 때 아들은 동생과 싸웠고 내가 동생 편을 들자 억울해했다. 아들은 방으로 가서 울기 시작했다. 내가 방으로 들어가자 눈물을 감추려고 했지만 눈물 둑은 이미 터진 상황이었고 녀석은 릴리를 그리워하며 울었다. 나에게 느낀 억울함과 혼자 남겨지는 것에 대한 두려움이 오랫동안 참았던 릴리의 죽음에 대한 감정을 끌어올린 것이다. 우리는 함께 눈물을 흘리며 릴리가 얼마나 대단한 고양이었으며 얼마나 행복한 삶을 살았고 사랑하는 이를 잃으면 얼마나 아픈지에 대해 이야기했다. 어린 마이크는 곧 기운을 되찾았고 이렇게 말했다. 사람은 하느님의 천국으로 가고 동물은 예수님의 천국으로 간다고 들었으니 자신은 죽으면 예수님의 천국으로 가서 모든 동물과 릴리와 함께 있겠다는 말이었다. 이것은 일곱 살배기의 논리로는 꽤 흥미로웠고 꽤나 당혹스럽기도 했다. 동물이 죽으면 어디로 가는지에 대해 서로 이야기를 나눈 적이 없었기 때문이다.

동물이 별개의 천국으로 간다는 아들의 생각이 신기했다. 나는 인간만이 불멸의 영혼을 가지고 천국에 간다는 주류 기독교 신앙이 우리 모두의 사고에 끼친 은근한 문화적 영향을 탓했다. 전도서는 이렇게 말하고 있다.

"인간은 짐승보다 더 탁월하지 않다. 모든 것이 허상이기 때문이다. 모두 한곳으로 간다. 모두가 먼지이고 다시 먼지로 바뀐다. 인간의 영이 위로 가고 짐승의 영이 아래로, 곧 땅으로 내려감을 누가 알 것인가."

티베트의 높은 산속에 있는 한 불교 사원에서 초기 기독교 문헌의 번역문이 발견된 적이 있다. 이른바 에세네파 사람들이 문헌을 파괴하려는 자들을 피해 사원으로 가져간 것이다.

이 문헌은 "거룩한 열두 제자의 복음"이라고 불린다. 바로 이 복음 속에 다음의 설화가 나온다. 진위 여부를 떠나서, 이 간단한 이야기는 다양한 종에 대한 우리의 태도가 어떠해야 하는지를 전부 말해 주고 있다.

한 마을 어귀에 들어선 예수님은 어린 외톨이 고양이 한 마리를 보았다. 배가 고팠던 고양이는 예수님을 보고 울었고 예수님은 고양이를 안아 옷 속에 집어넣었다. 고양이는 예수님의 품 안에 안겨 있었다. 마을로 들어간 예수님은 고양이 앞에 먹을 것과 마실 것을 놓았고 고양이는 이를 먹고 마신 뒤 예수님께 고마움을 표했다. 예수님은 고양이를 제자 로렌자에게 건 넸고, 과부였던 로렌자는 고양이를 돌보았다. 이를 지켜본 사람들은 말했 다. 이 사람은 모든 생명을 보살핀다. …… 형제와 자매이기에 그토록 사 랑하는 것인가? 그러자 예수님이 말씀하셨다. 그렇다. 이들은 하나님의 큰 집에서 함께 살고 있는 나와 같은 생명들이다. 영원 속에서 동일한 생 명의 숨을 쉬는 형제이며 자매들이다. 이들 중 어느 누구에게든 보살핌을 베풀고, 구할 때 먹을 것과 마실 것을 주는 사람은 나에게 베푸는 것과 마 찬가지이다. 이들 중 어느 누구든 부족할 때 고통 받게 내버려 두고 악행 을 당할 때 감싸 주지 않는다면 내가 악에 고통 받을 때 내버려 두는 것과 같다.

고통에 대한, 그리고 삶 자체의 가치에 대한 사람들의 태도에는 엄청난 문화 적 차이가 있다. 수의학도로서 모로코에서 여름을 보내던 나는 버려진 새끼 고양이 한 마리를 목격하고 충격을 받았다. 이 고양이는 라바트의 한 분주한 골목에 있는 이슬람 사원 옆에서 배고픔과 애정을 호소하며 울부짖고 있었는 데 지나가는 사람들 가운데 누구도 관심을 주지 않았다. 고통 받는 타자에 대 한 이러한 무관심은 내가 세인트루이스에서 본 한 가난한 흑인 여성의 태도 와 극단적인 대비를 이루고 있었다. 그 여성은 동네에 사는 집 없는 고양이들 을 위해 적지 않은 돈을 쓰고 있었다. 모로코에도 물론 힘없는 동물들을 위해 그와 같은 일을 하는 선량한 사람들이 없지 않을 터이다. 나는 그러한 너그러 움과 자비에 과연 이기심이 없는지 궁금하다. 사람들은 남이 나를 필요로 한 다는 사실을 필요로 한다. 또한 동물들의 어려움에서 자기 자신의 무력함과 나약함을 본다. 그러나 이기적인 동기나 동일시 현상이 있다고 해도 능동적인 자비는 수동적인 무관심보다 우월하다. 이와 매우 대조적으로 내가 아는 한 정신과 의사는 전기 충격을 이용해 고양이가 알코올에 중독되게 만들었다. 인간 알코올 중독의 동물 '모델'을 만든다는 취지로 세금을 들여 하는 실험이었다. 알코올 중독과 관련된 뇌의 변화와 생화학적 변화는 비슷할 수 있어도 원인, 즉 인간이 알코올에 중독되는 이유는 매우 다르다. 그리고 치료법은 바로 거기 있을 것이다. 그러므로 고양이를, 그리고 학자적 감수성을 그토록 잔혹하게 희생시키는 행위는 무의미하다.

유럽에는 풍년을 기원하기 위해 고양이를 산 채로 묻는 이교도적 풍습이 있었다. 악령을 막기 위해 주택 벽에 살아 있는 고양이를 넣고 마감하는 풍습도 있었다. 이런 미신적이고 허튼 행위는 미지의 것에 대한 두려움과 합리적 사고의 결여가 부추긴 것이다.

고양이의 박해에 관한 기록은 고양이를 사랑했던 사람들에 관한 기록과 함께 잘 남아 있다. 예컨대 1484년 교황 인노첸시오 8세(1432~1492)는 교회를 대표하여 "마법사"와 "마녀"가 악의 힘을 가지고 있다고 공인했다. 교황은 또한 마녀를 화형에 처할 때 마녀가 키우는 고양이도 포함시키라고 명령했다. 유럽의 여러 지역에서는 17세기까지도 나이 든 여성이 고양이를 키우려면 위험을 감수해야 했다. 내 친구 루이스 레겐슈타인은 저서 『지구를 다시 채우라』에 이렇게 적고 있다.

사탄이 동물의 모습을 할 수 있으며 실제로 그렇게 한다는 믿음은 중세에 널리 퍼져 있었다. 검은 고양이는 특히 의심을 받았으며 종종 마녀들의 상징으로 여겨졌다. 많은 고양이가 죽임을 당했으며 사람들은 대체로 고양이를 키우기를 거부했다.

고양이를 태우는 의식은 특히 프랑스에서 특정 종교 기념일에 치러지는 전통이었다. 이 풍습은 저명한 스코틀랜드 인류학자 제임스 조지 프레이저 경(1854~1941)이 원시 숭배, 신화, 마법, 종교 등에 관해 쓴 고전인 『황금가지』에 자세히 설명되어 있다. 알자스에서는 부활절 모닥불에 고양이를 태웠고 아르덴에서는 사순절 마지막 일요일에, 보주 지방에서는 참회의 화요일에 했다. 한여름 모닥불 축제 때 알프스 고지대의 가프에서는 모닥불에 고양이를 구웠고 메스에서는 등나무 우리에 고양이 열두 마리를 넣어 "산 채로 불에 태우면 사람들이 즐거워했다". 유럽인들은 고양이를 박해한 죄로 값비싼 대가를 치렀다. 설치류의 포식자를 제거한 탓에 벼룩을 옮기는 쥐가 급증했으며 쥐들은 1300년대 후반 유럽의 씨를 말렸던 흑사병을 일으키고 퍼뜨리는 데 일조했다. 1347년과 14세기 말 사이에 유럽의 인구는 거의 절반 가까이 사망했다.[4]

우리는 이제 동물에게 훨씬 더 많은 자비와 권리를 베풀고 있지만 여전히 모든 국가에서 더 큰 도덕적 진보의 여지가 있다. 종국적으로 이것은 현명한 이기심이다. 모든 생명체에 대한 자비와 경건한 존경심은 어떤 국가에서든 그 국가의 위대성을 드러내기 때문이다.

---

[4]   Lewis Regenstein, *Replenish the Earth: A History of Organized Religion's Treatment of Animals and Nature* (New York, N. Y.: Crossroad Publishing Company, 1991).

9.
내가 키우던 토끼와 빛:
개인적인 반성들

반려동물은 세상을 떠난다고 해도 어린아이들에게 크나큰 영향을 끼칠 수 있다. 나는 세 살쯤 되었을 때 애완 토끼를 키웠다. 네덜란드 드워프 토끼였던 섬퍼는 착하고 상냥했으며 재빨랐다. 녀석은 아버지가 나무로 지은 근사한 우리에 살았는데, 그 안에는 따뜻한 보금자리가 있었고 철조망 울타리가 있는 테라스와 보행로도 있었다.

나는 매일 아침 식사를 하기 전 섬퍼를 보러 갔고 언제나 들려줄 말이나 물어볼 질문이 있었다. 어느 날 아침 섬퍼를 보러 갔는데 섬퍼는 마치 잠든 듯 옆으로 누워 있었다. 섬퍼가 그렇게 있는 모습은 처음이었다. 이름을 불러 봤지만 섬퍼는 귀를 움직이거나 눈을 뜨지 않았다. 겁이 났다. 나는 우리를 열어 나무 막대기로 섬퍼를 가만히 건드려 보았다. 움직이지 않았다. 나는 떨리는 손으로 섬퍼를 만져 보았다. 섬퍼의 몸이 차가웠고 내가 다리를 지그시 눌러도 움직이지 않았다.

나는 슬프거나 울먹이기에 앞서 혼란스러웠다. 슬픈 감정은 나중에 왔다. 전날 밤만 해도 멀쩡하게 잘 살아 있던 섬퍼가 떠나고 없었다. 그렇지만 무엇이 떠난 것인지 알 수 없었다. 섬퍼의 몸은 마치 잠든 듯 여전히 그 자리에 있었기 때문이다. 햇볕 아래 내려놓으면 다시 돌아올지도 모른다는 생각이 들었다.

나는 엄마에게 달려가 섬퍼가 죽었으니 와서 도와 달라고 말했다. 섬퍼는 죽은 게 맞았고 우리는 그날 늦은 아침 작은 의식을 치른 뒤 섬퍼를 정원에 묻었다. 그날 이후로 차가움과 죽음은 내 마음속에서 서로 연결되었다.

한때 섬퍼를 살아 움직이게 만들었던 섬퍼의 생명이 몸을 남기고 어디로 떠났는지 나는 어리둥절했다. 천국에 대해서 들은 적이 있었고 누군가 내가 죽으면 섬퍼가 기다리고 있을 것이라고 말하기도 했다. 그렇지만 나는 이해가 잘 가지 않았다. 몸은 정원에 묻혀 있는데 어떤 모습으로 나타날지 궁금했다. 나는 여러 가지 곤충이 동물의 뼈만 남기고 가죽과 살을 흙으로 만든다는 사실을 알고 있었다. 풀밭이나 덤불에서 놀 때 작은 동물의 뼈를 보기도 했고 고양이에게 죽임을 당해 구더기로 덮인 들쥐나 새들의 사체도 종종 발견하곤 했기 때문이다. 섬퍼의 몸도 흙으로 돌아갔을 텐데 그러면 나머지는 어디로 간 것이었을까?

며칠 뒤 여전히 섬퍼에 대한 생각으로 가득한 채 나는 이른 여름 아침 정원 뒤편으로 갔다. 꽃들이 높이 솟아 있었고 안개는 진한 꽃향기와 수많은 곤충들의 윙윙거리는 소리로 가득 차 있었다. 그 향기로운 빛을 마시며 안개를 통해 흐릿한 태양의 중심을 올려다보는 순간, 나는 두려우면서도 짜릿한 경험을 했다. 이 경험은 영원히 내 기억 속에 남았다. 내가 갑자기 그 뿌연

빛 속의 작은 티끌이 된 것이다. 나는 그 빛이 감싸 안은 모든 티끌과 연결된 느낌이었고 그 품 안은 무한하게 느껴졌다. 빛 속에서 섬퍼를 보지는 못했다. 볼 필요가 없었다. 아침 햇살의 온기는 부모님이 늘 내게 주시던 온기를 생각나게 했다. 그러나 훨씬 더 강렬했다. 나는 그것이 내 존재의 한가운데로 들어오는 느낌을 받았다.

만물을 이해하고 만물을 사랑하는 빛의 품 안에서 무한한 안정감을 느낄 수 있었다. 더는 내 친구 섬퍼가 그립지 않았다. 섬퍼도 그 빛의 일부였기 때문이다. 나는 정원에 있는 모든 생명체, 모든 꽃, 풀, 관목, 곤충, 새가 그 빛의 일부임을 보고 또 느꼈다. 빛은 그들 속에도 그들 주변에도 있었다. 그 깨달음의 순간, 나는 내 자신이 다른 모든 것에서 분리되어 있다는 느낌이 없었다. 그날 이후로 나는 죽음이나 죽어 가는 일을 두려워하지 않는다. 삶의 가장 힘겹고 가슴 아픈 순간에도 나는 힘을 찾았고 생에 대한 믿음을 찾았다. 섬퍼를 떠올리고 섬퍼의 빛과 온기가 만물을 낳는 모든 존재의 원천으로 돌아갔다는 생각을 하면 무엇이든 견딜 수 있었다.

여러 해가 지난 뒤 나는 섬퍼를 생각하며 병든 토끼 수십 마리를 발로 밟아 안락사 시켰다. 6월 초의 여느 완벽한 토요일이었다. 더비셔의 황무지와 석회암 골짜기를 지나 산책을 하기에 더없이 좋은 날이었다. 나는 바람을 따라 정처 없이 갔다. 바람을 등지고 언덕을 오르니 바람이 나를 언덕 위로 밀어 주는 듯했다. 날아갈 듯했다. 바람 덕분에 나의 몸도 나의 솟구치는 기분을 잘 따라 주었다. 그날 주머니에는 기다렸던 편지가 들어 있었으므로 나는 뛸 듯이 기뻤다. 1956년 런던의 왕립 수의 대학 1학년으로 입학을 허가한다는 편지였다. 어린 시절 꿈이 이루어지고 있었다. 나는 언제나 동물 의사가 되고 싫었고 모든 시험을 통과하면 5년 안에 자격을 딸 수 있었다.

5년이라니. 앞선 5년 동안 나는 이미 지역 수의사들의 조수로서 농장과 가정으로 왕진을 다니고 있었다. 아픈 동물을 치료하고 질병을 진단하고 수술을 하고 출산을 도우려면 배울 게 얼마나 많이 남은 걸까? 5년은 정말 긴 시간처럼 느껴졌다. 시험에 떨어진다면 더 오래 걸릴 수도 있었다. 나는 끙끙거리며 오래된 석회암 벽을 타고 올랐다. 반대편 햇볕 아래 낮잠을 자고 있던 어미 양과 새끼가 나를 보고 화들짝 놀랐다. 내가 사과를 했고 둘은 빠른 걸음으로 멀어지는가 싶더니 잠시 울음을 울며 가던 길을 멈추었다. 그리고 경멸이 어린 기이한 표정으로 나를 돌아보았다. 바람이 나를 언덕 위로 밀어 주었고 정상에 선 나는 심호흡을 했다. 하루가 즐거웠고 유쾌 발랄한 기운들이 가져다줄 무한한 가능성이 즐거웠다. 나는 골짜기 아래로 뛰어 내려갈 채비를 했다. 석회암 지대와 습한 갈대밭 사이로 양 떼가 다니는 길이 보였는데, 그곳만 피하면 데굴데굴 구를 염려는 없을 것 같았다. 바로 그때 불쑥 튀어나온 석회석 옆으로 기어가는 토끼 한 마리가 보였다. 움직임이 정상적이지 못했고 마치 취했거나 정신이 몽롱한 것처럼 보였다. 나는 토끼가 유독한 무언가를 먹었을 수 있다고 생각하고 천천히 조심스럽게 토끼에게 다가갔다.

토끼는 바위 뒤로 사라졌고, 따라가자 토끼 굴이 여기저기 보이는 빈 터가 나타났다. 넓은 번식지였지만 기이하게도 녀석은 구멍으로 재빨리 뛰어 들어가지 않고 계속 주변을 헤매고 있었다. 토끼는 내가 있다는 사실을 전혀 모르는 것 같았다.

바로 그때 따뜻한 여름날의 밝은 태양 아래 갈 길을 잃고 배회하며 천천히 죽어 가고 있는 토끼 수십 마리가 눈앞에 나타났다. 석회암 골짜기의 순수하고 푸릇푸릇한 아름다움이 산산조각 났다. 산들바람도 느껴지지 않았고 검정파리들의 윙윙거리는 소리가 무거운 공기를 채웠다. 나는 천천히 그리고 조용히 걸었다. 나의 존재를 어렴풋이 눈치챈 듯했지만 도망칠 어떤 노력도 하지 않는 병든 토끼들에게 겁을 주고 싶지 않았다. 병들어 앞이 안 보이는 듯한 토끼 한 마리가 나를 향해 비틀거리며 다가왔다. 내가 있는 줄도 모르는 듯했다. 그게 아니면 죽여 달라는 부탁이었을까?

나는 녀석을 집어 들었다. 녀석이 비참한 모습으로 힘없이 버둥대자 녀석의 입과 벌름거리는 콧구멍에서 나온 피 섞인 점액이 내 얼굴과 외투에 튀었다. 눈이 얼마나 부어올랐는지 터질 것 같았다. 녀석을 살릴 수 없었다. 같은 무리의 식구들도 살릴 수 없었다. 토끼들은 내 눈이 닿는 곳마다 배회하거나 웅크려 있거나 몸부림치고 있었다. 나는 딱한 녀석의 두개골 밑을 이른바 '래빗 펀치(권투에서 상대의 두개골 아래를 가격하는 일―옮긴이)'로 때려 녀석을 신속히 떠나보냈다. 나는 계속해서 무심히 토끼들을 죽였다. 그러다 보니 토끼의 뒷덜미를 때려 목 관절을 탈구시키는 방식을 지속하기에는 손이 너무 아팠다. 그래서 신고 있던 장화의 뾰족한 굽을 이용했다. 토끼를 바위 위에 얹어서 두개골이 순식간에 안쪽으로 파열하도록 했는데, 푹신한 흙바닥 위에 얹고 하면 두개골이 멀쩡한 채로 바닥으로 꺼질 위험이 있었기 때문이다.

나는 살아 있는 토끼가 없을 때까지 이를 계속했고, 어느새 그곳은 나의 자비가 저지른 대학살의 현장이었다. 토끼들은 굴 속 다른 토끼들이 전염되는 것을 막기 위해 굴로 들어가지 않았을지 모른다. 그러나 생존한 토끼는 없을 것 같았다. 나는 토끼들 사이에 주저앉았고 천천히 감각이 되돌아왔다. 산들바람이 돌아와 근처의 갈대를 흔들었고 저 멀리 초원 위로 솟구치는 종다리의 돌림 노래가 들렸다.

　　토끼들의 비참한 운명에 대한 분노를 삭이고자 나는 걷고 또 걸었으며 더 걸을 수 없을 때 고지대 넓은 황무지에 쓰러졌다. 그리고 따뜻하고 부드러운 흙에 등을 대고 누운 채 마음이 맑은 하늘로 향하게 내버려 두었다. 마음은, 나선으로 솟구치며 지저귀는 종다리들의 극히 조화로운 움직임과 소리의 흐름을 따라갔다. 그제야 비로소 뒤에, 그리고 아래에 남겨 두고 온 비극에 흐느낄 수 있었다. 머리가 붓고 눈이 튀어나온 채 천천히 죽어 가고 있던 토끼들은 내가 책에서 읽어서 아는 질병에 걸려 있었다. 바로 토끼 전염병인 점액종증myxoematosis이었다. 이 질병은 정부가 고용한 업자들이 토끼 개체 수를 줄이기 위해 인위적으로 들여온 병이었다. 죽기 전에 긴 고통을 유발하는 데다 그에 대한 저항성을 가진 남은 개체들은 점차 그 수가 다시 증가하게 된다. 이 질병이 여러 토끼 번식지를 싹쓸이했을 때, 그 숫자는 알 수 없지만 여우, 부엉이, 매도 굶어 죽었다. 토끼의 이런 대량 학살이 있고 몇 년 뒤 토끼는 더 큰 문제를 일으켰는데, 천적이 굶어 죽은 뒤라서 토끼의 개체 수 조절에 도움을 줄 수가 없었기 때문이다.

　　인간이 시도한 이처럼 잔인하고 헛되고 그릇된 생물학적 전쟁은 이 골짜기를, 그리고 다른 수십 곳의 골짜기들을 굶주리고 눈이 먼 채 혼란에 빠져 죽어 가는 토끼들의 처참한 무덤으로 만들었다. 나에게 그 토끼들의 고통을 끝낼 자격이 있었을까? 질병이 진행되게 내버려 두고 골짜기를 떠나는 편이 더 나았을 수도 있다. 그러나 토끼들의 고통은 나의 고통이었고 토끼들을 살려 두는 것은 비겁한 행위였다.

　　집으로 돌아가는 길에 저 멀리 황무지로부터 시원하고 달콤한 저녁 바람이 불어왔다. 슬픔은 사라졌다. 손으로 신발로 토끼의 목을 부러뜨리며 목숨을 빼앗고 또 빼앗을 때 느꼈던 분노, 그리고 내가 인간이라는 수치심이 빈자리를 채웠다. 나는 한 마리의 토끼도 비명을 지르지 않았다는 사실을 떠올렸다. 토끼들에게 죽음은 말할 수 없는 고통으로부터의 감사한 해방이었을지 모른다. 나는 토끼가 고통이나 두려움에서 내지르는 비명이, 마음에서 나오는 얼마나 날카롭고 처절한 소리인지 잘 알고 있다. 적어도 내 귀에는 그렇게 들린다. 그날 내가 토끼들의 수난을 내 책임으로 삼았을 때 나는 고통도 두려움도 유발하지 않았다. 혹시 이것이 나의 첫 시험이었을까. 내가 수의사가 될 만한 자질과 잠재력을 가졌는지 그리고 무엇보다도 자비를 실천할 수 있는 사람인지 알아보기 위한 시험이었을까.

PART
02

고양이 몸, 고양이 마음

10.
고양이에게도
의식이 있다

가르침을 주는 고양이

고양이는 우리의 스승이자 동지, 안내자, 치유자가 될 수 있다. 우리가 고양이에게 마음을 열고, 고양이의 행동을 관찰하고, 고양이와 소통하는 법을 배운다면 말이다. 우리가 고양이로부터 동물의 의식과 동물의 행동에 관해서 배우겠다고 마음을 먹으면 우리는 고양이의 지각과 감정, 본능, 직관 등의 여러 능력을 이해하고 존중할 수 있게 된다. 철학자 아르투어 쇼펜하우어가 썼듯, "지구상에서 진실하지 못한 유일한 동물은 인간이다. 다른 모든 동물은 본성을 숨김없이 드러내고, 가지고 있지 않은 감정을 꾸며 내지 않는다는 점에서 솔직하고 올바르다."

　아메리카 원주민 혹은 그 밖의 토착 문화에서 동물은 생태 공동체와 사회경제의 일부인 만큼 정신문화 그리고 신화의 일부이기도 하다. 현대 사회에서 동물의 능력과 재주는 덜 인정받고 덜 이해되고 있지만 그렇다고 없어진 것은 아니다. 심지어 고양이처럼 고도의 가축화 과정을 거친 반려동물의 경우에도 마찬가지다. 고양이라는 존재를 당연하게 여기거나 야생의 사촌 형제들이 갖고 있는 능력이 고양이에게 결여되어 있다고 보아서는 안 된다. 많은 고양이들은 인간에게 의지하지 않고도 자기 힘으로 야생하면서 길들여지지 않은 채 생존하고 번식할 힘을 가지고 있다.

　　'문명화'한 세계의 수많은 사람들은 토착민들과 한 가지 공통점이 있다. 매일 적어도 한 가지 동물, 대개는 고양이 또는 개와 접촉한다는 것이다. 다행히 늑대나 야생 고양잇과 동물, 매 등의 야생 동물을 가두어 기르는 사람은 적다. 수천 년에 걸쳐 가축화한 고양이나 개와 달리 야생 동물은 집이라는 환경에 몸, 마음, 정신을 적응시킬 수 없다. 그러므로 사육 상태에서 고통을 받는다. 야생 고양잇과 동물과 고양이를 이종 교배한 '오시캣'(오셀롯과 집고양이를 교배)이나 '벵갈'(삵과 고양이를 교배)의 경우에도 마찬가지다.

고양이의 지각 인정하기

우리가 동물을 이해하지 못하고 동물로서 전적으로 존중하지 못하면 우리가 동물에 대해 느낄 수 있는 감정은 기껏해야 감상적인 애착일 뿐이다. 동물의 행동과 심리에 대한 우리의 이해가 미숙하다면 동물과 공감할 수 있는 우리의 능력, 즉 나를 동물의 입장에 놓고 동물이 무엇을 느끼고 생각하고 욕망하고 마음먹고 있는지 상상해 보는 능력 또한 극히 제한적일 터이기 때문이다.

다시 말해 동물을 더 잘 이해할수록 동물과 더 잘 공감할 수 있다.

공감 능력은 자비와 애정 어린 호의로 이루어진 다리와도 같다. 고양이는 그에 대해 매우 예민하고 민감하다. 우리의 이해가 발전할수록 우리와 동물 간의 사랑의 본질과 관계의 질이 달라진다. 동물은 더욱 우리 삶의 일부가 되고 거기에서 오는 만족감은 같은 인간에게서 느끼는 만족감과 비교하기가 매우 어려울 정도이다.

고양이를 비롯한 동물들에게도 감정이 있다는 사실을 거부하는 사람들은 동물의 모든 행동이 본능적이고 자동적이며 자기가 무엇을 하거나 무엇을 느끼는지 의식적으로 자각하지 못한다고 주장함으로써 동물을 비하한다. 그런 사람들의 눈에 동물은 감정이 없는 로봇, 생물학적인 기계 장치에 지나지 않는다. 동물에 대해 이런 생각을 하는 사람들이 종종 동물을 생계의 수단으로 착취한다는 사실은 우연이 아니다.

그럼에도 생각을 바꾼 사람들이 적지 않다. 침팬지의 심장을 인간 환자에게(사실은 인간 실험 쥐가 아니었을까?) 이식했던 한 세계적인 의사가 그 수술을 그만두게 된 계기는 한 암컷 침팬지의 비명이었다. 심장을 내주고 죽게 될 수컷을 우리에서 꺼내는 순간 암컷은 비명을 질렀고 의사의 마음이 흔들린 것이다. 한 미국인 사냥꾼은 캐나다기러기를 쏘아 떨어뜨렸지만 짝꿍이 내려와 몸부림치며 죽어 가는 암컷을 돕고 또 지키는 모습을 보고 총을 영영 내려놓았다. 내가 아는 연구자 또한 주기적으로 개를 포함한 동물을 대상으로 실험을 하곤 했는데, 딸이 길 잃은 강아지를 집으로 데리고 온 뒤로 동물을 이용하는 연구를 그만두었다. 강아지를 입양한 뒤 강아지가 누구보다 그 연구자에게 사랑과 헌신을 쏟아붓는 것을 보고 자신이 실험에 이용했던 동물들이 얼마나 민감하며 지능이 높은지 깨달았기 때문이다.

　　　포경선의 선원들 중에도 작살을 맞은 고래가 익사하는 모습을 보고 자기 일에 환멸을 느끼는 사람들이 있다. 그럴 때 동료 고래들은 익사하는 친구를 도우며 때로는 선체에 돌진하기도 한다. 고래를 연구하는 사람들은 그와 정반대의 상황을 경험하기도 한다. 연구자들은 보잘것없는 고무보트를 타고도 이 상냥한 거대 동물들에게 접근할 수 있으며 만질 수도 있다. 고래들은 연구자들이 탄 배를 뒤집지 않으려고 매우 조심하며 그 밑을 헤엄친다.

　　　고양이를 비롯한 동물에게 감정이 있다는 사실을 부인하는 사람들은 자신의 감정 또한 부인하고 있을 가능성이 있다. 동물에게도 감정이 있다. 그것을 부인한다는 것은 우리와 동물 간의 유대를 부인하는 것이다. 그렇게 되면 우리는 공감을 그만두게 된다. 동물에게도 감정이 있다는 사실을 부인하는 과정에서 우리의 동물에 대한 감정도 없어지는데, 감정의 부재는 인간성의 부재이다.

　　　일부 임상 심리학자들은 갓 태어난 원숭이를 완전한 고립 상태에서 키우면서 인간 갓난아기의 분리 불안을 연구하기도 하고, 어떤 이는 개와 그 밖의 동물들에게 피할 수 없는 전기 충격을 준 뒤 이런 실험이 인간의 불안과 우울을 연구하는 데 유용한 기준이 된다고 주장하는 모순적인 행동을 한다. 그런 이들은 자기네 행동에 아무런 윤리적 잘못도 없다고 생각한다. 그리고 똑같은 자극을 받아도 동물은 인간만큼 괴로워하지 않는다고 한다. 또한 그런 동물 실험이 인간의 정서 문제를 이해하는 데 효과적이라고 주장한다. 동물의 감정이 우리와 비슷하지 않다면 그런 연구는 무의미할 터인데도 말이다.

고양이는 감정을 가질 뿐 아니라 인간과 매우 비슷한 정서적인 문제들을 겪는다. '분리 불안'은 동물 행동 치료사들이 고양이에게 가장 흔한 정서적 문제에 붙인 이름으로, 하루 종일 집에 혼자 남겨지는 고양이에게 나타난다. 전문가들이 동물에게도 감정이 있고 정서 문제가 있다고 인정한 덕분에 동물과 동물의 권리를 존중해야 한다는 인식이 커져 가고 있다.

동물원 동물들이 같은 우리에 살던 친구가 죽거나 친구와 분리되었을 때 우울해한다는 것은 이미 잘 알려진 현상이다. 그와 마찬가지로 고양이들도 사랑하는 주인이나 동물 친구가 죽으면, 혹은 주인이 휴가를 떠나 다른 곳에 맡겨졌을 때 우울해한다. 음식, 혹은 삶 자체에 대해 흥미를 잃곤 하는 것이다.(2장 참조)

🐾 🐾 🐾

이어질 내용에서는 동물 행동의 기본 양상을 다루고자 한다. 이를 통해 동물을 더 잘 이해하고 동물의 귀중함을 알게 되면 동물에게 더 공감할 수 있고 동물의 신뢰, 애정, 그리고 그들의 다채로운 재주와 능력이 우리에게 향할 것이다.

고통의 신호

아프거나 힘든 고양이라고 해서 언제나 급격한 행동 변화를 보이는 것은 아니다. 도망치기, 비명 지르기, 몸부림, 공격보다는 자기방어라고 보아야 할 '두려워서 물기' 같은 행동을 하지 않더라도 특정한 조합이나 맥락에 따라 고양이가 고통을 받고 있다는 명백한 신호가 될 수 있는 다소 모호한 반응들을 잘 살펴야 한다. 예를 들어 보자.

1. **자율 신경계의 변화** 자율 신경계, 즉 신체 기능의 항상성 또는 균형을 유지하려는 무의식적인 제어 체계는 신체적 혹은 정서적 고통에 영향을 받는다. 침 분비, 동공 확장, 심장 박동 수 증가(심계 항진), 호흡(개구 호흡), 체온 증가, 근육 경련(떨림)이나 근육 긴장, 털 세우기, 대소변, 항문샘 분비물 배출이 이에 포함된다.
2. **정상적이고 주기적인 자기 관리 행동에서 이탈** 밥이나 물을 먹지 않는다거나, 잠을 안 자거나 그루밍(털 고르기)을 하지 않는 등의 행동
3. **사회적 또는 그 밖의 행동의 이상** 이 경우 다른 고양이나 인간과 탐험, 놀이, 상호 작용 등을 하지 않을 수 있다.(수동적으로 행동하거나, 적극적으로 피하거나, 방어적인 공격성을 보일 수 있다.)
4. **비정상적인 행동** 음식을 거부하는 기간이 길어지는 거식증(몸무게 감소), 물을 지나치게 많이 마시는 다음증, 과도한 공격 또는 도피 반응, 지나친 그루밍(털 고르기), 대상이 전이된(또는 자신을 향한) 공격성, 자해, 반복적으로 왔다 갔다 하거나 원을 그리는 정형 행동, 질병에 대한 취약성의 증가 등이 이에 속한다.

전위 행동Displacement Behavior과 대상 전환 행동Redirected Actions

고양이와 인간을 비롯한 여러 동물이 갈등이나 불안 상황에서 갑자기 특정한

우울한 고양이는 조용한 곳을 찾고 혼자 있고 싶어 한다.
사진: 로빈 스콧

행동을 한다. 숙련된 관찰자에게 이것은 동물의 정서 상태를 명확하게 나타내 준다. 자기 몸을 할퀴거나 핥거나 털을 고르는 행동은 특히 쥐, 고양이, 유인원, 인간 등 다양한 포유류에서 흔하게 나타난다. 너무 일찍 젖을 떼서 충격을 받은 고양이는 종종 자기 꼬리나 발을 빨기도 하고 인간 친구의 손가락이나 팔, 귓불을 빨기도 한다. 이런 행동은 아이가 엄지손가락을 빠는 행동과 비슷한데, 스스로를 위로함으로써 불안을 줄이려는 행동이다. 그러나 강박증의 증상일 수도 있다. 낯선 상황에서 먹거나 마시는 등의 전위 행동은 고양이를 비롯한 여러 동물에서 관찰될 뿐 아니라 점잖은 칵테일파티나 피로연 등에서 관찰할 수 있는 흥미로운 인간 행동이기도 하다!

행복한 고양이는 등을 대고 누워 신뢰감을 보이고 취약한 부분을 드러낸다.

사진: 아야 기노시타

　어떤 동물은 두려움을 느낄 때 잠을 자는 척하는 전위 행동을 한다. 보호소에 있는 고양이들도 스트레스를 줄이기 위해 잠을 자는 척하곤 한다. 잘 모르는 사람의 눈에 이런 고양이는 아주 편안해 보일 뿐이다.

　때로는 전위 행동이 아니라 대상이 전환된 행동을 보일 수도 있다. 적의를 느끼는 상대를 공격하는 대신 친구를 공격하거나, 밥그릇 같은 물건을 공격하거나 자기 자신을 공격하는 자해 행위를 한다. 이러한 전이 행동은 인간을 비롯한 여러 다른 동물에서도 흔히 나타난다. 인간 남녀가 직장에서 힘든 하루를 보내고 난 뒤 아이들이나 배우자에게 화풀이를 하는 것이 그 보기이다.

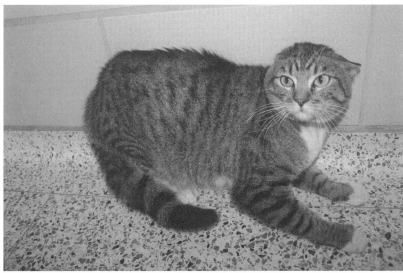

스트레스와 공포를 느끼는 고양이는 몸을 웅크리고 꼬리를 씰룩거리며 동공이 확대되어 있다. 갑자기 방어적으로 등을 구부리고 위협이나 공격을 가하는 척하다가 귀를 납작하게 접고 몸을 웅크린다.

사진: 마이클 폭스

정형 행동-Stereotyped Behaviors

동물원에 사는 동물이(특히 작은 우리에 갇힌 대형 고양잇과 동물이) 그리고 보호소나 사육장에 있는 집고양이가 우리 안을 왔다 갔다 하거나 빙 빙 도는 모습을 본 적이 있을 터이다. 이런 행동을 '정형 행동'이라고 하는데 동물이(혹은 인간이) 답답하거나 불안하거나 지나친 자극을 받았을 때, 또는 텅 빈 우리나 감옥 안에서 자극 없이 살아갈 때 생길 수 있다. 이런 움직임은 자기를 자극해서 감금된 상황에서 감각의 도피처를 마련해 줄 수 있다. 때로 는 자기를 위로하는 수단이 되기도 한다. 불안해하거나 흥분한 자폐아 혹은 조현병이 있는 성인이 몸을 앞뒤로 흔드는 행위, 엄지를 빠는 행동, 또는 두 팔 로 몸을 감싸고 '스스로에게 매달리는' 행위와 마찬가지이다.

정형 행동은 무언가가 잘못되었음을 뜻한다. 최신 연구들에 따르 면 이런 행동은 동물의 몸 안에 자연적으로 존재하는 진정 물질의 생산을 증 가시킨다. 그 덕분에 동물은 스트레스와 고통을 조절할 수 있지만 행동은 강 박적이고 중독적인 것이 된다.

내 반려동물을 행복하게 만드는 방법은?

이것은 2006년 영국수의학협회 동물복지재단(www.bva-awf.org.uk)에서 발 간한 안내 책자의 제목이다. 이 획기적인 출판물은 행복과 복지, 삶의 질이 동 물의 감정과 연관되어 있음을 인정한다. 내가 키우는 동물이 행복한지 알아 보기 위해 가장 먼저 할 일은 이른바 다섯 가지 자유를 누리고 있는지 확인하

는 것이다. 다섯 가지 자유는 신체적 건강뿐 아니라 정신적 건강도 고려하고
있다.

1. 배고픔과 목마름으로부터의 자유
2. 고통, 상처, 질병으로부터의 자유
3. 불편으로부터의 자유(예: 너무 낮거나 높은 체온, 불편한 바닥 표면 등으로부터
   의 자유)
4. 정상적인 행동을 나타낼 자유
5. 두려움과 고통으로부터의 자유

대부분의 사람들은 1번부터 3번까지의 행복 요건을 충족시키는 데에는 태만
하지 않다. 반려동물에게 적절한 물리적 보살핌과 의학적 치료를 필요한 대로
제공하고 있다. 그러나 4번과 5번은 동물 행동을 어느 정도 이해하지 않고는
제공하기 힘들다.

　　　4번과 5번이 지켜지고 있는지 불확실하다면, 내가 보살피는 동물의
삶에서 두려움과 고통으로부터의 자유, 정상적인 행동을 나타낼 자유(덧붙이자
면 부적절한 사육, 접촉 방식, 훈련을 통해 발현될 수 있는 비정상적인 행동으로부터의
자유)가 작용하는지 잘 모르겠다면 언제나 전문가의 조언을 구하기 바란다.

　　　동물의 행복과 삶의 질은 그 동물과 매일 보내는 시간과 깊은 연관
이 있다. 다양한 놀이, 털 빗어 주기, 안마하기처럼 동물이 좋아하는 활동을
같이 해 주고 사회적인 교류를 위해 같은 종의 다른 개체들과 인사하거나 함
께 살 수 있는 기회를 주는 것도 좋다.

인간에게 알리는 방법

동물은 괴롭거나 고통 받을 때 때로는 명백한 방식으로, 때로는 모호한 방식으로 우리에게 말을 한다. 어떤 고양이는 아플 때 관심을 끌기 위해 큰 소리로 야옹거리며 운다. 어떤 고양이는 조용하고 얌전해지며 증상을 숨기거나 성격이 변하는 것처럼 보이기도 한다. 짜증을 잘 내고 "하악!" 소리를 내기도 하며 심지어 손이 닿으면 물거나 할퀴기도 한다.

아프면 어디론가 사라져 혼자 있는 고양이도 있다. 자연적인 치유 과정이 진행될 수 있는 조용하고 안정된 장소를 찾는 것일 수 있다. 이런 행동이 아마도 고양이의 목숨이 아홉 개라는 미신을 낳았을 것이다. 죽음의 문턱에 이른 것처럼 보이는 고양이가 한동안 안 보이더니 다 나아서 돌아오는 일이 곧잘 있다. 그러나 이런 방식이 언제나 최선의 치유법은 아니며 이런 식으로 행동하는 동물은 언제든 수의사에게 데려가 진료를 받아야 한다. 수의사에게 데려가기 전에는 외출을 허락해서는 안 된다. 일단 밖으로 나가면 찾기 어려울 수도 있다. 어딘가 틀어박혀 은둔하는 이런 행동에서 아마도 아픈 고양이는 "때가 된 것을 알고" 홀로 죽으러 간다는 흔한 속설이 나왔을 것이다.

아프거나 의학적인 도움이 필요할 때 그 뜻을 잘 전달하는 고양이들도 있다. 뉴욕주 올드 채텀에 사는 엘리자베스 그레이스가 어느 길 잃은 고양이에 관해 쓴 편지를 내게 보내왔다. 이미 고양이 두 마리를 키우고 있던 엘리자베스네 현관 앞에 길고양이가 다리를 절며 나타나 농양이 있는 앞발을 들어 보였다고 한다.

"제가 한번도 만져 보지 못한 고양이였는데도 자기를 안아 들고 동물 병원에 가서 치료를 하게 내버려 두었습니다. 당연히 그 녀석은 우리 집 세 번째 고양이가 되었고 아직도 잘 살고 있습니다."

워싱턴시에 사는 엘런 보위는 편지에 이렇게 썼다.

"깊은 밤이었고 저는 잠들어 있었습니다. 먼치킨(엘렌의 고양이)이 침대 위로 뛰어올라 앞발로 제 팔을 붙잡고 제가 깨어날 때까지 저를 두드렸어요. 그리고 제 얼굴에 바짝 다가와서 길게 울부짖었습니다. 물론 뭔가 잘못된 것 같아서 일어났지요. …… 제 주의를 끄는 데 성공했다는 사실을 깨닫고 먼치킨은 침대 위를 돌아다니며 엉거주춤 앉는 동작을 했습니다. 마치 소변을 볼 수 없다고 알리는 것 같았습니다. 그래서 먼치킨을 응급실로 데려가려고 옷을 입는데 먼치킨이 복도를 이리저리 왔다 갔다 하는가 하면 제가 갈 준비를 마쳤는지 확인하러 방으로 자꾸 들어왔습니다. 먼치킨이 스스로 이동 장에 뛰어든 건 그때가 유일했지요. 결말은 행복했습니다. 응급실 수의사 선생님이 막힌 요도를 뚫어 주신 덕분입니다. 그 덕에 제가 자연식, 물, 보조 식품 등에 대해 많이 공부해서 이제는 먼치킨도 건강하게 잘 있답니다."

야생 동물도 때로는 고통이 심할 때 인간의 도움을 찾곤 한다. 한 가지 놀라운 사례로 얼굴과 주둥이, 가슴에 호저의 가시가 박혀 심한 감염으로 죽어 가던 스라소니가 크로스컨트리 스키를 타고 있던 두 사람에게 다가가 그 앞에 드러누운 일이 있다. 두 사람은 스라소니를 동물 병원으로 데려가 치료해 주고 나서 야생으로 돌려보냈다.

또 다른 사례도 있다. 어느 겨울날 병들고 굶주린 채 시골집 문간으로 찾아온 스라소니를 돌보았던 여성이 나에게 들려준 이야기이다. 그 여성은 스라소니가 힘과 건강을 되찾게 보살핀 뒤 야생으로 돌려보냈다. 몇 달 뒤 스라소니가 처음이자 마지막으로 여성의 집에 찾아왔는데 새끼 세 마리가 그 뒤를 따르고 있었다. 여성은 이렇게 말했다.

"마치 저한테 감사를 표하는 것 같았어요."

아내 디아나 크란츠와 내가 여러 해 동안 함께 운영했던 남인도의 동물 보호 구역에서도 우리는 몇 가지 놀라운 경험을 했다. 아픈 동물들이 제 발로 치료를 받으러 찾아온 경우가 두 번 있었다. 한번은 파리 유충 감염이 심각해서 산 채로 먹히고 있다시피 하던 물소가 찾아왔다. 개가 찾아오기도 했는데, 1마일도 더 떨어진 도로에서 차에 치인 뒤 척추와 골반이 부러진 채로 몸을 질질 끌고 왔다. 물소도 개도 그 전에는 우리 보호 구역에 가까이 온 적조차 없었지만 신기하게도 그곳에서 동물이 보살핌을 받고 치료를 받을 수 있다는 사실을 알고 있었다.

동물들 간의 교류

내가 운영하던 동물 보호 구역에는 온갖 동물이 3백 마리 이상 살고 있었는데 그 가운데 일부는 치료를 받기 위해 들어온 아프고 다친 동물들에게 깊은 관심을 보였다. 한 암소가 고아가 된 망아지를 돌보며 코를 들이대고 혀로 핥아 주는가 하면, 다친 새끼 사슴을 보살핀 개도 있었다. 체온을 나누어 주고 입을 대거나 핥아 주는가 하면 보호 구역에 살고 있는 다른 동물이 가까이 올 때마다 으르렁거리며 경고를 했다. 한 수컷 어른 원숭이는 버림받은 아기 원숭이를 두 팔에 안고 소리를 내며 어르기도 했다. 이러한 일들을 관찰하면서

나는 고양이에 대한 오래된 나의 믿음에 더욱 큰 확신을 가졌다. 반려 고양이
역시 집에서 적어도 한 마리 이상의 고양이와, 아니면 사이가 좋은 다른 동물
과 함께 살아야 행복하다는 믿음이다. 동물들은 서로에게 의지가 되고 서로
를 사랑으로 보살핀다. 평일에 긴 시간 집에 홀로 남겨진다면 더욱 그러하다.

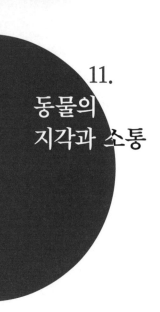

11.
동물의
지각과 소통

행동학 연구자들의 매우 흥미로운 연구가 최근 대중 언론에 소개되었다. 침팬지나 돌고래 같은 동물과 양방향으로 소통하려는 연구자들의 시도 끝에 인류가 지구상에서 지능을 가진 유일한 존재가 아님이 결정적으로 밝혀졌다. 이전의 가설들에서는 인간을 제외한 동물들에게 소통을 하려는 어떤 의식적인 의도도(또는 지각도) 없으며 인간만이 뚜렷한 목적을 가지고 소통을 한다고 주장해 왔다.

어떤 철학자들은 말로 된 언어가 없는 동물은 사유할 수 없다고 주장하기도 했다. 인간만이 감정과 의도를 전달할 언어적 수단이 있으므로 인간만이 사유할 수 있다는 생각이었다. 이것은 실로 터무니없이 인간 중심적인 시각이며 고양이를 키우는 사람이라면 분명 동의하지 않을 터이다. 그러나 이런 시각은 수십 년 동안 학계에서 우세했고 아마 이러한 태도가 오늘날 우리 사회에서 보이는 수많은 동물 학대를 낳았을 것이다.

고양이를 비롯한 동물들의 내적 정신세계가 잘 연구되지 않은 이유 가운데 하나는 동물의 인정을 받을 만큼, 그리고 사회적으로, 감정적으로 동물과 '하나'가 될 만큼 동물과 친밀한 관계를 구축한 연구자가 별로 없다는 것이다. 고양이를 키우는 사람들 중에는 고양이와 종간의 벽을 넘어서는 관계를 맺고 있는 사람들이 있다. 동물 행동학자들은 바로 이런 사람들을 좀 더 닮아야 할 것이다.

존 릴리 박사의 연구 대상인 돌고래들을 예로 들어 보자. 한 돌고래는 훈련사의 구두 명령을 듣고 그에 맞는 색깔의 공을 가지고 오는 법을 알지만 일부러 다른 색깔을 가지고 온다. 이 돌고래는 정반대의 순서로 공을 가지고 옴으로써 놀이, 혹은 실험의 방법을 알고 있음을 드러냈다. 이것은 장난감을 던져 달라고 발치에 두고 가는 고양이의 행동과도 비슷하다. 장난감을 던지면 고양이는 그것을 물고 오지만 동일한 양상을 반복하는 대신 갈수록 발치에서 먼 곳에 장난감을 놓는다. 이제 인간은 고양이를 위해 장난감을 가져와야 한다. 이 고양이는 놀이를 이해하고 있고 사실상 인간이 장난감을 가져오도록 역할을 바꾸고 있는 것이다.

신체 언어와 냄새, 소리

반려 고양이의 행동 양식을 흉내 내고 싶어 하거나 흉내 내려고 시도해 본 사람은 많지 않다. 그러나 고양이들만의 의사 전달 신호에 익숙해진다면 생각보다 어렵지 않다. 그에 대한 자세한 설명은 나의 책 『우리 고양이 이해하기』[1]에 담겨 있다. 고양이들의 신호를 흉내 내 본다면 사람에게는, 특히 어린이에게 는 일종의 깨달음 같은 것이 올 수 있고 때로는 동물도 마찬가지 깨달음을 얻을 수 있다. 사람이 갑자기 고양이의 '언어'로 의사 전달을 하고 의식적으로 종 간의 벽을 부수려고 시도하는 일은 동물들의 반응으로 미루어 봤을 때 매우 보람 있는 경험이다.

고양이는 우리 목소리의 높낮이뿐 아니라 우리의 신체 언어에 반 응한다. 눈을 절반쯤 감고 기지개를 편다거나 하품을 하는 행동은 고양이들 사이에서, 혹은 고양이와 인간 사이에서 긴장 완화의 의미를 가진다. 옆구리 를 바닥에 대고 눕는 행동은 가까이 오거나 쓰다듬거나 놀아 달라는 고양이 의 신호와 흡사하다. 팔다리로 바닥을 짚은 채 고양이와 눈을 마주치면서 머 리를 갸웃거리다가 한 손을 가볍게 고양이를 향해 흔든다면 함께 놀자는 신 호를 보낼 수 있다. 손가락을 뻗어 고양이의 코를 가볍게 건드리는 행동은 고 양이가 다른 고양이와 나누는 코 인사와 비슷하게 느껴질 수 있을 것이다. 이 리저리 몸을 피하는 행동이나 벽, 소파 뒤에서 하는 까꿍 놀이는 술래잡기로 이어질 수 있다. 사람을 비롯해 다양한 동물 종이 술래잡기를 한다.(다른 동물 도 비슷한 방식으로 놀이를 하자는 요청이나 의사를 전달한다.)

사람과 마찬가지로 동물들도 서로 다른 맥락에서 동일한 의사 전 달 신호를 보낸다. 그 신호를 주고받는 주체는 공유된 사회적 맥락을 이해하기 때문에 서로 오해하지 않는다. 물론 오해할 때가 없는 것은 아니다. 예컨대 직

---

[1] Michael W. Fox, *Understanding Your Cat* (New York: St. Martin's Press, 1992).

에든버러의 그레이프라이어 교회 묘지에 살고 있는 길고양이들. 아마도 형제일 것으로 보이는 친밀한 고양이들이 코와 머리를 맞대고 인사하고 있다. 검은 고양이는 시선을 피하며 살금살금 지나가 보지만 곧 가로막힌다. 가로막은 고양이가 눈을 맞추고 응시하자 얼음처럼 굳어 버린 검은 고양이는 결국 공격을 받고 쫓겨난다.

사진: 마이클 폭스

11. 동물의 지각과 소통

함께 눕는 행동은 앞발로 놀이를 하자는 신호이다.
사진: 아야 기노시타

접적인 눈 맞춤은 위협적일 수 있다. 그러나 인간의 경우 시선을 피하는 행동은 어떤 맥락에서는 복종의 신호일 수도 있고 어떤 맥락에서는 사회적 우위에 있는 사람이 아랫사람을 매정하게 차단하는 행동일 수도 있다. 또 다른 맥락에서는 성적으로 유혹하는 행동일 수 있다. 고양이는 눈 맞춤에 매우 민감하다. 고개를 돌려 한 방향을 잠깐 바라보았다가 다시 돌아보는 행동은 "저기 좀봐", "따라와", 또는 "밥그릇이 비었어" 등의 의미일 수 있다. 인간이 이러한 미세한 비언어적 신호를 이해하지 못하고 고양이 언어로 대화하지 못한다면 고양이는 몹시 답답해하며 인간이 매우 바보 같다고 생각할 게 분명하다.

　　동물 역시 다양한 맥락에서 '동일한' 신호를 사용하고 그 의미는

두 고양이가 코 인사를 나누
듯 고양이가 처음 보는 사람
과 손가락 코 인사를 나누고
있다.

사진: 마이클 폭스

11. 동물의 지각과 소통

맥락에 따라 달라진다. 좋은 예로는 으르렁거리거나 울부짖는 소리, "하악!" 소리가 있다. 어떤 맥락에서 이런 소리는 위협이고 다른 맥락에서는 경고이며 장난스러운 싸움 도중에는 위협을 가장한 소리일 뿐이다. 이것은 동물의 자기 인식, 그리고 타자에 대한 인식이 인간 회의론자가 생각하는 것보다 훨씬 더 발달해 있고 섬세하다는 것을 뜻한다.

그러나 같은 맥락을 공유하고 있지 않거나 기대치가 달라서 나의 신호가 잘못 전달될 때가 있다. 예를 들자면 친근함을 나타내는 웃음소리나 미소가 약을 올리는 웃음 혹은 조소로 받아들여질 수 있다. 탄복의 눈빛은 무례한 응시나 성적 유혹으로 오해받을 수 있다. 상대방에게 과대망상적 성향 또는 정신 질환이 있다면 특히 문제가 될 수 있다. 동물의 경우에도 마찬가지이다. 동물들도 맥락과 신호를 연결해서 인지하기 때문에 서로를 오해할 수 있다. 장난을 치고 싶어 안달이 난 어린 고양이가 허리를 활처럼 구부리고 꼬리를 부풀린다면 우리 사람이나 낯선 고양이에게는 싸울 준비를 하는 것으로 보일 수 있다. 호기심 많은 사람이 친근한 마음에서 눈을 맞춘다고 해도(특히 피부가 검어서 흰자위가 돋보이는 사람이라면) 고양이는 이를 위협으로 인지하고 두려워할 수 있다.

아이들의 큰 목소리, 정신없는 움직임, 빠르고 예측할 수 없는 행동에 익숙하지 않은 고양이라면 겁을 먹고 두려워하며 도망갈 것이다. 아이들의 행동을 위협으로 해석하기 때문일 터이다. 그래서 어린아이들에게 동물에 신경 쓰는 법, 목소리를 낮추고 천천히 조심스럽게 움직임으로써 동물을 존중하는 법을 가르치는 일이 중요하다고 나는 굳게 믿고 있다.

나는 여러 고양이 보호자들로부터 특히 흥미로운 '오해'에 대해 전해 들었다. 고양이들이 재채기 소리에 특이하게 반응한다는 내용이었다. 누군가 재채기를 하면 늘 야옹거리는 고양이가 있는가 하면 길게 울부짖는 고양이, '채터링(chattering: 이를 맞부딪치며 이상한 소리를 내는 것—옮긴이)'을 하는 고양이도 있었다. 자리를 뜨거나 털을 부풀리거나 코를 찡그리거나 캑캑거리거나 몸을 뒤집는 고양이도 있었다. 어떤 고양이는 동거인이 하품을 할 때마다 하품을 했다.

동물이나 인간이 주어진 사회적 맥락에서 동일한 개념적 공간을 공유하지 않으면 신호는 모호해지고 오해가 생긴다. 이것 역시 동물에게 지능과 지각이 있으며 동물이 우리의 행동을 따라하거나 흉내 낼 수 있음을 방증한다.

향수는 모호한 신호를 보낼 수 있다. 후각이 예민한 동물들에게는 특히 그렇다. 예컨대 고양이들은 반려인이 얼굴이나 몸에 바르는 로션이나 특정한 향수에 대해 불편한 기색을 역력하게 나타내기도 하고 심지어 성적으로 흥분하기도 한다. 반려인이 고양이에게 사실상 어떤 신호를 보내고 있는지 정확히 알 방법은 없다. 반려인이 특정한 고급 프랑스제 향수를 발랐을 때 병적으로 겁을 내거나 공격적으로 나오는 고양이도 있는데, 사향고양이의 항문샘에서 채취한 사향이 실제로 들어 있기 때문이다!

흥미롭게도 고양이는 털이 복슬복슬한 관자놀이와 두 뺨, 턱, 입술, 그리고 꼬리에 향을 내는 부위가 있는데 그 정확한 기능은 아직 확인되지 않았다. 고양이의 체취는 사회적 행동이나 영역과 관련된 행동에서 특정한 역할을 하는 것으로 추측된다. 고양이가 신체의 이러한 부분들을 다른 고양이에게 갖다 대거나 집 안의 다양한 물건들에 문지르곤 하기 때문이다.

프랑스의 과학자들은 고양이의 피부에 있는 냄새 분비선, 그리고

고양이들이 숨바꼭질과 매복 놀이를 하고 있다.
사진: 로빈 스콧

경계심을 가진 자신만만한 고양이의 전형적인 표정(위)과, 순종적이고 친근한 고양이의 지그시 눈 감은 표정(아래)

사진: 마이클 폭스

젖이 나오는 개의 가슴 피부에서 페로몬을 추출했고, 다른 고양이와 개들에게 각각 향기를 맡게 하면 행동 문제가 줄어든다는 사실을 알아냈다. 특히 외로움과 분리 불안과 관련된 문제들이 줄어들었다. 그러나 편안하지만 실체가 없는 유령 같은 냄새보다는 다른 동물을 곁에 있게 해 주는 편이 낫지 않을까?

우리 고양이들이 어떻게 행동하는지 지켜본다면 우리는 고양이 말, 고양이 언어의 기본을 배울 수 있다. 고양이를 쓰다듬는 행동은 고양이들이 서로를 핥아 주는 행위와 비슷하다. 장난스럽게(그러나 가볍게) 고양이의 머리를 건드린다거나 꼬리를 잡는 척하는 행동은(특히 고양이가 장난스럽게 꼬리를 흔들고 있다면) 고양이들의 놀이 행동과도 비슷하다. 우리가 이러한 고양이 특유의 행동과 신호를 흉내 내는 것은, 그것이 우리 인간 행동의 일부이기도 하며 고양이가 적절하고 효과적인 신호를 특히 선호하는 방식으로 그 신호를 우리에게 '가르치기' 때문(즉, 우리의 행동을 형성하고 강화하기 때문)이기도 하다.

추가적인 증거 자료를 제시할 필요도 없이 여기까지만 보아도 동물에게 매우 세련된 지각이 있고 틀림없이 우리가 생각하는 것보다 훨씬 더 높은 수준의 의식이 있음은 명백하다. 동물에게는 그들만의 '언어'가 있고 일부 요소는 인간을 비롯한 다른 종과 공유할 수 있다. 동물은 학습할 수도 있다. 다양한 종이 공존하는 가정에서 나타나듯이 다른 종의 의사소통 방법을 흉내 내기도 한다. 예컨대 개나 애완 토끼와 관계 맺는 법을 터득한 고양이를 관찰하는 일은 아주 흥미롭다.

동물의 신호에 대해 더 예민해진다면 사람과의 관계에서 나타나는 미묘한 의사 전달 방식들을 더 깊이 이해하게 될 것이다. 말을 주고받을 때 어깨에 힘을 주는 행동이나 초조함 때문에 침을 삼키는 행동, 주먹을 꼭 쥐거나 자기를 끌어안는 행동, 자세 바꾸기, 시선 처리, 과장된 몸짓 등이 더 명확하게 다가올 터이고 그로써 공감을 통한 이해가 이루어지고 개인 간에 더 효과적인 관계가 형성될 수 있다.

인간이 종간의 장벽을 무너뜨리고 반려동물의 행동을 관찰하고 흉내 냄으로써 동물과 더 효과적으로 소통할 시기가 이제 무르익었다. 우리와 함께 사는 동물들은 너무 오랫동안 인간의 미묘한 메시지, 신호, 그리고 직접적인 명령을 배우며 살았다. 이제 공평하게 양방향으로 소통을 하자. 그러면 영적인 교감도 가능하지 않을까?

고양이 말 이해하기

고양이의 감정과 생각을 드러내는 신호들을 알아보는 것이 중요하다. 예컨대 붙임성 좋은 개는 친밀함을 표현하기 위해 무릎 위로 기어오르고 얼굴을 핥지만, 고양이는 두세 걸음 떨어진 자리에 가만히 앉아 있을 뿐이다. 개에게 말을 걸면 개는 곁으로 다가오지만 고양이는 먼발치에서 바라보다가 귀나 꼬리를 털고 눈을 감을 터이다. 이것을 보고 고양이가 게으르거나 쌀쌀맞거나 무관심하다고 해석해서는 안 된다. 정반대의 의미를 가진 행동이기 때문이다. 고양이만의 방식으로 "네 곁에 있는 게 편안해"라고 말하고 있으며 편안한 몸짓을 과장해서 나타내는 것이다. 한쪽으로 몸을 누이는 놀이와 구애 행동 역시 그와 비슷하게 편안함을 나타내는 행동이다. 고양이들은 복종심을 드러낼 때 개와 달리 배를 보이지 않는다. 그러는 대신에 가만히 웅크리고 앉아 시선을 피한다.

위계질서의 표현

눈을 맞추거나 피하는 행동은 고양이 간 소통에서 빠질 수 없는 부분이다. 우위에 있는 고양이는 눈을 맞추고 복종하는 고양이는 시선을 피한다. 고양이를 말로 훈련시킬 때에는 눈을 응시함으로써 권위를 주장하면 좋다. 나는 이것을 '페이스오프(대결)'라고 부르는데, 이것은 여러 종에 걸쳐 나타나는 의사 전달 신호로서 우위에 있는 고양이의 시선은 상대를 뚫고 나가다시피 해서 저 너머를 향한다. 이 고양이의 시야에 들어오는 고양이는 거의 반드시 움츠리며 직접적인 눈 맞춤을 피한다.

두려운 고양이는 동공이 커지지만, 우위에 있고 공격적인 고양이의 동공은 작다. 우위를 점하는 고양이는 대체로 매우 '냉정하게' 행동하고 핼러윈 고양이 장식처럼 등을 잔뜩 구부리거나 털을 부풀리지 않는다. 눈을 상대편에게 고정한 채 천천히 걸으며 때로는 낮은 소리로 으르렁거리며 꼬리를 후려치듯 움직인다. 겁이 난 고양이는 등과 꼬리를 구부려 몸집을 더 크게 보이도록 만든다. "하악!" 소리를 내기도 하고 겁이 아주 많이 나면 비명을 지르기도 한다.

애정 표현

고양이가 인간에게 친근감과 애정을 표현하기 위해 보내는 신호는 고양이끼리 보내는 신호와 같다. 꼬리를 꼿꼿이 세우고 접근하는 신호는 새끼 때부터 배운다. 엄마 고양이가 뒤를 깨끗하게 해줄 수 있도록 꼬리를 드는 행동과 연

다양한 감정 및 의욕 상태를 보여 주는 자세들. (a-b-c): 점점 공격적이 되어 감. (a-d-e): 점점 방어적/복종적이 되어 감. (a-f-g): 점점 강렬한 방어 자세를 드러냄.

다양한 감정에 따른 표정. 귀 모양과 동공의 크기에 주목하자. (a): 경계하고 있다. (b-c): 두려움/염려가 늘어나고 있다. (d): 모호한 공격 방어 표정으로 e, f로 갈수록 점점 더 방어적인 위협을 나타낸다.

관이 있을 터이다. 털을 쓰다듬으면 엉덩이를 치켜드는 행동도 그로부터 왔을 수 있으며 성적인 행동으로 해석되어서는 안 된다.

우호적인 고양이는 다른 고양이와 코를 맞대거나 인간 친구 또는 가까운 물건에 입술과 머리를 비벼 댄다. 이런 행동을 통해 인간이나 고양이 친구에게 입술, 턱, 관자놀이(두 귀의 앞쪽에 있는 부분)의 특수 분비선에서 나오는 냄새를 묻히는 것이다. 이 냄새는 보통 인간의 코로는 맡을 수 없지만 친밀한 고양이들은 이런 방식으로 서로에게 표시를 남긴다. 익숙한 냄새를 공유하는 행위는 사회적 소속감을 유지하는 데 중요한 역할을 한다. 고양이가 가구에 꼬리를 문지르는 것은 꼬리에도 냄새 분비선이 있기 때문이다. 이 분비

꼬리를 세우고 다가가서 머리를 문지르고, 코를 가져다 댄 다음에 앞발로 기어오르는 고양이의 은근한 인사 방식
사진: 마이클 폭스

PART 02 고양이 몸, 고양이 마음

아기 고양이가 놀자는 뜻으
로 드러누워 응시한다. 어른
고양이도 옆으로 벌러덩 누워
싸움 놀이에 응한다.

사진: 로빈 스콧

선은 입술, 머리에 있는 냄새 분비선과 함께, 고양이가 뚜렷하게 표시된 영역 안에서 편안한 느낌을 가지게 해 준다.

우호적인 고양이는 사람이나 동물 친구에게 냄새를 묻힌 뒤 대개 는 사회적 그루밍을 시작할 것이다. 고양이가 주인을 그토록 핥는 이유가 여기에 있다. 털을 고르면서 그르렁거리는 행동은 '함께 있자'는 신호이다. 그러므로 우리는 고양이가 핥으며 그르렁거릴 때 털을 쓰다듬어 주어야 한다. 항상 털이 난 방향으로 쓰다듬어 주고 부드러운 목소리로 말을 건네자.

고양이의 장난기

많은 고양이들이 밤이 되면 흥분한다. 더 많이 움직이고 더 많이 장난을 치며 가만히 있지를 못한다. 이것은 생물학적 주기에 따른 정상적인 행동으로, 야간 사냥을 비롯한 야행성 활동과 관계가 있다. 이 시간은 인간이 고양이와 놀아 주기 아주 좋은 시간이다.

고양이와 놀기

놀이할 준비가 된 고양이는 종종 사람 곁으로 와서 갑자기 한쪽으로 벌러덩 드러눕는다. 이 행동은 사람에게(또는 다른 고양이 친구에게) 와서 놀자고 청하는 행동이다. 다가가서 장난스럽게 치고받거나 끈에 장난감을 매달아 고양이 위로 흔들어도 좋다. 고양이는 이 장난감과 싸우고, 그것을 붙잡아 '죽이는' 시늉을 할 것이다. 또한 뒤집힌 U 자 모양으로 꼬리를 구부릴 것이다. 나를 잡

고양이들은 나이에 상관없이 장난감과 놀이를 즐긴다. 다 큰 고양이가 장난감 쥐를 '죽이고' 있다.

사진: 아야 기노시타

새끼 고양이가 '먹잇감'을 물고 상자 '동굴'을 나선다.

사진: 로빈 스콧

아 보라는 의미의 행동이다. 고양이들은 주로 늦은 밤에 그런 식으로 광기 어린 '우다다'를 한다.

모든 새끼 고양이는, 그리고 일부 다 큰 고양이도 놀이를 하면서 '헛것'을 본다. 마치 무언가가 쫓아오는 듯이 털을 세우고 "하악!" 소리를 내면서 허겁지겁 달려가거나 아무것도 없는데 마치 있는 것처럼 뛰어올라 앞발로 붙잡으려 든다. 이런 기이한 행동은 고양이에게 풍부한 상상력이 있음을 보여 준다.

고양이들이 가구 뒤에 숨어 있다가 펄쩍 뛰어 사람의 발목을 공격하는 행동은 고양이만의 먹이 잡기 놀이에 속한다. 할퀴지 않는다면 훈육할 필요는 없다. 캣닙catnip, catmint(개박하)으로 채운 '쥐돌이', 또는 짧은 막대에 줄을 달고 거기에 양말을 묶는다든가 해서 만든 그 밖의 적당한 장난감은 인간의 발목 대신으로 쓰기에 좋다.

엄마 고양이는 꼬리 끝을 움찔거리며 새끼들이 꼬리를 공격하면서 놀도록 유도한다. 우리도 손가락을 바닥, 이불 밑, 혹은 소파 가장자리에 놓고 꿈틀거리며 이를 흉내 내 볼 수 있다.

물건을 가져오는 고양이는 거의 없지만(샴고양이는 물론 중요한 예외이다) 긴 신발 끈이나 캣닙을 채운 양말 따위를 생쥐처럼 움직이게 만들면 고양이는 대체로 그것들을 쫓아서 붙잡고 '죽이는' 것을 좋아한다. 양말이나 구긴 종이 같은 장난감을 물고 돌아다니는 것도 좋아한다. 씹었을 때 쪼개지거나 삼킬 수 있는 장난감이어서는 안 된다.

놀이는 즐겁기도 하지만 육체적, 정신적으로도 유익한 활동으로 참여자들 사이에 튼튼한 사회적, 감정적 유대감을 형성하고 유지시켜 준다. 고양이와 놀아 주는 사람은 새끼 때부터 노년에 이르기까지 행복하고 기민한 반려동물과 살 수 있을 터이다. 반려동물들은 서로 노는 것 또한 좋아하고 이를 지켜보는 일도 재미가 있다. 한배에서 태어난 새끼 고양이 두 마리를 함께 입양하는 것도 좋다. 평생을 서로 잘 어울리며 서로에게 좋은 친구가 되어 줄 가능성이 크기 때문이다.

꼬리 놀이

갯과와 고양잇과 동물들 모두에게 있는 꼬리는 상당히 진화하고 생물학적 적응성이 높은 신체 부위로 의사나 의도의 표현, 소통을 가능하게 한다. 나는 한때 북극여우 두 마리가 노는 모습을 관찰한 적이 있다. 툰드라의 혹독한 겨울밤, 여우들이 체온 유지를 위해 얼굴을 파묻는 북실북실하고 탐스러운 꼬리는 놀이 싸움에서 아주 큰 역할을 하고 있었다. 여우들의 '접촉' 스포츠는 일종의 의례적 춤 같았다. 여우들은 서로 쫓고, 씨름하고, 뛰어오르고, 물기도 했고 입을 크게 벌리거나 침이 끓는 소리를 내며 울부짖는가 하면 가쁜 숨을 몰아쉬거나 웃음을 짓거나 고개를 끄덕였다. 그러는 동안 꼬리는 꼿꼿이 서 있거나 등 위로 구부러져 있었다.

한 마리가 상대편에게 다가가다가 마지막 순간에 몸을 비틀어 꼬리로 얼굴을 휙 건드리기도 했다. 꼬리를 잡으라는 신호이다. 그러고 난 다음에야 도망을 치고, 여우는 꼬리를 잡으려는 짝꿍과 함께 밀고 당기며 씨름을 한다. 두 여우는 차례로 서로의 꼬리를 놀잇감으로 삼는다. 이것은 사회적인 도구 사용의 사례로, 꼬리는 여우들로 하여금 재미있는 오락 시간을 갖게 하는 기폭제 역할을 한다. 엄마 고양이 역시 꼬리를 움찔거리며 새끼들의 반응을 유도하고 새끼들이 꼬리를 공격하게끔 약을 올린다. 아마도 새끼 고양이들의 사냥 본능을 자극하고 자제력을 키워 주기 위해서일 터이다. 너무 세게 물면 엄마한테 혼이 나기 때문이다!

고양이가 노는 모습을 처음 보는 사람들은 고양이들이 공격적으로 행동하고 있다고 생각한다. 우리 집과 두 고양이를 봐주러 왔던 한 학생이 내게 황급히 전화를 해서 두 고양이가 매일 밤 싸우는데 어떻게 하면 좋겠느냐고 물은 적이 있다. 학생이 고양이들의 행동을 설명하자 나는 두 고양이가 원래 밤마다 광기 어린 '우다다'를 하며 장난을 친다고 학생을 안심시켰다. 두 고양이는 서로에게 몰래 다가가거나 숨거나 매복을 하거나 가구 위, 아래, 주변을 신들린 듯 뛰어다니다가 싸우는 시늉을 하며 서로 붙잡고 물고 할퀴고 으르렁대고 울부짖곤 했다. 그러나 단 한 번도 서로에게 상처를 입힌 적이 없었다.

지적 사고력과 통찰

동물에게 인간의 감정뿐 아니라 통찰력, 추리력, 선견지명 등의 흔적도 없다고 믿는 사람들은 고양이와 개의 그런 능력을 보여 주는 다음 사례들을 보면 무지와 편견을 버리게 될 것이다.

● 통찰력 고양이가 소파 밑에서 제일 좋아하는 장난감을 발견하지만 발이 닿지 않는다. 그러다 소파 반대쪽 끝에서 장난감에 달린 줄을 발견한다. 고양이는 발톱으로 줄을 붙잡아 재빨리 장난감을 꺼낸다.
● 추리력 고양이가 주인이 자동 캔 따개의 손잡이를 누르는 모습을 지켜본다.

고양이는 인간과 노는 것을 좋아한다. 특히 먹잇감과 비슷한 장난감을 쫓기 좋아한다. 놀이는
유대를 강화하는 효과가 있다.

사진: 마이클 폭스

그 후 배가 고프면 손잡이를 눌러 그 따개를 작동시킴으로써 밥때가 되었음을 알린다.

● 선견지명 이동 장을 거실로 가지고 들어오면 고양이는 재빨리 몸을 숨긴다. 1년 동안 본 적 없는 이동 장인데도 연례 정기 검진을 위해 수의사를 방문할 때가 되었음을 정확히 예상하고 있는 것이다.

한 농부가 길든 코요테 한 마리를 긴 쇠줄에 묶어 개집에서 키우고 있었다. 코요테는 쇠줄에 묶여 피해를 줄 수 없었다. 그런데 얼마간 시간이 지나고 닭들이 이유 없이 사라지기 시작했고 농부는 의심을 하기 시작했다. 결국 농부는 헛간 근처에 몸을 숨기고 관찰한 끝에 코요테가 자기의 먹이, 그리고 저장되어 있던 옥수수자루를 가져다가 쇠줄 끝에 늘어놓는 모습을 목격했다. 그런 뒤 코요테는 개집으로 돌아가 거기 숨어서 먹잇감을 기다렸다. 미끼를 이용해 먹이를 유혹하는 어떤 인간 사냥꾼에게도 뒤지지 않는 논리적 통찰력을 보여 준 것이다.

작가이자 자연주의자인 호프 라이든이 나에게 낚시를 하는 스라소니 사진을 준 적이 있다. 스라소니는 물가에 웅크리고 앉아 앞발로 가볍게 수면을 건드려 잔잔한 물결을 일으키고 있었다. 물에 사는 곤충의 움직임을 모방함으로써 사냥 반경 안으로 물고기를 유인하고 있었던 것이다.

동물도 우리처럼 가만히 앉아 궁리를 하거나 고민을 할까? 동물은 말을 할 수 없으므로 그것은 알기 힘들다. 하지만 고양이가 때때로 불안해하거나 무언가를 두려워한다는 사실은 명백하다. 악몽도 꾼다. 다른 동물의 공격을 받았다거나 동물 병원에서 힘든 치료를 받았다거나 하는 특별히 충격적인 날에는 꿈속에서 울거나 달음박질을 치기도 한다.

놀이에서 오는 통찰

아동 심리학자들은 인형이나 다른 장난감들을 가지고 노는 아이들을 관찰함으로써 아이들의 감정 상태, 상상력, 창의력에 관해 많은 것들을 알게 되었다. 그와 마찬가지로, 고양이가 다양한 장난감을 가지고 노는 모습을 관찰하면 고양이의 정신세계에 대해 비슷한 통찰을 얻을 수 있다. 다음의 사례들을 나름대로 해석해 본 다음, 그 밑에 있는 나의 해석과 비교해 보기 바란다.

1. 고양이가 양말이나 다른 장난감을 들고 큰 소리로 야옹대며 온 집 안을 돌아다니다가 그것을 옷장 안에 '숨긴다'.
2. 발정이 끝난 지 몇 주 된 고양이가 푹신한 슬리퍼나 장난감을 입양한 뒤 매우 방어적이 되고 심지어 그것과 함께 잠을 잔다.
3. 손님이 오면 모든 장난감을 꺼내 와 그것을 열심히 씹고, 빨고, 주무르지만 손님이 접근하면 방어적으로 으르렁거린다.
4. 양말이나 다른 장난감을 가져와서 발치에 또는 무릎 위에 놓은 다음 가 버린다. 장난감을 도로 물고 오거나 '사냥해서 죽일 테니' 던져 달라는 의미는 아니다.
5. 제일 좋아하는 장난감을 가져다가 집에 온 손님의 무릎이나 곁에 둔 다음 기대하는 표정으로 손님을 바라본다.

나의 해석은 아래와 같다.

1. 고양이가 새끼 고양이를 물어 나른다는 '상상'에 빠져 있다.
2. 상상 임신을 했고, 슬리퍼나 장난감은 새끼 고양이의 대체물이다.
3. 불안을 느끼고 있으며 손님에게 가는 관심을 질투하고 있을 수 있다. 또는 두려워서 장난감으로부터 위안을 얻으려 하고 있다.
4. 선물을 주는 행동이다. 새끼 고양이에게 음식(먹잇감)을 가져다주는 행위와 크게 다르지 않다.
5. 손님 접대를 하고 놀이와 관심을 요구하면서 친구가 되려고 하고 있다.

우리가 놀이를 하고 있는 고양이를 관찰할수록, 그리고 함께 놀면서 적절한 (그리고 안전한) 장난감을 제공할수록 고양이는 우리와 더 잘 소통할 수 있고 우리는 비로소 말의 장벽을 넘어 고양이의 정신세계에 대해 배울 수 있다. 고양이와 가까운 관계를 형성하고 싶은 사람이라면 누구든 유대를 강화하는 놀이의 중요한 기능을(함께 놀 수 있는 동물은 관계를 유지할 수 있다) 명심해야 한다. 어릴 때부터 규칙적인 놀이 시간은 규칙적인 식사, 털 고르기, 운동 시간만큼 중요하다. 놀이를 통해 동물들은 상냥해지는 법을 배우고, 자제력을 키우고, 싸움, 먹이 쫓기, 사냥 등의 맥락과 연관된 다양한 행위를 갈고 닦는다. 또한 사회적 놀이나 장난감을 이용하는 놀이를 하는 동안 유머 감각, 창의력, 상상력을 발휘할 수 있다. 쫓고 쫓기는 행동, 숨거나 매복 공격을 하는 행동이나 물리적 접촉에서 기쁨을 느끼기도 한다.

도널드 그리핀 교수는 논란이 적지 않은 책『동물은 무엇을 생각하는가』(안신숙 옮김, 정신세계사)[2]에서 이렇게 말하고 있다.

"행동학자들은 동물에게 심리 상태나 주관적 속성이 있다는 생각만 해도 몹시 불편해지는 지경에 이르렀다. 동물이 우리의 과학적 담론에 끼어들면 우리는 대체로 주저하게 되고 두려움, 고통, 기쁨 같은 말을 동물에게 적용하는 자신을 발견하는 순간 인용 부호라는 체면을 위한 담요 아래 우리의 환원주의적 자아를 숨긴다."

동물이 고통, 두려움, 불안, 만족, 기쁨을 느낀다는 사실을 의심하는 것은 인간 의식의 존재 자체를 의심하는 것이나 마찬가지이다. 가장 최근까지 진화를 거듭해 온 우리의 친척 동물들, 즉 육식 동물과 영장류가 인간과 비슷한 기쁨, 우울, 죄의식, 후회, 사랑 등을 느낄 수 있다는 가능성을 부인하는 행위는 독자가, 내가 그런 느낌을 가질 가능성을 부인하는 행위만큼이나 비논리적이다.

다음 장에서 우리는 고양이의 행동과 소통에 대해 좀 더 깊게 알아볼 것이며, 그 과정에서 고양이 언어에 대한 이해도를 한층 더 향상시킬 수 있을 터이다. 또한 얼마간의 지식만 있으면 쉽게 고치거나 예방할 수 있는 행동 장애와 다양한 심리적 질병에 대해 알아볼 것이다.

---

[2] Donald Griffin, *The Question of Animal Awareness* (New York: Rockefeller University Press, 1981).

12.
행동과 의사소통 문제
교정하기

인간 가정의 핵심적인 구성원이 되는 과정에서 고양이들은 기초적인 사회적, 감정적 요구를 더 잘 전달하기 위해 행동을 변형하기도 하고 다양한 행동을 습득하기도 한다. 그 과정에서 고양이들은 인간에게 훈련을 받는 만큼, 때로는 그보다 더 많이, 인간을 '훈련시킨다'. 많은 고양이들이 반려인에게 밥 먹을 시간, 일어날 시간, 놀이할 시간을 가르쳐 왔다.

유전자 그리고 새끼 때 환경의 상호 작용에 의해 고양이들은 다양한 기질을 갖게 된다. 그리고 그런 기질이 다시 학습, 그리고 사회적 관계와 상호 작용하면서 뚜렷한 성격을 형성한다.

어떤 이는 너무 공격적이거나 두려움이 많아서 길들이기 불가능한 야생 고양이는 없다고 말한다. 그리고 고양이의 성격 형성에는 주로 인간이 큰 영향을 준다고 말한다.

그러나 유전적인 요소가 기질에 영향을 끼치며 우리와 고양이 사이에 형성되는 유대의 질을 결정하는 것은 분명하다. 심지어 매우 중요하고 민감한 초기 발달기에 아무리 많은 사랑과 이해심이 주어져도 그 고양이는 어울리지 못하거나 삶을 즐기지 못하는 것처럼 보일 수 있다. 이것은 일부 아이들의 경우에도 마찬가지이다.

성가시기는 해도 심각하지는 않은, 고양이의 자연스러운 행동들

고양이들의 일부 정상적이고 본능적인 행동이 주인에게 걱정거리가 되기도 한다. 중성화가 안 된 암고양이가(특히 샴고양이가) 구르거나 몸을 비비고 자기 몸을 핥거나 우는 행동을 보이면 종종 히스테리를 부린다고 잘못 해석하곤 한다. 그러나 실은 이런 행동은 성적 흥분 상태를 나타낸다. 발정이 시작된 고양이가 이를 해소하지 못해서 짝을 구할 때 하듯 구르고 몸을 비비는 것이며, 때로는 집 안에 있는 인간이 대상이 되기도 하는 것이다.

소변의 경우 영역을 표시하기 위해 사용하기도 하는데, 수컷들은 특히 소유권을 설정하고 주장하기 위해 특정한 물건에 소변을 뿌린다. 이런 행동이 실내에서 나타난다면 그 고양이는 정서적으로 불안하고 더 많은 관심이 필요한 상태일 수 있다.(예를 들자면 손님이 방문한다든지, 새로운 사람이나 동물이 가족 구성원으로 들어왔다든지 하는 상황이 원인일 수 있다.) 그게 아니라면 고양이는 욕구 불만이거나 관심을 원하거나 바깥의 고양이로 인해 심기가 불편한 상태일 수 있다. 단지 의욕이 넘치는 상태인 것뿐일 수도 있는데, 그때에

고양이에게는 발톱을 긁을 수 있는 기둥, 즉 스크래치 포스트가 필요하다. 이 스크래치 포스트는 더 높아야 한다. 고양이들은 몸을 한껏 펴는 것을 좋아한다.

사진: 마이클 폭스

는 중성화 수술을 하면 대개 문제가 완화되거나 사라질 수 있다.

　고양이가 발톱으로 카펫이나 가구를 긁는 이유는 단순히 발톱을 갈기 위해서만은 아니다. 냄새를 남기는 행동일 수 있다. 또한 영역 표시와 관계가 있을 수도 있다. 반려인이 집에 왔을 때처럼 흥에 겨울 때 나타나는 행동일 수도 있고 놀고 싶다는 신호일 수도 있다. 이런 행동은 주로 특정한 장소에서 일어나므로(예컨대 문 근처) 그곳에 스크래치 포스트, 즉 발톱을 긁을 수 있게 만든 기둥이나 통나무 따위를 세워 두면 가구를 보호할 수 있다.

　'러브 바이트love bite', 즉 사랑해서 깨무는 행동은 주인에게 불편할 수 있다. 특히 고양이가 깨문 뒤 놓지 않고 마치 최면 상태에 빠진 듯 흐릿하거나 멍한 눈빛으로 바라본다면 더욱 그렇다. 이것은 사실 성적으로 흥분한 상태이다. 깨문 다음에는 사람의 팔이나 다리를 타고 앉아 교미 행위를 흉내 낼 수 있다. 이런 식의 러브 바이트는 교미할 때 수컷이 짝꿍의 목덜미를 물고 놓아주지 않는 행동과 비슷하다. 너무 세게 깨물지 않는다면 기쁘게, 그리고 기분 좋게 받아 주는 것이 좋다. 교미 행위도 마찬가지이다. 큰 소리로 "스읍!" 하면서 코를 가볍게 한 번 두드리면 고양이가 정신을 차리고 그러한 행동을 자제할 것이다.

고양이는 냄새에 매우 민감하다. 동물 병원에서, 또는 밤새 외출한 동안에 낯선 냄새를 묻혀 집으로 돌아온 고양이는 낯선 체취 때문에 같이 사는 고양이에게 공격을 받을 수 있다. 앞서 말했다시피 야생 사향고양이의 항문샘에서 나온 사향이 들어간 향수를 사용하면 키우는 고양이의 공격을 받기도 한다.

고양이들은 종종 사람이 쓰다듬는 동안 따끔따끔한 발톱을 세운 채로 반죽을 하듯 앞발을 움직인다. 때로는 침을 조금 흘리기도 한다. 이것은 아주 자연스러운 사회적 행동이다. 이것은 '퇴행적'인 행동으로, 새끼 고양이처럼 젖을 빠는 시늉을 하고 있는 것이다. 사람의 귀나 겨드랑이에 코를 문지르기 좋아하는 고양이도 있는데, 이것은 아주 어린 고양이들 사이에 나타나는 사회적 행동이다. 코를 가볍게 건드리면 제지할 수 있다. 젖을 너무 일찍 뗀 새끼 고양이들의 경우 다 큰 다음에도 담요를 빨거나, 양털 옷을 씹거나, 심지어 자기 꼬리를 빠는 '나쁜 버릇'이 생길 수 있다.

혼이 난 뒤 '체면이 손상된' 고양이는 대개 발바닥을 재빨리 핥은 뒤 그 발바닥으로 얼굴을 문지를 것이다. 이 행동은 창피함을 나타낸다. 사람

221

스크래치 포스트

모든 가정에는 스크래치 포스트나 스크래치 판, 고양이 '놀이터' 또는 '캣 타워'가 있어야 하며 그 표면에는 캣닙이 약간 뿌려져 있으면 좋다. 어떤 고양이에게는 사람이 손톱으로 긁는 시늉을 하면서 스크래치 포스트 사용법을 가르쳐 주어야 한다. 고양이를 살짝 들어 올려 표면에 발을 가져다 대 주는 방법도 있다. 스크래치 포스트는 흔들리지 않아야 한다. 기우뚱거린다면 대부분의 고양이는 겁을 먹을 것이다. 높이는 고양이가 뒷다리를 딛고 서서 앞발을 한껏 뻗었을 때의 높이보다 몇 센티미터 더 커야 한다. 고리 모양의 카펫은 적합하지 않다. 발톱이 걸릴 수 있기 때문이다.

카펫으로 감싼 '캣 타워'는 좋은 스크래치 포스트 역할을 할 수 있다.
사진: 로빈 스콧

화장실 훈련

새로운 새끼 고양이라면 직접 화장실로 데려가 살펴보게 해 준다. 밥을 먹은 뒤, 그리고 낮잠에서 깬 뒤 매번 화장실로 다시 데려간다. 화장실을 조용하고 접근하기 쉬운 장소에 둔다. 새끼 고양이의 경우 화장실 높이가 낮아야 한다. 대소변과 소변이 묻은 모래를 매일 치워 준다. 필요할 때에는 화장실을 비우고 새로운 모래를 채워 준다.

고양이는 시중에서 파는 화장실의 느낌과 촉감에 자연스럽게 반응한다. 냄새를 맡기도 하고 앞발로 만져 보기도 한 다음에 배변 자세를 잡아 본다. 어떤 고양이는 배변에 앞서 작은 구멍을 판다. 그리고 대부분의 경우 배변 후 대소변을 모래로 덮는다. 바닥에 베이킹 소다를 깔아 주면 냄새를 잡을 수 있다.

괜찮은 모래 한 가지만 사용하는 것이 가장 좋다. 자주 모래를 바꾸면 어떤 고양이는 화장실을 거부할 수 있다. 고양이에게 문제가 될 수 있는 고운 가루가 날리는 모래는 피한다. 어떤 화장실은 벗길 수 있는 뚜껑이 있다. 화장실에 뚜껑이 있으면 고양이가 모래를 화장실 밖으로 퍼내는 일이 적다. 이 경우에는 특히 화장실을 청결하게 관리해 주어야 하는데, 뚜껑이 있는 화장실 안에 소변이 모이면 고양이에게 거슬릴 수 있는 내부 환경이 만들어지기 때문이다.

화장실은 조용한 구석에 놓아 주어야 한다. 배변을 하려면 조용하고 평화로워야 하기 때문이다.
사진: 로빈 스콧

이 긴장을 해서 머리나 옷을 만지작거리는 것과 마찬가지이다. 그러나 지나친 그루밍은 자해로 이어질 수 있다.

좀 더 심각한 고양이 행동 문제

배변 훈련 실패

배변 훈련 실패는 가장 흔한 고양이 행동 문제에 속한다. 화장실이 깨끗하고 질병의 근거가 없다면 정서적인 이유를 찾아보아야 한다. 화장실 사용을 고통스럽고 피하게 만드는 질병으로는 고양이 하부 비뇨기계 질환(방광에 고통스러운 염증이 생기고 소변을 조절하지 못하는 등의 방광염 포함)과 변비가 있고, 노령 고양이의 경우 매복 항문낭이나 특히 척추와 관련된 관절염 등이 있다.

고양이들은 불안할 때 평소와 달리 대소변을 덮지 않을 수 있다. 이것은 자기 냄새로 자신의 영역을 좀 더 확실하게 표시해야 안전한 기분이 들기 때문일 수 있다. 집 밖에 못 보던 고양이가 어슬렁거린다든가, 집에 아기가 태어나거나 손님이 올 경우 이런 반응을 유발할 수 있다. 함께 사는 고양이 간의 관계 변화가 원인일 수도 있다. 그럴 때에는 괴롭히는 고양이에게, 또는 불안해하며 배변 실수로 집을 더럽히는 고양이에게 새 집을 찾아 주어야 할 수도 있다.

화장실이 충분히 깨끗하지 않으면 고양이가 사용을 거부할 수 있다. 다른 고양이들과 화장실을 공유할 때 더욱 그렇다. 모래 종류가 바뀌어도 화장실을 거부할 수 있다. 서로 다른 화장실 서너 개에 다양한 모래를 넣어 시험해 보아야 한다. 앞서 말했다시피 뚜껑이 있는 화장실을 자주 치워 주지 않으면 그 안이 고양이 소변에서 나오는 해로운 냄새로 가득 찰 수 있으며, 이는 어느 고양이에게든 몹시 짜증스럽고 싫은 상황이 될 수 있다. 먼지가 많이 나는 모래 역시 기관지 문제나 화장실 거부의 원인이 될 수 있다. 화장실이 조용하고 안전한 구석이나 너무 어둡지 않은 장소에 있기를 바라는 고양이도 있으므로 화장실의 위치 또한 잘 고려해야 한다.

배변 실수의 원인이 불안감과 관련되어 있는 경우, 수의사가 디아제팜과 같은 항불안제를 삼사 주간(하루 1밀리그램 이하, 경구 투약) 처방할 수도 있다.(참고: 대소변이 묻은 곳은 암모니아로 소독하면 안 된다. 암모니아는 고양이 소변과 비슷해서 청소한 곳에 계속 소변을 보게 만들 수 있다. 미생물 효소 세제나 식초 희석액이 더 낫다. 고양이에게 벌을 주면 문제가 더해지기 쉽다.)

모든 가능한 원인을 고려하고 제거했다면 고양이에게 다시 한 번 화장실 훈련을 시켜야 할 수 있다. 고양이를 작은 방이나 우리 안에 넣고 방석, 음식, 물, 그리고 가까이에 화장실을 놓아두면 고양이는 대개 '다시 깨우치게' 된다. 되도록 자주 제한된 공간에서 꺼내 놀아 주거나 쓰다듬어 주거나 빗질을 해 주어야 하지만, 그 시간 동안 고양이가 배변 실수를 했던 곳으로 가지 못하게 엄격하게 지켜보아야 한다. 그리고 앞서 말했다시피 배변 실수가 있었던 곳은 같은 양의 물로 희석한 식초나 효소 세제로 세탁하거나 닦아 주어야 하고 잠시 비닐로 덮어 두면 좋다.

무분별하게 스프레이를 하는 고양이

자유롭게 외출을 하면서 이웃집 문이나 창틀에 스프레이(소변을 뿌리는 행동)

답은 화장실 모래에

그동안 많은 사람들이 고양이 화장실에 쓰이는 다양한 모래에 대한 염려를 나에게 호소해 왔다. 고양이가 배변을 할 때 올라올 수 있는 먼지, 입자가 고운 가루 등은 폐를 자극하거나 기관지 질환으로 이어질 수 있는 중요한 문제이다. 고양이들은 그런 문제 때문에 화장실을 꺼리고 집 안을 대소변으로 더럽히게 된다. 또한 뚜껑이 있는 화장실은 주기적으로 청소하지 않으면 밀폐된 공간에 암모니아가 축적되기 때문에 고양이가 꺼릴 수 있다.

고양이가 소변을 보면 공처럼 뭉쳐지는 이른바 응고형 모래가 유발할 수 있는 잠재적인 건강 문제에 대해 많은 추측이 있어 왔다. 그리고 어떤 고양이는 옥수수를 먹으면 알레르기 반응을 보일 수 있기 때문에 옥수수에 과민 반응을 보이는 고양이에게 옥수수 껍질로 만든 모래는 문제를 일으킬 수 있다.

캘리포니아주 산타 모니카에 사는 수의사 켄 존스는 특정한 모래가 일부 고양이에게 일으킬 수 있는 위험에 대한 우려와 임상에서 관찰한 사례들에 대해 이렇게 적었다.

> 가끔가다 빈혈 증상이 있는 고양이가 고양이 모래를 먹는 것을 보았습니다. 음식으로 섭취하는 것으로 부족한 무기질을 모래에서 벌충하려는 행동일 수 있습니다. 어떤 고양이는 몸을 핥다가 발에 묻은 모래를 삼키고 나서 문제가 생기기도 합니다. 특정한 모래, 예컨대 크리스털 모래나 돌 모래의 경우 방광염과의 관련성을 몇 차례 직접 확인하기도 했습니다. 크리스털 모래로 인한 하부 비뇨기계 질환은 화장실 모래를 신문지, 옥수수, 밀 등으로 바꾸면 사라집니다.
>
> 또한 발톱 제거 수술을 당한 고양이의 경우 벤토나이트나 펠릿 모래를 불편해할 수 있는데, 수술로 작아지고 단단해진 발바닥에 닿으면 아프기 때문입니다.

를 하는 고양이를 키우고 있다면 동네 사람들의 불만이 적지 않을 터이다. 고양이들은 새로운 영역을 제 것으로 표시하거나 왔다 갔다는 사실을 알리기 위해 이런 행동을 한다. 수컷이 암컷에 비해, 중성화되지 않은 수컷이 중성화된 수컷에 비해 더 자주 스프레이를 한다.

자유롭게 돌아다니는 고양이는 이웃집의 화단이나 텃밭을 화장실로 쓸 수 있는데 이것은 보건 위생적으로 매우 위험하다. 고양이의 대소변에는 사람이 감염될 수 있는 유해한 박테리아, 회충 알, 톡소플라스마 포자가 들어 있을 수 있고 고양이가 오염시킨 흙이나 놀이터에 어린이나 임산부가 노출될 경우 특히 위험하다. 이웃집 고양이가 집 주변을 돌아다니며 스프레이를 하는 경우에도 실내 고양이가 그 냄새를 맡고 언짢아할 수 있다. 실내 고양이들이 서로 싸우거나 영역을 표시하고 '수호'하기 위해 온 집 안에 스프레이를 할 수도 있다. 내가 키웠던 샴고양이는 중성화 수술을 했는데도 여름이 되면 창문에 달린 선풍기 날개에 스프레이를 해서 방 전체를 자기 냄새로 가득 채우기도 했다! 소변이 묻은 부분에서 냄새를 없애려면 식초 희석액이나 효소 세제를 이용하면 된다.

20장에서 자세히 설명한 대로, 새끼 고양이가 야외에 관심을 가지지 않도록 처음부터 외출을 허락하지 않는 것이 좋다. 고양이들은 실내 활동에 잘 적응한다. 고양이 두 마리가 서로 의지가 되어 줄 수 있다면 더욱 그렇다. 만약 개가 드나들지 않고 울타리가 있는 안전한 마당이 있다면 몸줄을 채우고 긴 줄을 묶어 외출을 시켜 줄 수 있을 터이다. 고양이를 위한 야외 우리를 만들면 더욱 좋다. 야외 우리와 집은 닭장용 철조망으로 엮은 '고양이 길'로 연결해서 고양이들이 자유롭게 드나들도록 한다. 덧문이나 창틀에 고양이 이동용 문을 내고 거기에 고양이 길을 연결하면 간단하고 효과적인 디자인이 완성된다. 이 경우에 고양이가 스프레이를 하고 싶다면 야외 우리에서 할 터이고 아무도 불쾌하게 만들지 않을 것이다.

또 다른 방법은 발코니나 베란다에 방충망을 치고 고양이가 맑은 공기와 자유를 만끽하는 동시에 새나 그 밖의 야생 동물을 지켜볼 수 있게 해 주는 것이다. 고양이는 이런 활동을 즐긴다. 고양이가 타고 오르거나 기댈 수 있도록 카펫으로 감싼 선반을 설치하거나 긴 나뭇가지를 세워 놓아도 좋고 캣 타워를 사서 두어도 좋다.

창문 옆에 휴식용 방석과 '캣 타워'를 마련하면 바깥을 바라보기 좋아하는 고양이들의 환경을 상당히 개선할 수 있다.
사진: 마이클 폭스

지나친 그루밍

지나친 그루밍은 정서적으로 불안한 일부 고양이들에게 생기는 습관으로, 그런 고양이들은 맨살이 드러날 때까지 털을 핥는다. 이런 행동은 집 안의 쉽게 돌이킬 수 있는 변화가 원인이 되기도 하고 중성화 수술의 부작용일 수도 있다. 두려움이나 불안이 원인일 때에는 수의사가 처방한 디아제팜 복용으로 치료할 수 있다. 아니면 처방을 통한 호르몬(프로게스테론) 대체 요법이 때로 해결책이 될 수 있다. 지나친 그루밍으로 인한 자해로 고통 받는 고양이는 흔히 옆구리에 털이 빠지고 살이 드러난다. 과민한 갑상샘 때문일 수도 있고 때로는 음식 알레르기 때문일 수도 있다. 어떤 고양이는 아주 불안할 때 털을 몇

강박적인 그루밍은 정서 불안의 신호일 수 있다.
사진: 아야 기노시타

움큼씩 뽑기도 한다. 내가 아는 고양이 한 마리는 사랑하는 식구 한 명이 집에서 방학을 보내고 대학교로 돌아갈 때마다 이런 행동을 보였다. 결국 그 학생은 가족과 함께 키우던 고양이를 데리고 학교로 돌아갔다.

귀를 지나치게 긁거나 비벼서 귀 뒤에 염증이 생긴다면 귓속에 문제가 있는 것일 수도 있다. 귀 진드기가 아마도 가장 유력한 범인일 것이다.

헤어볼과 구토

정상적인 그루밍 때 고양이는 털을 삼키게 되고 그 후 작은 '소시지 빵'처럼 생긴 털 뭉치, 즉 헤어볼을 게워 내는데 이것은 정상이다. 게워 낼 때에는 종종 구역질이나 기침을 하면서 크고 불편한 소리를 낸다. 이것은 놀랄 일이 아니다. 변과 함께 털을 배설하는 고양이도 많다. 주기적으로 헤어볼을 토하는 고양이라면 매일 빗질을 해 주고 매일 먹는 음식에 생선 기름이나 올리브유, 홍화유 몇 방울, 그리고 다진 밀싹 한 큰술을 넣어 주면 도움이 된다. 구역질을 하지만 아무것도 나오지 않거나, 음식을 거부하거나 음식을 먹자마자 구토를 한다면 바로 수의사에게 데려가야 한다. 음식 알레르기가 있거나, 삼킨 털이 위장 속에 너무 많이 축적되어 있거나 장을 막고 있을 수 있다.

빠는 행위

개와 마찬가지로 어떤 고양이들은 구토를 하기 위해 무엇이든 핥거나 씹거나 삼키곤 한다. 그러나 고양이들에게, 특히 샴고양이들에게 더 흔한 행동은 양모 담요나 옷을 빨고 씹는 강박 질환이다. 만일 그런 고양이가 양모를 너무 많이 삼키지 않는다면 고양이가 젖을 빨듯 빨 수 있도록 고양이만의 애착 담요를 마련해 주는 방법이 있다. 흔하지는 않지만 자기 발바닥이나 꼬리 끝을 빠는 고양이들도 있다.

색정증

거듭된 발정에도 교미를 할 수 없고 난소낭종이 생긴 암컷 고양이는 색정증을 보일 수 있다. 이런 고양이와 함께하는 삶은 좋게 말해도 아주 힘들고, 가장 좋은 해결책은 중성화 수술이다. 고양이가(또는 개가) 새끼를 낳아야 성질이 '좋아진다'는 말은 거짓이다. 색정증의 증상으로는 반복되는 구르기, 엉덩이 쪽 핥기, 활동량과 흥분의 증가, 큰 소리로 울부짖는 행동, 밖에 나가고 싶다고 우는 행동 등이 있다.

중성화 수술을 받지 않은 고양이들은 상상 임신을 해서 장난감 같은 물건들을 새끼의 대체물로 삼기도 한다. 그리고 그 집착의 대상에 대해 방어적으로 행동하며 심지어 젖이 나오기도 한다. 그럴 때에는 새끼 대체물을 숨기고 중성화 수술을 하는 것이 좋다. 중성화 수술은 자궁의 염증(자궁축농증), 난소낭종, 심지어 자궁암과 같은 잠재적인 건강 문제를 예방할 수 있다.

공격적인 행동

질투는 고양이로 하여금 공격적으로 행동하거나, 토라지거나, 접촉을 피하거나, 교육받은 대로 행동하지 않게 만든다. 어떤 고양이는 다른 동물이나 사람이 모든 관심을 가져갈 때 질투를 보이기도 한다. 질투하는 고양이는 인내심을 가지고 다루어야 하며, 다시금 사랑받고 안전하다는 느낌이 들게 만들어야 한다. 형제자매에게 경쟁심을 느끼는 아이와 똑같다고 생각하면 된다.

231

집 안의 다른 고양이를 향한 공격성은 다른 고양이를 용인하지 못하는 고양이들 사이에 흔한 문제이다. 서로 잘 지내지 못하던 두 고양이가 세 번째 고양이가 들어오면 잘 지내기도 한다. 그러나 결과가 어떨지 예측할 방법은 없다! 한배에서 태어난 새끼들, 또는 엄마와 새끼들이 대체로 가장 잘 어울린다. 고양이들은 혈연관계가 아닐 때 집 안에서 더 자주 싸우며, 특히 자유롭게 밖으로 나가 돌아다닐 수 있을 때 더 잘 싸운다.

고양이들 사이의 관계 역학, 그리고 공격성을 유발하는 정황적 원인을 밝혀내는 것이 문제 해결을 위한 첫 번째 단계이다. 고양이 페로몬이 들어 있는 상품인 펠리웨이도 한 가지 방법이다. 스프레이처럼 분사하거나 디퓨저 방식으로 방 안에 확산시킬 수 있는 형태로서, 고양이들이 서로 차분하게 지내고 덜 갈등하고 새로운 고양이가 집 안에 적응할 수 있도록 돕는다. 그와 마찬가지로 고양이가 인간에 대해 공격성을 드러내는 상황이나 맥락을 확인하는 것, 즉 인간의 손길이 싫어서인지, 바깥 고양이에게 자극을 받아서인지, 놀이를 하다가 갑자기 흥분해서인지 알아보는 것 또한 예방을 위한 첫 걸음이다.(참고: 고양이가 할퀸 부위는 고양이 할큄병이라는 질병으로 이어질 수 있다. 그리고 고양이에게 물려 피부가 찢어지면 응급 의료 상황으로 번질 수 있다는 점을 상기하고 대처해야 한다. 면역 체계에 문제가 있는 사람은 특히 조심해야 한다.)

많은 고양이들이 매복해 있다가 사람들의 발목을 덮치는 등 공격적으로 행동하는 것처럼 보일 수 있다. 그러나 이것은 대체로 먹잇감을 기다렸다가 사냥하는 행동을 흉내 내는 장난스러운 놀이일 가능성이 크다. 이를 해결하는 가장 좋은 방법은 고양이를 혼내는 대신 주기적으로 고양이와 놀아주거나 고양이에게 다른 고양이 친구를 만들어 주는 것이다. 위협하고 벌을 주면 고양이가 정말로 공격을 하게 될 수도 있다!

때로는 한 고양이가 다른 고양이의 위로 올라가 목덜미를 물기도 한다. 특히 싸움 놀이를 할 때 그렇다. 이런 행동은 성적인 것으로 해석하면 안 된다.(수컷들끼리, 혹은 암컷들끼리도 이런 행동을 한다.) 지배와 복종의 위계를 드러내는 행위로 생각해야 한다.

상냥하고 느긋했던 고양이가 나이가 들면서 짜증이 늘고 더 공격적이고 초조해질 때가 많다. 그리고 특히 밤에 이리저리 움직이며 울부짖기도 한다. 이는 노령으로 인한 치매의 주요 신호이다. 노령 고양이의 뇌가 만성적으로 퇴화하는 치매는 어떤 면에서 인간의 알츠하이머병과 동일하며 꽤 흔하다. 내가 노년기 불안age-related dysphoria이라고 부르는 이 불편한 병을 완화하고 고양이가 더 많은 안정감을 느끼도록 도와주려면 평소보다 더 많이 쓰다듬어 주고 안심시켜 주어야 하며 따뜻한 잠자리를 마련해 주어야 한다. 수의사의 처방을 받아 셀레길린, 디아제팜과 같은 향정신성 약물을 먹이는 방법도 있다.

갑상샘 기능 항진증이나 관절염과 같은 만성적이고 고통스러운 병, 또는 다른 고양이에게 물려서 생기는 농양 같은 국소적인 급성 질병을 앓는 고양이들은 쓰다듬거나 안아 올리면 갑자기 공격적이 될 수 있다. 어떤 식으로든 갑작스러운 행동 변화를 보이는 경우 훈육을 하거나 물리적인 벌을 주는 대신 수의사에게 데려가야 한다.

두려움과 공포증

낯선 사람을 두려워하는 제노포비아xenophobia를 가지고 있는 고양이들도 있는데 이 병은 갑자기, 아무런 이유도 없이 생기는 것처럼 보일 수 있다. 수줍음이 많은 편인 어린 고양이의 경우 어릴 때부터, 특히 태어나서 10주에서 16주 사이에, 낯선 인간을 자주 보지 않으면 모르는 사람이 방에 들어왔을 때 겁을 먹고 도망갈 확률이 높다. 남자나 어린이, 혹은 다른 동물을 두려워하는 특정한 사회적 공포증을 겪는 고양이들도 많은데, 발달이 이루어지는 어린 시절에 주위에 여성이나 어른들밖에 없는 경우 그렇게 될 수 있다. 예방이 최선의 치료이므로, 고양이의 사회성을 키워 주는 최고의 방법은 일찍부터 다양한 경험과 사회적 상황에 노출시키는 것이다. 특정 공포증이 있는 고양이는 자격을 갖춘 행동 치료사나 수의사에게 데리고 가면 불안감을 줄여 주는 적절한 약물부터 과민성을 없애는 치료, 행동 수정 치료까지 다양한 접근법을 이용해 도움을 받을 수 있다.

안아 주는 치료법과 훈련

새끼 고양이를 품 안에 안는 것은 다정한 행동일 뿐 아니라 동물의 사회화 과정에서 매우 의미심장한 행위이다. 고양이를 들어 올려 품 안에 가볍게 안는 행위를 반복하면 새끼 고양이도 다 큰 고양이도 얼마 되지 않아 이를 받아들이고 저항하지 않는다. 그리고 가까운 신체 접촉이 주는 친밀감과 안정감을 즐기게 된다.

이런 식으로 다루어지는 것을 받아들이면 고양이의 효과적이고 적절한 사회화가 이루어질 수 있으며 인간 보호자와 유대를 형성할 수 있다. 이어지는 훈련과 소통도 상당히 용이해진다. 만약 품 안에 있는 동안 고양이가 몸부림을 친다면 느슨했던 팔을 단단하게 고정시켰다가 고양이가 저항을 멈추는 순간 부드럽게 풀어서 양보하면 된다. 그러면 고양이는 누그러지고 품 안에 안기는 것을 받아들이게 될 것이며 믿음을 갖기 시작할 것이다.

이런 식의 다정한 정신적, 물리적 '씨름'은 과민하고 두려움이 많으며 사회성이 떨어지는 다 자란 반려동물의 행동 교정에도 효과가 있다. 이런 동물은 대개의 경우 응석받이로 자라 지켜야 할 선을 알지 못하며 자제력도 제한되어 있다.(러시아 학자 파블로프는 이를 내적 억제internal inhibition라고 불렀다.) 동물을 품에 안는 연습은 동물로 하여금 제약이 있는 상태를 받아들이게 돕고 내적 억제, 혹은 자제력을 키워 주며 인간과 동물 사이에 튼튼하고 지속적인 유대를 형성하는 데 쐐기돌과 같은 역할을 하는 신뢰를 쌓아 준다.

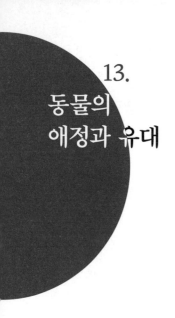

13.
동물의
애정과 유대

각인과 의존

동물들의 정서적 유대(사회적 애착) 형성에 관한 수많은 연구 덕분에 우리는 동물과 인간 사이의 사회적, 정서적 관계에 대해 더 자세히 이해하고 더 잘 공감하게 되었다.

각인imprinting이라는 현상은 상대적으로 성숙한 상태로 부화하거나 태어나는 대부분의 조류와 포유류에서 관찰된다. 새끼들의 보행 능력과 감각(후각, 시각, 청각) 능력이 이미 잘 발달해 있기 때문에 세상에 나오자마자 부모에게 곧바로 반응할 수 있고 몇 시간 만에 애착을 형성한다. 각인을 불러일으키는 특정 신호는 냄새, 외형(몸의 형태, 색깔 등), 또는 어미가 내는 소리와 울음(혹은 이 둘의 조합) 등 종에 따라 다르다.

병아리나 새끼 오리는 움직임, 외형, 울음소리로 어미를 구별해 뒤따르고 애착을 형성한다. 애착 각인이 형성된 후 새끼는 다른 어미의 울음소리를 무시하고 제 어미의 울음에만 반응한다. 어미도 마찬가지다. 성숙한 채로 태어나는 포유류(예컨대 양이나 돼지, 염소)는 어미의 냄새에 의존한다. 새끼 순록이나 새끼 양은 태어난 지 몇 시간도 되지 않아 수많은 어미들 중에서 제 어미를 재빨리 찾아낼 수 있는데, 어미의 울음소리가 새끼에게 각인되기 때문이다.

대부분의 종에서 새끼 역시 소리나 냄새로 어미에게 각인된다. 그래서 암말이나 염소는 제 새끼가 아닌 새끼에게 젖을 주지 않는다. 그러나 어미가 죽은 새끼의 경우, 젖을 물리려는 암컷의 냄새나 그 암컷 새끼의 냄새를 축축한 천에 묻혀 닦아 주면 새끼로 받아들이기도 한다. 같은 이치로, 양치기들은 죽은 새끼 양의 가죽을 어미 없는 새끼에게 씌워 죽은 새끼 양의 어미가 젖을 물리도록 돕는다.

각인은 매우 빠르게 이루어지고 오래 지속된다. 이렇게 형성된 어미와의 애착은, 늘 그런 것은 아니지만 이따금 성적으로 성숙해지는 시점에 끊어진다. 그러나 초기에 형성된 사회적 각인이 오히려 훗날 사회적, 성적 기호를 결정할 때가 많다. 매리를 따라 학교에 간 동요 속의 새끼 양은 매리에 대해 각인이 형성되었다. 성숙한 상태로 출생하지만 사회화가 되지 않은 어떤 동물이든 어미에 대해 각인이 형성되기 전에 인간의 손에(혹은 다른 종에 의해) 길러지면 인간에 대해 각인을 형성하게 된다. 예컨대 젖병을 물려 키운 새끼 사슴은 빠르게 인간과 애착을 형성한다. 이런 각인 현상은 사람이 기른 어미 없는 새끼를 야생으로 돌려보내기가 어려운(그리고 위험한) 중요한 이유 가운데 하나이다. 메추라기가 되었든 사슴이 되었든 마찬가지이다. 사람과 애착이 형성되었다는 사실은 각인이 형성된 동물이 인간을 가족으로 생각한다는 것을 뜻하며 이 각인은 지우기가 사실상 불가능할 수 있다. 젖을 완전히 떼거나 성적으로 성숙하면 애착이 끊어지는 종도 있지만, 동물이 다 큰 뒤에도 인간 양부모에게 의지하며 아기처럼 애정을 갈구하는 모습을 보이는 일은 드물지 않다.

이처럼 인간에게 애착이 형성된 동물은 두 가지 문제에 부닥칠 수 있다. 첫 번째는 성체가 된 뒤에 인간을 대상으로 성적 행동을 할 수 있다는 점이다. 당연히 그 결과는 혼란, 갈등, 불만으로 이어진다. 때로는 강한 소유욕으로 인해 (성적) 경쟁이 벌어질 수도 있다. 인간 어미에게 애착이 형성된 동물이 어미와 가까운 다른 인간을 질투하는 것이다. 인간 아이, 또는 다른 새끼 동물이 있을 때에는 형제자매 간의 경쟁이 벌어져 서열 문제, 사회적 우위 선점을 위한 싸움 등이 일어날 수 있다. 그럴 때에도 인간과 애착을 형성한 동물은 그와 같은 사회적 맥락에서 같은 종의 개체를 상대로 하는 행동을 인간을 상대로 하는 식으로 반응할 것이다.

특정한 장소나 위치, 그리고 특정한 종류의 음식에 대해 각인과 비슷한, 애착 학습 과정을 보이는 동물도 많다.(인간의 경우 그것을 유소성留巢性, philopatry이라고 한다.) 조류는 특정한 소리와 복잡한 노래를 이와 동일한 과정을 통해 학습한다.

사회화

지금부터 소개하는 사회적 각인은 훨씬 더 오래 걸리는 애착 형성 과정으로

이처럼 집 밖에서 태어난 새끼 고양이들은 인간과 지속적으로 접촉하지 않으면 길이 들지 않아 금세 접근이 불가능해질 수 있다.
사진: 마이클 폭스

며칠에서 몇 주가 걸린다. 태어났을 때 상대적으로 덜 성숙된 조류나 포유동물, 즉 찌르레기, 독수리, 토끼, 고양이, 개, 그리고 인간이 그렇다. 이런 동물들의 애착 형성 과정을 사회화socialization라고 부르며, 인간 사이에서 사회화를 겪은 동물들은 각인을 형성하는 종의 동물들과 비슷한 문제들을 겪을 수 있다.

각인, 그리고 사회화와 관련된 또 다른 매우 중요한 사실은 애착 형성을 위한 결정적 시기가 있다는 점이다. 이는 같은 종의 개체 또는 인간과 유대를 형성하기 위한 최적의 시기를 말한다. 고양이의 경우 그 시기는 태어난 뒤 6주에서 12주 사이다. 만약 고양이가 태어나고 석 달이 지날 동안 인간과 접촉하지 않는다면 반려인과 좋은 '유대'를 형성하지 못하고 결과적으로 의존성이 떨어지므로 훈련하거나 만지기 어려워 좋은 반려동물이 되기 힘들다. 야생에서 태어난 새끼 고양이가 특히 그렇다. 이런 발달기에 인간과 접촉이 없으면 인간 사이에서 적응하기 무척 어렵고 친밀한 유대를 영영 형성하지 못할 수 있다.

인간을 포함한 동물들 사이에 애착과 의리를 '단단히 굳히는' 각인과 사회화에 대해 이해하면 종간의 장벽을 무너뜨릴 수 있고 우리와 다른 동물과 풍부한 관계, 실로 가족과도 같은 관계를 맺을 수 있다.

접촉과 사랑

몇 년 전, 유명한 소아과 의사 르네 스피츠 박사는 고아가 된 갓난아기들을 돌보는 일에 참여하게 되었다. 스피츠 박사는 아기들의 생존을 위한 모든 필요가 충족되었지만(깨끗한 기저귀, 목욕, 규칙적인 식사 등) 아기들을 향한 따뜻한 사랑과 보살핌이 결여된 고아원에서 질병이 자주 발생한다는 사실을 발견했다. 또한 아기들은 왕성한 성장을 보이지 않았고 일부는 몸이 수척해지는 소모증marasmus 증세를 보이기도 했다.

오늘날에는 상업적 교배 시설에서 똑같은 일이 벌어지고 있다. 어미로부터 분리된 어린 새끼들은 충분한 음식과 따뜻한 보금자리를 마련해 주어도 쑥쑥 자라지 못하고 질병에 걸릴 확률이 더 높다. 우리는 지금에야 이 현상을 이해하기 시작했다. 원인의 일부는 아기의 심장에 있다.

동물은 상대편이 쓰다듬어 주거나 털을 골라 주면 심장 박동 수가 급격하게 내려간다. 고양이를 쓰다듬으면 고양이가 너무 흥분된 상태가 아닌 한 심장 박동이 느려진다. 이는 자율 신경 계통(무의식적인 또는 자율적인 내장 신경계)의 부교감 신경이 가동된 것으로, 나의 접촉이 동물의 생리에 매우 큰 변화를 일으킬 수 있다는 것을 뜻한다. 사회화가 된 고양이의 경우(즉, 사람을 무서워하지 않는 고양이의 경우) 이런 변화를 좋아하는 것이 분명하다. 고양이 역시 사람에게 다가와 신체적 접촉과 촉각을 통한 사회적 자극을 요구하곤 하기 때문이다.(우리 인간도 마찬가지로 누군가가 쓰다듬어 주어야 한다!)

부교감 신경이 자극을 받으면 갓 태어난 동물은 편안함을 느끼고 위액이 더 많이 분비되며 음식을 흡수할 수 있도록 소화계가 가동된다. 어미

사람이 접근하면 동물의 심장 박동이 빨라지지만, 쓰다듬어 주면 심장 박동이 급격히 느려진다.
출처: 폭스파일

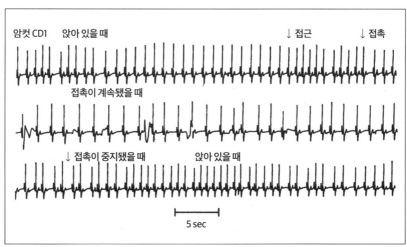

다 자란 친구 고양이들이 함께 누워 서로 그루밍을 해 주는 모습. 아래 사진에서는 다 자란 고양이가 입양된 새끼 고양이에게 그루밍을 해 주고 있다.

사진: 로빈 스콧

가 없으면, 즉 따뜻한 사랑과 보살핌이 없으면 생존에 치명적인 문제가 될 수 있다.

어린 동물이 영양을 잘 흡수할 수 없으면 질병에 취약해진다. 이런 동물들은 두 가지 면에서 생리적으로 의존 상태에 있는 것으로 보이고, 어미는 영양뿐 아니라 애정을 줌으로써 이를 해결한다. 음식과 따뜻한 잠자리만으로는 충분치 않은 것이다.

스피츠 박사는 엄마가 없어 홀로 요람에 놓일 수밖에 없었던 갓 태어난 아기들을 규칙적으로 안아 주도록 했고, 그러자 아기들의 건강과 성장률이 곧바로 향상되었다.

따뜻한 사랑과 보살핌에 대한 생리학적 요구는 또 하나의 중요한 결과로 이어진다. 바로 애착이다. 어미에게 생리적으로 의존하게끔 태어난 결과 애착이 형성되는 것이다.(따뜻한 사랑과 보살핌이 기쁨과 만족을 가져다주기 때문이다.) 이것은 곧 어미, 위탁모, 보호자 등에 대한 정서적 혹은 심리적 의존 상태로 이어진다.

이런 애착 형성 과정을 통해 각인 또는 사회화가 이루어지고 오래가는 유대가 만들어진다. 이 유대는 동물이 다 자란 뒤에도 사라지지 않는다. 사회화된 고양이들이 여전히 누군가가 쓰다듬어 주기를 바라고 그루밍을 원하는 것도 그 때문이다.[1] 접촉을 통해 인간과 동물은 종간의 장벽을 뛰어넘는 심오한 비언어적 소통을 즐기고 나누며 가족의 정을 확인할 수 있다.

---

[1] 접촉의 치료 효과에 대해 자세히 알고 싶으면 Michael W. Fox, *The Healing Touch for Cats* (New York: Newmarket Press, 2004) 참조

보이지 않는 장벽

야생 고양잇과 동물이나 낯선 사람을 끔찍하게 두려워하는 고양이에게 다가 갈 때 적당한 거리만 유지한다면 그 고양이는 겁을 내지 않고 상당히 편안해할 터이다. 그러나 더 가까이 가면 도망을 갈 것이다. 보이지 않는 장벽을 넘어 도주 거리flight distance 안으로 들어갔다는 의미이다. 더 가까이 다가가서 고양이의 도주로를 차단한다면 고양이는 몸을 돌려 공격을 할 수 있다. 임계 거리 critical distance를 지나 공격 구역 안으로 인식될 만큼 너무 가까이 다가가면 그런 일이 생길 수 있다.

젖병을 물려 키웠고 인간 사이에서 사회화를 거친 야생 동물이라면 그런 반응을 보이지 않을 것이다. 사회화는 도주 거리와 임계 거리 반응을 제거하다시피 한다.

사적인 영역에 들어갈 때에는 언제나 지켜야 할 법칙이나 의식이 있다. 동물의 경우에도 마찬가지로 가까운 거리에서 할 수 있는 행동에는 한계가 있다. 몸의 어떤 부분은 만져도 되지만 어떤 부분은 만지면 안 되거나 아주 특별하고 친밀한 관계에서만 만질 수 있다.

사회적 탐색을 시작한 고양이들은 천천히 서로에게 다가가 상대의 좁은 후각 영역 안으로 들어간다.(코를 마주 대거나 얼굴에 있는 냄새선 주변에서 코를 킁킁거린다.) 이런 사적인 영역의 위반은 서로 모르는 고양이거나 경쟁 관계에 있는 고양이들인 경우에 갈등이 생길 확률을 높인다. 따라서 의도를 나타내기 위한 여러 행동이 진화했다. 복종을 뜻하는 웅크리는 행위, 겁먹은 소리로 낮게 우는 행위, 자기 몸 그루밍 또는 바닥 냄새 맡기 같은 전위 행동, 지배적 지위와 의도를 전달하기 위한 시선 처리 등이 그에 속한다.

아시시의 성 프란치스코처럼 야생 동물이나 겁먹은 고양이나 개들에게 아무 두려움도 주지 않고 다가갈 수 있는 놀라운 사람들에 관한 이야기는 많다. 동물들은 심지어 그런 사람들에게 스스로 다가간다. 어떤 자석 같은 힘이 동물들을 끌어당기는 것인데, 그런 희귀한 사람들은 과연 어떤 기운을 내뿜는 것일까? 그런 사람들은 대개 서커스의 사자 조련사처럼 동물에게 젖병을 물려 키워 그 동물과 애착, 신뢰 관계를 형성한 사람이다. 그 결과 도주나 공격 없이 사회적이고 사적인 영역으로 들어갈 수 있는 것이다. 고양이를 잘 아는 사람들은 흔히 가만히 앉아 고양이가 먼저 접근하기를 기다린다. 이것은 고양이가 고양이 공포증이나 알레르기가 있는 사람에게 먼저 다가가는 이유를 설명해 준다. 고양이를 불편해 하는 사람은 고양이와 한집에 있을 때 움직이지 않는 경향이 있고, 고양이들은 그런 사람들을 틀림없이 가려내 접근한다. 움직이지 않고 가만히 있는 행동은 상대를 받아들인다는 고양이들만의 신호이기 때문이다. 새끼 고양이를 갓 태어난 시기부터 키우게 되면 사회화를 통해 정서적 유대가 형성되고, 그것이 열쇠처럼 작용해 우리가 고양이와 접촉할 수 있게 하고 고양이가 우리에게 다가와 애정을 갈구하게 만든다. 만약 인간과의 접촉을 통한 사회화를 거치지 않는다면 고양이는 사람에게 마치 야생 동물처럼 반응할 것이다.

동물이 인간을 두려워하지 않고 다른 동물의 사냥을 두려워하지 않는다면 우리 모두가 동물 앞에서 성 프란치스코처럼 될 수 있다. 갈라파고스 섬의 토착 동물들은 대체로 인간이 접근해 만져도 가만히 있다. 심지어 갈라파고스의 동물들은 인간 방문객을 살펴보려고 가까이 오기까지 한다. 탐험가들은 그곳에서 바닷새, 물개, 포클랜드늑대, 그리고 이제 멸종하고 없는 도도새들의 거대한 서식지를 보고 그들이 전혀 두려움을 보이지 않는 데 대해 놀라움을 금치 못했다. 불행히도 이 섬들을 방문한 초기 인간 방문객은 호기심 많은 작은 포클랜드늑대와 도도새들을 몽둥이로 죽였고, 오늘날과 마찬가지로 가죽을 얻기 위해 물개들을 때려 죽였다. 살아남은 물개 무리들은 인간을 경계하는 법을 학습했다. 그래서 인간이 나타나면 힘없는 새끼들을 버리고 바다로 도망간다. 새끼들의 가죽은 이 잔혹한 유혈 학살에 대해 무지한 사람들이 몸에 걸치고 다닌다.

여러 연구자들은 동물의 도주 거리, 즉 동물이 도주하기 전까지 접근 가능한 거리와 편집증, 조현병 증상을 보이는 난폭한 일부 환자들의 반응 거리 사이에 유사점이 있다는 사실에 주목한다. 이런 환자들은 도주 거리 안에서 일어나는 일들이 실제로 자기 몸 안에서 일어나고 있다고 느낀다. 환자들은 공황 증상을 보이기도 하고 도피를 하거나 은둔하거나 혼자 있고 싶어 하기도 한다.

모든 동물과 인간이 신뢰와 사랑을 바탕으로 가까이 지낼 수 있다면 얼마나 좋을까. 인간은 수천 년 동안 사냥꾼으로 살아왔고 그 점 하나 때문에 일부 동물이 우리를 경계하도록 진화했다고 해도 과언이 아니다. 동물들은 인간을 피한 덕에 살아남았고 비슷한 기질의 새끼를 낳았을 터이다. 그 반면에 호기심 많고 붙임성 좋은 동물들은 죽임을 당했을 것이다.

그러나 오늘날에는 세계 인구 중 상대적으로 아주 적은 사람들만이 여전히 사냥을 한다. 몇 백 년 뒤에는 좀 더 많은 동물들이 우리를 신뢰하게 될 수도 있다. 사냥이 금지된 미국과 아프리카 곳곳의 야생 동물 보호 구역에서 이미 그런 신뢰감이 나타나고 있다. 그렇다고 해서 지프차 밖으로 나와서는 안 된다! 고양잇과의 대형 동물들은 지프차에 타고 있는 생태 사파리 여행객에게 익숙하지만, 쓰다듬으려고 차 밖으로 나가는 순간 치명적인 사태가 벌어질 수 있다.

거울과 같은 동물들

어떤 과정에 의해 그렇게 되는지는 잘 알 수 없지만 고양이들은 종종 반려인의 정서와 기질을 '닮는다'. 이것은 순전한 우연일 수도 있고 신중한 선택의 결과일 수도 있으며 반려인에 의한 무의식적인 동일시와 선택 때문일 수도 있다. 발달과 사회화 과정 역시 무시할 수 없다. 반려인이 동물을 기르는 방식, 반려인의 정서와 기질이 동물에게 끼치는 영향, 반려인에 대한 동물의 정서적 의존도 모두 그 나름의 역할을 한다.

　나는 반려인의 분노와 우울에 정서적인 영향을 받아 반려인과 마찬가지로 공포를 느끼거나 공격적이 되거나 내향적으로 변해 우울해하는 반려동물들을 많이 보았다. 동물이 반려인의 정서 상태에 깊이 공감할수록 상황에 따라 더욱 피해를 입거나 도움을 받거나 한다.

　나는 한 존재가 다른 존재의 정서 상태를 거울처럼 비추는 이런 현상을 **공감적 공명**sympathetic resonance이라고 부른다. 이 현상은 반려인에게 또는 사람에게 대체로 정서적 애착을 보이는 동물을 혼내거나 장난스럽게 약을 올릴 때 쉽게 확인할 수 있다. 애착이 강하거나 공생 관계가 더욱 명확할 때 그

동물은 더욱 취약성을 드러내고 민감하게 반응할 터이다.

우리의 정서 상태가 동물에게 피해나 도움을 줄 수 있다는 사실을 고려하면 인간과 동물 간 유대의 두 가지 관계 양상에 우리는 좀 더 많은 관심을 기울여야 한다. 첫 번째 관계 양상은 관리자로서(실험실 또는 축산업계에서) 우리가 동물과 맺는 관계이다. 공감적인 유대가 없고 동물에 대한 태도가 긍정적(성장을 돕고 자비, 인내심, 재미, 이해를 베푸는 태도)이기보다는 부정적(낮잡아 보고 통제가 심하고 무관심하며 대상화를 일삼는 태도)이라면 동물은 고통을 받거나 피해를 겪을 것이다.

두 번째 관계 양상은 반려동물로서 고양이나 개와 맺는 관계이다. 정서적 착취가 일어나는 관계, 예를 들자면 사람이 통제 욕구가 심할 경우, 동물에게 해가 될 수 있다. 공감적 공명은(잘 놀아 주고 관심을 주는 주인일 경우) 이로울 수도 있지만 때로는(주인에게 우울, 분노, 강박이 있거나 의존이 심할 경우, 건강 염려증이 있거나 그 밖의 다른 방식으로 정서적으로 문제가 있거나 불안한 사람일 경우) 해로울 수도 있다. 고양이가 소외감을 느끼고 우울해하거나 두려워하거나 끊임없이 불안해하고 주저할 수 있다. 아니면 두려움 때문에 사람을 물거나 심리적인 상태가 유발하는 질병, 다시 말해 천식이나 만성 피부병을 얻을 수 있다. 심장병부터 암, 과민성 혹은 염증성 장 질환(만성 설사)에 이르기까지 다양한 질병도 생길 수 있다. 주인이 고양이와 똑같은 장기에 동일한 증상을 경험할 때도 있다. 고양이와 사람의 건강 문제가 이처럼 연관되거나 일치하는 현상은 놀랍지 않다. 정서와 기질이 신체에(생리, 신진대사, 질병에 대한 저항성, 특정 장기나 체계의 소인素因 혹은 민감성에) 영향을 미친다는 사실은 잘 알려져 있다. 유전적인 요인 및 그 밖의 환경적인 요인 역시 건강에 문제들을 일으키는 데 상당한 역할을 하지만, 그렇다고 건강과 질병의 인과 관계에서 정서, 그리고 관계(이 경우 인간과 동물 간의 관계)의 중요성이 줄어들지는 않는다.

최근에 필리핀에서 순회강연 중이던 어느 수의사이자 인류학자가 이런 말을 해 주었다. 필리핀에서는 가족과 함께 사는 동물이 그 가족 구성원들의 질병을 대신 앓아 줄 수 있다고 믿는다는 것이다. 그런 믿음 때문에 집안의 아픈 동물을 치료해 주지 않는 경우도 있다고 한다. 동물이 나으면 고양이 대신 다른 가족 구성원이 아플 수 있기 때문이다!

이런 점들을 염두에 두고 의료인들은 정서 장애가 있는 사람들이나 정서적인 문제가 있는 일반 대중에게 동물을 '처방'할 때 추가 조치를 취해야 한다. 동물들이 그 과정에서 피해를 입고 고통 받을 수 있기 때문이다. 그런 사람들이 반려동물을 키우는 행위를 금지해야 한다는 말이 아니다. 물론 일부 극단적인 동물 해방 운동가들은 그런 이상주의적인 생각을 가지고 있을 수 있다. 나의 제안은, 동물의 권리와 일반적 상식, 윤리적 감수성을 고려하여 동물을 이용하는 치료에 사용되는 모든 동물이 이런 문제에 민감한 수의사의 관리를 받아야 한다는 것이다. 동물 심리학자나 행동 치료사와 협력하는 수의사라면 더욱 이상적이다. 그와 마찬가지로, 일반 수의사들은 내가 공감적 공명이라고 이름 붙인 것의 임상적 중요성을 깨달아야 한다.

어떤 동물은 다른 동물보다 공감적 공명의 부정적 영향에 더 취약할 수 있다. 그러므로 동물을 이용하는 치료 프로그램에 동원될 경우 피해를 입을 수 있는 동물을 가려내기 위한 객관적 기준을 세우는 것이 현명할 터이다.

우리의 감정, 기질, 태도는 타인이나 우리가 돌보는 다른 동물의 생리, 행동, 정서 상태, 건강과 행복에 영향을 미친다. 우리가 어떻게 남에게 (공감적 공명을 통해)영향을 주고 남이 어떻게 우리를 인식하는지에 대한 이해는 공감의 중요한 일부분이다. 나는 이것이 수의학과 축산학에서 오랫동안 소홀히 여겨졌지만 그럼에도 매우 근본적인 영역으로서 더 많은 관심과 신중한 연구가 필요한 영역이라고 생각한다.

다음 장부터는 반려동물의 건강을 잘 돌보는 방법에 관해 이야기하고자 한다.

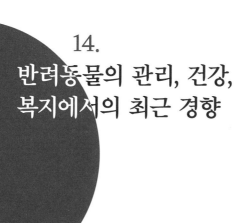

14.
반려동물의 관리, 건강, 복지에서의 최근 경향

반려동물의 관리와 복지: 한눈에 보기

미국 애완용품 제조 협회에서 310억 달러 규모의 애완용품 시장을 위해 최근 (2005~2006년 조사된 수치로 보인다—옮긴이) 실시한 전국 애완동물 소유자 조사에는 여러 기본 정보와 몇몇 흥미롭지만 불편한 진실이 담겨 있다.

보유 현황

총 6,420만 미국 가정이 반려동물을 키우고 있고, 이는 10년 전에 비해 10퍼센트 이상 늘어난 숫자이다. 고양이의 숫자는 7,770만이다. 고양이를 키우는 열 명 중 여섯 명은 고양이를 집 안에서만 키운다. 열 명 중 한 명은 집 밖에서 키운다. 나머지 세 명은 고양이를 집 안에서 키우면서 외출을 허용한다. 반려견은 6,500만 마리이다. 개 열 마리 중 두 마리는 마당에서 산다.

중성화 현황

요즘 고양이 열 마리 중 여덟 마리는 중성화 수술을 받은 고양이다. 보호소에서 고양이를 입양할 경우 중성화 수술을 시키도록 30개에 가까운 주에서 법으로 규정하고 있다.

식생활 현황

가장 널리 먹이는 고양이 사료는 마른 사료이다. 이는 비만, 당뇨, 방광염, 그리고(전분 함량이 높을 경우) 고양이 하부 비뇨기계 질환 등 더 심각한 건강 문제로 이어질 수 있다. 방부 역할을 하는 당분 함량이 높은 반건조 사료 역시 문제를 일으킬 수 있다.

고양이의 10퍼센트 이하가 비만이거나 과체중으로 2000년 조사 당시 수치였던 16퍼센트에서 감소했다. 비만과 과체중은 개들에게 더 많다. 2000년 조사 당시 12퍼센트였던 숫자는 16퍼센트로 증가했다.

2003~2004년도 조사에 따르면 고양이와 개의 영양 상태는 더 좋아졌다. 더 많은 사람들이 애완동물에게 고품질 시판 사료와 간식을 먹이고 있으며 가정에서 음식을 만들어 먹이기도 한다. 나는 이것을 상당한 발전으로 여긴다.

동물 보호

30개가 넘는 주에서 동물 학대를 중죄로 취급하고 있다. 6개 주에서는 수의사가 동물 학대를 의심해서 신고할 경우 민사 혹은 형사상의 책임을 면제해주는 법을 시행하고 있다.

더 많은 판사, 검사, 사회 복지사가 가족과 동물, 배우자 학대 간의 연관 관계에 대해 깨닫고 있다. 유년 시절에 동물에 대해 보이는 잔인성과 성인이 된 뒤의 난폭한 범죄 행동의 연관 관계도 더 많은 주목을 받고 있다.

2000년에는 단 3개 주에서 동물 보호소 인계를 허용했다.(이 경우 보호소에 있는 고양이나 개를 연구실로 인계해 실험동물로 쓰게 할 수 있다.) 이제 12개 이상의 주가 시민들의 격렬한 항의로 인해 대부분의 지자체에서 이를 금지하고 있다.

반려동물이 죽었을 경우 법적으로, 그리고 판례상으로도 그 피해액을 동물의 시장 가치보다 더 높게 산정하는 사례가 늘고 있다.

안락사 현황

미국 휴메인 소사이어티[HSUS]에 따르면 동물 보호소에서 안락사를 시행하는 동물의 수는 줄고 있다. 주인이 있는 개와 고양이 1억 2,000만 마리 중 약 460만 마리(4.5퍼센트)가 안락사를 당하고 있다(2005~2006년). 1992년 1억 1,000만 마리 가운데 560만 마리(5.5퍼센트)에서 감소했다.

현대 의학 문제

2001년 HSUS 동물 현황 보고서에 따르면 수의학적 발달로 고양이 신장 이식이 가능해졌다. 나는 신장을 기부하는 고양이들이 어디에서 오고 어떻게 되는지에 관심이 없다는 점에 대해 깊은 우려를 느낀다. 이 주제에 관해 영국의 여러 수의학 저널에서는 뜨거운 논쟁이 벌어지고 있다. 영국 내에서는 고양이에게 신장 이식 수술을 시행하는 것이 적절하지 않다는 쪽으로 의견이 모아지고 있다. 미국 내 관점은 입양되지 못한 보호소 고양이가 안락사 될 바에는

14. 반려동물의 관리, 건강, 복지에서의 최근 경향

이식 기부자로 '사용되어야' 한다는 것이다. 나는 이 논리에 윤리적 문제가 있다고 생각한다. 그뿐 아니라 신부전으로 신장 이식을 받은 고양이가 합병증으로 당뇨병에 걸릴 수 있다는 수의사들의 보고도 있다.

자유로운 외출?

집고양이가 자유롭게 외출할 수 있어야 한다고 생각하는 여러 고양이 주인과 일부 동물 권리 옹호자들의 고집은 비판받아야 한다. 일부 유럽 국가에서도 고양이가 자유롭게 다니도록 내버려 둔다. 자연스럽게 살고 돌아다닐 권리가 있다는 것이다.

이런 습관은 심각하고 부정적인 환경적 영향을 초래한다. 집고양이가 밖에서 살게 되면 야생 동물을 죽일 수 있으며 전염병으로 인해 그 고양이의 목숨도 위험에 처할 수 있다. 그리고 전염병은 멸종 위기에 있는 플로리다 퓨마 같은 다른 야생 포유류에게 퍼질 수 있다.

집고양이의 자유로운 외출을 금지하는 것은 길고양이 문제에 대한 인도적인 해결 방법을 찾는 일과는 별개의 문제이다. 길고양이를 중성화하고 접종한 뒤 방사하고 매일 먹이를 제공하는 일은 길고양이의 포식 행위와 질병으로 인해 위험에 처할 야생 동물이 없는 상황에서만 시행해야 한다.

동물 기반 산업

다른 문화에서 음식 혹은 유해 동물로 여겨지기도 하는 특정 동물 종(특히 고양이와 개)에 대해 서구에서 보이는 높은 관심은 일종의 아이러니로서 일부 비판적 시각을 가진 사람들은 그것이 지나친 탐닉이자 감정의 낭비라고 생각한다. 무엇보다 그런 동물을 보살피는 데 매년 수십억 달러가 소비되기 때문이다. 동물이 인간의 친구이자 식구라는 생각 덕분에 서구에서는 동물에게 권리가 있고 도덕적 배려를 받을 가치가 있다는 생각이 퍼지고 또 사회적으로 용인될 수 있었다. 그 반면에 미국 내 다양한 동물 기반 산업에서는 그런 생각을 심각한 위협으로 여긴다. 공장식 축산, 낚시, 스포츠나 오락으로서 즐기는 사냥과 덫사냥, 동물 실험, 야생 동물 매매, 모피 산업 등이 그에 속한다.

이런 동물 기반 산업 종사자들은 반려동물을 사랑하는 사람들을 감성주의자로 취급하고 무시한다. 그들이 동물을 의인화하고 이 '핵심적'인 산업의 역할에 대해 제대로 이해하지 못한다고 주장한다.

동물을 착취하는 이런 사람들은 동물에게 감정이 있으며 우리와 거의 동일한 신경화학 경로가 있어서 감정을 조절한다는(6장 참조), 과학적으로 입증된 사실을 받아들이려고 하지 않는다. 받아들인다면 잔인한 형태의 동물 사용과 학대를 돈벌이 수단으로 삼는 데에서 오는 도덕적 딜레마에 직면해야 하기 때문이다.

오늘날 우리는 인간과 동물, 지구 간의 관계에서 획기적이고 급진적인 변화를 목도하고 있다. 우리가 지구의 일부이며 지구가 우리의 일부임을 깨닫고 있다. 인류가 지구를 해하면 인류는 자신을 해하게 된다. 인류가 동물을 비하하면 궁극적으로 인권도 침해당한다.

상업화 문제

양심적인 수의사는 고객과 동물의 이익과 요구 사이에서 균형을 잡기 위해 노력하는 반면(영 쉽지 않은 일이다), 애완동물 사료, 의약 및 애완용품 산업의 시장 조사는 주로 더 많은 상품과 서비스를 판매하는 데 초점을 맞추고 있다.

약물·구충제를 비롯해 간식·장난감·훈련용 목줄·보이지 않는 울타리에 이르기까지, 이런 제품을 만드는 회사들이 동물의 필요나 동물의 입장에서 가장 좋은 것보다는 주인/관리인/보호자의 필요·두려움·공포증을 더 중시한다는 비판적 의견이 있다.

반려동물에게 주사하거나 먹이거나 바르는 온갖 구충제는 동물의 대소변을 통해 환경으로 나오게 된다. 그 효과는 생태계 전체에 심각한 영향을 미친다. 이 심각한 문제에 대한 정부의 조치가 시급하다.

예방 접종 관행

얼마 전까지만 해도 개와 고양이는 너무 다양한 예방 접종을 너무 자주 했다. 많은 수의사들이 이제는 예방 접종 원칙을 바꾸고 있고 반려인들 또한 예방 접종의 위험에 대해 더 잘 알아 가고 있지만, 동물을 키우는 수많은 개·고양이 사육장에서 여전히 정기적인 예방 접종을 고집한다. 불필요한 재접종의 안전한 대안은 항체 검사를 해서 재접종이 필요한지 확인하는 것이다.

매년 '부스터 접종'을 할 경우 득보다 실이 더 많은 것으로도 나타나고 있다. 고양이의 경우 종종 다양한 자가 면역 질병, 만성적 면역 결핍, 내분비계 질병, 그리고 특히 암(섬유 육종)의 원인이 되기도 한다.(이 중요한 주제에 관한 더 상세한 내용은 267~268쪽 참조)

많은 사람이 반려동물과 깊은 교감을 즐긴다. 이 특별한 관계는 동물과의 유대, 심지어 동물과의 유대가 가지는 영성, 그 치유 및 전환적 힘을 칭송하는 온갖 다양한 서적으로 이어졌다. 반려동물은 심지어 천사와 유사한 존재라고 여겨지기도 한다.

그러나 우리와 반려동물의 관계에는 어두운 면이 있고 이것은 사랑과 존중만으로는 없앨 수 없다.

교육, 입법, 수사, 처벌이 함께 이루어져야 동물 학대를 막을 수 있다. 예를 들자면 애완동물 사료 업계와 같은 폐쇄된 업계에서는 신장에 질병이 있는 고양이들을 위한 새로운 사료를 개발하기 위해 동물 실험을 주문한다. 이런 연구는 대부분이 동물의 희생을 바탕으로 이루어진다.

대중은 그런 연구가 어떻게 이루어지는지 잘 모르지만 대개는 고양이의 신장을 수술로 제거한 뒤 실험적 사료를 시험한다. 이렇게 '특별' 처방식을 개발하는 데 여러 동물의 희생과 고통이 따른다.

나는 시장에서 상품을 이런 식으로 판매해서는 안 된다고 생각한다. 그러나 애완동물 사료 업계는 당연히 그에 동의하지 않는다.

과학자나 실험실 연구원, 혹은 학생이 고양이와 개를 대상으로, 제도권 밖에서 한다면 학대 방지법에 저촉될 실험을 설계하고 시행할 수 있다는 사실은 이상적이고 무한한 자비의 윤리에 대해 상황 윤리가 가지는 우위를 보여 준다.

새로운 약물 실험과 유전병 선별 검사의 개발을 용이하게 하기 위해 특정 질병을 가진 실험동물을 교배하기도 한다. 현대 과학에서 생물 의학 연구는 폭발적으로 이루어지고 있고 특히 유전자 조작 쥐가 그 대상이 되고 있다.

유전 공학자들은 차세대 실험 쥐를 찾아 순종 개들에게 눈을 돌리고 있다. 미국 정부는 연구자들에게 세금 5,000만 달러를 주고 개의 게놈 서열 분석을 맡겼다. 호모 사피엔스에게 나타나는 유전자 이상과 비슷한 유전자 이상(400가지 가까이 된다)을 밝혀내는 게 목적이다.

개들은 특정 유전 질환을 가지도록 교배될 것이다. 그리고 그 덕분에 개를 사육하는 사람들은 유전적 질병을 가진 개들의 유전자 풀에서 결함을 제거할 수 있게 될 것이다. 그러나 인간에서 비슷하게 유전되는 질병의 견본으로서 개들이 인류를 위한 봉사 과정에서 받을 고통은 명백하다.

제대로 된 과학은 동물 실험의 불필요성을 입증할 수 있다고 나는 여러 해 동안 주장해 왔다.

동물 실험은 비윤리적이며, 건강한 동물을 일부러 병들게 하거나 상처 입힐 필요가 없다고 나는 생각한다. 이미 아프고 상처 입은 동물들이 많기 때문이다. 수의사, 보호자들과 협력한다면 좀 더 윤리적인 동물 연구가 이루어질 수 있다.

수의 대학과 개인 병원을 운영하는 수의사들 간에 소통과 협력이 잘된다면 기존의 치료 방식으로 도울 수 없는 동물을 대상으로(충분한 설명을 받은 보호자의 동의 아래) 새로운 식품, 수술 방법, 약물, 진단법을 시험해서 많은 것을 배울 수 있다.

나는 이런 방법이 반려동물의 건강 향상을 위해 인도주의적으로 전진할 수 있는 최상의 방법이라고 굳게 믿는다. 그렇게 되면 많은 불필요한 동물 실험이 사라질 것이다.

반려동물의 본질

나의 동창이자 영국 수의사인 데릭 파웃은 내게 보내는 편지에 이렇게 쓴 적이 있다.

"동물을 사랑하는 사람들은 동물과 그 동물의 여러 특성이 아니라 자기 개인적인 필요를 위해 동물을 사랑한다는 생각이 든다."

이것은 약간 지나친 일반화일 수 있다. 내 경험에 따르면 점점 더 많은 사람들이 점점 더 책임감을 갖고 동물을 보살피고 있다. 반려동물을 위해 최고의 음식과 최고의 수의사를 확보할 뿐 아니라 동물다울 수 있는 환경을 제공하기 위해서도 애를 쓴다. 그래서 반려견이 개답게, 고양이가 고양이답게, 기니피그답게, 돼지답게, 새답게, 물고기답게 살 수 있게 한다. 동물은 더는 단지 감정적으로 의존하는 존재나 인간 보호자의 연장으로만 여겨지지 않는다.

동물은 단지 지적인 존재로만 그치지 않는다. 감정도 있다. 최근에 TV 인터뷰에서 이런 질문을 받은 적이 있다.

"반려동물들의 가장 발달된 능력은 무엇일까요, 박사님?"

나는 이렇게 대답했다.

"공감하는 능력입니다."

우리는 고도로 진화한, 고도의 공감 능력을 가진 존재들에게 우리가 보내는 정서적 '기운'에 대해 매우 신경을 써야 한다.

동물 권리를 주장하는 사람들은 동물이 인간의 목적을 이루기 위한 수단이 되어서는 안 된다고 단정적으로 말한다. 동물은 동물 자신의 삶과 이해관계, 목적이 있기 때문이다. 그로부터 동물을 애완동물로 삼는 것이 비

도덕적이라는 주장이 나온다. 이것은 짚고 넘어가지 않을 수 없는 주장이다.

인간은 다른 동물과 서로 득이 되는 공생적 관계를 즐긴다. 우리는 이 유대를 기쁘게 여겨야 할 뿐 아니라 이해와 배움을 통해 발전시키고 보살펴야 한다. 인간과 인간 아닌 동물의 건전한 유대는 그 본질적 특성상 서로를 향상시킨다. 각각의 존재가 부분적으로 상대편의 이익과 궁극적 행복을 보장한다.

반려동물의 입장에서 가장 좋은 것으로

다행히 나의 가까운 동료들은 홀리스틱holistic, 즉 전체론적 의학을 하는 수의사들이다. 이들은 동물 건강과 복지를 추구하는 새로운 종류의 전문가들로, 겉으로 드러난 동물의 건강에만 집중하는 것이 아니라 정서적이고 사회적인 측면도 고려한다.

이들은 반려동물의 건강을 위해 다음 원칙을 강조한다.

1. 잡종견이나 잡종 고양이를 키우자. 보호소에서 건강한 반려동물을 입양하자. 근친 교배를 한 동물이나 순종 동물은 대개 다양한 유전자 이상을 보인다. 꼭 순종을 데려와야 한다면 흠결 없는 후대 검정progeny testing 기록을 유지하는 책임 있는 사육자를 선택하자.
2. 건강한 사회적, 정서적 환경을 제공하자. 이것은 우리와 다른 필요를 가진 종을 너그럽게 대하고 존중하는 마음을 포함한다.
3. 건강한(가능하면 유기농인) 먹이를 주자. 첨가제나 폐기육 등이 들어간 지나치게 가공된 식품을 피하자.
4. 전체론적 치료를 받을 수 있는 곳을 찾아 수의사와 정기적으로(6개월에 한

번이 가장 이상적이다) 상담하는 건강 관리 및 유지 계획을 세우자. 최상의 관리법, 식품, 최소한의 접종 절차에 대해서, 그리고 흔한 건강 문제, 행동 문제를 해결하고 예방하는 방법에 대해 이야기해 줄 수 있는 수의사가 좋다.

진보에 대한 생각

반려동물을 보호하기 위한 운동은 내가 30년 전 처음 발을 담갔을 때에 비해 상당한 진척을 이루었다. 이것은 대체로 대중의 힘 덕분이다. 대중은 개인적인 노력을 통해, 그리고 지역 보호소나 다양한 휴메인 소사이어티의 도움을 받아 동물의 복지에 대한 관심을 꽃피웠다. 더 나아진 보호 시설, 더 좋은 훈련을 받고 더 헌신적이 된 근무자들, 행동 교정 프로그램, 중성화 및 입양 프로그램, 향상된 동물 학대 수사, 더 엄격해진 법의 집행, 그리고 전국 학교에서 더욱 다양해진 인도주의 방문 교육 등은 칭찬할 만하다.

사회는 공존하는 동물들의 필요, 권리, 이익을 위해 봉사하고 있다. 동물들의 시대가 온 것이다.

나아갈 방향

개와 고양이를 비롯한 반려동물의 사회적 환경과 관계는 여전히 염려되는 수준이다. 반려인은 고양이가 됐든, 기니피그·앵무새·금붕어가 됐든 두 마리가 함께 있는 것이 더 인도적이라는 사실을 이해해야 한다. 반려인이 하루 종일 직장에 가 있는 동안 한 마리를 홀로 내버려 둔다면 지독한 사회적 결핍감을 느끼게 된다.

또한 유전적으로 조작된 '프랑켄 애완동물Frankenpets'을 피해야 한다. 충격적인 사례로, 유전자 조작으로 탄생한 야광 물고기가 있다.

고양이와 개, 양을 비롯한 동물들이 이제 복제되고 있다. 자연을 가지고 하는 이러한 실험들이 건강에 끼칠 수 있는 알려지지 않은 영향은 공포를 불러일으킨다. 여기에는 불쾌감을 유발하는 요소가 있다. 일반 대중은 상업화한 생명 과학의 바로 이러한 측면에 도덕적, 윤리적 문제가 있음을 '직관적'으로 알고 있다.

우리가 연방 및 주 정부로 하여금 더욱 효과적인 동물 및 환경 보호법을 만들고 집행하게 하려면 먼저 입법자들에 대한 교육을 해서 연관 관계를, 큰 그림을 볼 수 있도록 도와야 한다. 곤경에 빠진 자연환경과 착취되는 동물들이 곤경에 빠진 인간 조건을 반영하고 있음을 그들이 깨달아야 한다. 인간이 같은 인간, 그리고 인간 외의 생명에 대한 자비와 존중을 상실하고 있음을 깨달아야 한다.

국가의 위대성은 그 국가가 인간이든 아니든, 식물이든 동물이든 개개의 생명체에 부여한 지위를 잣대로 삼아 측정할 수 있다.

국가의 안보가 지구의 운명과 얽혀 있는 것처럼, 문명의 미래는 모든 동물과 자연환경, 그리고 남아 있는 야생을 보호하는 역할을 수행하는 효과적인 교육, 입법, 법 집행에 달려 있다.

그러나 강아지와 새끼 고양이, 앵무새, 포트벨리 돼지 같은 동물들이 무엇보다 상품으로 여겨지는 한, 그리고 입법자들이 동물계의 홀로코스트에 어느 정도 기여한 기존 이익 집단의 후원을 받아 당선되는 한 사회의 윤리적, 영적 침식은 줄어들지 않은 채 진행될 것이다.

선량한 사람들이 아무것도 하지 않는 곳에서 악은 판을 친다.

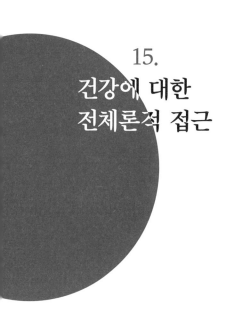

15.
건강에 대한
전체론적 접근

반려동물을 제대로 돌보면, 다시 말해 기본적인 사회적·정서적 필요를 채워 주고 적절한 훈련을 시키면 여러 행동 문제를 '새싹'부터 자를 수 있다. 그러면 훨씬 더 적은 숫자의 동물이 버려지거나 파양되거나 안락사 당할 것이다.

　　동물 보호소들은 부가적인 프로그램이나 전화 상담을 통해 행동 문제가 생겼을 때 적절하게 보살피는 방법을 알려 주고 문제에 대한 이해를 돕고 조언을 제공하기도 한다. 이런 유익한 프로그램이 갓 입양된 동물의 파양을 예방하는 데 효과적이라는 사실이 점점 더 널리 인식되고 있다.

　　2004년 3월부터 2005년 3월까지 나는 내 칼럼 <동물 의사>의 독자들이 보내 준 수백 건의 다양한 건강 및 행동 문제를 기록했다. 독자들은 대개 문제를 해결하기 위해 수의사를 찾았지만 여러 가지 이유로 문제는 해결되지 않았다.

　　고양이에게 가장 흔하게 나타나는 다섯 가지 건강 문제는 다음과 같다.

1. 긁거나 털을 당기는 문제. 살갗이 보이거나 털이 빠지는 문제.
2. 고양이 하부 비뇨기계 질환(요로 감염 및 결석/요로 폐색)
3. 아마도 염증성 장 질환으로 의심되는 만성 설사
4. 예방 접종이나 벼룩 약에 대한 부작용으로 생기는 신부전
5. 반복되는 음식물 구토

고양이에게 가장 흔하게 나타나는 행동 문제 다섯 가지는 다음과 같다.

1. 주로 소변으로(하부 비뇨기계 질환과 무관하게), 그러나 종종 대변으로도 집을 더럽히는 행동
2. 인간에 대한 공격성(갑상샘 항진증 관련성이 의심되는 경우도 포함)
3. 한집에 사는 다른 고양이에 대한 공격성
4. 놀이 중에 너무 세게 물거나 주인이 쓰다듬을 때 '애정 표현'으로 너무 세게 무는 행동
5. 마른 사료 중독, 노년기 치매, 중성화된 수컷의 스프레이

내가 오래전부터 주장해 왔듯 이런 건강과 행동 문제의 대부분은 예방할 수 있다. 많은 경우 제대로 된 식생활이 문제를 해결해 준다(아래 내용 참조). 수의사들은 전체론적 접근 방식을 채택해서 고양이와 개 반려인에게, 특히 처음 새끼 고양이나 강아지를 키워 보는 사람에게 행동 교정 방법을 알려 주고 질병 예방 교육을 실시해야 한다. 여러 동물 보호소에서 이미 그렇게 하고 있으며, 수의 대학에서는 이를 교과 과정, 학생의 실습 과정과 지역 사회 봉사 과정

에 포함시키고 있다.

어떤 개·고양이 품종은 특정한 유전병에 걸리기 쉽다. 물론 개체에 따른 유전적 이상도 있다. 앞에서 언급한 건강과 행동 문제로 인해 동물은 고통받고 주 관리인이나 반려인은 감정적, 경제적 비용을 치른다. 그러나 반려동물과 인간의 관계에 전체론적 예방 수의학, 그리고 책임 있는 동물 관리의 기본 원칙을 적용하게 되면 이 문제들은 과거의 일이 될 수 있으며 그렇게 되어야 한다.

다시 말해 관리인·보호자·반려인은 동물에게 균형 잡힌 영양을 제공해야 할 뿐 아니라 동물의 행동, 정서, 사회, 환경, 그리고 육체적 필요를 이해하고 그들과 적절한 관계를 맺어야 한다. 이 모든 것은 곧 동물에게 적절한 환경을 제공한다는 말로 요약할 수 있다.

우리가 보살피는 모든 동물이 가진 또 하나의 권리는 좋은 수의학적 관리를 받을 권리이다. 잠재적으로 위험할 수 있고 많은 경우 불필요한 예방 접종이나 기타 약물을 처방하거나 투여할 때 좀 더 보수적으로 접근해야 좋은 관리라고 할 수 있다. 특히 벼룩과 진드기 관련 약물이 그렇다. 금전적인 이유와 그릇된 인식 때문에 이런 약물이 '예방' 의학이라는 명목 아래 잘못 홍보되고 있다[1]. 동물을 집중 사육할 때 전방위 항생제를 쓰는 행위가 전

---

[1]   예방 접종 부작용으로 개가 얻을 수 있다고 밝혀지거나 그럴 가능성이 매우 큰 질병(이른바 백시노시스vaccinosis)으로는 뇌염, 발작, 다발성 신경병증(힘없음, 운동 장애, 근육 위축), 비대성 골이영양증(위치가 자꾸 바뀌는 절룩거림, 관절통), 자가 면역 갑상선염, 그리고 자가 면역 용혈성 빈혈, 면역 혈소판 감소증과 관련된 갑상샘 항진증, 간 부전, 신부전, 골수 부전 등이 있다. 특정 품종은 다른 품종에 비해 더 취약하다. 고양이 접종 부작용과 관련해 입증된 자료는 그 정도로 많지 않지만 면역력 저하, 그리고 만성 염증과 알레르기의 발생 증가는 아마도 일부 고양이 예방 접종이나 너무 잦은, 불필요한 접종이 원인일 것이다. 점점 더 많은 접종 부작용이 확인된다는 것은 개나 고양이, 페렛 ferret 같은 반려동물에게 접종을 할 때 좀 더 보수적인 접근법을 택해야 한다는 것을 뜻한다.

세계 소비자들을 항생제에 면역력이 있는 박테리아에 노출시키는 상황과 비슷하다. 이런 박테리아는 축산물, 가금육, 계란, 그리고 유제품에도 들어 있다.[2] (이반 일리히의 『병원이 병을 만든다』[3]를 읽어 본 사람이라면 내가 여러 해 동안 바로잡으려고 하는 중인 수의학계의 문제들에서 유사점을 찾을 수 있을 것이다. 동서를 막론하고 모든 사회의 이익을 위한 동물 건강과 복지 추구에 깊은 관심을 가진 사람이 나만은 아닐 터이다.)

고양이 예방 접종 원칙

개와 고양이의 다양한 질병에 대해 여러 가지 접종을 유년기에 한꺼번에 하고 그 후 매년 '부스터 접종'을 하던 시대는 저물어 가고 있다. 여기에는 두 가지

---

[2] 더 많은 정보를 얻고 싶다면 동물 권리를 보호하는 수의사 협회Association of Veterinarians for Animal Rights(주소: PO Box 208, Davis, CA, United States 95617-0208), 또는 전체론적 수의학 협회Holistic Veterinary Medical Association(주소: 214 Old Emmorton Rd., Bel Air, MD, United States 21015)에 연락하기 바란다. 반려동물 건강 관리에 대한 전체론적 접근법에 대해 좀 더 깊이 알고 싶다면 다음 서적들을 참조하기 바란다. Donna Keller, *The Last Chance Dog*(New York: Scribner, 2003); Richard H. Pitcairn and Susan Hubble Pitcairn, *Natural Health for Dogs and Cats*(Emmaus, Penn.: Rodale Press, 1995); Franklin D. McMillan, *Unlocking The Animal Mind*(Emmaus, Penn.: Rodale Press, 2004). More advanced texts for veterinarians include: Allen M. Schoen and Susan G. Wynn, *Complementary and Alternative Veterinary Medicine*(St. Louis, Mo.: Mosby, 1997); Susan G. Wynn and Steve Marsden, *Manual of Natural Veterinary Medicine*(St. Louis, Mo.: Mosby, 2003); Cheryl Schwartz, *Four Paws and Five Directions*(Berkeley, Calif.: Celestial Arts, 1996).

[3] Ivan Illich, *Medical Nemesis: The Expropriation of Health*(New York, N.Y.: Random House, 1976).

주된 이유가 있다. 우선, 접종 부작용으로 평생 건강 문제를 안고 살아갈 수 있다는 것이다. 그리고 부스터 접종은 필요가 없다. 유년기 접종이 동물에게 관련 질병에 대한 충분한 면역력을 주었을 것이기 때문이다.

무엇보다도, 아주 어린(12주 이하) 고양이에게는 예방 접종을 하면 안 된다. 엄마 젖, 즉 초유가 주는 자연 면역력을 방해할 수 있기 때문이다. 그러나 동물 보호소에서 사는 새끼 고양이나 어린 고양이라면 내가 아래에서 말하는 접종 원칙보다는 더 엄격한 원칙을 따라야 한다. 감염되었거나 아플 수 있는 고양이들에게 쉽게 노출될 수 있기 때문이며 격리 수용이 제대로 되지 않기 때문이다. 면역력에 문제가 있는 다 큰 동물은 접종을 하면 안 된다. 아프거나 부상을 입은 동물, 중성화 수술을 비롯한 수술을 위해 마취 주사를 맞은 동물, 임신했거나 젖을 주고 있는 동물, 늙고 노쇠한 동물이 그에 해당한다.

미국 전체론적 수의학 협회 저널에는(vol. 22, nos. 2 and 3, July-December 2003: 47-48) 고양이 예방 접종에 관한 원칙이 다음과 같이 게재되어 있다.

고양이 최소 예방 접종 원칙

- 12주 이상일 때 FCV(칼리시 바이러스), FVR(헤르페스·리노 바이러스), FPV(범백혈구 감소증)를 맞히고 법에 정해져 있는 경우에 한해 광견병 주사를 맞힌다.(가능하다면 광견병 주사는 3·4주 뒤 따로 맞히는 것이 좋다.) 카나리아두 바이러스canary pox 매개 광견병 백신 퓨어백스PureVac(Merial사)가 고양이에게 더 좋다. 지알디아Giardia 원충에 대한 예방 접종은 권장하지 않는데, 육아종(악성으로 변할 수 있는 염증 세포 덩어리)을 유발할 수 있기 때문

이다.

- FeLV(고양이 백혈병) 예방 접종은 위험에 노출되어 있는 고양이에게만 9~12주 또는 12~15주에 해야 하며, 한 살 때 부스터 접종을 하고 그 이후에는 하면 안 되는데, 이는 주사 부위에 치명적일 수 있는 암인 섬유 육종이 생길 확률을 낮추기 위해서이다.

- 이후 FPV 혈청 항체 검사를 해서 고양이의 면역 상태를 확인할 수 있다. 피부 아래 주사하는 모든 예방 접종의 경우 최대한 고양이 다리의 말단에 주사하는 것이 좋은데, 목이나 등에 생기는 섬유 육종은 치료가 더 어렵기 때문이다. 주사 부위에 관한 이 원칙은 특히 중요한데, 주사 부위에 암이 생겼을 경우 다리 절단을 통해 목숨을 구할 수 있지만 암이 어깨뼈 사이나 목덜미에 생길 경우 생존율이 매우 낮기 때문이다. 그러나 일부 수의사들이 여전히 그곳에 접종을 하고 있다.

어떤 접종도 완벽한 면역을 보장할 수는 없다. 감염 원인 물질에 다양한 변형이 있는 데다, 스트레스를 받고 있거나 영양 상태가 나쁘거나 유전적으로 취약한 경우, 동시에 발생한 질병이 있는 경우에는 면역력 저하로 질병에 대한 저항력이 약할 수 있기 때문이다. 그렇다고 해서 고양이에게 절대로 접종을 하면 안 된다는 말은 아니다. 만일의 경우에 대비해 주기적으로 재접종을 해야 한다는 의미도 아니다. 접종이 추가적인 면역력 저하를 비롯해서 온갖 건강 문제를(이른바 백시노시스vaccinosis를) 일으킬 수 있기 때문이다. 앞에서 제시한 새로운 접종 원칙은 그 문제들을 최소화하기 위해 만들어졌다.

예방 먼저? 이윤 먼저?

어떤 새로운 상품이나 서비스를 판매함으로써 이윤을 남기는 데 관심이 있는 사람들은 대부분의 사람들이 반려동물과 주고받는 애정을 이용해서 이득을 챙긴다. 그런 물건이나 서비스는 대개 불필요하거나, 동물이나 동물 보호자의 입장을 고려하고 있지 않다. 일종의 정서적 협박의 메시지(애완동물에게 이 새로 나온 사료, 또는 이 질병과 고통을 막는 제품을 주지 않는다면 관심이 없는 무책임한 사람이다)를 이용하는 사람들은 어떤 사실상의 대가와 후과를 치러야 하는지는 철저히 외면한 채 돈에 움직이는 윤리적 진공 상태에서 활보한다.

마침내 우리는 몸과 마음, 영혼의 건강에 대한 우리의 이해 부족을 메우려고 애쓰기 시작했다. 우리의 반려동물을 괴롭히는 건강과 행동 문제에 대해 더 깊이 이해하면, 그리고 그 문제들이 매우 다양한 측면에서 우리 인간의 아픔과 질병을 반영하고 있음을 깨달으면 우리는 온전하고 건강하고 만족스러운 상태로 가는 길을 찾을 수 있을 것이다.

16.
벼룩, 진드기, 모기
자연 퇴치법

이것은 내가 특히 중요하게 여기는 주제이다. 새로운 벼룩·진드기 방지 약물의 부작용에 시달리는 동물이 많은 데다 이런 화학 물질은 환경에 피해를 주기 때문이다. 그뿐 아니라 진드기에 알레르기가 있는 동물도 많고 진드기를 비롯한 곤충이 옮기는 질병은 반려동물과 야생 동식물에 피해를 준다. 우리 인간이 입는 피해도, 부분적으로는 기후 변화·지구 온난화로 인해 점점 늘어나고 있다. 벼룩·진드기 방지 약물에 든 화학 물질은(그리고 심장사상충 예방약 이버멕틴은) 동물의 대변을 통해 배출되기 때문에 배설물을 열린 장소에 놓아두거나 변기에 내리지 말고, 봉지에 담아 생분해되는 집 안 쓰레기와 함께 따로 두어야 한다. 이 쓰레기는 잘 처리된다면 물 차단 시설이 잘 되어 있고 관리가 잘되는 지역 매립지로 갈 것이다.

아래에 정리된 전체론적 접근법에 따라 벼룩과 진드기를 차단한다면 고양이나 개에게 해로운 벼룩·진드기 방지 약물(알약, 피부에 묻히거나 떨어뜨리는 형태, 스프레이 형태, 희석액으로 씻기는 형태, 목줄 형태)을 투여할 필요성이 줄어든다. 이 새로운 약물들은 진드기와 벼룩을 실제로 죽이지는 않으며 진드기와 벼룩의 숫자가 많을 때에는 어차피 아래에 정리된 추가적인 구제 조치를 취해야 한다. 고양이나 개에게 자유로운 동네 외출을 허용한다면 어떤 구제 조치도 소용이 없다. 목줄은 특히 위험성이 있다. 고양이에게도 위험하고 다가앉아 동물을 쓰다듬는 사람에게도 위험하다. 어린이라면 더욱 위험하다. 화학 물질이 몸에 흡수될 뿐 아니라 흡입도 되는 형태이기 때문이다.

기생충을 죽이고 성장을 방해하는 이런 침투성 구충제systemic insecticide는 진드기나 벼룩이 섭취해야 효과가 있다. 다시 말해서 투약한 동물에 있는 독소가 벼룩이나 진드기에게 들어가려면 동물의 피를 적어도 한 번은 빨아야 한다. 따라서 이 새로운 구제 방법은 라임병, 에를리히증, 큐열, 바베스열원충증, 진드기 마비증, 로키산 홍반열에 감염된 진드기가 병을 옮기는 것은 막지 못한다. 벼룩이 페스트, 발진열을 옮기는 것도 막지 못한다. 벼룩의 침에 알레르기가 있는 동물에게 알레르기 반응이 특히 심한 부위가 생기는 현상도 막지 못한다. 고양이는 모기에 물릴 경우 호산구성 육아종이라는 지독한 알레르기 반응을 일으켜 가렵고 진물이 나오는 궤양이 생길 수 있다.

가장 좋은 구제 방법은 겨울 추위이지만, 벼룩이 죽을 만큼 추워지지 않는 따뜻한 지역에서는 이런 새로운 벼룩·진드기 방지 약물의 편리함을 동물이 감수해야 할 위험과 잘 견주어 보아야 한다. 동물이 어떤 부작용이라도 보인다면, 즉 무기력, 긴장하거나 과민한 상태, 구역질, 운동 능력 저하, 그 밖의 더 심각한 신경 증상을 보인다면 바로 약물을 끊어야 한다. 아주 어리거

16. 벼룩, 진드기, 모기 자연 퇴치법

나 나이가 많은 동물, 아프거나 젖을 주고 있는 동물의 경우 특히 위험할 수 있다. 최근에 예방 접종을 한 동물도 마찬가지이다. 반려동물의 면역 체계와 신경 내분비 체계에 미치는 예방 접종의 부작용을 구충제가 악화시킬 수 있기 때문이다.

전체론적 접근법

벼룩과 진드기를 방지하는 나의 전체론적 접근법은 다음과 같다.

1. 매일 벼룩 빗을 이용해 반려동물의 상태를 점검한다.
2. 동물의 발가락 사이, 접힌 귀 사이를 자세히 살펴본다.
3. 벼룩의 신호를 잘 살핀다. 석탄 가루처럼 검고 반짝이는 점을 젖은 흰 종이에 떨어뜨렸을 때 적갈색으로 변한다면 피를 섭취한 벼룩의 배설물이다.
4. 빗으로 제거한 벼룩과 진드기는 따뜻한 비눗물에 빗을 담그면 빠르게 처리할 수 있다. 몸에 붙어 있는 진드기는 핀셋을 이용해 최대한 몸 가까이에서 집은 뒤 직선으로 당긴다. 비틀면 진드기의 목이 끊어져 진드기의 머리가 동물의 피부에 묻힌 채 남게 된다.
5. 동물이 다니는 집 안 곳곳을 매주 꼼꼼하게 진공청소기로 청소한다.
6. 동물이 누워 있기 좋아하는 곳에 면으로 된 시트를 깐다. 소파나 카펫, 바닥처럼 깊은 틈이나 홈이 나 있는 곳에 벼룩 유충이 숨어 성장할 수 있다.
7. 이 시트를 매주 걷어 뜨거운 물로 세탁한다.

이미 벼룩과 진드기로 오염된 집이라면 스프레이 형태의 살충제나 연막 살충제를 용법에 따라 쓴다. 전문 구제 업자를 불러도 된다. 이때 동물을 먼저 비교적 안전한 피레트린 계열 벼룩 방지 샴푸로 목욕시키거나 님^{nim}(인도멀구슬나무) 오일, 카란자 오일의 유화액을 털에 골고루 바른다. 그리고 구제 작업이 이루어지는 동안 위탁 시설에 맡기거나 모텔로 데리고 간다. 2차 연막 소독, 그리고 벼룩 샴푸로 하는 목욕 또는 약욕이 필요할 수도 있다. 집 안의 온갖 틈새와 홈 안에서 자라고 있는 벼룩의 번데기는 1차 소독으로 죽지 않을 수 있으며 곧 우화하여 집 안의 사람과 동물을 물 수 있다. 동물에게 규조토 가루를 뿌리면 벼룩과 유충이 말라 죽는다는 말도 있다. 규조토 가루는 화석화한 아주 작은 바다 생물로 이루어진 가루로서 입자가 매우 가늘고 무해하다.(새들은 종종 먼지 목욕을 하는데 아마도 깃털 속 진드기를 이런 방식으로 없앨 것이다.) 이 가루를(혹은 붕사 가루를) 바닥이나 카펫, 벽 사이의 틈 등에 넉넉하게 뿌린 뒤 24시간에서 48시간 후에 진공청소기로 빨아들이는 작업을 벼룩이 많은 계절 동안 이삼 주에 한 번 반복하면 집 안 환경을 깨끗하게 유지하는 데 도움이 된다. 물론 집 안에 사는 동물이 자유롭게 외출을 하면서 오염된 채 집 안으로 들어오면 소용이 없다. 규조토 가루에 안 좋은 반응을 보이는 동물도 있으며, 뿌릴 때에는 야외에서 해야 한다.

구제 조치가 실패하고 동물의 몸에서 벼룩이 발견된다면, 그러나 빗질을 비롯한 어떤 구제 방법으로도 동물이 사는 환경에서 벼룩을 억제할 수 없다면 국화의 정유를 추출해서 만든 비교적 안전한 벼룩 살충제를 쓸 수 있다. 천연 피레트린과 합성 피레트로이드가 들어 있는 이런 살충제는 벼룩을 마비시키고, 살충제 중에서 동물에게 가장 덜 해롭다고 한다. 살충제를 살포

하든 가루를 뿌리든 목욕을 시키든 대개 여러 번 반복해야 한다. 마비된 벼룩이 첫 노출에 바로 죽지는 않을 수 있기 때문이다.

테라스나 데크 위, 마당에서 벼룩과 진드기가 숨어 번성할 수 있는 오래된 깔개, 폐기물, 빗, 죽은 식물 등을 폐기해야 한다. 동물들이 누워 있기 좋아하는 곳이라면 특히 잘 청소해야 한다. 모기를 없애려면 빗물이 고일 수 있는 오래된 타이어, 화분 등을 없애야 한다. 막혀 있는 빗물받이를 청소하고 물이 고이는 모든 곳을 비우거나 메워야 한다. 자외선과 전기 충격으로 벌레를 잡는 기계나 수백만 마리의 유익한 곤충을 죽이는 살충제는 피하기 바란다. 그 대신에 데크와 정원에 벌레가 꺼리는 시트로넬라 향초를 놓고, 테라스에 모기장을 설치하고, 문과 창에 설치된 낡은 모기장은 수리하기를 권한다.

비눗물이나 식용유가 담긴 넓적한 접시 위로 20와트 이하의 전구가 달린 작은 등을 낮게 밝혀 놓으면 빈집의 배고픈 벼룩을 끌어당기는 열 덫이 된다. 휴가를 떠났을 때, 혹은 동물이 살았던 집을 구매할 때 연막 소독을 할 수 없으면 대안으로 각 방에 이 덫을 설치할 수 있다.

꽃향기가 나는 샴푸나 물비누를 따뜻한 물에 희석해서 개나 고양이에게 매일 뿌려 주고 털에 골고루 묻힌 뒤 마르게 내버려 둔다. 그러면 반려동물의 체취가 바뀌어 해충을 방지하는 데 도움이 된다. 레몬과 유칼립투스 오일, 님과 카란자 오일, 또는 개잎갈나무와 페퍼민트 오일 등을(아니면 이 오일들의 다양한 조합을) 따뜻한 물에 몇 방울 떨어뜨린 뒤 잘 흔들어 동물의 털 위에 뿌리는 방법도 있다. 특히 물기도 하고 살을 먹기도 하는 파리를 퇴치하기 위해 귀 끝에도 잘 뿌려 준다. 이렇게 하면 벼룩과 진드기, 모기를 상당수 쫓을 수 있다. 최근에 미국 식품의약국[FDA]에서는 레몬과 유칼립투스 오일 조합을 모기를 방지하는 DEET의 안전하고 효과적인 대안으로서 사람에게 사용해도 된다고 승인했다. 그러나 고양이는 이런 다양한 스프레이나 손으로 바르는 유화액을 핥아 먹을 수 있으므로 신중해야 한다. 레몬을 잘라 끓는 물에 넣고 밤새 놓아두면 벼룩과 그 밖의 해충을 방지하기 위한 응급 처치약이 된다. 개의 털에 잘 문지른 뒤 마르게 내버려 둔다.

개잎갈나무 부스러기, 인도멀구슬나무(님) 잎과 껍질, 말린 로즈메리와 라벤더를 섞어 동물을 위한 침대 속을 채우면 벼룩을 방지할 수 있고 그 침대 위에 누워 자는 동물에게도 벼룩이 가지 않는다. 이런 다양한 식물 재료에 알레르기가 있는 동물은 내가 아는 한 많지 않다. 페니로열이라는 허브도 벼룩을 방지한다고 알려져 있지만 섭취하면 유독하기 때문에 더 이상 사용하지 않는다.

이유는 아직 과학적으로 밝혀지지 않았지만, 벼룩을 비롯한 다양한 내·외부 해충과 기생충은 건강한 동물에게 비교적 덜 이끌린다. 이런 해충과 기생충의 존재는 오로지 기회주의적 생존과 증식에 달려 있다.

나는 <동물 의사> 칼럼의 독자들로부터 이를 확인해 주는 여러 통의 편지를 받은 바 있다. 동부에 사는 한 독자가 보낸 편지가 그 전형적인 사례이다. 이 독자의 고양이는 벼룩이 옮지 않는데, 집에서 만드는 자연식을 먹이고 양조용 효모를 보조 식품으로 주기 때문이라고 편지에서 말했다. 그 반면에 이 고양이와 마찬가지로 밖을 돌아다니는(울타리를 친 뒤뜰을 돌아다니는 것이 아니라면 내가 몹시 못마땅하게 여기는 습관) 이웃집 고양이는 늦여름에 항상 벼룩이 옮는다.

나는 (제빵용 효모 말고) 양조용 효모나 영양 효모를 매일 음식에 섞어 주는 것을 추천한다. 체중 약 13.6킬로그램당 1티스푼이 적당하다. 이것은 벌레에게 물리지 않기 위해 사냥이나 낚시를 즐기는 사람들이 비타민 B 복합체를 먹는 것과 같은 맥락이다.(그러나 생존을 위한 게 아니라면 사냥 말고 좀 더 자비로운 여가 생활을 찾아보기를 추천한다.) 아마씨 오일 1티스푼(체중 약 13.6킬로그램당)도 개와 고양이 모두의 피부와 털 상태를 향상시킬 것이다. 그러나 고양이의 경우 유기농 인증을 거친 어유魚乳가 더 나을 수 있다. 고양이에게는 해당이 안 되지만 대부분의 개들은 체중 약 18킬로그램당 마늘 한 개를 다져서 매일 음식에 섞어 주면 벼룩을 비롯한 무척추동물계의 기회주의 벌레들에 대한 저항력을 키우고 해충 피해를 방지하는 데 도움이 될 수 있다.

　　우리가 싫어하고 두려워하는 벼룩, 진드기, 모기, 등에 같은 곤충은 인간과 인간의 반려동물보다 훨씬 더 오래된 존재들이다. 우리는 이 존재들에게 최소한의 해를 입히면서 관리해야 할 것이다. 그러려면 동물의 건강에 대해 전체론적으로 접근해야 한다. 이 접근법은 일종의 생태적 외교 정책으로서 현명한 이기심이라는 궁극적 공감 행위에 기초하고 있다. 반려동물의 건강에는 정서·심리적, 그리고 신체적 건강 모두가 포함되는데, 면역력이 제대로 작동하려면 둘은 따로 떼어 놓을 수가 없다.

　　최선의 치료는 예방이며, 21세기인 오늘 반려동물의 건강을 위한 전체론적인 접근법을 실천하려면 예방 접종 원칙을 수정하고 지나치게 가공된 시판 사료와 지나친 약물 사용을 지양해야 한다. 특히 벼룩과 진드기를 방지한다는 이른바 예방 약물을 지양해야 한다. 위험성이 낮은 더 싸고 안전한 대안이 있다면 더욱 그렇다.

17.
내분비·면역 교란 질환

내분비 교란 물질이라는 화합물은 반려동물을 비롯한 동물들, 심지어 인간의 다양한 만성 질환을 유발하는 데 중대한 역할을 하고 있다고 추정된다. 이런 질환에는 알레르기, 만성 피부 질환, 반복되는 귀·요로·기타 부위 염증이 있고 만성 대장염, 설사, 염증성 장 질환같이 면역 체계 손상과 관련된 소화계 질환도 있으며 비만부터 갑상선 및 기타 내분비 기관(특히 췌장과 부신)의 질환까지 다양한 증상으로 표현되는 대사 및 호르몬 문제가 있다.

수의사 알프레드 J. 플레크너 박사의 임상 연구는 혈청 에스트로겐 수치의 증가와 갑상샘 기능 장애, 코르티솔 합성 장애가 동물들이 겪는 여러 가지 건강 문제와 관련이 있음을 밝혔다. 이 결과는 신중한 검토와 더 자세한 연구, 무작위 배정 임상 실험이 필요하다고 말해 주고 있다. 박사는 흔히 갑상샘 호르몬 대체 요법과 병행하게 되는 아주 낮은 용량의 코르티손 투여가 이롭다고 주장하고 있으며 내가 내분비·면역 교란 질환Endocrine-Immune Disruption

Syndrom, EIDS이라고 이름 붙인 질환을 겪는 일부 환자들에게 이것은 사실일 수 있다. 그러나 장기적인 코르티손 요법은, 특히 동물의 면역 체계와 전반적인 신체적·심리적 건강을 향상시키려는 전체론적 접근법이 없다면, 질환을 악화시킬 수 있다.

널리 퍼져 있지만 아직 잘 알려지지 않은 것으로 보이는 내분비·면역 교란 질환의 원인이자 그에 기여하는 요소로는 예방 접종과 벼룩·진드기 방지 약, 기타 동물 약물에 대한 부작용, 그리고 다양한 음식물과 식품 첨가물에 대한 과민 반응이 있다. 내 칼럼의 독자들은 기존의 수의학 치료법이 기껏해야 단지 일시적으로 경감시킨 개와 고양이의 만성적이고 복합적이며 다양한 건강 문제에 대해 나에게 편지를 쓴다.

호르몬 불균형과 그와 관련된 신경, 내분비, 면역 체계의 장애는 아마 그 주된 원인이 환경에 있을 터이다. 특히 동물의 먹이와 물에 들어간 다이옥신, 비소, PCB(폴리염화비페닐), 그리고 다양한 살충제를 포함하는 내분비 교란 화합물EDC 등에 원인이 있을 것이다. 생체 내 축적을 통해 이 화합물은 반려동물, 식용을 목적으로 키우는 가축(어류 포함), 야생 동물, 그리고 먹이 사슬의 꼭대기에 있는 인간의 다양한 내부 장기에 쌓이게 된다. 많은 EDC가 친유성親油性, lipophilic인데 주로 동물의 지방 조직, 뇌, 유선, 젖에 축적된다는 것을 뜻한다.

인터넷을 검색하고 현재 환경 독성학 분야에서 진행되고 있는 연구 및 기존 연구를 검토해 보면 도처에 EDC가 있음이 보일 것이다. 특히 산업 오염물(발전소, 지역 소각로, 제지 공장, 화학 물질에 의존하는 대형 농업에서 배출되는 오염물) 그리고 아예 처리되지 않았거나 제대로 처리되지 않은 오수(미국에서는 연간 270억 톤의 오수가 버려진다)가 그러하다. 다양한 가정용, 치료용 제품에서도 EDC가 확인되고 있다. 플라스틱, 옷, 바닥재, 음식물 캔의 안쪽(특히 프탈레이트와 비스페놀 A), 그리고 우리가 반려동물과 나누어 먹고 가축에게 주는 음식과 물에도 들어 있다. 식품·음료 산업에서 널리 쓰는 플라스틱 음식 포장재와 용기에서 검출되는 프탈레이트는 여성 호르몬과 비슷한 작용을 하는데, 이것이 남성 비만에 기여하고 있다는 사실이 최근에 밝혀졌다!

새로운 EDC도 속속 밝혀지고 있다. 모유, 제대혈, 그리고 야생 동물 가운데 '지표종'에 속하는 악어와 하프물범에서도 EDC가 검출되었다. 미국지질조사국US Geological Survey, USGS 오염 생물학 프로그램의 연구에 따르면 PCB로 처리된 물고기의 경우 휴식기 혈장 중 코르티솔 농도가 낮았고, 스트레스 반응 장애, 면역 반응 저하, 그리고 질병 저항력의 감소를 보였다. PCB는 순환 코르티솔 수치의 음성 피드백 제어와 관련된 신경 세포의 당질 코르티코이드 반응을 교란한다. 나는 EDC에 대한 이 연구 결과와 기타 연구 결과, 환자들의 낮은 혈청 코르티솔 수치에 대한 플레크너 박사의 연구 결과를 연결시켜 보았다. 플레크너 박사의 환자들이 상승효과를 통해 유독성이 높아질 수 있는 여러 가지 EDC에 노출되었음은 의심할 여지가 없다. 아이러니하게도 USGS는 강물에서 인간의 피임약에 들어가는 에스트로겐을 검출했다.

EDC는 내분비 물질(에스트로겐, 프로게스테론, 갑상샘 호르몬, 당질 코르티코이드, 레티노이드 등)의 신호 체계와 면역 체계 기능을 교란시키는 데 그치지 않는다. 심각한 행동·신경·발달 장애를 일으킬 수도 있다. 비만이나 예방 접종에 대한 부작용, 기타 생물 제제와 약품에 대한 부작용과 관련해서 EDC가 뭔가 역할을 하고 있을 가능성이 크다.

고양이와 가정용 화학 제품

고양이는 주변 화학 물질에 특히 민감하다. 말하자면 탄광 속 카나리아 같은 고양이가 병에 걸린다면 고양이에게, 그리고 아마 우리 인간에게 해로운 어떤 것이 집 안 환경 속에 있다는 경고일 수 있다. 나는 여러 고양이 보호자들과 편지를 주고받은 결과, 스위퍼(프로필렌글라이콜 기반), 클로록스 클린업을 비롯한 바닥 및 상판 세척제로 인해 고양이가 병에 걸렸으나 대대적인 광고와 함께 판매되는 이 제품들의 사용을 멈춘 뒤 회복한 다양한 사례를 알게 되었다. 이런 제품들, 그리고 마치 유행병처럼 퍼지고 있는 항균 티슈와 세척제의 홍보 전략은 저항력이 강하고 유해할 수 있는 박테리아의 탄생으로 귀결될 수밖에 없으며, 우리는 우리 자신과 우리 고양이들을 위해 그런 제품들을 피해야 한다. 안전하고 신뢰할 수 있는 세척제를 쓰자. 식초, 암모니아, 붕사 등이 그에 해당한다. 그리고 새로운 '녹색' 세제, 세탁 세제, 유기농 오렌지·감귤류 세척제도 있다. 이런 것들은 우리 반려동물에게 덜 해로울 뿐 아니라 환경과 야생 동식물에, 그리고 우리 자신에게도 마찬가지이다. 대부분의 시판 세척제와 세제, 그리고 온갖 화장품, 세면도구, 자외선 차단제를 비롯해 널리 쓰이는 제품들은 호르몬과 비슷한 작용을 해서 내분비계를 교란하는 화합물로서 인간과 그 밖의 존재들에게 무서운 재앙이다. 우리가 치명적일 수 있는 화학 물질로 닦아 놓은 집 안의 온갖 표면 위를 고양이들은 끊임없이 맨발로 걸어 다닌다. 또 고양이들은 우리가 유해할 수 있는 화학 물질로 세탁한 소재, 또는 알레르기를 일으킬 수 있는 소재 위에 눕는다.

앞의 주장에 비판적인 견해를 가진 사람이라면 내가 화학 물질 공포증을 조장한다고 말할 수 있다. 그러나 그런 견해를 가진 사람들은 곧 줄어들 것이다. 점점 더 많은 사람들이 스스로 인터넷 검색을 하고 있기 때문이다. 스위퍼가 1회용 바닥 청소포의 겉포장에 더 이상 화학 성분을 표기하지 않으면서 여전히 아이들과 애완동물이 제품을 멀리해야 한다는 경고를 붙인 데에는 아마 그런 이유가 있을 것이다.

수의학계에서는 시급히 이 내분비·면역 교란 질환에 대응해야 한다. 그리고 동물 환자의 다양한 만성 질환을 치료할 때 이 질환을 고려해야 한다. 무엇보다 모든 수의사들이 동물 보호자들에게 다음과 같이 권장해야 한

다. 아픈 동물에게(그리고 전체론적 건강 관리의 관점에서 모든 건강한 동물에게)
생수와 유기농 인증 식단을 제공해야 한다. 제초제나 살충제, 기타 농약, 동
물 구충제, 기타 약물에(심지어 합성 피레트린도 강력한 내분비 교란 물질이다) 노
출시키지 않고 친환경적으로 먹이고 기른 어린 동물에게서 얻은 동물 지방
과 단백질로 된 식단을 말한다. 식단에 해물이 포함된다면, 특히 고양이의 식
단이라면 참치와 연어처럼 먹이 사슬 안에서 높은 위치에 있는 해물은 제외
되어야 한다. 또한 유기농 인증을 받게 될 가축에게 어분을 먹여서는 안 된다.
EDC의 생체 내 축적 때문이다. 여러 시판 개·고양이 사료는 대두·채소 단백
질 함량이 높다. 대두 제품은 식물 에스트로겐 함량이 높은 만큼(유전자 조작
대두는 잠재적으로 매우 큰 문제를 안고 있다) 내분비·면역 교란 질환을 앓고 있
다고 여겨지는 모든 동물에게 식물 에스트로겐 함량이 높은 사료를 주지 말
것을 조언한다. 건강한 고양이도 대두를 주 단백질원으로 하는 식단은 권장
하지 않는다. 절대 육식 동물인 고양이와 달리 잡식성인 건강한 개에게는 위
험성이 그다지 크지 않을 수 있다.

　　　셰리 A. 로저스 박사와 로저 V. 켄달 박사가 자세히 설명한(이 장 끝
의 참고 문헌 목록 참조) 이른바 제노바이오틱 해독 효소 및 기타 영양 보조 치
료법은 만성적인 내분비·면역 교란 질환을 겪고 있다고 추정되는 동물의 경
우에 고려해 볼 만한 가치가 있다. 여기에는 아마씨 오일과 같은 필수 지방산,
소화 효소(파파인, 브롬리아드), 비타민 A, 비타민 B 복합체, 비타민 C, 비타민
E, 알파리포산, L카르니틴, L글루타민, 타우린, 글루타티온, 디메틸글리신, 코
엔자임 Q10, 플라보노이드, 셀레늄, 구리, 마그네슘, 아연(일부 품종에게 유독할
수 있으므로 신중을 요한다)이 포함된다.

동종 요법 의료 종사자들은 마전자나무와 황을 이용해 환자의 해독을 돕기도 한다.

해독을 위해서 사흘에서 닷새 동안 자극이 없는 유기농 자연 식단을(음식에 대한 각 개체의 과민 반응을 고려해서) 시도해 볼 수도 있다. 찐 당근, 고구마, 기타 채소, 익힌 보리나 귀리, 작은 유기농 닭 혹은 계란, 그리고 거기에 켈프(해조류 가루), 자주개자리, 밀 싹, 엉겅퀴 등을 곁들이는 식단이다. 고양이의 경우에는 식단의 적어도 3분의 2가 동물성 단백질이어야 하지만 개의 경우 3분의 1로 족하다. 이 해독 식단을 먹인 뒤에는 집에서 만든 균형 잡힌 자연 식단을 추천한다. 해독 식단을 주기 전에 24시간 동안 금식을 하는 것도 때로는 이로울 수 있다. 그러나 일부 고양이의 경우 위험할 수 있으니 신중해야 한다.

잔디와 정원에 뿌리는 살충제와 기타 가정용 화학 물질은, 특히 석유를 기반으로 하는 제품들은 내분비계 교란 물질일 수 있으므로 피해야 한다. 플라스틱 음식 용기와 물통 역시 인간이든 아니든 모든 가족 구성원이 피해야 한다. 새로운 카펫이나 입으로 물고 노는 플라스틱 장난감, 얼룩 방지 천이나 실내 장식 역시 위험 요인이 될 수 있다.

앞으로 유행병처럼 퍼질 수 있는 내분비·면역 교란 질환에 대한 의학적, 수의학적 증거는 정치적, 경제적 이유로 은폐되고 있음이 거의 틀림없다. 미국 정부는 정권을 불문하고 위험한 농업 화학 물질과 산업 오염 물질을 줄여 나가고 다이옥신, PCB, PBB 등 강력한 EDC로부터 소비자를 보호하기 위한 강력한 조치를 미루고 있다. 특히 이런 화합물들은 생체 내 축적을 통해 동물에서 유래하는 음식물들을 오염시킨다. 폐기된 동물 부위가 애완동물과 가축 사료로 재활용되기 때문이다.

참고 문헌

Theo Colborn, et al., *Our Stolen Future* (updates at: www.ourstolenfuture.org/; see also: www.ourstolenfuture.org/New/recentimportant.htm).

Environmental Working Group, "Body Burden: The Pollution in Newborns," www.ewg. org/reports/bodyburden2.

R. V. Kendall, "Therapeutic Nutrition for the Cat, Dog and Horse," in A. M. and S. G. Wynn, eds., *Complementary and Alternative Veterinary Medicine* (St. Louis, Mo.: Mosby, 1997): 53-72.

Sheldon Krimsky, *Hormonal Chaos* (Baltimore: Johns Hopkins Press, 1999).

Alfred J. Plechner, *Endocrine-Immune Mechanisms in Animals and Human Health Implications* (Troutdale, Ore.: NewSage Press, 2003).

T. G. Pottinger, "Topic 4: 10 Interactions of endocrine-disrupting chemicals with responses in wildlife," *Pure and Applied Chemistry* (vol. 75, 2003): 2321-2333.

S. A. Rogers, "Environmental Medicine for Veterinary Practitioners" in A. M. Schoen and S. G. Wynn, eds., *Complementary and Alternative Veterinary Medicine* (St. Louis, Mosby, 1997): 537-560.

U.S. Department of the Interior, U.S. Geological Survey, "Summary of Endocrine Research in Contamination Biology Program," updated 11-10-04, http://www.cerc. usgs.gov.

18.
고양이와 개,
모두를 위한 순수한 물

세계 어디서든 화학 물질에 오염되지 않은 순수한 물은 찾기가 힘들다. 오염원에는 살충제·납·수은 등의 중금속, 수도관의 구리·비소 화합물, 특정 지역의 경우 방사능, 과도한 질산염과 인산염, 위험할 수 있는 박테리아 및 기타 미생물, 심지어 다양한 약물을 먹은 인간과 동물이 배출한 의약품이 있다. 다이옥신이나 PCB같은 산업 오염원도 있다. 대기 오염은 빗물을 오염시키고 오염된 호수와 바다 역시 증발해서 유독한 구름을 만드는 순환 과정에서 빗물을 오염시킨다.

오수 처리 시설과 대부분의 정수 체계는(가령 역삼투법, 자외선과 오존을 이용한 살균, 이온 교환, 그리고 활성화 탄소 필터 등) 이런 오염원을 모두 제거하지 못하므로 우리와 우리 반려동물의 건강에 심각한 문제를 일으킬 수 있다. 박테리아를 죽이기 위해 물을 광범위하게 염소 처리하는 방식은 추가적인 문제를 일으킬 수 있다. 특히 물에 자연적으로 발생한 유기 오염물이 많은 경우 클로로포름이나 트리할로메탄과 같은 부산물이 생기는데 이들은 발암성이 크기 때문이다. 동물 실험에 따르면 이 물질들은 신장, 간, 장에 종양을 유발하거나 신장, 간, 뇌에 손상을 입힐 수 있으며 선천적 장애, 발달 장애의 원인이 된다. 염소보다 안전하다고 여겨지는 클로라민으로 물을 살균하는 경우에도 매우 유독한 요오드아세트산, 할로아세트산이 생성될 수 있다.

불소 등으로 인한 수질 문제

오염된 물을 처리하는 과정에서 야기되는 건강 문제는 불소의 첨가로 인해 더 복잡해진다. 불소는 인산 비료 업계의 부산물로서 표면적으로는 사람들의 치아를 강화하고 충치를 예방한다는 목적을 가진다. 그러나 그러기 위해서는 불소가 치아와 직접 접촉해야 한다. 불소를 치아의 표면에 발라야 한다는 말이다. 불소의 섭취가 이로운 결과를 낳았다는 연구 결과는 없다.

그 반면에 불소는 치아를 얼룩지게 만들고 온갖 건강 문제를, 특히 골다공증, 관절염, 신장 질환, 갑상샘 기능 저하증을 일으킨다. 불소는 또한 소화기 질환, 피부 알레르기 반응, 소아의 인지 능력 저하, 사춘기의 시작을 제어하는 솔방울샘(송과선) 손상과 연관되어 있으며 암을 유발할 가능성도 있다. 불소가 첨가된 수돗물은 골육종, 특히 남자 소아의 골육종과 연관성이 있다.

특히 우려가 되는 것은 이미 신장 질환이 있는 경우로, 신장의 불소 배출 기능이 눈에 띄게 저하되면서 몸 안의 불소 축적으로 이어진다.

나는 알루미늄 클로로하이드레이트를 비롯한 알루미늄 화합물의 광범위한 사용도 매우 염려가 된다. 한 연구에서는 이런 화합물을 알츠하이머병과 연관시키기도 했다. 오수 처리에 사용하는 다양한 음이온·양이온성 응집제와 가루형 고분자 응집제, 그중에서도 폴리아크릴아미드도 염려스럽다. 가금류 도살 및 정육업 공장에서 나오는 폐수 등에 들어 있는 다양한 폐기 물질의 응집과 흡착을 유도하기 위해 쓰이는 이런 물질이 포함된 폐기물은 비료나 가축 사료 등으로 사용되기도 한다. 우리의 먹이 사슬과 우리가 마시는 물에 들어 있을 수 있는 아크릴아미드는 발암 물질로 유전자 손상, 신경 문제, 선천적 장애 등을 일으킬 수 있다. 불소는 알루미늄과 결합해 불화알루미늄을 형성할 수 있는데, 이는 알츠하이머병과 연관성이 있는 것으로 나타났으며 여러 호르몬, 신경 화학 신호를 간섭할 수 있다. 오염된 물이 일으킬 수 있는 건강 문제를 정수 과정이 일으킬 수 있는 건강 문제로 대체하는 것이 어리석다는 사실은 말할 것도 없다. 안전하고 값싼 방법, 미생물을 이용한 유기적·생태적 방법으로 오염된 물을 처리·회수·정수하고 폐수를 관리 및 폐기하는 대안적 체계가 시급하다.

나는 바로 위와 같은 이유에서 모든 사람들에게 순수한 샘물, 즉 생수를 권한다.(샘물은 대체로 모래 여과 장치를 통과하면 미국 위생 기준을 충족시킬 수 있다.) 그리고 **반려동물에게도 같은 물을 주기를 권한다.** 특히 다양한 건강 문제로 물을 많이 마셔야 하거나 신장 기능에 이상이 있다면 더욱 그러하다.

산업이나 농업 활동과 멀리 떨어진, 대개 고도가 높은 지역, 빙하 지역, 기타 고립된 지역의 수원에서 나오는 대부분의 샘물에 들어 있는 미네랄 함량은 대체로 매우 유익하다. 그러나 미네랄 과다 섭취는 주의해야 한다. 미량 영양소 불균형, 또는 요로 결석의 원인이 될 수도 있기 때문이다. 그러나 주요 미네랄이 결여된 정제수나 증류수는 오히려 골다공증을 비롯한 건강 문제를 일으킬 수 있다.

고양이에게 좋은 물을 주어야 하는 이유

어떤 고양이는 수돗물에 확실한 반감을 드러낸다. 위험할 수도 있는 염소, 불소 등 오염 물질에 대한 본능적인 반응일 가능성도 있다. 많은 고양이들이 물이 새는 수도나 고양이 정수기를 선호하는데, 아마도 그릇에 담긴 물에서 나는 불쾌한 냄새가 덜하기 때문일 것이다.

마른 사료에 중독된 고양이가 수돗물을 싫어한다면 문제는 복잡해지고 몇 가지 건강 문제로 이어지게 된다. 특히 방광의 염증이나 돌/모래 요로 결석, 수컷의 경우 요로 폐색(일명 고양이 하부 비뇨기계 질환)이 생길 수 있다. 사막에서 와서 사막 동물의 생리를 가진 고양이는 식단이 건조해서 수분이 모자라도 정상적인 갈증 반응을 보이지 않는다. 그래서 마른 사료만 먹는 경우 마시는 물의 양을 늘려서 수분의 균형을 맞춰야 하는데도 그러지 못하고 결국 고양이 하부 비뇨기계 질환이라는 결과로 고통 받거나 궁극적으로 치명적인 신부전을 겪을 수 있다. 요즘에는 어린 나이에도 여러 고양이들이 신부전을 겪는 추세이다.

물을 많이 마시는 것처럼 보여도 그 양은 적을 수 있으므로 언제나 맑은 샘물, 또는 그와 가장 비슷한 물을 주어야 한다. 질 낮은 오염된 물을 주면 불충분한 수분 섭취량으로 인해 이미 손상된 상태를 더 악화시킬 뿐이다.

늙은 동물은 늙은 사람과 마찬가지로 만성 심장 및 신장 질환의 위험이 있으므로 소금(염화나트륨)으로 연화 처리된 물을 주면 안 된다. 아파트나 콘도미니엄에서는 경수를 가정에서 사용할 수 있도록 하기 위해 종종 소금으로 처리하곤 하기 때문이다. 중앙에서 처리된 물은 분리되지 않고 찬물과 더운물로 다 들어가기 때문에 소금에 오염된 연수가 양쪽 수도꼭지 모두에서 나온다. 만성 신장 질환, 요붕증을 비롯한 건강 문제를 가지고 있거나 프레드니손과 같은 약물을 복용 중인 나이 든 동물은 물을 많이 마신다. 따라서 물속에 든 화학 오염물을 정상적인 경우보다 더 많이 흡수하는 데에서 오는 위험에 더 노출되어 있다.

인간은 "푸른 물"의 별 지구가 가진 물의 순환 체계를 교란시키고 유독하게 만들어 놓았다. 그리고 그 대가는 우리 자신의 건강, 그리고 우리처럼 살기 위해 물을 필요로 하는 다른 모든 생명체가 치르고 있다. 지구 별 표면의 물속에 사는 많은 동물들은 빠져나갈 구멍이 없다. 이것은 결국 우리에게도 해당하는 말이다.

우리는 자연이, 생태가 어떻게든 흡수하고 희석하고 중화할 줄 알았던 독을 마시고 있다. 그러나 자연에는 그럴 능력이 없다. 인간과 고래의 모유를 화학적으로 분석해 보면 금방 알 수 있다. 그러나 장기적 해법도 있다. 수질 정화와 담수화 기술만으로는 미래 세대를 위한 안전하고 지속 가능한 수원을 보장할 수 없기 때문이다. 장기적 해법에는 다음과 같은 것들이 포함된다. 우리의 잔디, 정원, 골프장, 곡식에 농약(제초제, 살충제, 살균제, 화학 비료)을 쓰지 말아야 한다. 즉 유기농법과 지속 가능한 농법을 미래를 위한 한 가지 희망으로 만들어야 한다. 쓰레기 폐기 · 소각 · 에너지 · 석유화학 · 제지 · 플라스틱 업계, 그리고 기타 소비자 주도의 생필품 및 가전 업계를 재구성해야 한다. 그래서 대기와 지구 표면의 수자원으로(궁극적으로 우리가 먹고 마시는 것들 속으로) 배출하는 오염원이 적을수록 더 많은 이득을 얻도록 만들어야 한다. 그리고 그 과정에서 나오는 모든 산물이나 부산물은 살아 있는 이 지구와 여기 사는 모든 생명체의 건강, 활기, 온전함, 아름다움에 피해를 주지 않고 재활용할 수 있어야 한다.

실천의 촉구

물은 더 이상 자연의 풍부하고 맑고 영원히 재활용되는 자원으로 당연시되어서는 안 된다. 물은 모든 존재를 지탱하는 근본적인 생의 원천이지만 우리는 이 기초적이고 결정적인 생존 요소를 생각 없이 낭비하고 오염시킴으로써 우리 자신을 위험에 처하게 하고 살아 있는 지구 별을 파괴하고 있다. 수도꼭지와 우물에서 나오는 물을 안심하고 마시거나 동물에게 주어도 된다는 보장이 없다. 물의 안전을 연구하고 수질을 평가하는 과학은 여전히 태동 단계에 있다.

그렇더라도 소비자이자 세금을 내는 시민들은 지역 수자원 관리 주체로 하여금 가정용 수원을 주기적으로 평가하고 그 결과를 공개하도록 요구할 권리가 있다. 또한 더 나은 감시를 요구할 권리가 있다. 잔디밭이나 정원에서, 농업이나 기타 인간 활동, 다양한 산업에서 흘러나오는 오염된 물이 바다와 강물로 흘러들지 않도록 법의 집행 주체에게 요구할 권리가 있다.

유기농 식품 시장이 지난 십여 년간 많은 정보를 가진 소비자들의 증가하는 요구로 크게 성장한 것처럼, 21세기의 첫 십 년간 많은 정보를 가진 대중이 순수한 물을 요구해 왔다. 동떨어진 고지대, 빙하 지역에 있는 아주 오래된 샘에서 나오는 매우 순수한 물도 있고, 아직 오염되지 않았으며 지속 가능한 깊은 대수층에서 나오는 지하수도 있다. 그러나 이런 수원은 영원히 사용할 수 없다. 물을 아끼고 오염을 멈추고 모든 생명을 지속시키는 이 기본적인 자원을 존경과 감사의 마음으로 바라보는 일은 우리 모두의 책임이다.

미국 북부는 지금 농업과 산업, 주거에서 나오는 오수에 의한 강물 오염을 완화할 가장 시급한 책임이 있다. 그뿐 아니라 판매용 농작물의 관수, 낙농업을 비롯한 기타 가축 생산을 위해 강물을 돌리고 댐을 건설하는 등의 과도한 개발 행위가 가장 많이 벌어지고 있는 곳도 이 지역이다.(이것은 잘 알려진 바와 같이 수십 년간 이어진 미군 육군 공병대의 도움 덕분에 가능했다. 그들은 설탕 산업과 축산업이 플로리다주 습지 에버글레이즈를 멸종과 죽음의 습지로 만드는 데 일조했고, 자연 생태계가 전멸당한 뒤에는 이곳에 대규모 과수원 및 농장을 건설하는 데 일조했다. 여기에서 사라진 야생 동물로는 늑대, 스라소니, 플로리다퓨마, 하늘다람쥐, 긴코너구리 등이 있다.) 북미 대륙을 가로질러 남쪽으로 흐르는 강물과 수로는 오염된 남은 물을 사용해야 하는 남부의 여러 주에 피해를 입힌다. 강물은 결국 멕시코만으로 흘러나오는데, 해양 생물학자와 지역 어업인들에 따르면 이곳에는 현재 어떤 생물도 살지 못하는, 로드아일랜드주 면적에 비길 만한 수역이 있다.

자신의 건강, 가족의 건강, 반려동물의 건강에 신경을 쓰는 사람이라면 누구든 최고 품질의 물을 구입하는 것이 얼마나 현명한지 깨달을 터이다. 그리고 수돗물을 먹어도 좋다는 잘못된 생각을 고수하지 않을 것이다. 물의 품질과 안전을 우리 모두는 경고로 삼아야 한다. 우리가 지구에 해를 입힐 때 결국 우리 자신에게 해를 입힌다는 진리를 물의 품질이 확인해 주고 있다. 지구의 건강, 즉 해양 및 육지 생태계의 건강은 인류의 건강과 마찬가지로 상호 의존적이며 대기와 물의 질에 의해 연결되어 있으므로 모두를 위해서 우리는 그 질을 향상시키고 유지해야 한다.

19.
올바른 식생활

시판 사료의 참상

소비자들이 시중에 있는 여러 동물 사료의 성분을 안다면 분노할 것이다. 공장식 축산업에서 나오는, 인간 식용으로 부적합하다고 여겨지는 폐기육이 사료 대부분에 들어간다. 사랑하는 반려동물에게 먹이기는커녕 정원에 비료로 쓰기에도 꺼려지는 수준이다.

『동물들이 죽도록 좋아하는 사료들: 동물 사료에 관한 충격적인 진실』[1]의 저자 앤 마틴은 이 문제와 관련해 여러 구체적이고 불편한 진실과 증거 자료를 제공한다. 마틴이 강조하고 있듯 많은 성분은 인간 식품·음료 산업

---

[1]   Ann N. Martin, *Foods Pets Die For: Shocking Facts About Pet Food* (Troutdale, Ore.: NewSage Press, 1997).

의 찌꺼기에 지나지 않으며 필수 영양소가 빠져 있어서 제조사들은 합성 첨가물과 보조제를 넣어 그것을 보충한다. 또한 고온에서 가공을 하기 때문에 열에 민감한 영양소가 파괴된다. 특히 마른 사료와 반건조 사료, 간식에 들어 있는 첨가물과 부가 안정제, 조미료, 색소가 섞이면 화학 물질에 대한 민감성과 식품 알레르기로 이어질 수 있는 화학 수프가 만들어진다.

앤 마틴이 집필한 이 훌륭한 저서의 초판에 대해 1997년 내가 공식적인 지지를 표명하자 미국 휴메인 소사이어티는 내게 활동 정지 처분을 내렸다.(침묵을 강요당한 것이나 마찬가지라고 할 수 있다.) 정년퇴직 연도인 2002년까지 연봉도 동결되었다. 애완동물 사료 업계에서 나의 상사에게 불만을 담은 편지를 보냈기 때문이다. 당시 나의 상사는 동물 사료 회사들로부터 후원을 기대하고 있었다!

반려동물 영양을 위한 새로운 희망[2]

유기농 인증을 받은 애완동물(그리고 인간) 식품과 관련된 틈새시장이 점점 확대되고 있다. 집에서 반려동물을 위한 음식을 만들어 줄 수 있도록 수의사와 그 밖의 동물 영양 전문가가 집필한 훌륭한 요리책도 많다. 개와 고양이를 위해 영양 많고 균형 잡힌 음식을 만드는 방법이 들어 있다.(앤 마틴의 요리책을 참조하기를 권한다. 이 장에서는 나만의 기본 요리법도 소개한다.)

이 새로운 유행은 의식 있는 소비자들이 반려동물에게 건강한 영

---

[2] 마른 사료의 높은 곡물 함량의 위험성에 대한 임상 증거에 관해서는 다음 책을 참조하라. *Your Cat: Simple New Secrets for a Longer, Stronger Life* by Elizabeth M. Hodgkins, DMV, Esq.(New York, N.Y.: St. Martin's Press, 2007).

양을 제공하는 가장 좋은 방법이다. 만들어 줄 수 없다면 적절한 영양학적 근거를 바탕으로 만든 유기농, 고품질 시판 동물 사료를 살 수도 있다. 집에서 만든 자연식과 유기농 시판 사료를 섞어 먹이는 방법도 있다. 성분 목록 앞쪽에 옥수수 가루가 나오는 사료는 피하도록 한다. 전분 함량이 지나치게 많고 필수 지방산은 지나치게 적을 수 있다.

집밥

반려동물에게 집에서 만든 음식을 주는 것은 매우 중요하다. 지역에서 생산된 유기농 재료로 만들면 이상적이다. 그러면 동물이 어떤 것을 먹는지 알 수 있기 때문에 특정한 성분에 대한 알레르기나 소화 불량 같은 음식 관련 건강 문제가 생겼을 때 도움이 된다. 대부분의 시판 가공 사료는 인간 식품 산업의 온갖 부산물, 그리고 인간이 소비하기에 부적절하고 안전하지 않다고 여겨지는 온갖 성분을 포함하고 있다. 여러 번 가공을 거치면서 영양적 가치에도 의문이 생긴다. 간단히 말해 고양이에게 뭘 먹이는지 모르게 된다. 색소는 얼굴이나 발에 침 자국이 생기게 만드는 것 말고도 여러 문제를 일으킨다. 그뿐 아니라 대부분의 애완동물 사료에는 다음과 같은 성분이 들어간다. 방광암·위암과 관련성이 밝혀진 BHA 등의 인공 방부제, 방광암과 갑상샘암을 일으킬 수 있는 BHT, 위험성이 의심되는 몬산토(다국적 농업 종자 및 화학 제품 회사—옮긴이) 제품 에톡시퀸 등이다. 에톡시퀸은 육가공 업체들이 산화를 막기 위해 지방/동물성 기름에 넣는 제품으로, 위험성이 인정된 화학 물질이며 독성이 매우 높은 살충제이다.

　　　　뒷 페이지의 레시피로 만든 요리를 간식이 아닌 주식으로 먹여도 된다. 일주일에 걸쳐 원래 먹던 음식을 줄이고 새로운 음식을 늘려 가면 소화 문제가 생길 가능성이 줄어든다. 기본 재료를 바꾸어서 다양성을 주고 영양 불균형 가능성을 줄이면 좋다. 또한 동물의 몸 상태를 관찰하면서 너무 많거나 너무 적게 먹이지 않도록 한다. 평균적인 고양이는 하루에 세 번에서 네 번 3분의 1컵 정도의 음식을 먹는다. 동물은 나이, 성격, 운동량, 건강 상태에 따라 필요한 영양분이 다르다는 점을 기억하자. 고양이에게 식사를 자주 준다면 매 끼니 주는 분량을 줄여야 한다. 하루에 여섯 끼에서 여덟 끼를 먹는 고양이들도 많다. 마른 사료는 아주 적은 양만 먹고 집에서 만든 과자를 매일 간식이자 치아 관리용으로 먹으면 좋다.

보호자들이 시판 애완동물 사료 업계에 관한
충격적인 사실들을 발견한 계기

2007년 3월, 수백만 명의 관심 어린 반려동물 보호자들은 메뉴 푸즈Menu Foods(캐나다의 애완동물 사료 제조업체)의 대규모 리콜에 대해 알게 되었다. 약 6000만 개의 오염되고 유해한 고양이·개 사료 제품들이 회수 절차에 들어갔다. 전국 동물들의 급성 신장병 발병과 심지어 죽음을 막기 위한 노력의 일환이었다.

　　　　이 리콜 사태에는 결국 수천 종의 고양이 및 개 사료가 포함되었

마이클 폭스 박사의 고양이를 위한 '자연식' 집밥 레시피

고양이를 위한 집밥을 만들고 싶다면 나의 이 요리법을 참고하기 바란다.

> 생현미 2분의 1컵
> 완두콩, 병아리콩, 또는 렌즈콩 2분의 1컵
> 소금 약간
> 식용유(아마씨유 또는 홍화유) 1테이블스푼
> 밀 싹 1테이블스푼
> 사과 식초 1테이블스푼
> 국물과 함께 다진 통조림 조개 1티스푼
> 영양 효모 1티스푼
> 말린 다시마 가루 1티스푼
> 뼛가루 또는 탄산칼슘 1티스푼
> 조각 낸 닭 한 마리, 또는 다진 소고기(지방이 약간 섞인 것), 다진 양고기, 또는 칠면조 450그램

식용유를 제외한 모든 재료를 섞는다. 재료가 잠길 정도의 물을 더한 뒤 낮은 불에서 35~45분 정도 끓이면서 저어 준다. 필요한 대로 물을 더 넣어 가며 재료가 다 익고 걸쭉해질 때까지 끓인다. 머핀 크기로 뭉칠 수 있을 정도의 농도가 되어야 한다. 필요하면 밀기울을 넣어 농도를 맞춘다. 계란 1개 혹은 코티지치즈 1컵도 넣는다. 다 익힌 뒤 식으면 뼈를 발라 버린다.(고양이에게 익힌 뼈를 주어서는 안 된다. 갈라져서 내부 장기를 손상시킬 수 있다.) 식용유는 식은 뒤에 넣는다.
이 고기죽은 평소에 먹는 음식과 함께 하루에 반 컵 정도 주어도 된다. 나머지는 뭉친 상태로 얼리고 필요할 때마다 녹인다. 평소에 먹는 음식과 함께 매주 세 번 정도 한 뭉치를 준다.
변화를 주고 싶다면 고기 대신 뼈를 바른 날생선이나 약하게 익힌 생선 450그램을 넣는다.(주의: 생선, 옥수수, 소고기, 유제품 등에 알레르기가 있는 고양이들도 있다.)

* 여기에 들어가는 재료는 건강식품 전문점에 가면 찾을 수 있다. 언제나 유기농 인증을 받은 재료를 쓰는 것이 이상적이다.

고 백수십 곳의 제조사와 유통업체가 관련되었다. 잘 알려진 아이암스Iams, 유카누바Eukanuba, 뉴트로Nutro, 힐스Hills, 뉴트리플랜Nutriplan, 로열 캐닌Royal Canin, 펫 프라이드Pet Pride, 내추럴 라이프 채식용 견사료Natural Life vegetarian dog food, 유어 펫Your Pet, 아메리카스 초이스프리퍼드 펫America's Choice-Preferred Pet, 선샤인 밀스Sunshine Mills의 제품이 리콜되었고 이들은 펫스마트PetSmart, 퍼블릭스Publix, 윈딕시Winn-Dixie, 스탑 앤드 숍 컴패니언Stop and Shop Companion, 프라이스 초퍼Price Chopper, 로라 린Laura Lynn, 케이마트KMart, 롱스 드러그 스토어Longs Drug Stores Corp., 스테이트 브라더스 마켓State Bros. Markets, 월마트Wal-Mart와 같은 유통업체를 통해 판매되고 있었다. 주로 고양이와 개를 위한 캔(젖은 사료)을 제조하는 소규모 업체도 다양하게 포함되었다. 퓨리나Purina, 알포Alpo, 델몬트 펫 프로덕츠Del Monte Pet Products 등 메뉴 푸즈와 계약 관계가 아니었던 기타 애완동물 사료 제조업체의 추후 리콜 물량과 합치면 리콜된 사료의 양은 수십만 톤에 달한다.

나는 "반려동물의 목숨을 구해 줘서" 고맙다는, 개와 고양이 보호자들의 편지를 받기 시작했다. 내가 수의사가 된 이후 여러 해 동안 주장해 온 대로 반려동물들에게 집밥을 먹인 덕택에 반려동물이 살았다고 했다. 반려동물들의 고통과 죽음, 보호자들의 믿기지 않는 마음과 분노, 상실감만큼 컸던 경제적 손실 등에 관해 쓴 편지도 많았다. 많은 사람이 3,000달러에서 6,000달러에 이르는 병원비를 써야 했고, 소득이 정해져 있는 사람들은 신용카드 대출을 받아 엄청난 이자를 지불해야 했다. 나는 11월에 시작되었다는 이 비극이 있기 이전에도 갑작스러운 급성 신부전증을 호소하는 편지를 받은 적이 있었다. 간 손상을 이야기하는 사람도 있었다.

연구자들이 밝혀낸 반려동물들의 사망 원인

독물학자들은 마침내 두 중국 제조사에서 수입된 밀가루에 들어간 화학 물질 두 가지를 지목했다. 이 제조사들은 오염된 상품을 밀 글루텐과 쌀 단백질로 속여 판매했다. 발견된 화학 물질은 멜라민과 시아누르산으로, 모두 요소尿素와 관련되어 있고 신장에 결정이 생기게 만든다. 그러나 독물학자들은 가축 사료에 소량 들어가는 이 화학 물질이 유일한 원인이라는 데 동의하지 않았다. 일부 성분은 유전자 조작이 된 곡물에서 왔을 수 있고 신장에 해를 입히는 제초제에 오염되었을 수 있다. 일부 애완동물 사료에서는 특히 고양이에게 간 손상을 일으킬 수 있는 아세트아미노펜이 발견되었다.

2007년 4월 30일 자 《워싱턴 포스트》는 중국 식품 및 사료 가공업자의 말을 인용했다. 값싼 충전재로 몇 년 동안 요소를 써 왔다는 주장이었고, 다른 나라들의 허술한 식료품 성분 및 품질 시험에서 요소는 단백질로 여겨져 통과된다고 했다. 그러나 제조사에서 가축 사료에 들어가는 식물성 단백질과 글루텐에 너무 많은 요소를 섞자 동물들에게 병이 생겼고 그래서 멜라민으로 바꾸었다는 것이다. 이런 불순물을 섞기 시작한 지 꽤 오래되었기 때문에 중국에서 식물성 단백질을 수입해 온 사람들에 의해 미국의 소비자와 반려동물은 이미 오랜 시간 동안 위험에 노출되어 왔을 터이다.

유독한 동물 사료 오염 물질이 상승 작용을 일으킬 가능성은 여전히 열려 있다. 동물들이 동시다발적으로 병에 걸린 이번 사태가 보여 주듯 유해한 첨가물이나 오염 물질이, 혹은 대사 과정에서 생긴 결과물이 서로 작용하여 동물 사료 중독을 일으킬 수 있다.

같은 해 4월에 있었던 미국 상원 심리에서 리처드 더빈 의원의 질의뢰를 받은 미국 사료 관리 협회AAFCO 애완동물 식품 연구소 대표들은 매우 방어적인 태도를 유지했고 성분의 실제 검사 및 실험과 관련하여 앞뒤가 맞지 않는 말들을 늘어놓았다. AAFCO의 공식 성분 표기는 대부분의 가공된 애완동물 사료에 부착해야 하지만 품질이나 안전을 실질적으로 보장하지는 않는다.

캘리포니아에서 개인 병원을 운영하는 고양이 전문의이자 힐스 펫 푸드 뉴트리션에서 기술부장을 역임한 엘리자베스 호지킨스 박사의 발언이 유일한 이성과 진실의 목소리였다. 여러 잡음과 명료하지 못한 발언들 중에 돋보였던 박사의 발언은 애완동물 사료 업계의 효과 없는 규제, 관리 소홀, 품질과 안전 감독 소홀, 불충분하고 불확실한 표기, 근거가 부족한 영양적 가치의 홍보 등을 지적했다. 그리고 특히 고양이들이 멜라민 사태 이전부터 병들어 죽기 시작했으며 그 원인은 미국 애완동물 사료 제조사들이 그들을 신뢰하는 대중에게 판매하고 있는 일부 성분과 제제에 있다고 말했다. 아직도 너무 많은 수의사들이 이 성분들이 AAFCO의 공식 성분 표기대로 과학적으로, 균형에 맞게 배합된다고 믿는다.

미국 식품의약국FDA의 한계를 깨닫게 된 보호자들

FDA는 애완동물 사료 리콜을 요구할 자격을 위임받고 있지 않다. FDA는 서면으로 요청을 알릴 뿐이고 모든 리콜은 '자발적'으로 이루어진다. 애완동물 사료 제조사들은 제때에 FDA에 통보할 의무가 없으며, 그렇게 하지 않는다고 처벌받지도 않는다.

오늘날의 시판 가공 사료 업계에서 벌어진 대참사에 우리 모두 경각심을 가져야 한다. 더 나은 규제, 감독, 시험이 필요하지만 현실적이어야 한다. 최근에는 다진 소고기, 가금류, 양파, 시금치 등 사람을 위한 식품이 대량으로 리콜되기도 했다. 비용 문제는 차치하고 어떤 대량 생산 체계도 완벽히 안전할 수는 없다. 인간 식품업계에서 나온 부산물과 인간에게 부적합하다고 여겨지는 상품을 가축 사료와 애완동물 가공 사료에 재활용하는 행위는 위험 관리를 무척 어렵게 하고 있다.

고양이와 같은 절대 육식 동물의 사료에 영양 불균형을 초래하는 밀 글루텐과 식물성 단백질을 넣는 것은 단지 값이 싼 충전재이기 때문이다. 중국의 어느 합법적인 밀 글루텐 수출업자는 수천 마리의 애완동물을 죽인 가짜 밀 글루텐의 낮은 시장 가격을 미국 수입업자들이 수상하게 여겼어야 한다고 말한다. 그러나 이들에게 가장 중요한 것은 최저가 재료와 사료 제제를 확보해 이윤을 늘리는 것이다.

아마도 모든 수치가 밝혀지고 고양이와 개의 사망률과 발병률을 좀 더 폭넓게 대조해 보면 서구는 중국에 감사해야 할 것이다. 셀 수 없이 많은 반려동물의 고통과 죽음은 비극적이지만 그 결과 세계 식품 공급의 품질과 안전성이 극히 불량하다는 사실이 알려졌기 때문이다. 따라서 모든 정부가 이 문제를 좀 더 심층적으로 따져 보도록 촉구해야 한다. 이번 사태가 애완동물 사료 리콜 사태로는 최대 규모이지만 빙산의 일각에 지나지 않기 때문이다. 이런 리콜이 반복되지 않기를 바랄 뿐이다. 다국적이고 적절한 정부 조치가 최선의 희망이다.

그때까지 우리는 가족을 위한 식품을 살 때, 그리고 많은 사람들이 가족으로 여기는 반려견과 고양이의 식품을 살 때 내 지역에서 난 식품이나 원산지가 표시된 식품, 유기농 인증을 받은 식품을 사야 한다. 그러면 이미 오래전에 이루어졌어야 하는 농업과 윤리의 혁명이 시작될 수 있을지 모른다!

애완동물 사료 업계는 동물 안전성이 입증되지 않은 유전자 조작 식품, 가축 사료 업계의 생산물과 부산물을 애완동물 사료에 재활용하는 행위의 안전성 및 영양적 가치에 대한 나의 질의에 언제 답변할 것인가? 알레르기, 피부 질환, 비만, 당뇨, 면역 질환, 염증성 장 질환 등의 발병 사례는 늘어만 가고 있고 반려동물에게 자연식을 먹이도록 권하는 나와 같은 수의사들도 점점 늘고 있다. 유기농 인증을 받은 재료로 집에서 만든 음식, 집에서 기르거나 근방에서 나온 유기농 인증 재료를 주로 사용한 시판 사료가 가장 이상적이다. 병든 동물들은, 무지한 꼭두각시라고 비난받는 수의학계에서 홍보하는 처방 사료가 아닌 이런 자연식을 먹을 때 더 잘 이겨 낸다. 그러나 주류 애완동물 사료 업계는 곧 현실과의 충돌이 불가피해 보인다. 이 업계는 선택권이 없거나 가공된 마른 사료에 중독되어 영양학적 지혜를 발휘할 수 없는 육식 동물인 고양이들의 먹이로 여전히 곡물을 바탕으로 하는 마른 사료를 홍보하고 있다.

고양이에게 꼭 필요한 영양소

고양이의 식단에는 두 가지 필수 아미노산이 포함되어야 한다. 아르기닌과 타우린이다. 채소와 곡물, 즉 보리, 귀리, 쌀 등은 이 두 가지 필수 영양소를 가지고 있지 않다. 그래서 고양이에게 채식을 시키는 것은 현명하지 않다. 고양이는 육식 동물이다.

따라서 고양이의 식단은 품질이 좋고 소화하기 쉬운 동물성 단백질을 어떤 형태로든 포함해야 이 두 아미노산을 공급할 수 있다. 익힌 계란, 고기, 생선, 유제품에 이 필수 영양소가 들어 있다. 생선에 알레르기가 있는 고양이도 있고 오로지 참치, 지방 없는 고기, 닭만을 먹일 경우 영양소 결핍으로 인한 질병에 걸릴 수 있다. 다진 생고기 약간이나 가금류, 간, 콩팥(해로울 수 있는 박테리아를 죽이기 위해 먼저 끓는 물에 데쳐야 한다)은 고양이에게 좋다.

아르기닌은 다 큰 고양이의 체내에서 암모니아 배출을 돕는다. 암모니아는 단백질이 소화되면서 생기는 물질이다. 아르기닌 결핍은 근육 경련, 운동 능력 저하, 우울감, 심지어 사망과도 관계가 있다.

타우린 결핍은 계속되면 눈이 안 보이게 되고 심장 비대 및 기능 저하로 이어질 수 있다.

일부 고양이 사료에는 타우린과 아르기닌이 추가되어 있다. 성분 표기를 확인하기 바란다. 기억할 것은 고양이가 절대 육식 동물로서 고단백 식단을 필요로 한다는 점이다. 그 반면에 개나 사람은 잡식성으로 균형 잡힌 채식 식단으로도 잘 살 수 있다. 고양이는 또한 필수 지방산을 섭취해야 하므로 매일 생선 기름 몇 방울을 필요로 한다.

고양이는 야생 상태에서 하루에도 여러 끼니를 먹기 때문에 소량의 음식을 여러 끼니(네 번에서 여덟 번) 주어야 한다. 어떤 고양이에게도 순전히 마른 사료만 주어서는 안 된다. 원래 심한 갈증도 버틸 수 있는 사막 동물인 고양이는 갈증 반응이 형편없기 때문에 음식에 수분이 없으면 충분한 수분을 섭취하지 못할 수 있다. 또한 마른 사료 대부분의 높은 곡물 함량은 치명적일 수 있다.

고양이가 어릴 때부터 치아를 닦는 데 익숙해지면 좋다. 치아 문제, 즉 치석이나 치은염은 아주 흔하다. 고양이에게 생닭의 날개 끝을 씹도록 주면 치아를 깨끗하게, 잇몸을 건강하게 유지할 수 있다. 다만 유해한 박테리아가 있을 수 있으니 먼저 끓는 물에 살짝 데치면 좋다.

고양이에게 문제가 될 수 있는 음식들

당뇨나 비만, 심장·간·신장 질환이 있는 고양이들에게는 수의사가 처방하는 특별 식단이 필요하다.(곡물 기반의 사료가 아닌 고기 함량이 높은 식단을 먹었다면 처방식과 각종 약물도 필요 없었을 것이다.) 음식 알레르기도 조심해야 한다. 옥수수, 대두, 생선, 소고기, 유제품 등 고양이 사료 성분에 알레르기가 있는 고양이도 있기 때문이다.

고양이가 음식에 과민 반응을 보이고 있다는 사실을 알 수 있는 주요 신호는 가려움증, 특히 머리나 목을 긁는 행위, 털이 빠진 부분, 피부에 난 여드름, 딱지가 앉은 혹 등이다. 먹은 직후 구토를 해도 특정 음식에 알레르기가 있다는 뜻이다. 어떤 고양이는 만성 설사와 염증성 장 질환을 겪기도 한다.

고양이도 음식에 알레르기가 있을 수 있다는 사실을 주지해야 하며 알레르기 증상을 피부 질환으로 착각한 나머지 고양이의 상처에 연고를 바르는 일은 피해야 한다. 이 문제에 대해서는 수의사의 조언을 구해야 한다.

음식에 대한 만성적인 민감 반응과 영양 결핍은 고통을 유발하고 질병에 대한 저항성을 줄이기 때문이다. 수의사는 집에서 요리한, 쌀과 양고기 또는 고등어로 만든 저자극 식단을 일단 시도해 보라고 할 것이다. 음식에 민감 반응을 보이는 많은 고양이들이 이 시험 식단을 먹고 2~3주 후 나아진다. 그 이후 수의사는 특별한 식단을 처방할 수 있다.

문제는 사람들이 고양이에게 각종 사람 음식을 너무 많이 줄 때 생긴다. 매 끼니 참치 한 캔을 다 주는 식의 식단은 균형이 잡히지 않은 아주 불완전한 식단이다. 비타민 E 결핍증과 수은 중독에 걸릴 수 있다. 대부분의 고양이가 유당 불내증을 갖고 있으므로 우유 4분의 1컵 이상은 설사를 유발할 수 있다. 특히 새끼 고양이에게 너무 많은 우유를 주면 위험하다.

고기나 그 밖의 고품질 단백질이 고양이에게 필수적이라는 사실을 기억하자. 고양이가 필요로 하는 특정 아미노산이 채소에는 없고, 이 아미노산의 결핍은 시력 상실, 신경 문제, 심장 문제, 그리고 면역 체계의 전반적 약화를 가져온다. 그와 마찬가지로 새끼 고양이에게 고기로만 이루어진 식단을 제공하는 것은 고양이를 채식주의자로 바꾸려는 것만큼 나쁘다. 고기로만 이루어진 식단 역시 균형이 잡히지 않은 식단으로, 인산염 함량이 많고 칼슘 함량이 적어서 뼈 질환과 변형으로 이어질 수 있다.

방광염: 흔한 고양이 질병

고양이가 갑자기 소파나 바닥에 소변을 보기 시작한다면 섣불리 야단을 치지는 말자. 방광염을 앓고 있을 수 있고 고통스럽다는 점을 알리려는 것일 수 있다. 방광에 염증이 생기는 방광염은 고양이들에게 생기는 가장 흔한 질병 가운데 하나이며 많은 경우 만성적이다. 수컷 고양이의 경우 모래 같은 방광 결석이나 점액 덩어리가 형성되어 요로를 막을 수 있다. 방광염과 방광 결석이 함께 생기는 것을 고양이 하부 비뇨기계 질환FUS이라고 한다.

FUS의 징후에는 자꾸 소변 볼 자세를 하고 힘을 주는 행동, 혈뇨, 화장실 밖에서 소변을 보는 행동, 외음부나 성기에서 떨어지는 피나 고름 등이 있다. 먹고 마시지 않아서 힘이 없을 수 있고 탈수 증상을 보일 수 있다. 배에 손을 대면 부어 있는 방광이 만져질 수도 있다. 이런 징후가 하나라도 보이면 바로 수의사에게 데려가 진찰을 받아야 한다. 그러지 않으면 요독증으로 쇼크사할 수 있다.

일반적으로 병원에서는 카테터를 이용해 요로의 점액 덩어리와 방광 결석을 뺄 것이다. 박테리아 감염이 있을 경우 항생제를 처방할 수도 있다. 특정한 경우에는 수술을 통해 수컷 고양이의 요로를 확장해서 폐색이 잘 되지 않도록 할 수도 있다.

FUS는 여러 가지 요소로 인해 발병하는 것으로 보인다. 바이러스 때문일 수도 있고 마그네슘 함량이 많은 식단, 부족한 수분 섭취, 스트레스, 그리고 유전자 때문일 수도 있다. 수컷 고양이는 적어도 6개월까지 기다렸다가 중성화 수술을 시키기를 권한다. 너무 어릴 때 중성화를 하면 평균보다 요로가 좁아지거나 잘 막힐 수 있다. 또한 고양이에게 물을 충분히 주어야 하고 마른 사료만 먹이면 안 된다.

FUS가 있는 고양이라면 마른 사료를 끊고 수의사의 처방에 따라 시판되는 습식 처방 사료를 먹일 것을 권한다. 젖을 뗄 때에는 앞에서 말한 집밥을(294~296쪽 참조) 이유식으로 먹이면 좋다. 예방이 최선의 치료이므로 어린 고양이들은 시판 습식 캔이나 집에서 만든 음식에 익숙해지면 좋다. 하루한 번 홍화유 또는 아마씨유 2분의 1티스푼을 음식에 넣어 주어도 방광염 예방을 도울 수 있다.

방광염 깊이 알기

월귤나무 열매는 매우 값진 항균·항염 치료제이지만 소변을 알칼리성으로 만든다. 고양이의 소변에 스트루바이트요결정이 있다면 월귤나무 열매는 바람직하지 않다. 결정, 혹은 요로 결석을 동반하는 방광염이라면 화학적으로 어떤 종류인지 알아내는 것이 중요하다. 대개의 경우 비타민 C나 크랜베리 캡슐로 소변을 산성화하는 것이 도움이 된다. 그러나 지나치게 산성화된 식단은 소변 내 수산칼슘 결정/요석의 형성으로 이어질 수 있으므로 최적의 산염기 균형을 맞출 수 있도록, 즉 정상적인 경우라면 약간 산성인 소변을 유지할 수 있도록 식단을 유지하는 것이 필수적이다. 추가적인 조치로는 마른 사료를 줄이고 물에 우유나 참치 국물, 또는 간하지 않은 소고기나 닭 육수를 넣어 물을 더 마시게 하는 방법이 있다. 파슬리나 민들레처럼 이뇨 작용을 하는 허브가 요로를 깨끗하게 유지하도록 도와주지만, 물에 맛을 첨가하거나 습식 캔사료나 집에서 준비한 음식을 먹여 고양이의 수분 섭취량을 늘리는 것이 더 중요하다. 대개의 경우 소변의 산성을 높이기 위해 곡물을 줄이고 생고기 또는 살짝 익힌 고기를 주는 것이 바람직하지만 소변에 수산칼슘 결정이 있는 경우에는 예외이다.

방광염과 실금이 동반하는 경우에는 기저에 음식 알레르기가 있을 수 있고, 일부 고양이는 식단에서 모든 옥수수를 제거하자 저절로 나아졌다. 옥수수는 고양이 사료에 흔히 들어가는 성분이다.

방광염에 걸린 고양이는 기저의 염증 때문에 종종 항생제를 필요로 한다. 부토르파놀 같은 진통제, 혹은 바륨이나 레세르핀처럼 경련 방지와 신경 안정 효과가 있는 약물을 투여했을 때 많은 고양이들이 치료 시작 후 5일에서 10일 사이에 도움을 받았다.

당뇨가 있는 고양이나 장기 스테로이드 치료를 받고 있는 고양이들은 종종 면역력 저하로 인한 세균성 방광염에 걸린다. 실금이 있다면 이런 원인부터 확인해 보아야 한다.

고양이 모래를 광물이나 점토 기반의 모래가 아닌 다른 종류, 즉 신문지나 밀로 만든 펠릿 모래로 바꾸는 것도 도움이 될 수 있다.

마른 사료만으로 이루어진 식단뿐 아니라 심적 스트레스 역시 고양이 방광염/하부 비뇨기계 질환의 중요한 요인이다. 높은 자리, 타고 오를 수 있는 기둥, 캣 타워, 안전하게 숨을 수 있는 곳 등을 제공해서 환경을 풍부하게 만들어 주는 한편, 같은 집에 사는 고양이들 간의 갈등 해결해 주기, 규칙적인 놀이와 빗질, 화장실 개수 늘리기, 놀라거나 다른 고양이와 경쟁하지 않도록 조용한 장소에 추가적으로 사료 그릇과 물 그릇 놓기 등도 모두 도움이 되는 예방책들이다.

20.
모든 고양이가
실내 고양이여야 할까?

대부분의 개는 타고난 떠돌이이자 사냥꾼이다. 그러나 개를 사랑하는 사람들 대부분은 개를 집 밖에 내보내지 않는다. 홀로 돌아다니는 개는 차에 치이거나 다른 개와 싸워 다칠 수 있으며 시골에서는 덫에 걸릴 수도 있다. 개장수에게 붙잡혀 동물 실험실에 팔려 가거나 사냥꾼의 총에 맞거나 광견병에 걸린 여우나 너구리에게 물릴 수도 있다.

미국 내 대부분의 지자체에서 개를 동네에 자유롭게 풀어놓는 것을 금지하고 있다. 자유롭게 돌아다니는 개는 누군가를 물 수도 있기 때문이다. 그러나 고양이에 대해서는 그렇지 않고, 이것이 심각한 문제를 야기한다. 미국에는 개보다 고양이가 약 20퍼센트 많기 때문이다.

너무 많은 고양이 보호자들이 늘 해 오던 대로 거리낌 없이 고양이를 밤새 외출하게 하고 고양이가 밤낮을 가리지 않고 마음대로 집을 드나들게 한다. 그 반면에 개 보호자들은 개를 주기적으로 산책시키고 목줄을 사용하지 않아도 되는 안전한 개 놀이터에서 뛰놀게 하며 절대 집 밖을 떠돌게 하지 않는다. 개 보호자들에 비해 고양이 보호자들이 고양이를 덜 사랑하는 것은 아니다. 그런 고양이 보호자가 무책임하다고, 그러므로 냉정하다고 암시하는 것은 고양이 보호자에 대한 모욕이다. 그러나 자유롭게 돌아다니는 고양이들은 도둑맞거나 길을 잃거나 교통사고를 당할 수 있고 덫에 걸리거나 사냥꾼의 총에 맞거나 심지어 청소년들의 손에 학대를 당하거나 쥐약을 먹을 수도 있다. 게다가 많은 고양이들은 명금류, 다람쥐, 작은 설치류 같은 야생 동물을 죽인다. 고양이가 작은 설치류를 먹으면 심각한 공중 보건 문제인 톡소포자충(톡소플라스마)증에 걸릴 수 있다.

고양이의 외출이 고양이와 사람의 건강에 끼치는 위험

자유롭게 돌아다니는 고양이들은 남의 정원에 종종 배설을 하곤 하는데, 임신한 여성이 톡소포자충증에 감염되면 뇌와 시각이 손상된 아기를 낳을 수 있다. 그와 비슷하게, 회충에 감염된 고양이는 시각 손실, 신경 문제 등을 일으킬 수 있다. 특히 놀이터나 모래놀이 상자 등에 있는 고양이의 배설물에 섞인 회충 알이 어린이의 입으로 들어가면 내장 유충 이행증이 생길 수 있다.

고양이 에이즈는 사람에게는 영향을 주지 않지만 침을 통해 퍼지는 면역 결핍 바이러스로 고양이가 다른 고양이를 물 때 전염된다. 치료할 방법은 없고 발병하면 대개 사망한다. 고양이를 자유롭게 외출하도록 허용하는 사람들은 이 질병을 비롯해서 전염성이 큰 그 밖의 고양이 질병, 다시 말해 고양이 헤르페스 바이러스, 고양이 칼리시 바이러스, 고양이 범백혈구 감소증 등의 위험에 고양이를 노출시키는 것임을 알아야 한다. 범백혈구 감소증은 플로리다주에서 멸종 위기에 놓인 플로리다퓨마를 위기에 처하게 했으며 많은 개체가 이 질병으로 죽었다. 감염된 고양이가 자유롭게 돌아다니며 병을 퍼뜨린 것이다. 붉은스라소니, 스라소니, 회색여우 등 야생 육식 동물은, 감염된 뒤 체액을 통해 여러 질병을 퍼트리는 집고양이들로 인해 위험에 처할 수 있다.

헤모바토넬라증, 즉 고양이 전염성 빈혈은 벼룩에서 고양이, 그리고 다른 고양이로 전염될 수 있으며 신속하게 진단해서 치료하지 않으면 치명적일 수 있다. 고양이들은 외출 고양이 집단을 통해 빠르게 퍼질 수 있는 고高 전염성 호흡기 바이러스 감염병에 특히 취약하다. 이런 병은 어린 고양이에게는 치명적이며 만성 염증 또는 면역 체계의 영구 장애로 이어질 수 있다.

자유롭게 외출하는 고양이는 서로에게, 그리고 야생 동물에게 질병을 옮길 뿐 아니라 질병을 집으로 가져와 인간에게 옮길 수도 있다. 특히 어린이나 노인, 면역력이 저하된 사람에게 옮길 수 있다. 페스트를 옮기는 벼룩을 집에 퍼트릴 수도 있고 진드기를 퍼트릴 수도 있다. 진드기는 라임병, 그리고 진드기 마비증과 같은 심각한 질병의 원인이 된다. 고양이는 또한 감염된 야생 동물, 오염된 흙과 물로부터 조류 독감, 야생 토끼병(야토병), 결핵, 주폐포자충 폐렴, 캄필로박터 감염증, 작은와포자충 감염증, 헬리코박터 감염증, 지알디아 감염증, 살모넬라 감염증, 히스토플라스마증, 분아균증에 걸려 사람에게 질병을 퍼트릴 수 있다. 백선에 감염된 고양이는 고양이를 쓰다듬는 사람에게 완치가 힘든 피부병을 옮길 수도 있다.

고양이의 외출이 가져올 수 있는 추가적인 문제들

고양이, 사람, 야생 동물의 건강에 이렇게 다양한 문제를 야기할 수 있는데도 고양이 보호자들은 여전히 고양이가 집 밖으로 나가게 내버려 둔다. 고양이가 떠돌아다니며 사냥을 해야 한다는 잘못된 믿음 때문이다. 그것이 고양이의 자연적인 권리이며 고양이가 대자연에서 스스로를 돌보는 방법을 본능적으로 알고 있다는 생각 때문이다.

그러나 이 모든 것은 부질없는 희망에 매달리는 사고방식으로, 결국 무책임하고 냉정한 행동으로 이어진다. 특히 중성화하지 않은 고양이가 임신을 해서 보호자가 모든 새끼 고양이들에게 집을 찾아 주어야 할 경우, 많은 사람이 가까운 동물 보호소에 새끼들을 맡긴다. 보호소는 언제나 입양되지 않은 새끼 고양이들로 가득하고, 너무 많으면 이 고양이들은 안락사를 당한다. 보호소 직원이 지는 심적 부담은 논외로 하더라도, 고양이를 사랑한다고 주장하는 사람들이 갖은 핑계를 대면서 고양이가 자유롭게 외출하고 짝짓기하게 내버려 둔다면 모순적이다. 아이들의 교육을 핑계로 삼을 때도 많다. 아이들에게 탄생의 기적을 보여 주고 고양이의 애틋한 양육 활동을 보여 주고 싶다는 것이다. 그러나 아이들을 데리고 동물 보호소에 가는 편이 훨씬 더 교육적일 터이다.

수많은 새끼 고양이들이 야생에서 태어나고 그중 소수만이 생존한다. 새끼들은 비바람에 노출되어, 또는 굶주림이나 바이러스 감염으로 죽는다. 살아남는 새끼들은 빠르게 야생성을 얻기 때문에 입양 불가능한 사나운 고양이가 되어 명금류를 비롯한 지역 야생 동물 종을 초토화시키고 미국 전역의 교외 및 시골 지역에 있는 자연 포식자들과 경쟁한다. 고양이 보호자들은 고양이 한 마리가 밤낮으로 외출한다고 얼마나 큰 문제가 생기겠느냐고 반문하겠지만 같은 동네에서 다른 수많은 보호자들이 똑같은 방식으로 고양이를 키운다. 이런 지역에서는 아마 길을 잃었거나 길에서 사는 고양이들이 다양한 질병을 안은 채 살고 있을 것이며 영역, 미래의 짝, 먹이를 두고 싸울 준비가 되어 있을 것이다. 이런 이유로, 동물 병원을 찾는 반려 고양이가 겪고 있는 가장 흔한 문제는 다른 고양이에게 물려서 생긴 농양이다. 농양은 종종 침으로 전염되는 고양이 에이즈와 함께 나타난다. 두 가지 모두 피할 수 있는 문제들이다. 고양이가 실내 생활을 즐기게 하고 집 밖을 나다니는 데에 흥미를 느끼게 허락하지 않으면 된다.

고양이에게 외출을 허락하는 가장 흔한 이유는 고양이가 항상 내보내 달라고 울며 보챈다는 핑계이다. 새끼 고양이 때부터 실내에 살면서 한 번도 나가 본 적이 없는 고양이는 대개 내보내 달라고 보채지 않는다. 중성화를 시키지 않을 경우 발정기가 되면 내보내 달라고 울 수도 있고 바깥에 있는 외출 고양이들의 '부름'을 받을 수도 있다. 그러므로 5~6개월 이전에 중성화 수술을 하면 실내 생활에 적응하는 데 큰 도움이 된다.

외출 고양이는 주인도 모르는 사이에 남의 집 실내 고양이들에게 위협적인 행동을 할 수 있다. 길게 울부짖으며 어슬렁거리거나 집 주변에 스프레이를 하면 창문이나 방충망 뒤에 있는 실내 고양이들은 겁을 먹는다. 편집증적으로 불안해하거나 공격적으로 변해서 서로, 또는 주인을 공격하는 실내 고양이도 있다. 또한 집 안에서 스프레이를 하기 시작하거나 화장실 밖에서 소변을 볼 수 있다.

뒷마당에 울타리를 치고 울타리 상단에 경사진 철조망을 설치해서, 고양이가 넘어갈 수도, 바깥 고양이가 넘어올 수도 없도록 만든 뒤 고양이를 풀어놓으면 아무 문제가 없다. 또 다른 대안은 바깥에 야외 '고양이 집'을 만드는 것이다. 닭장용 철망으로 둘러싼 정자 또는 A 자 형태의 구조물 안에 비바람과 햇볕을 피할 수 있는 둥지나 굴, 뚜껑 있는 화장실, 그리고 고양이가 기어오르고 발톱을 긁고 일광욕을 할 수 있는 캣 타워를 설치하면 좋다. 방충망이 있는 발코니나 테라스에 안정적인 나뭇가지 또는 캣 타워를 놓는 대안도 있다. 잘 보이는 곳에 수반과 새 모이를 마련해 두면 고양이들의 흥미를 더욱 유발할 수 있다.

대부분의 가정은 고양이를 한 마리만 키우지만 고양이는 사이좋은 친구와 함께 살면 더 건강하고 행복하며 더 재미있게 살 수 있다. 연구에 따르면 중성화된 고양이들은 한배에서 태어난 경우에 가장 사이가 좋고 엄마와 자식도 사이가 좋다. 경험이 많은 고양이 보호자들은 혈연관계가 아닌 새끼 고양이나 어린 고양이를 너무 나이가 들지 않고 고집이 세지 않은 고양이에게 소개시킴으로써 사회적, 정서적 환경을 풍요롭게 해 주기도 한다. 또한 새끼 고양이는 태어난 뒤 3주에서 9주 사이의 매우 중요한 시기에 인간이나 다른 고양이와 가장 손쉽게 유대를 형성한다. 태어나고 14주 이후까지 사람 손을 타지 않는다면 사람을 무서워하고 사람에게 공격적일 수 있다.

고양이는 놀랍도록 똑똑하고 지각 능력이 뛰어나며 애정이 많고 예민한 동물이다. 그리고 집 안에서 다양한 불만과 스트레스로 고통 받을 수 있으며 그와 관련된 마음의 병을 얻기도 한다. 그 결과 보호소에 버려지거나 맡겨질 수 있고 보호소에서는 안락사를 당할 확률이 가장 높다. 고양이가 다른 곳에 입양되는 이유, 동물 보호소에서 그나마 인도적인 끝을 맞게 되는 가장 흔한 이유는 다음과 같다. 가구를 비롯한 실내 장식을 발톱으로 긁는 행동, 집 안의 다른 고양이나 사람을 상대로 보이는 공격성, 특히 새벽이나 밤중에 보채거나 큰 소리로 울부짖고 야옹거리는 행동, 아무 데서나 대소변을 보고 화장실을 전혀 안 쓰는 행동, 끊임없이 배고픔을 호소하고 먹을 것을 달라고 하며 구토하는 행동, 쉽게 짜증을 내거나 심하게 털을 핥는 행동, 자해, 그리고 보기 싫은 탈모 증상 등이다. 집 안 아무 데서나 볼일을 보는 행동은 지극히 흔하고, 일부 집주인이나 아파트 관리 주체가 입주자에게 고양이를 허락하지 않는 한 가지 이유가 되기도 하다. 고양이 소변 냄새가 집 안에 진동할까 두렵기 때문이다. 이런 문제들은 고양이의 외출을 허락하거나 발톱 제거 수술을 함으로써 더 악화된다.

앞에서 언급된 여러 문제 행동의 원인은 대개 의학적이다. 다시 말해 치료할 수 있다. 심리적인 원인이 있는 경우에도 예방하거나 고칠 수 있다. 그저 버릇이 없어서, 혹은 돌이킬 수 없는 성격 변화를 겪어서 이런 문제 행동을 보이는 것이 아니므로 대부분의 지역에서는 문제 행동을 바로잡고자 하는 사람들에게 전문적인 도움을 제공한다. 그러나 이 사실을 알지 못하거나 알고 싶어 하지 않는 고양이 보호자들에 의해 너무 많은 고양이들이 버려지고 죽임을 당하고 있다.

칼럼 <동물 의사>를 통해 나는 여러 문제 행동 때문에 사랑하는 고양이를 없애려는 사람들로부터 매주 편지를 받는다. 적절한 전문가의 도움을 찾지 않았거나 찾지 못한 사람들이다. 책을 마무리하기에 앞서 나는 바로 이런 문제 행동을 나열하고 짚어 보려고 한다. 여러 문제 행동으로 인해 너무 많은 고양이가 벌을, 즉 신체적·정신적 학대를 받고 있으며 고양이가 원한다는 잘못된 이유로 바깥으로 내보내지고, 버려지고, 심지어 안락사를 당하고 있다. 그러나 문제 행동에는 불안증, 노년성 치매, 고통스러운 만성 관절염, 갑상샘 항진증, 음식 알레르기, 염증성 장 질환, 방광염과 관련 요로 질환, 당뇨 같은 의학적·심리적 원인이 있다.

모든 고양이 보호자들은 반려 고양이의 이런 의학적 문제, 행동 문제와 맞닥뜨릴 준비가 되어 있어야 하며 문제가 해결될 때까지 고양이 곁에 있어 줄 경제적·정서적 책임감, 그리고 이해력을 가지고 있어야 한다. 이때 해결이란 안락사 이외의 방법으로 해결한다는 것을 뜻한다. 최선의 치료는 예방이고 거기에는 적절한 영양이 포함된다. 고양이의 정서적·육체적 건강, 삶의 질을 가장 잘 보장하려면 안전, 사회적 자극, 애정(다른 고양이 친구와의 애정), 장난감을 가지고 놀아 줄 한 명 이상의 인간 가족이 필요하다. 매일 쓰다듬어 주고 빗질을 해 주고(21장 참조) 마사지를 해 주는 습관은(내가 쓴 『고양이를 위한 치유의 손길The Healing Touch for Cats』 참조) 좋은 영양, 그리고 동물 병원에서의 규칙적인 건강 검진만큼이나 중요하다. 외출 고양이 보호자들은 다양한 건강 문제로 인한 치료비를 감당해야 할 터이고, 실내 고양이에게는 거의 필요 없는 추가 접종과 기생충·벼룩 방지 약물은 외출 고양이의 건강을 위험에 빠뜨릴 수도 있다.

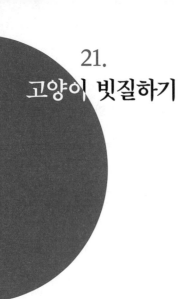

21.
고양이 빗질하기

고양이를 빗질하는 행동은 깊은 이완 상태를 가져오고 심장 박동을 현격하게 늦춤으로써 고양이가 신체적, 정서적 스트레스를 더 잘 극복할 수 있게 도와 준다. 나이가 많고 병에서 회복 중인 동물에게 빗질을 해 주면 혈액 순환이 잘되고 건강이 좋아진다. 규칙적인 빗질은 고양이와 인간의 유대를 더 돈독하게 해 주고 고양이의 위장 안에 고양이가 삼킨 털이 뭉치는 것, 즉 헤어볼이 생기는 것을 예방해 준다. 모든 고양이는 매일 털을 빗어 주어야 하며, 장모종인 경우 하루 두 번 빗어 주면 털의 엉킴과 헤어볼을 예방할 수 있다.

　　　　동물은 대개 빗질을 즐긴다. 고양이를 규칙적으로 빗질해 주기가 어렵다고 느끼는 사람들도 있다. 이것은 어떻게 해야 고양이가 좋아하는지 모르기 때문일 수도 있다. 아래 지침을 따르면 빗질이 조금도 어렵지 않을 것이다.

● 어릴 때부터 빗질에 익숙해지게 한다. 특히 장모종은 새끼 고양이 때부터

빗질을 해 주어야 한다. 주기적으로 안정제를 주고 엉킨 털을 제거하는 것은 권장하지 않는다. 간이 손상될 수도 있다.

- 고양이가 좋아하는 것과 싫어하는 것에 민감해져야 한다. 고양이는 종종 한쪽으로 누운 상태에서 빗질을 받고 싶어 하므로 고양이가 똑바로 앉거나 서 있도록 강요하면 안 된다. 먼저 한쪽을 빗은 뒤 가볍게 앞발과 뒷발을 잡아 반대편으로 돌려 눕힌다. 꼬리가 시작되는 부분이나 배를 빗질하면 좋아하지 않는 고양이도 있으므로 그런 부분을 빗질할 때에는 특히 조심한다.

- 적당한 빗이나 솔을 사용한다. 나는 고양이를 빗질할 때에는 모가 가늘고 단단한 솔을 선호한다. 겨울에 흔히 그렇듯 대기가 건조해서 정전기가 많다면 손가락과 빗 모두를 물에 적셔서 고양이에게 전기 충격을 주지 않도록 조심한다. 같은 이유로, 합성 나일론 소재가 아닌 울로 만든 러그나 면 수건 위에 고양이를 올려놓는 것이 좋다.

- 고양이를 안심시키면서 부드럽게 빗질하자. 빗질을 시작하기 전에 고양이가 안정을 취하고 안심할 수 있도록 머리를 쓰다듬으면서 아무 일 없을 것이라고 알려 주면 좋다. 빗의 끝으로 잘못해서 고양이의 무릎이나 어깨를 건드렸을 때에도 고양이를 쓰다듬어 주자.

- 빗과 손가락으로 제대로 빗질하는 방법을 배운다. 먼저 고양이의 등을 여러 번 강하게 손가락으로 훑어서 죽은 털이 있으면 떨어지게 한다. 그런 다음 꼬리에서 머리 방향으로 손가락을 깊이 넣어 훑는다. 이어서 머리에서 꼬리 방향으로 천천히, 깊이, 길게 빗질한다. 빠지는 털이 많다면 짧게 빗질한다. 장모종인 경우 빗을 몸 바깥 방향으로 향하게 비튼다. 꼬리도 마찬가

지 방법으로 해서 풍성하게 만들고 털이 서로 엉키지 않게 한다. 언제나 털의 결을 따르고 너무 아프거나 강하게 빗질하지 않도록 조심한다. 잘못하면 계속해서 털이 벗겨지는 부위가 생길 수 있다. 등과 꼬리, 다리, 그리고 옆구리와 배를 빗질하고 나면 손으로 털을 쓰다듬어 마지막으로 매끈하게 다듬어 준다.

고양이의 저주: 헤어볼 해결하기

헤어볼을 토하는 과정은 고양이와 반려인 모두에게 아주 고통스럽다. 고양이가 위장에 쌓인 헤어볼 한두 뭉치를 토하려고 구역질을 할 때마다 온 방 안이 공명하며 진동하는 듯하다.

　　많은 고양이들에게 이것은 매주 일어나는 일이다. 미끈거리는 헤어볼이 달라붙은 러그, 소파 등을 청소하는 일도 매주 반복된다. 헤어볼을 토하는 행동은 정상이다. 헤어볼이 배설되지 않으면 위 안에 쌓일 수 있고, 그것을 토하지 않으면 심각한 결과가 생길 수 있기 때문이다. 갑자기 체중이 줄어들거나 음식에 대한 관심은 커지는데 자꾸 토한다면 고양이의 위장에 헤어볼이 쌓였다는 중요한 신호이다. 그럴 때에는 곧바로 동물 병원에 데려가야 고양이의 목숨을 구할 수 있다.

　　헤어볼은 때로는 장 폐색과 심각한 변비를 일으키기도 하는데 이런 합병증이 생긴 때에도 즉시 수의사의 진료가 필요하다.

　　구토를 하는 모든 고양이의 위장에 헤어볼이 쌓여 있는 것은 아니다. 몸 안에 종양이 있거나 특정한 음식에 대한 알레르기가 있을 수도 있다. 규칙적으로 음식을 토하지만 토사물에 헤어볼이나 털 가닥이 없는 경우 동물 병원에 가서 치료를 받아야 한다.

이 흔한 문제는 대체로 규칙적인 빗질을 통해 예방할 수 있다. 빗질을 하면 고양이가 털을 고를 때 거친 혀에 붙어 뱃속으로 들어가는 털의 양이 줄어든다. 동물 병원에서 순한 변비약을 처방받아 고양이가 삼킨 털 뭉치를 배설하게 돕는 방법도 있다. 섬유질이 많은 고양이 사료나 신선한 밀 싹을 다져 넣은 음식처럼 좀 더 거친 먹이를 제공해도 고양이의 소화 기관에서 삼킨 털 뭉치를 없앨 수 있다.

22.
고양이 발톱
제거 수술

고양이의 발톱을 제거하는 수술은(흔히 가구를 긁는 행위를 막기 위해 한다) 종종 만성적인 고통과 염증으로 이어진다. 이 수술은 고양이를 고양이답게 만드는 부분을 잘라 내는 수술로, 생생하게 비교하자면 사람의 손가락 관절을 제거하는 행위와 다를 바가 없다.

발톱을 제거한 고양이는 자신을 보호할 수가 없고 외출 고양이라면 더욱 그렇다. 앞발을 잘 쓰기 힘들고 순발력이 훨씬 떨어지게 된다. 나무를 기어오를 수 없고 놀자고 주인의 어깨 위로 뛰어오를 수 없으며 밤에 '미친 듯 우다다'를 할 수도 없다. 뒷발의 발톱까지 제거당하는 고양이들도 있다. 이것은 고양이를 훨씬 더 무력하게 만들고(앞 발톱까지 제거되었다면 더욱) 가려울 때 제대로 긁을 수도 없게 만들기 때문에 법으로 금지해야 한다.

발톱이 제거된 고양이들은 종종 염증 때문에 만성적으로 다리를 절름거리게 되고, 흔히 발바닥의 뒤쪽으로 힘을 주게 되어서 비정상적인 걸음

걸이로 인한 관절염까지 겪게 된다. 화장실 모래를 발로 건드리기만 해도 고통스럽다. 특히 잘린 발가락에 염증이 생기고 그 위로 모래가 달라붙으면 고통스럽기 때문에 발톱이 제거된 고양이 가운데 일부는 화장실 모래를 매우 싫어한다. 이런 고양이는 다른 곳으로 입양될 확률이 높다. 발톱 제거 수술의 다른 부작용, 즉 짜증과 무는 행동이 늘어난다면 확률은 더욱 높아진다. 만성적인 신체 고통과 정신적 괴로움의 원인인 발톱 제거 수술은 스트레스와 관련된 질병으로 이어질 수 있다. 염증에 대한 취약성이 증가하고 알레르기, 방광염, 염증성 장 질환 등이 생길 수 있다.

미국 고양이 개체 수의 약 4분의 1, 즉 1400만 마리에 달하는 고양이가 주기적으로 발톱 제거 수술을 받는다는 사실은 이것이 모든 관련 당사자들이 해결에 착수해야 하는 동물 복지 문제임을 드러낸다. 이 잔인한 훼손 행위를 멈추기 위해 모든 조치를 취해야 한다. 고양이라면 발톱이 있어야 한다.

보호자가 조금만 시간과 노력을 들이면 대부분의 고양이는 스크래치 포스트나 스크래치 판(캣닙을 곁들인)을 사용하는 법, 카펫이나 줄이 감긴 기둥이 있는 캣 타워에서 노는 법을 배울 수 있다.

고양이 발톱 수술에 대한 더 자세한 이야기

2006년 미국 연방 정부는 사육 상태에 있는 사자, 호랑이 등 대형 고양잇과 동물의 발톱 제거 수술이 지나친 학대 행위이며 고통을 유발한다는 이유로 법으로 금지했다. 잔혹한 훼손 행위를 당하고 평생을 고통스러워하는 집고양이들을 위해서도 이미 오래전에 비슷한 법이 만들어졌어야 했다. 나의 친구이기도 한 수의학 박사 진 호비는 손발톱 절제술onychectomy의 해로운 결과를 검토하고 연구 결과를 발표했다. 손발톱 절제술은 발톱뿐 아니라 고양이의 손발가락, 혹은 손발가락의 첫째 마디를 절단하는 수술이다[1]. 박사는 이 수술을 받는 고양이의 33퍼센트가 수술 후 행동 문제를 보였다고 말한다. 집 안에서 배설 실수를 하거나 무는 행동, 또는 성격 변화를 보였다. 한 사례로, 활발하고 붙임성 있던 고양이가 겁이 많아지고 자꾸 숨곤 했다.

　　레이저 수술은 다른 수술 방법에 비해 처음 며칠간은 고통도 부기도 적지만 수술로 인한 장기적인 결과는 여전하다. 수술 후 합병증으로는 농양 형성, 만성 염증(화장실 모래로 인해 악화), 만성 혹은 간헐적 절룩거림이 있다.

　　신체 부위를 절단한 사람은 그 부위에서 종종 고통스러운 '환상통'을 느낀다. 고양이들도 인간과 거의 같은 신경계를 가졌기 때문에 고양이 역시 이런 통증을 경험한다고 추측할 수 있다.

　　고양이는 본성적으로 감정을 잘 표현하지 않기 때문에 우리는 고양이의 고통을 눈치채기 힘들 수 있다. 아주 심한 고통을 겪는 고양이는 심지어 그르렁거리거나 절반쯤 잠든 것처럼 보일 수도 있다. 이러한 자위적 행동, 이른바 전위 행동은 고양이가 스트레스를 받고 있음을 나타낸다. 손발톱 절제술로 인한 만성적인 고통에 적응하는 법을 고양이가 배울 수 있을지 몰라도, 겉으로 티를 내지 않는다고 해서 고통이 없는 것은 아니다.

---

[1]　*Journal of the American Holistic Veterinary Medical Association* (October-December 2006): 34-39 참조.

발가락 관절을 제어하는 힘줄은 수술 후 수축되고 관절은 '얼어붙은' 상태가 되다시피 한다. 남은 발가락은 평생 구부러진 채 펴지지 않는다.

나는 발톱 제거 수술 뒤 아무런 문제도 없었다고 주장하는 보호자들로부터 몇 통의 편지를 받은 바 있다. 그러나 그 반대를 이야기하는 편지를 훨씬 더 많이 받았다. 그러니 위험을 감수할 이유가 없다. 이런 종류의 수술을 통해 고양이가 해를 입지 않는다는 보장이 없고, 고양이는 영구적인 장애와 만성적인 고통을 안고 평생을 살아야 할 수도 있다. 호비 박사에 따르면 바로 이런 이유에서 이 수술은 전 세계 약 25개국에서 불법이거나 매우 비인도적이라고 여겨진다. 호비 박사는 미국 내에서 이런 수술을 하는 수의사들의 무신경한 태도를 안타까워한다. 그런 수의사들은 진통제를 적절히 쓰지 않을 때도 많고, 고양이 보호자들에게 합병증이나 수술 후 적절한 관리에 관한 조언을 하지 않는 경우도 많다. 미국은 어서 유럽연합의 1987년 애완동물 보호 규약을 본보기로 삼아 행동에 나서야 한다. 이 규약은 비의학적 목적의 반려동물 귀 자르기, 꼬리 끊기, 발톱 제거, 송곳니 제거, 성대 제거를 금지하고 있다.

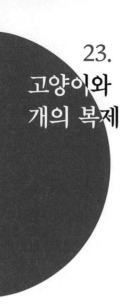

23.
고양이와
개의 복제

염소, 양, 소, 돼지, 토끼, 노새, 말, 사슴, 쥐는 모두 상업적·생물 의학적 목적으로 복제된 바 있다. 2002년 1월에는 집고양이가 최초로 복제되었다는 발표가 나왔다. 복제 고양이 두 마리는 몇 년 뒤 뉴욕시 매디슨스퀘어가든에서 전시되었고 복제를 시행한 회사는 한 마리당 5만 달러에 복제 고양이를 만들어 주겠다고 제안했다. 2005년 8월 최초의 복제 개가 탄생했다. 이 아프간하운드는 한국의 서울대학교에서 복제에 성공했는데, 같은 대학에서는 일찍이 인간 배아를 복제해서 줄기세포를 추출한 바 있다.(이 줄기세포 연구에 관한 논문은 《사이언스》에 실렸다가 실험 조작으로 논란이 된 뒤 게재가 취소되었다.—옮긴이) 이 복제 개의 대리모는 누런 래브라도레트리버였다. 도합 123마리가 난자 제공, 대리 임신을 위해 동원되었다. 개의 귀에서 채취한 피부 세포를 넣어 준비한 천 개 이상의 난자에서 세 개가 임신으로 이어졌다. 한 마리는 유산되었고 한 마리는 태어난 지 얼마 되지 않아 호흡 부전으로 죽었으며 한 마리만이 생존 가능한 수컷 아프간하운드 복제견이었다. 일부 생명 윤리학자들은 인간의 가장 좋은 친구인 개를 복제하는 것은 결국 인간 복제의 대중적 수용으로 가는 마지막 관문이라고 염려한다.

복제를 하려면 동물에게서 세포 한 개를 가져와 그 세포를 같은 종의 다른 동물에게서 가져온 난자에 넣어야 하는데 이때 난자 안의 내용물을 비워야 한다. 세포 분열을 활성화시키는 절차가 끝나면 복제하려는 세포를 포함하고 있는 난자를 호르몬 처치를 받은 대리모 자궁에 넣는다. 복제 세포가 성공적으로 자궁벽에 착상할 확률이 매우 낮고 태반과 배아가 정상적으로 발달하지 않을 수 있으므로 복제 세포를 넣은 난자를 한 번에 여러 개씩 대리모의 자궁에 넣기도 한다.

복제가 사업이 될 수 있을 정도로 기술이 발전한다면 사람들은 사랑하는 개나 고양이를 데리고 정기 건강 검진을 할 때 세포 약간을 채취해서 급속 냉동한 뒤에 애완동물 복제 센터에 보내 보관할 수 있을 터이다. 배송비와 보관료가 청구될 것이며 보호자가 반려동물 복제를 원하는 시점에 충분한 선납금, 또는 비용 전체를 지불한 뒤 센터는 복제 절차를 시작할 것이다. 이 새로운 생명 기술이 완성되면 수백 마리, 수천 마리의 암컷 개와 고양이가 대규모 공장의 우리에 갇혀 호르몬 처치를 받으면서 난자를 제공할 것이고, 다른 수많은 동물들이 복제될 동물의 세포가 포함된 난자를 이식받게 될 것이다. 대량 수요가 대량 생산으로 이어질 때까지 비용은 아마도 수백만 달러가 들 것이다. 그러나 경제적인 문제 말고도 많은 우려가 있다.

복제된 개나 고양이는 사람들이 사랑하던 반려동물의 완전한 복제가 아닐 터이며 많은 복제 동물은 다양한 선천성 장애로 인해 갑자기 유산

되거나 죽을 것이다. 성장한 뒤에 이상이 나타나기도 할 것이다. 다른 종의 복제 동물인 경우 종종 비정상적인 내부 기관을 가지고 있거나 신경·면역 문제 등을 보인다. 또한 성장 제어 유전자의 기능 결함으로 인해 태어날 때 크기가 비정상적으로 클 수 있다. 아울러 애완동물 복제 업계에 의해 착취될 암컷 개와 고양이는 어디에서 올 것이며, 어떤 삶을 살고 어떤 미래를 맞게 될 것인가? 다양한 시술이 이 동물들의 건강과 복지 전반에 가져올 위험은? 목적은 수단을 정당화하는가?

복제가 동물들에게 이롭다는 증거도 명확하지 않다. 차라리 좋은 가정이 필요한 개나 고양이를 보호소에서 입양하는 것이 좋다. 아니면 복제 동물 한 마리를 생산할 비용을 기부해서 지역, 그리고 전 세계에 있는 개와 고양이를 비롯한 동물들 수백 마리, 심지어 수천 마리의 삶의 질을 향상시킬 수도 있다.

게다가 목적도 불분명하다. 적절한 마케팅을 하고 전문가와 연예인들을 홍보에 참여시키면 상업적으로 많은 돈을 끌어들일 가능성은 있다. 그러나 사랑하는 반려동물을 복제함으로써 인간이 누리는 실질적인 이로움이 있을까? 비뚤어진 감상주의를 단지 이용할 뿐인 것 아닐까? 인간과 반려동물 사이에는 돈독한 감정적 유대가 있기 때문에, 애완동물 복제 사업은 금전적 목적을 위해 이 유대를 비윤리적으로 착취한다고 볼 수 있다. 개와 고양이의 완전한 복제는 가능하지 않다. 배아 시기, 그리고 출생 후 발달 환경을 동일하게 유지할 수 없기 때문이다. 모든 복제 동물은 태어났을 때, 세포를 준 동물과 같은 세포 나이를 가진다. 만약 세포를 준 동물이 여섯 살이었다면 노화 '시계' 때문에 복제 동물은 태어나자마자 세포 나이가 이미 여섯 살일 수 있는 것이다.

다양한 종교적, 영적 시각과 가치관을 고려해도 복제는 생명의 거룩함을 침해하고 신적, 또는 자연적 창조 과정의 온전성을 위반한다. 환생의 관점이나 영혼의 윤회라는 관점에서 보더라도 문제가 있다. 불교의 관점에서 보자면 복제 동물의 몸에 깃들인 의식, 또는 한 동물에게서 복제된 여러 동물의 몸에 들어 있는 의식은 세포를 제공한 동물의 의식과 다 다를 것이다.

개와 고양이가 초기에는 실험 목적으로만 복제되어 노환이 있는 개와 고양이를 위해 신장, 심장, 고관절, 무릎 등을 제공하게 되리라고 짐작할 수도 있다. 실험 연구소들에서는 복제 기술을 이용해 유전적으로 동일한 개나 고양이, 기타 동물을 키워 낸 다음 생물 의학 연구에 사용할 수도 있다. 특정한 결함을 가지도록 유전적으로 조작한 복제 동물들이 만들어지고 판매될 수도 있다. 이런 복제 동물은 다양한 인간 질병에 대한 신뢰도 높은 실험 모델로서 해당 결함을 치료하기 위한 새롭고 수익성 높은 약물을 만드는 데 쓰일 것이다.

이런 기술 발달의 생명 윤리적, 의학적 타당성을 검토해야 한다. 반려동물을 복제하기 위해 돈을 지불하려는 사람들도 신중해야 할 것이다. 그런 행위는 새로운 복제 사업의 시작에 재정적 발판을 마련해 주는 행위일 뿐 아니라 사회정치적 신뢰를 제공함으로써 이 사업이 대중의 폭넓은 인정을 받도록 하는 데 일조한다. 그뿐 아니라 인간 복제를 비롯해 생물학적으로 변칙적이고 윤리적으로 수상한 그 밖의 상품과 공정을 위한 시장이 형성되도록 하는 데에도 도움을 준다.

한 벤처 자본가는 자신이 키우는 개 미시를 복제하기 위해(이른바 미시플리시티 프로젝트: www.missyplicity.com) 230만 달러를 내걸고 대리인을 고용해 이미 복제 사업을 진행 중인 대학 내 생명 기술 연구소를 수소문했다. 그리고 그 과정을 홍보하고 미디어를 통해 광고했다. 여기에는 숨은 목적이 있음을 알 수 있다. 애완동물의 복제는 인간 복제를 앞당기기 위한 전략일 수 있다는 것이다. 애완동물의 복제가 현실이 된다면 대중은 복제 문제에 무감각해질 것이며, 결국 수익성이 높은 생명 기술 사업을 받아들이게 될 수 있다. 이런 기술은 아이가 없는 부부가 아이를 얻는 데 사용될 수도 있고 돈 많고 이기적인 개인이 인간 전체나 부분만을(무뇌 인간을) 복제해서 대체용 조직이나 기관을 얻는 데 사용될 수도 있다.

텍사스 A&M 대학에서 미시플리시티 프로젝트가 시작되고 그로부터 제네틱 세이빙스 앤드 클론이라는 사기업이 파생되는 동안 같은 대학 철학과에서는 공리적 인간 중심주의axiomatic anthropocentrism라고 이름 붙인 윤리 원칙에 바탕을 둔 '생명 윤리 지침'을 내놓았다. 도덕적인 관점에서, 그리고 동물 복지 측면에서 문제가 있는 이 프로젝트에 대한 대중의 비판과 염려를 피하기 위한 전략임이 분명했다.

공리적 인간 중심주의는 간단히 말하면 사람에게 좋은 것이면 무엇이든 윤리적으로 허용된다는 생각이다. 인간 중심주의는 시대에 뒤떨어진 세계관, 혹은 패러다임이며 동물 권리와 환경 보호를 옹호하는 사람들은 이것이 지난 천 년에 걸친 동물들의 고통, 그리고 생태 파괴의 근본 원인이라고 생각한다.

미시플리시티 웹 사이트에는 입양 신청을 받고 있는 암캐들이 몇 마리 보였다. 난자 기증 또는 대리모 역할을 하게 된 개들이 어디에서 왔는지에 관계없이(동물 보호소, 사육장 등) 회사의 '생명 윤리 지침'에 따라 프로젝트

내 역할이 끝나면 모든 개들을 따뜻한 가정으로 보낸다고 했다. 그리고 대규모 강아지 공장과 같은 비인도적인 조건 아래 키워진 개들에게는 한 푼도 쓰지 않는다. 웹 사이트에 올라온 내용에 따르면 미시플리시티 프로젝트의 목표는 미시의 복제 말고도 여러 가지이다. 개의 번식 생리에 관한 수십 내지 수백 편의 과학 논문 발표, 멸종 위기에 처한 야생 갯과 동물의 번식 향상과 재증식, 미국에서 매년 수백만 마리의 개들이 버림을 받고 안락사를 당하는 현실을 막기 위한 향상된 피임 및 불임화 방식의 개발, 수색견이나 구조견처럼 사회적 가치가 큰 뛰어난 개들의 복제 계획, 대중을 위한 저렴한 상업 복제 서비스의 개발 등이다.

이런 목표는 프로젝트가 신뢰할 만한 것으로 보이게 만들고 순진한 대중, 그리고 복제의 필연적 한계와 해로운 결과에 대해 충분히 알지 못하는 기관과 전문가들로 하여금 프로젝트를 기꺼이 받아들이도록 만든다. 생명 복제 기술을 이용해서 야생 동물을 보존하고 개의 개체 수를 줄이고 능력이 뛰어난 개를 보급하는 행위가 과연 타당하고 적절한지에 대한 윤리적 우려와 의문을 미래에 대한 약속들로 영리하게 피해 가고 있는 것이다.

수의학계는 반려동물 복제의 위험성과 윤리 문제에 대해 비교적 침묵을 지켜 왔다. 나는 존경하는 동료들이 앞으로 이 문제에 대해서 침묵하지 않으리라고 믿는다. 30년 전 공장식 축산업이 시작되었을 때 우리의 침묵이 동물의 심각한 고통, 환경 피해, 공중 보건 문제의 심화로 이어졌음을 기억하리라고 나는 믿는다.

24.
안락사 문제

한 생명이 편안해지거나 회복할 기미 없이 고통 받고 있다면 보살피는 사람들은 안락사를 선택할 수 있다. 일부 문화와 종교 전통은 이를 허용하지 않는다. 인도에서 신성한 소를 죽일 수 없듯 생명을 일부러 죽이는 행위는 금기이다. 이것은 동물의 생명과 고통과 관련이 있다기보다는 생명을 죽임으로써 내가 '불결해진다는' 떳떳하지 못한 마음과 연결되어 있다. 이 경우 이기심이 자비로운 행위에 앞선다. 이런 식으로 아무것도 하지 않고 동물이 고통 받게 내버려 두는 행동은 비겁하다는 말로 충분치 않다. 안락사를 자비가 아닌 폭력으로, 일부 종교 교리(아힘사, 즉 불살생)에 대한 불복종, 그리고 자신을 더럽히는 일로 보는 시각은 위선 중의 위선이다.

안락사에 대한 서구의 시각 역시 분열되어 있고 불화를 부추긴다. 동물의 안락사는 문화적으로 허용된 반면 인간의 안락사에 대해서는 합의가 없다. 불치병 환자가 관심 어린 의사로부터 충분히 설명을 들은 뒤 가족의 지지를 받아 안락사에 동의할 경우에 대한 합의조차도 없다.

아힘사든 생명 존중 사상이든, 어떤 문화적 혹은 종교적 도덕 원칙도 절대적일 수는 없다. 참작할 만한 상황이(즉 상황 윤리가) 있기 때문이다. 동정심에서 동물을 죽이는 행위도 순전히 이기적인 선택일 수 있다. 나 또한 안락사 결정을 내릴 때 동물의 고통에 감정 이입을 하지 않기가 힘들다. 괴로워하는 동물의 고통을 끝내 주면 그걸 보고 고통스러워하는 내 자신의 짐도 가벼워지기 때문이다. 자비심을 품는 동시에 적당한 거리를 두어 이기심 없는 올바른 결정을 내리기란 쉽지 않다. 특히 사랑하는 동물의 안락사 결정을 앞두고 함께 고통 받고 있다면 더욱 힘들다. 자비, 그리고 감정 이입에서 비롯하는 동일시 효과는 의료적 객관성, 통증 정도와 회복 가능성을 고려한 상황 판단, 진통제나 안정제로 즉각적·단기적 편안함을 주는 방법 등과 균형을 이루어야 한다.

인도에서 나는 이런 일도 겪었다. 이름이 스노플레이크였던 포메라니안을 치료하고 있었는데 보호자가 사고로 뜨거운 물을 쏟아 등의 피부(피부 표면의 약 3분의 1)가 손을 쓸 수 없이 손상된 상태였다. 엄청난 면적의 상처를 세척하면서 나는 가장 먼저 안락사를 고려했다. 그런데 이상하게도 이 개는 내가 생각한 만큼 고통을 호소하고 있지 않았다. 지치지 않는 활기, 살고자 하는 욕망, 그리고 집중적인 상처 치료와 사랑 덕분에 스노플레이크는 3개월 만에 완전히 회복했다.

따라서 반려동물을 안락사 시켜야 할 때가 오면 수의사의 의견을 두 번째로 고려하고 편파적이지 않을 것 같은 사람의 세 번째 의견을 받아 보는 것이 중요하다. 나와 반려동물 간의 유대를 이해하지만 나보다 더 객관적일 수 있는 사람이면 좋다. 반려동물의 삶의 질을 고려했을 때 놓아주어야 하는 상황에서도 감정적인 이유로, 또는 반려동물이 기적적으로 회복할 수 있다는 비합리적인 희망 때문에 놓아주지 않는 사람들도 많다. 치료가 불가능한 병에 걸린 야생 동물은 안전하고 외떨어진 곳을 찾아 죽음을 맞곤 한다. 반려동물도 마찬가지로 혼자 있으려 하고 반응을 잘 하지 않을 수 있다. 심지어 죽기 직전에 바깥으로 나가서 숨기도 한다.

　　　삶이나 음식, 물, 일상 활동에 관심을 잃고 특히 정해진 산책 시간이나 쓰다듬어 주는 시간에 대해 점점 관심이 덜해진다면, 평소와 달리 혼자 있으려고 하거나 보채거나 심지어 흥분하면서 관심을 요구한다면 이 모든 것은 고통과 두려움의 신호일 수 있으며, 나는 이를 행복감euphoria의 반대편에 있는 노년기 불안senile dysphoria이라고 부른다. 이런 증상을 보일 때에는 곧바로 동물 병원을 찾아야 한다. 이때 동물을 병원에 데려가는 것보다 수의사가 집에 방문하는 편이 더 이상적이다. 성격이 아주 원만하고 평소에 병원에 갈 때 힘들어하지 않았던 동물인 경우, 보호자의 무릎에 앉은 상태에서 차를 타고 병원에 가도 문제가 없을 정도로 혼미한 상태인 경우는 예외이다. '때가 되었다'는 사실을 아는 듯한 동물들도 있다. 그런 경우에는 함께 사는 다른 동물들 역시 평소보다 더 많이 신경을 쓰고 상냥하게 군다든지 두려움에 마주치지 않으려고 하는 식으로 반응할 것이다. 인간이 같은 인간에게 보이는 반응과 크게 다르지 않을 것이다.

　　　대개는 집에서 실시하는 안락사가 가장 인도적이다. 안락사가 실시되는 동안 식구들이나 다른 동물이 지켜보지 않는 것이 가장 좋다. 그러나 안락사 후에 죽은 모습을 보는 것은 모두가 마음을 정리하는 데 도움이 되는 중요한 과정일 수 있다. 동물 병원에서도 보호자가 안락사 과정을 지켜보는 것을 허용하지 않는 경우가 있는가 하면 사람 가족 한두 명을 방으로 들어오게 해서 안락사가 실시되는 동안 동물의 몸을 붙잡게 하기도 한다.

가장 널리 채택되고 있는 방법은 먼저 동물의 허벅지나 다른 심부 근육 부위에 안정제를 주사한 뒤 바르비투르산염 약물이 섞인 주사액을 정맥에 주사해 빠르게 의식을 잃게 만드는 것이다. 전신 마취와 비슷하지만 그보다 훨씬 많은 양을 주사하기 때문에 다시 깨어날 수 없다. 때로는 심장을 멈추는 용도의 약물과 섞어서 주기도 한다. 동물이 빠르게 의식을 잃는 동안 몸이 움직이거나 근육의 경련, 호흡의 변화가 있을 수 있다. 숨을 갑자기 들이쉬거나 소리를 내며 길게 한숨을 쉬거나 신음을 하기도 한다. 모르는 사람에게는 무척 당황스럽게 여겨질 수도 있겠지만, 의식을 잃은 뒤 뇌와 순환 체계가 정지되면서 몸이 보이는 반응으로서 고통 받고 있는 것은 아니다. 정맥 주사가 들어가자마자 마치 안도하는 듯 짧은 한숨만을 쉬고 쓰러지는 동물들도 있다. 그러나 예상할 수 없는 이런 반응들 때문에 흔히 수의사들은 보호자가 안락사 과정을 지켜보지 않는 쪽을 선호한다.

결론적으로, 우리는 동물의 안락사와 관련해서, 그리고 우리 인간의 안락사와 관련해서 낙관적인 태도나 폐지론적 태도만을 취해서는 안 될 것이다. 두 극한 사이에서 자비의 중도를 걷기란 쉽지 않은 일이다. 일부 비서구권 국가에서는 동물 안락사에 대해 이성과 자비에 호소할 경우 격렬한 반대에 부딪힐 수 있다. 그러나 버려진 소가 굶어 죽는다거나 집 없는 개가 중성화 수술을 받고 풀려난 뒤 복잡한 도시의 거리에서 절망적인 삶을 살다가 교통사고로 죽는다거나 지역 포획업자에 붙잡혀 전기 충격, 혹은 스트리크닌과 비소에 의한 죽음을 맞는다면 그야말로 비극적이다. 주인도 집도 없는 개들을 인도적으로 안락사 시키는 서구의 인도적 정책은 지구 반대편에서는 매우 혐오시된다. 고통에 둘러싸이면 사람들은 무감각해진다. 책임 있는 안락사가 금기시되는 상황에서 마음대로 살게 내버려 두라는 태도는 잔인한 결과로 이어질 수 있다. 사랑하는 이의 삶의 질과 고통이 어떻든 순전히 이기적인 이유에서 살려 두려고 극한적 조치를 취하는 행위와 다를 바가 없다.

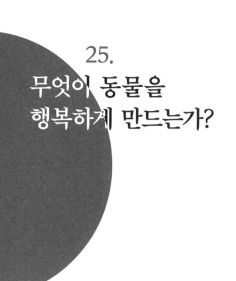

25.
무엇이 동물을
행복하게 만드는가?

한 사람을 행복하게 만드는 것이 다른 사람을 슬프고 분노하게 만들 수 있다. 한 미네소타주 사냥꾼을 예로 들어 보자. 이 사냥꾼은 곰을 총으로 쏴서 사냥하는 자신의 취미에 피고인이 훼방을 놓았다며 피고인을 사냥 방해hunter harrassment로 고소했다. 피고인은 이름 높은 곰 생물학자였는데 사냥꾼이 나무에 숨은 채로 이 생물학자의 대학원생 제자를 조롱하자 사냥꾼에게 폭언을 했다. 당시에 그 대학원생은 1년이 넘도록 연구해 오면서 속속들이 알고 사랑하게 된 흑곰의 사체 위에서 울고 있었다.

　　나는 인간이든 인간이 아니든 남의 행복을 지켜 줄 때 행복해진다. 나의 행복과 남의 행복은 상호 배타적이 아니라 상호 협력과 향상을 가져온다. 한 사람의 행복은 다른 사람의 행복을 침해하면 안 될 것이다. 이것이야말로 자비와 평등주의라는 생명 윤리를 토대로 하는 진정한 민주 사회의 본질이다. 그 반면에 실용주의 사회에서는 다수의 행복을 위해 소수의 행복을 희생한다.

행복한 반려동물은 인간 보호자 가족과 풍요로운 관계를 맺는다. 행복한 가축이 더 건강하고 생산적이며 더 건강한 생산물을 만드는 것과 마찬가지이다.

그렇다면 사슴의 행복을 위해 모든 사냥을 금지해야 한다고 말하는 사람이 있을 수 있다. 늑대나 기타 포식자들도 사슴을 사냥할 수 없게 막아야 한다고 할 수도 있다. 집고양이의 행복을 위해 쥐를 사 주고 사냥의 즐거움을 알게 해야 한다고 주장할 수도 있다. 그러나 새끼 고양이에게 쥐를 사 주지 않는다고 해서 적절한 보살핌을 받는 고양이의 행복과 안녕이 감소하지는 않는다. 취미로 곰을 죽이는 남자에 대해서도 같은 논리를 적용할 수 있다. 그러나 남자는 재미를 위한 '스포츠' 사냥에 반대하는 사람들, 곰을 사냥 전리품으로서가 아니라 그 자체로 사랑하는 사람들의 행복에 자신의 행복이 우선한다고 여긴다.

사슴과 늑대의 관계로 보자면 둘은 서로에게 이로운 공생 관계에 있다. 사슴 무리는 어느 정도 늑대의 '관리' 덕분에 건강하고 생태계에서 균형을 유지하기 때문이다. 게다가 사슴은 언제든 죽임을 당할 수 있다는 생각에 공포에 질려 돌아다니지 않는다. 야생에서 친밀한 사회적 유대를 형성하고 함께 뛰어놀고 어떤 인간에게도 뒤지지 않을 사랑으로 새끼를 돌보며 질 높고 행복한 삶을 산다.

영국 정부가 만든 새로운 동물 복지 규정은 주목할 만하다. 이 규정은 동물을 반려동물이나 애완동물로 키우는 모든 사람들에게 "보살필 의무"가 있다고 명기하고 있다. 동물의 복지는 기초적인 자유의 제공에 달려 있다. 영국 수의학 협회 동물 복지 재단(www.bva-awf.org.uk)에서 발간한 교육용 안내 책자 『내 반려동물을 행복하게 만드는 방법은?』(10장 참조)에서 바로

이 점을 강조한다. 다시 정리하자면 동물의 몸과 마음의 건강을 보장하는 다섯 가지 자유에는 배고픔과 목마름으로부터의 자유, 고통·상처·질병으로부터의 자유, 불편으로부터의 자유(예: 너무 낮거나 높은 체온, 불편한 바닥 표면으로부터의 자유), 정상적인 행동을 나타낼 자유, 두려움과 고통으로부터의 자유가 있다. 안내 책자에서는 하루 종일 홀로 남겨진 개, 새장 안에 홀로 앉은 앵무새가 정말 행복할지 물은 뒤 이렇게 적어 놓았다.

"행복과 안녕, 삶의 질은 모두 동물의 기분과 관련이 있다."

행복은 주관적으로 편안함을 느끼는 상태로서 정서적 안정과 신체적 만족감을 포함한다. 동물이 보호자에게 장난을 치거나 친밀감을 보이거나 애정과 신뢰를 드러낼 때 동물이 행복하다는 것을 분명히 알 수 있다.

그러나 아무리 잘 보살핀다고 해도 동물의 행복과 안녕을 보장하기 힘든 경우가 있다. 충분한 사회 활동이 없거나 초기 발달 시기에 같은 종의 동물이나 인간과 유대를 형성하지 못한 경우가 그렇다. 유전적인 요인도 이로운 역할을 하거나 반대로 몹시 해로운 역할을 할 수 있다. 낯선 사람을 두려워하는 성격은(특히 사육 상태에 있는 야생 동물이나 가축화한 동물이 비정상적으로 겁이 많은 경우) 유전적 요인과 관련이 있을 수 있다. 활발하고 호기심이 많고 안정적인 성격도 마찬가지이다. 어떤 동물은 공포 속에서 살아가는 반면 다른 동물은 더 즐겁게 산다는 것이다.

가축화한 동물이나 사육 상태의 야생 동물이 겁이 많다면 세심하게 다루고 안전하고 편안한 환경을 제공하는 등, 삶의 질 향상을 위해 해 줄 수 있는 것들이 많다. 느긋하고 정서적으로 안정된 다른 동물들의 지지와 애정이 있으면 더욱 이상적이다. 그러나 예방이 최선의 치료이므로 가축이든 야생 동물이든 겁 많은 동물들은 관리자/사육사와 친밀한 유대를 형성하면 만성적인 불행이 완화될 수 있다.(이 방법은 코끼리나 사자의 경우 인간에게 위험이 없지는 않다.) 그뿐 아니라 최대한 자연 서식 조건과 비슷한 환경을 마련해 주는 것도 도움이 된다. 가축의 경우에 적응성과 정서적 안정성에 치중해서 선택적 교배를 하는 것, 즉 수줌음이 지나치게 많고 소심하며 겁이 많거나 공격적인 개체를 교배하지 않는 것이 모두가 좀 더 행복해지는 데 기여할 수 있다.

다섯 가지 자유 중 네 번째, 정상적인 행동을 나타낼 자유는 동물의 생활 조건에서 매우 중요한 요소이다. 우리는 인간의 소비를 위해 길러지는 동물들에 대해 주로 비용을 핑계로 이 자유를 거절한다. 공장식 농장의 우리와 사육장에 사는 동물, 털가죽을 위해 길러지는 동물들의 경우가 그렇다. 그뿐이 아니다. 서커스 업계에서 착취하는 동물들(특히 사자, 호랑이, 코끼리, 곰), 소규모 동물원, 해양 아쿠아리움, 개발 도상국 동물원에 갇혀 있는 야생 동물, 실험과 제품 시험을 위해 실험실 우리에 갇힌 거의 모든 종도 마찬가지이다. 외롭고 빈곤한 삶을 사는 수많은 소형 '애완동물' 역시 같은 종의 다른 개체들과 정상적인 사회적 생활을 하지 못하는 상황이므로 도움이 필요하다. 사회성이 뛰어난 토끼와 쥐, 기타 설치류, 그리고 '외래' 포유류, 조류, 파충류, 양서류 등이 그에 해당한다. 이런 동물들에게도 책임 있는 보살핌을 통해 행복한 환경과 삶의 질을 보장해야 한다.

삶의 질은 인간에게 중요하듯 다른 모든 동물에게도 중요하다. 루트비히막시밀리안 대학(독일 뮌헨) 동물 의료원의 K. 하르트만 교수는 인간 폐암 환자들의 삶의 질을 측정하기 위해 만들어진 카르노프스키 삶의 질 측정법을 효과적으로 동물 의료에 적용한 사례를 내게 보내 주었다. 하르트만 교수는 동료인 M. 쿠퍼 교수와 함께 고양이 에이즈(면역 결핍 바이러스)에 걸린 고양이들을 반복적으로 치료해 오고 있다.

교수는 구체적인 삶의 질 설문지를 만들어서 고양이 보호자들에게 답하게 했다. 여기에는 고양이의 장난기, 수면 및 음식 섭취 양상, 화장실 습관과 털 고르는 행동, 그리고 삶에 대한 전반적인 관심에 관한 질문이 포함되어 있었다. 이를 바탕으로 기준선을 정하고 난 뒤 교수는 에이즈에 걸린 고양이들에게 두 가지 항바이러스제(PMEA와 FPMA)를 주었고 그 효과를 더 잘 측정할 수 있었다.

하르트만 교수와 연구 팀은 동물의 삶의 질을 정량적으로 그리고 객관적으로 측정하는 것이 어렵지 않다는 사실을 보여 주었다. 응용 동물 행동학 그리고 임상적 행동 평가라는 과학적 방법을 활용하면 된다. 동물의 삶의 질이(그리고 행복이) 인간과 달리 과학적으로 입증될 수 없다고 주장하는 사람도 있지만 여기에는 과도한 상상력이 요구되지 않는다. 하르트만과 쿠퍼 교수가 말했듯이 고양이의 상태가 임상적으로 나아지고 있다는 증거는 고양이의 행동을 객관적으로 측정함으로써 제시할 수 있다. 고양이의 행동은 삶의 질, 건강, 행복을 반영하기 때문이다.

수의학 및 동물 행동학 연구를 하는 나의 여러 친구와 동료들은 동물에 대한 인간의 이해와 감사의 마음을 넓히는 데 지대한 공을 세웠다. 내가 일부 이 책에 인용하고 언급하기도 했듯이 그들은 동물이 어떻게 그리고 왜 쾌락을 추구하고 행복을 드러내고 기쁨을 표현하는지, 그리고 무엇보다 우리의 비인도적인 행위로 인해 어떻게 고통 받는지 보여 주는 수많은 사례들을 기록으로 남겼다. 무엇이 동물을 행복하게 하는지 더 깊이 생각해 볼수록, 그리고 어떻게 하면 동물의 몸과 마음이 더 행복할지 알아 갈수록 우리는 우리의 지배 아래 있는 모든 생명을 보살필 책무에 더 충실하게 된다. 동물의 행복은 모든 문명사회가 어떤 구분이나 예외도 없이 철저하게 받아들여야 하는 의무이다. 반려 고양이, 크고 작은 야생 고양잇과 동물을 비롯해서 이 깨지기 쉬운 아름다운 별에서 우리와 운명을 같이하는 모든 생명체들이 얼마나 잘 사느냐가 문명의 진보와 우리 인류의 진보를 측정하는 잣대가 된다.

끝내기 전에 나의 첫 고양이 이고르를 포함해서 수없이 다양한 방식으로 나의 삶을 풍요롭게 해 주었던 모든 동물들에게 깊은 감사의 말을 전하고 싶다. 그들 덕분에 나는 삶의 아름다움과 신비를 반영하는 동물들의 지혜와 생생한 존재감뿐 아니라 우리 모두의 몸과 마음, 영혼이 속한 공감적 영향권과 같은 심오한 실재를 이 책에 담을 수 있었다.

덧붙이는 말

텍사스 A&M 대학의 미시플리시티 프로젝트에서 파생된 사기업 제네틱 세이빙스 앤드 클론은 2000년 이른바 카피캣 작전에 착수했다. 이 회사는 고양이나 개의 복제에 드는 비용이 3년 내 2만 5,000달러로 떨어지리라 예상했다.[1]

---

[1] 유전자 조작, 복제, 유전자 이식 동물의 탄생에 관해 좀 더 자세하게 알고 싶다면 다음 참조 서적을 추천한다. Michael W. Fox, *Killer Foods: When Scientists Manipulate Genes, Better Is Not Always Best* (Guilford, Conn.: Lyons Press, 2004); Michael W. Fox, *Bringing Life to Ethics: Global Bioethics for a Humane Society* (Albany, N.Y.: State University of New York Press, 2001).

그러나 개를 복제하는 데 실패했고 고양이 복제에 대한 관심도 낮았기 때문에 회사는 문을 닫았다. 나중에라도 반려동물을 복제하고 싶다는 고객들을 달래기 위해 보관하고 있던 개와 고양이의 조직은 다른 회사로 보내 냉동 보관시켰다.

옮긴이의 말

이제 열다섯 살이 된 고양이 술이를 키우고 있는 나는 작년 3월 외출했다가 늦은 시각에 집에 돌아온 뒤 기겁을 했다. 고양이가 왼쪽 뒷다리를 질질 끌며 걷고 있었던 것이다. 병원에서는 각종 검사 끝에 이 증상을 비후성 심근증에 의한 마비로 진단하고 술이를 입원시켰다. 고양이를 투명한 문이 달린 작은 입원실에 두고 나오던 나는 동물 병원 계단을 내려오면서 그야말로 오열을 삼켰다. 그리고 집에 온 순간부터 2박 3일 후 술이가 퇴원할 때까지 평생 흘려본 적 없는 많은 눈물을 흘리며 계속해서 엉엉 울어 댔다. 나름대로 분석해 보자면 그것은 '말 못 하는 짐승'이 느낄 혼란과 상실감, 고통이 측은해서 나온 눈물이었다.

　　술이가 퇴원한 뒤 나에게 주어진 가장 큰 과제는 아침저녁으로 처방된 약을 먹이는 일이었는데, '말 못 하는 짐승'의 입을 벌려 깊숙이 약을 집어넣어야 한다는 그 행위의 폭력성에 나는 또 약을 먹일 때마다 울상을 했으며 약을 먹인 뒤에도 다음 약 시간까지 내내 불편하고 불안한 마음을 견디지 못했다. 말 못 하는 짐승이 어딘가로 끌려가서 모르는 사람들의 손에 붙잡힌 채 주사에 여기저기 찔리고 사진을 찍히고, 제 편인 줄 알았던 익숙한 사람의 손에 입이 벌려지고 딱딱한 무언가가 목구멍으로 쑤셔 넣어지는 상황을 어떻게 이해할 수 있을 것인가. 나는 우리 고양이가 불쌍하고 또 불쌍했다. 그런데 이것이 얼마나 인간 중심적이고 환원주의적인 생각이었는지!

아침저녁으로 술이에게 약을 먹여 가며 번역한 마이클 폭스의 이 책은 고양이를 15년을 키우면서도 내가 미처 생각하지 못한 동물과 인간의 관계에 대해 깨우쳐 주었고, 술이에게도 나에게도 참으로 고생스러웠던 시기에 엄청난 위로가 되어 주었다. 나는 술이가 말을 하지도 이해하지도 못하는 미물이 아니라 지성이 있고 감정이 있으며 이타적인 동물이라는 사실을 깨닫고 어떻게든 술이에게 상황을 이해시키려고 노력했다. 나아가 술이를 더 면밀히 관찰해서 술이가 내게 전하고 싶은 뜻이 무엇인지 이해하려고 애썼다. 노력의 방향을 조금만 바꿨는데도 우리 사이의 교감이 분명히 늘어났음을 느낄 수 있었다.

이 책은 고양이의 몸과 마음을 돌보는 법뿐만 아니라 인간과 동물의 관계, 나아가 인간과 지구, 인간과 우주의 관계에 대한 깊은 통찰을 담고 있다. 그렇다고 고양이를 돌보는 구체적인 방법이 제시되어 있지 않은 것은 아니다. 마이클 폭스는 먼 옛날로부터 전해져 내려오는 인간과 동물의 관계에 대한 영적, 철학적 깨달음을 술술 풀어내는가 하면 친환경적인 벼룩 구제 방법에 대해서도 이야기한다. 그래서 독자는 이 책의 스물다섯 장을 자유롭게 오가며 먼저 읽고 싶은 부분부터 읽어도 좋다. 고양이, 인간, 동물, 우주에 대한 저자의 일관된 생각이 책 전체를 관통하면서, 저자가 어린 시절 키우던 토끼가 죽은 뒤 느꼈던 그 아침 햇살처럼(169쪽) 이 책의 모든 것을 구석구석 비추고 있기 때문이다. 고양이의 몸과 마음의 건강을 지켜 주는 구체적인 방법들은 바로 이 생각과 곧바로 이어져 있다.

　　그리고 그 생각을 우리가 지금 바로 실천하지 않는다면 인간과 지구는 파멸의 길에서 돌아오지 못할 것이다. 내가 이 글을 쓰고 있는 지금, 호주에서는 인류가 초래한 지구온난화로 인한 전대미문의 산불이 몇 달째 지속되고 있고 십수억 마리의 동물이 죽어 나가고 있다. 나는 뒷다리가 마비되어 병원을 찾았던 날로부터 10개월이 지난 지금도 아침저녁으로 약을 먹으며 씩씩하게 잘 버티어 내고 있는 우리 집 고양이를 바라보면서 호주의 동물들을, 지구의 인류를 생각한다. 고양이의 몸과 마음의 건강을 지켜 주는 방법은 모든 동물의 건강, 지구의 건강을 지키는 방법과 일맥상통한다.

2020년 1월
이다희